一个女人的史诗

Epic Of A Woman

严歌苓·著

作家出版社

每个女人心中都有一首不停息的史诗……

一

田苏菲要去革命了。从三牌楼大街走下来，她对这座小城市实在看不上眼。假如你去过那类长江淮河之间的小城，你就知道田苏菲对它的感觉了，就是那种永远勃发着脏兮兮的活力，永远富足不起来，也永远有得吃，有得喝，有它自己一套藏污纳垢，生生不息道理的城郭。如今有了高速公路，你会惊异地发现，车每开半小时就是一种新方言，一种比一种更难懂。

田苏菲在街沿上走，白衣黑裙地走得轻盈跳跃。两个黄包车夫蹲在马路牙子上啃甘蔗，一大口一大口的白色甘蔗渣子从他们嘴里出来，给失修的街面铺了路。一个女人在井台上给自己四五岁的女儿洗澡，口里不绝地喊着滚铁环跑近跑远的儿子："小死人！"油炸臭豆腐干的摊子三步一个五步一个，油腻的秋风穿行在欠缺修剪的法国梧桐树梢上。

总是会碰到相骂的男人或女人。田苏菲反正是要革命去，今晚就走，翻窗子走，和巷子口伍老板的女儿一道。谁也没把革命这个事情给田苏菲讲透。街口那一对相骂的男人在早些年会把"革命"拿来骂人。1927年之后这座小城的人骂街添了个毒词："你个革命的"比"你个挨枪冲的"，"你个杀千刀的"要时尚。

小城的人特别怕大地方的人误认为他们不摩登。大地方的人物事物他们倒很不以为然：大地方的旗袍开衩高，他们觉得不像样，就来个改良，在旗袍里穿条裙子。他们的城市常有大地方人，日本飞机炸公路了，火车道上有共产党破坏了，大地方的人都会逗留在小城。

小城的人就对北方人撇撇嘴，叫他们："侉子!"

小城人也对南方人白白眼，叫他们："蛮子!"

田苏菲从此以后再不用跟他们一般见识了。她今晚要革命去。她得把什么话都瞒得紧紧的。尤其不能对她妈有一点流露。至于明天一早，妈从街上买菜回来，手里拿着糯米团子滚着才炒的芝麻来叫她起床，发现人去床空会怎样反应，田苏菲一点儿没去想。

她不像伍老板的女儿伍善贞做事有头有脑，该偷的钱偷好，该要的账要回，该灭迹的日记情书灭掉。伍善贞十七岁，比田苏菲大一岁，大人面前懂事体贴，背地是天大的胆，什么书都看，就是看书看革命的。伍善贞前天在学校门口等人，天快黑了，看见田苏菲没心没肺地走出来，她等她走到跟前，嘀咕一声："走，革命去。"

田苏菲说："去哪儿?"

"皖南，革命去。"

田苏菲是后来才听说，假如那天伍善贞等到了她等的那个人，革命伴侣就不是她田苏菲了，1949年霍霍然随解放大军进城，四面八方向人挥手，接受人们夹道欢迎的队伍里，也就没她田苏菲了。

"你要不要革命?"伍善贞在1947年9月这天黄昏问田苏菲。

"要。"她就是这么个人，从来不说"不"。

她紧接着问："孙小妹去不去?"她坚信人多的地方不会太错；人去得多，闯祸大家闯。

"不叫她，叫她干什么?!"伍善贞说。这又给了田苏菲一点

"友情特别招待"的感觉。伍善贞不是谁都瞧得上的。

后来田苏菲才发现，伍善贞等的就是孙小妹。孙小妹一个小时前败露了，此时正在家里挨审，很快就要一把鼻涕一把泪地把她们革命的预谋出卖给她父母。只是她父母是那种市井中的市井，从不多人家的嘴，问他们小事大事，不是枪杆子抵在脊梁上，坚决不知道。

伍善贞布置了行动方针、接头暗号、紧急联络手段，完全是个老革命。这已经让田苏菲觉得够快活了，游戏可是玩大了。伍善贞说她的代号叫"小伍"。田苏菲呢？"小菲"。一切要绝对保密。小菲庄严地点点头，两手的汗。

这时走向关帝祠街的不再是田苏菲，是有代号的革命者小菲。她突然认为对她妈不公，这不就是"离家出走"吗？为此天下死过多少妈？急病过多少爸？虽然小菲她妈把她浑身皮子都揍熟了，小菲还是不愿她妈去死。妈的疼爱在每天早上滚烫的糯米团子和每天晚上的热水袋里。妈的疼爱还在替她剪发为她量衣的软乎乎的手上。小菲想，要是妈不在了，几年前和爸一块儿去了，现在就省得她心里如针扎了。还是去告诉伍善贞不去了？可是总得向妈自首毛衣的事。要去革命，就不必自首了。小菲三天前从学校回家，一进门她妈就大声说："要死了——你毛衣呢？"

"给一个同学借去了。"小菲那时还是和革命边儿也不沾的田苏菲。她不清楚拿走她毛衣的那个女生是不是她们学校的同学。她看上去比她和伍善贞大些，人很活络，也大方美丽，虽然一样的白衣黑裙，穿在人家身上就是画报女郎的风范。女生说："哎哟，你是高一的同学吧，我是高三的。好远就看见你这件毛衣！多洋气呀！我们马上上家政课，借我到课堂上做做样子吧？"

田苏菲说："你教室在哪里？"

高三女生指指操场西边："不就在那儿嘛！这么好看的毛衣我头一次看见，这种花样是上海来的吧？穿在你身上漂亮死了！"

田苏菲晕头晕脑地笑了。清早母亲说秋凉了，套件毛衣吧，就像知道女儿心思似的拿出这件果绿色领口结黑绒球的毛衣。毛衣给晒得很松，一股樟木的香气。田苏菲她妈是最肯让肚皮吃苦的人，一斤黄豆芽吃三顿。但她和女儿走出去，穿着都不让富家女压一头。田苏菲一人拥有五件毛衣，让家境不错的伍善贞也眼红。

高三女生从毛衣夸到人，把田苏菲夸得头也抬不起来。打上课钟了，高三女生说下了课她们还在双杠下碰头。下课后田苏菲发现双杠下鬼也没一个。又等一阵，她跑到高三的几个教室，人家已经放学了。

第二天上学她一个个教室找，仍是没找到那位女生。回到家她妈调门高了八度："要死了！你们这是什么女同学？借走穿就长身上了？揭不下来了?！她家住哪里?"

田苏菲说不晓得。

"哪会不晓得?！你又在搞什么花脑筋了吧?"母亲搁下手里捡的豆子，四处张望。

是找笤帚苗。那根笤帚苗抽起来带劲，直吹哨。田苏菲想，自己这身皮子给熟得差不多了，还往哪抽。母亲掂着笤帚苗走来，一杆老枪了，又光又亮，弹力十足。

"你跟妈说实话妈不打你。"

"是给一个女同学借去穿了。"

"撒谎！"条帚苗子吹了两声哨，空吹的。

"没撒谎！"

田苏菲是不撒谎的人。她学撒谎学得比较晚。能够撒好谎差不多是老年了。

“你肯定又让人拍了花子！”母亲说。

这座小城里身怀异技的人特多。你常常纳闷一城人不见谁干正事，怎么会不缺吃不缺喝。稍一研究就明白来路不正的各种收入到处都是，歪门邪道的各行各业里都出精英，无论再短暂的事由，干的人都本分敬业。拍花子就是一种行当。常常还是面目祥好的妇人。走上来问个路，你就迷了，跟她去什么墙根下，尽她掏走你的钱包，摘走你的眼镜，脱掉你的皮鞋衣服，取走你的金镏子、金怀表，兑走你的银票。有个富富态态的老妇人，看上了一位年轻男人的两颗金牙，把他拐到拔牙摊子上，把两个金牙拔走。

田苏菲八岁那年，母亲带她去庙里看灯，跟她说不准跟生人搭一个字的腔。等母亲从茅厕回来，女儿身上的新棉袄没了，口袋里的压岁钱也没了，连贴身的长命锁也拽断，但没来得及拿走，从裤脚管漏进了棉鞋。每次田苏菲出门上学，母亲的喊声都送她到巷口：“不要跟生人搭讪！不要喝生水！过马路先看看右边，再看看左边！”

田苏菲一路响亮地答应：“哎！哎！哎！”

但出了巷口碰见个穿烂长衫打破扇的，招呼她：“小妹上学去呀？”

“哎，上学去！”

“给你算一卦吧？”

“没钱！”

“把你中饭分一口给我吃吃吧。”

假如她不急，她会站下来教育他两句：“你这么大个子，好意思呀？要我我就拉平板车去。”

田苏菲第三次来到高三教室，把事情跟先生说了。先生说有几位女生请假，问她是否记住了那个借毛衣的女生叫什么。

她连问也没问。

田苏菲的一生都是这样：一颗好心，满脑糊涂。

那天她挨到很晚都没敢回家，挨在学校不是个事，她也明白这点，笤帚苗子会找到学校来。这就是她碰见伍善贞的时候。现在多好，连人都不是同一个人了，是小菲。让妈逼去吧，让笤帚苗子抽去吧。昨天晚上妈倒是破例地客气，一听她说那位女同学请病假，她只哼出几声冷笑，意思是：看你还能编几天瞎话，揍可以攒一块儿揍。妈不揍她还因为腾不出手，她刚从当铺买了些碎羊皮，正在报纸上大块小块地拼一件皮坎肩，比拼七巧板还仔细，生怕手一松眼一转就拼不上。

今天晚上无论如何躲不过去了。小菲不恨自己大意，也不恨那女生下作，她只恨这座没出息的小城，专出这些低贱之辈。不就是一件毛衣吗？也得花言巧语半天，多贱！她越发觉得革命好，革命一了百了。

巷口的杂货烟酒店是小伍爸开的。伍老板开了三家店，一家在三牌楼闹市，生意很好，这一家是开了给小伍她妈散心的。店里有各种零打白酒、黄酒，也卖下酒小菜。焦炸咸鱼头是小菲母亲最欣赏的。小伍没事也坐在木柜台后面看书、做功课，眼不离书本，钱一分也收不错。

小伍这时正坐在柜台后，但面前没有书本。她一见小菲就咬牙切齿："你怎么到现在才回来？"

"有事啊？"小菲说着，把她带荷叶边的绣花书包从肩上卸下来。里面有双套鞋，是她上礼拜送去补的。

"噢，没事啊？"小伍给她个大白眼，然后扭脖子向店堂后面看一眼，小声说，"我拿了些东西，搁你家去。"

"你晓得我妈那个人。家里东西出去她要管，外头东西进来，她也要管。"

小伍朝店堂后面叫一声："妈，我去田苏菲家对功课！"同时就把一个大包裹砸到小菲怀里。

小菲人顿时一矮。小伍成了个家贼，偷这么多东西。

到了田家，小伍把大包裹放在小菲窗台上。两人从前门走进去。小菲妈要强，面子比什么都要紧，一眼看见小菲身上没有绿毛衣，脸便一黑，但嘴上招呼得热络：“我心里在说，只要苏菲跟善贞在一块儿，回来再晚我都放心！”

小伍满口谎话：“今天课难得很，我和苏菲对课呢！”

小菲妈从腰上解下钥匙，打开红木衣橱上的一个抽屉，从里面拿出一包酥糖，又打开另一把锁，拿出两个薄瓷镶金边的小碟，把酥糖分了两份。

小伍吵吵闹闹地客气：“姨，看你呀，我又不是客人！”

小菲站了三步远，都闻得见酥糖的樟脑味。革命真好，不必看妈开锁拿出压箱底的酥糖了。她不知革命究竟要干什么事，从曾经的一个先生那里听了一两句：“共产就是打平伙，均贫富，天下大同……”

“苏菲呀，昨天你说要把毛衣找回来呀。”母亲和颜悦色地说，“善贞可认识这位女生？借我们苏菲一件毛衣，三天还不还。她冷我们也冷啊。”她连打三个喷嚏。正拼着的羊皮飞起碎毛，窜到她鼻孔里去了。

小菲念了三声“阿弥陀佛”。她小时母亲就教她，有人打喷嚏，便要给她念“阿弥陀佛”。小伍趁机看了一眼小菲，知道小菲有难关要过了。小菲挨揍在一条巷子里都不是秘密。今晚挨笤帚苗子抽不合时宜，会影响行动计划。打伤皮肉怎么上路？还有就是两人私下都开始做革命者了，革命者还没来得及革命先挨妈一顿臭揍，好像对革命失敬，也太不成话。等小菲妈喷嚏打完，擦了眼泪鼻涕，小伍说：“就是，我们班这个女同学皮厚。”

小菲妈说：“噢，真是你们班同学呀？”她有一点红晕上到她两腮，自己心虚理亏，险些屈打女儿一顿。

“我当这丫头扯谎呢。”母亲咯咯地笑起来，好年轻的样子。她笑个不停，白捡一件毛衣似的。

“你晓得我们苏菲有多呆！哪个生人跟她讲话她都搭腔，好讲话得很。八岁那年恐怕不是人家拍花子，就是讲好话把她新棉袄给哄走的。人家说小妹妹呀，你真俊啊，衣服也漂亮，借我做样子，我也找裁缝做一件。她就会信人家。”

小菲差点叫出来，她妈真把她看透了，那个女生可不就是这样哄她的吗？

当天夜里小菲一直不敢睡，穿得整整齐齐坐在床上等待小伍在窗外打接头暗号。那个大包裹放在她枕头上，里面的焦炸咸鱼头此刻闻起来臭气烘烘，像八双赶路的脚一块儿脱了鞋。

假如小菲的爸还在，她是不会去革命的。爸为了小菲挨了妈好多笤帚苗子。他总是及时插身在女儿和妻子之间，那是他胸膛挨打的时候；有时他把女儿抱起，把脊梁竖在妻子面前，挨揍的就是脊梁。父亲三十岁才讨到母亲，把家从南京搬到这个小城来。做的事是帮法庭写文件。有时母亲和父亲吵架急了，会说：“给日本人当翻译不是汉奸是什么？”小菲从不去细想父亲做日本人的翻译这回事。就算是汉奸也是个最慈眉善目，心眼最好的汉奸。

父亲去世时小菲十三岁，母亲是靠家底子过活的，但她在外面扎的架势一点不变，该坐黄包车坐黄包车，该上戏园子上戏园子，该供小菲上学照供。女儿明白本来不厚的家底子是经不住这样掘的，母亲已经很了不起，在那些樟木箱里变魔术，一件衣服当出去，可以变出一大堆黄豆芽。有次伍老板家来了个南京表弟，看母亲几次进出巷子，便托伍老板娘来说媒。母亲只是笑，说哎哟，女儿都要说婆家了，我还费什么事！还不羞死！伍老板娘碰了钉子走了之后，小菲说：“妈你才三十来岁，又好看……”

没等她话说完，母亲说：“你怕我赖到你和你女婿家去呀？你放心，我不会让你女婿养我老。天下还有女儿嫁妈的？你们那个洋学堂是个什么东西！”

母亲再从伍老板店门口过时，碰了钉子的老板娘一点儿不怀恨，跟邻居们都说，苏菲她妈是个顶硬气的女人，人家就寡妇门前无是非。又和小菲说：“你长大自己没得吃也要给你妈吃。”

小菲想小城的人就这么个品格，就知道吃。她对母亲的人品也一腔敬重。到她懂了男女之道之后突然大悟：母亲是沾了性冷淡的光，才那么六根清静。

小菲此刻觉得一点睡意也没有。她下了床，走到门边，隔壁是母亲的卧室，小菲这间屋是个小偏房，靠墙接出的半间矮屋，等于房东让给你的一点小赚头。小菲感到母亲的雪花膏味从门缝飘出来了。

小菲哭了。

二

在马路上跑了很长时间，小伍先停下来，小菲听听身后，也停下来。跑什么呢，好像有人追似的。停下之后，街道上还有她们脚步的回音。小伍看小菲一眼，甩着手往前走几步，又看一眼，问："包裹呢？"

"什么包裹？"

"昨晚上交给你的！"

两小时前，小菲觉得一点儿都不困，却不知怎样睡着了。从来没睡成那样一摊烂泥，连接头暗号都错过了。小伍在窗外左一遍猫叫右一遍猫叫，最后推推窗子，发现窗子没插好，便翻进小菲房里，把她从棉被下拖出来，恶狠狠地在她耳边说："你这个叛徒！"小菲从醒到翻窗到跑上马路是一套连续动作。

"急着跑，就忘了！"

"我怎么找你这样靠不住的人？回去拿！"

小菲转身就往回跑。小伍在她跑出去一百多米时喊："回来，算了！"小菲一点疑问也没有，立刻转身跑回来。她乐意让人指挥、领导。其实她稍一疑问，就会想到，明明是小伍和她共同的失职，因为俩人一块儿把包裹忘得干干净净。

在火车站她们碰上三个男生。小伍上去说了句："米店开门没有？"其中一个男生说："米都生虫了。"

小菲觉得这些莫名其妙的话半夜三更听起来十分神秘。不久她发现小伍和他们三人都认识：相互间“同志同志”的。男生们说的话很新鲜，小菲瞪眼听着。男生们不断朝小菲看一眼，笑一笑：一个无足轻重的小姑娘。男生中的少白头叫老刘。他说集合完毕后大家分别行动，警察看见五个年轻人在一起不会让你们省事。小伍还是带领这位小同志——她叫什么？小菲？小菲？不好，太布尔乔亚。不过先叫着吧。小伍还是跟小菲一组上车。小周、三子上一节车厢，不过装成谁也不认识谁。

火车要到天亮才开。小伍说她得睡一会儿，小菲必须站哨。她看小菲稀里糊涂地点头答应，对她咬耳朵说，“你一觉过去就把我丢掉了。”

“不会。”

“什么你不丢？”小伍脸变得很老气，声音更低，“我身上有交给组织的经费。”

小菲不明白什么是“组织”什么是“经费”，她先立下军令状再说。几个月后小伍在皖南神速入党，小菲才知道她偷了伍老板娘的金首饰和金砖，那就是她交给组织的经费。

同道的男生带了些阿司匹林、十滴水、止痛丹之类的药品，算作他们的贡献，只有小菲空着两只手，她想哪怕把妈的狸子皮大衣带出来也好，“组织”说不定也不嫌弃，因为“组织”够穷的。说不定小菲也可以破格成为党的同志了。小菲一生都后悔自己错过了最方便的入党机会。从小伍邀她一块儿去革命到她和大家一块儿朝革命出发，其实有一天一夜时间，一天一夜就打点出她空身一个人出来。

第二天早上过江，小伍显得很得意，说：“这下我大我妈该哭了。你妈正在我家打听呢。”

她看小菲愣愣的，咯咯地笑起来，说：“你妈不是昨晚还说她对我顶放心吗？”

小菲走在小伍身边，前头是老刘，后头是小周和三子。让小伍一提醒，她看都看得见妈的样子：她慢慢从巷口伍家往巷子深处走，富富态态的身段一点分量也没了。巷口的安慰话还跟在身后："想开点啊，两个丫头在一块儿总好些！"

赶了大半天旱路，近晚上老刘领他们进了一个镇子。不多久五个人都歇在一个书院里。只有三条长案，拼了拼大家躺成一溜，一条案子上是五颗脑袋，第二条案子上搁着五个身子，最后一条案子架着腿脚。老刘躺在中间，左边两个男生，右边两个女生。小伍和小菲都有点人来疯，相互间讲悄悄话，呵痒痒，动得条桌在她们身子下歪一下瘸一下，响个不停。

老刘重重叹口气，嫌烦了。小伍马上静下来，然后对小菲耳朵热乎乎地出气："三个里头哪个好看些？"

小伍问："啊？"又问："不太丑的？"

"差不多，都丑。"

小菲没想到就是那个晚上，刘岱川呼出一口反感的叹息时，小伍和他就钩上了手指头。他们先钩上的是眼神，还是在火车站碰头的时候。到了皖南的第二年，小伍已经是伍股长，跟刘岱川政委的关系公开，小菲才想到书院的这个夜晚俩人给熬得够呛。又过了一些年，小菲不做姑娘了，她想到这个晚上老刘和小伍才不会熬他们自己呢。

天不明他们就出发了。镇口有个人拿了雨衣等着他们，说山里在下雨。那一路走得很惨，小菲三步一跌五步一跤，摔到最后也不知出哪只脚哪只手走路了。倒是泥泞里摔不痛，所以她一看把不稳马上就放弃，顺其自然倒下去。其他人也不比小菲好，搀人的往往把人拽倒。那位领路人把他们的行李都扛上，自己腰上拴根绳子让小菲和小伍扯住，走到地方天将晚。

先看到的是一群马。后来知道那是旅部首长的马。旅部就是几排茅竹棚，一个临时修的操场。碗口粗的竹子劈开，从山上蛇行下来，远远看见一群穿军装的男生女生围在竹渠口子上，等着接水。小菲一辈子都不会忘记这一刻的感觉：她永远脱离了那座阴暗下贱的小城。这里的一切都是快乐干净的。山里的风把雨的气味吹起来，跟小城那股贪嘴、懒惰、人欲的气味太不同了。山和山间大片红黑的云彩，使小菲突然想到，人是可以很博大的。

一个月新兵连训练结束之后，小伍分到宣传股去了。连长问小菲有什么志愿。她说只要和小伍在一块儿就行。连长说："实在不行你去文工团吧，文工团多一个人少一个人问题不大。再说文工团也不要什么特别军事技术，能在台上疯疯癫癫就行。"

文工团的竹棚修在一块凹地里。连长派他的通信员把小菲领过去，还背了一袋米。连长跟通信员交代："文工团要不收人就把这袋米搭给他们。要是他们痛痛快快就把人收下了，米给我驮回来。"

结果文工团倒是没让新兵连连长搭出一袋米。他们只让小菲模仿了几个动作，又让她唱了两句歌，便说："可以，一点不怕羞。"小菲不知这些人是夸她还是骂她。母亲认为小菲不怕羞这一点是致命缺陷。

没过多久小菲就对文工团生活很熟了。旅部和作战部队常常出发，文工团出发得更多。大部队一驻下，他们从一个村出发到另一个村，给老乡演戏，小菲学会这个说法叫"争取群众"。还要从一个团出发到另一个团，把作战勇敢的人挑出来，连名带姓编成"数来宝"，到台上去念。

文工团出发常常在夜晚，小菲连大家常开的玩笑也听熟了。碰上一摊牛屎，马上就有谁说："还睡哪，帽子都掉了！"夜里出发不少人都走着睡，一听这句话总有人摸脑袋，于是就挨大家笑。

有了小菲，文工团的玩笑常常开到她头上。谁放了屁，没人认账，就会有人说：“小菲，是你吧？”

“才不是我！”

“老同志不要欺负小同志，人家小菲肠胃不好嘛！”这就给大家驱瞌睡了。

小菲满不在乎，跟着别人一块儿取笑她自己，没办法，她是这么个不爱害羞的女孩子。母亲说人家耍你猴你都不知道？装装忸怩也好啊。小菲有时也想装，但已经晚了，已经大方惯了。她这不怕羞的毛病在文工团演员身上可是好材料：

“小菲你来把这两句唱唱。”

“小菲你顶替小何演今晚的节目吧。”

“小菲你去给那几个伤员跳个花鼓舞。”

“怎么跳？”

“随你便，编着跳着。”

小菲不在乎自己整天做“听用”，“百搭”，一天到晚嘴里念念有词。人家夜行军可以走走睡睡，拉着前面人的背包就能眊一会儿瞌睡，可她不行，她的台词都来不及背。小菲一边走一边背曲调背歌词台词，演出临时出现空缺她就得做个萝卜填到坑里去。

有时实在太忙乱，小菲上台报幕把节目顺序搞乱了：“下个节目，歌舞剧，《兄妹开荒》……”

突然想到出了错，对台下咧嘴一笑：“噢，不对，重来——下个节目，歌舞剧，《夫妻识字》……”

舞台侧幕条里的鲍团长兼导演说：“小菲，错了！”

小菲也不慌，对台下说：“哎呀，又错了！再来，下个节目……”

台下一片大笑，以为专门派这个小女兵来当丑角逗笑的。以后再去那些部队，小菲成了红人，战士们看见她就说：“下个节目——噢，不对！”

有的连队干部老三老四地逗她：“小鬼，再来个‘下个节目’！”

小菲骨头都没四两沉了，觉得自己要不来革命，哪来这些风头出？想到在母亲家法约束下的惨淡生活，她油然一阵侥幸。

开春部队要长途行军，去的地方也保密，伤员全部留下，文工团员和部分医院的医护人员帮助他们疏散隐蔽到已经被“争取”了的群众中去。小菲和乐队的胡琴张、三弦董以及歌剧队的吴大姐一块儿护送两个伤员去一个江边渔村隐蔽。和医院的重聚时间定在早晨四点，集合地点是离那渔村五里路的镇子外。离渔村不到一里的地方，突然有人朝他们打枪。四个文工团员全乱了，等着两个肢体残废的伤员拿主意。伤员们向他们布置，如何组成战斗队形，谁谁做前锋，谁谁是侧翼，谁谁在后面掩护。

“一定不要抱堆子，越分散越好！”可文工团的人全靠抱堆子壮胆，走了不几步就又抱成堆子，又一阵枪响，伤员们开始还击，鼓励文工团员们，“也就是两个散匪，武器不正规，听都听得出来，你们都趴着别动，没事！”

文工团员们觉得趴着没事固然好，可是很不像话，明明是来做护卫者的。吴大姐霍地一下子从地下站起来，手里挥舞手枪，胸脯挺得鼓鼓的。一个伤员刚想说她这是唱戏里的打仗，她已“哎哟”一声倒下去。伤员们和对方开了几个回合的枪，投了一颗手榴弹，对面老实了。大家跑到吴大姐身边，她军裤都让血流黑了。她什么也说不出，额上鼻尖上全是汗。三弦董说：“一下子抬不了这么多人，先把伤员送进村子，再来抬吴大姐。吴大姐，你自己先包扎包扎。”

吴大姐这时睁了眼，说：“叫小菲留下来陪我就行。”

三弦董说：“小菲枪打得不赖，再碰到敌人还能派点用场。”

胡琴张认为可以先把吴大姐搬到隐蔽的地方，反正马上就回来抬她。最多三十分钟。两个伤员也认为村口是危险之地，带上吴大姐所有人都添一分危险。假如刚才袭击他们的人堵在村口，还有一个回合好打。若是村口有地下党接应，再回来援救吴大姐不迟。

村子里的地下党支书蹲在村口的毛桑树上接应他们。他说他听了枪声知道事情糟了。一个汉子从旁边的树上跳下来，和支书一人背起一个伤员往村里去。三弦董看看自己的怀表，已经两点钟了。

沿路往回走，吴大姐却找不着了。他们仨都是城里人，靠街名路牌认东南西北，到了乡野地方，两个坡一下，一个弯子一兜，越走越迷，还不断抬杠，你说朝左他说朝右。

“当时你们没看见吗？铁路在左边的！”

“哪来的铁路？”

“看不见铁路，能看见铁路旁边的电线杆子啊！”

三人开始分头找。刚走了十多步，胡琴张说分头不是个事，万一人越找越少，找到张郎丢掉李郎，肯定要错过和师部医院以及文工团其他人的集合时间，那就等着散匪、民团、国民党收拾他们吧。

又找了半个多小时，云雾上来，月亮毛了，三人都发现浑身精湿，不知是汗还是雾气。三弦董认定这一片就是遭遇战的地带，小菲四面看看，说绝对不是，这地方他们半小时之前来过，等于是在原地兜圈子。胡琴张同意老董的说法，他也记得他们把吴大姐藏在这块土凹子里，旁边都是苇子草。小菲说哪来的什么土凹子，明明是一块石头，突在外面，吴大姐是卧在石头下的。两个人心烦意乱，说小菲才吃几天军粮？他们俩走的桥比小菲走的路还多！又说小菲不懂战争和革命有多残酷，就是这样，刚才还活蹦乱跳一个吴大姐，说牺牲就牺牲了。

“吴大姐就没牺牲！”小菲说。

“给反动派抓去，等于牺牲了！”

“我不信她给反动派抓去了！”

“那你说她去哪儿了？”

“她还在那里等我们救她！”

“找到她也不行了，也来不及把她抬到村子里去。”

小菲突然听出一点儿窍门来。原来这两个人串通一气，想丢掉吴大姐。

“不抬回村子，抬着跟我们走也行！”

“她伤那么重，你抬呀？”老董说。

“你屁也不懂，瞎吵嘴！我们革命者在这种时候为了不拖累战友，自己会悄悄走开，悄悄结果自己。懂不懂？吴大姐爬也要爬开！”胡琴张说。

“你们刚才还说是反动派把她抓去了！”

两人已开始朝铁路方向走。他们懒得为这小丫头耽误时间。时间耽误一分就多一分危险，谁知道那些袭击他们的人现在在哪里，是不是搬了兵朝这儿来。

“不是反动派抓走了她，就是她自己走开了。”老董边走边说，他想小丫头肯定不会让自己给落下，肯定马上颠颠儿地跟上来。而小丫头就是不上来。

“你也想牺牲，是不是？”老董说。

“我一个人去找！”

“集合的时候不到就算逃兵！”

“你俩知道我不是逃兵！”

“那我们不知道。说不定你真嫌革命太艰苦，不想干了呢！反正归队的时候我们得说你不愿归队。”

“你们不能扔下吴大姐不管！”

“少数服从多数！三大纪律你怎么学的？到革命队伍一年了

还是个老百姓！你不走？我宣布你是逃兵。对逃兵你知道怎么处置吧？立即枪决。”

小菲不知他们是在逗她还是真要毙她。她快速看看胡琴张又看看老董。两人手都搁在手枪上。假如她转身就跑，子弹从背后打过来，那是顶不光彩的。那是逃兵吃的子弹。他俩枪法很坏，但是这个距离恐怕还凑合能放倒她。小菲“哇”的一声哭了，跌跌撞撞跟上他们俩。

小菲一路走一路哭，三人最后一段路全是跑步，她也止不住哭。她哭是因为是非道理全部混乱，自己似乎有理，又似乎没理。但吴大姐一个人被丢在乱草堆里有多可怕。不是流血流死就是渴死饿死，碰到个好人还好，万一碰到的是民团、土匪、国民党部队，吴大姐就惨了。不过怎么也比谁也不发现她，她一点一点慢慢死要好，到处都是水洼，蚂蟥马上就找到她，把她拱了。小菲越想越觉得自己的理站得住，所以她在大部队打完仗就找到了政委。她要把老董、胡琴张和她的分歧汇报给领导，看看道理该是怎样讲。

政委很严肃地说：“我知道你有事要找我谈。现在我不和你扯皮，先给我演出去。”

部队打了大胜仗，俘虏了近一个团的国民党官兵。这些官兵中有不少马上就倒戈，撕掉了国军军徽，胸口上缝了“中国人民解放军”的白布，军帽还是国军的，只是佩上了红布五角星。天下着毛毛雨，现染的红布五角星都挂彩一般，洇出血色红晕。文工团分成好几个演出小分队，给国民党倒戈官兵演出启发他们阶级觉悟的戏剧。一下子要同时找出四个喜儿来，喜儿严重缺乏，加上原先头牌歌剧主角吴大姐成了准烈士，实在找不出顶替的人。人们就想到了老牌儿“顶替”小菲。小菲不是背台词背曲调快吗？让她赶着背背。教教动作，好好化个妆，可能也凑合。反正是给前国军演，他们也不知好赖。

小菲在化妆结束后台词还没背出来。站在台边提词的人手里拿了厚厚一本词单子。不过他一页也没翻，小菲居然把喜儿演得行云流水一个结巴不打。

在这场演出中鲍团长突然认定小菲是块好材料。胆大不怯台是头一份好，上台就疯，能哭能笑，完全忘我是第二份好。加上她平时下苦力练功，身段动作干净，嗓子又亮，怎样也扯不破。嗓音能拔高和她不惧怕无顾忌有关，也和她的忘我有关。总之小菲可真是个戏疯子，团长从延安来，一直做演员，没见过比小菲更“戏来疯”的。

小菲的这一场“顶替”让另一个人也着了迷。他不像鲍团长那样识货，他觉得小菲一分钟之内就把他迷了，让他走不动了。这小女子多真情呀，哭得他这沙场老将也心碎八瓣，泪流满面，本来是路过看一眼，结果就坐在马鞍上把戏看完了。警卫员怯生生地催他：“首长，召集开会的人恐怕到齐了。”

首长不好意思让警卫员看见他流泪，头也不回地说：“散会。叫他们来这里受受教育！”

警卫员把团长、营长们带到临时划定的露天剧场，在毛毛雨里看完了小菲演的《白毛女》。后来小菲知道这个首长姓都，是红小鬼，做红小鬼之前做乞孩，头上铜板大的疤癞全是疥疮留下的。大家认为都旅长官运会很好，小菲给他看上是一步登天。不过这时离都旅长看上小菲还远。

小菲下了场之后，鲍团长上来说：“你这丫头本来是前途远大的。我真为你遗憾。”

鲍团长文绉绉的，但他的阴沉一目了然。小菲傻了。

“快去卸妆。”

小菲一卸妆就被人看起来了。不久就给押到放服装道具的粮屯里。只告诉她先安心蹲禁闭。小菲蹲过一回禁闭，是因为她把一支步枪给弄丢了。他们那次断了一根道具木头枪，临时借了战士的真三八枪上台演戏。小菲这天顶替的是个反串角色，演个小八路，扛的就是真三八枪。下台之后不多久，发现枪不见了。小菲这时蹲在禁闭室里，想她又丢了什么。第二天清早她给押着去茅房，看见文工团的人都在吊嗓子练身段，就问押她的警卫："知道我犯了什么错误吗？"

"闭嘴——逃兵！"

小菲马上懂了。革命是这样残酷，这样你是我非，你死我活。小菲觉得自己一夜之间长大了，再不会没心没肺，供人取乐，成日傻笑了。母亲原来有母亲的道理：你不能轻信任何人，什么都要有备在先，先发制人。小菲提着裤子骑站在茅坑上，一点便感也没了。小菲在茅房站了很久，看渐升的太阳照在暖过来的苍蝇身上。它们翩翩地飞舞起来。

鲍团长来找小菲谈话。政委也来找小菲谈话。然后又是团长来。小菲直觉到团长和政委开始抬杠了，她得争取团长。她讲述事情的经过，心里想的是吴大姐被蚂蟥拱得净是窟窿的身体。蚂蟥要找到那个枪眼还了得？还不成窝地往里拱？小菲从来没见过蚂蟥，因此她更信服自己那狰狞可怖的血淋淋的想象。吴大姐死得多受罪呀，小菲再冤也没吴大姐冤。小菲不知道她自己变得很雄辩，很煽情。说着说着团长卷完最后一撮烟丝，站起身便走。

据文工团的人说团长和政委火并了一夜，最后把政委杀下去了。小菲获释，三弦董和胡琴张被遣散回家。那是革命节节胜利、解放军百万雄师即将渡长江的时刻。小菲在今后的一生中都不愿去想三弦董和胡琴张的命运。他们究竟是不是想抛弃吴大姐保全自己性命，小菲也不得而知。想不出真伪，她就以一句"革命是残酷的"来收拢思考之缰。

两年后在开始镇压土匪、恶霸时，确实得到供状，说1948年年底民团在白天找到一个相貌端庄、讲京话的女解放军伤兵，她说自己是被战友遗弃的。她死于流血过多。在小菲反复想这件事的时候，她有时会出现一丝罪过的庆幸：当时她差点留下陪吴大姐。要真留下了，她就不会活下去，活到遇上欧阳萸的一刻。

遇到欧阳萸也不是现在的事。现在小菲走出禁闭室，直接去了打谷场，一段一段练唱："想要逼死我，瞎了你眼窝！"她一会儿不闲地练唱练舞，去包扎所洗血衣绷带，去伙食团劈大柴。革命是残酷的。

人们发现整天板着脸的小菲突然成了大姑娘。他们想不通她是做了什么手脚让自己成熟美丽的。看看她，脸上五官也长开了，脸型也出落成上宽下窄了，一个月前还肿泡泡的眼皮瘪下去了。再过一阵，嗬，小胸脯也起来了，两根大辫子甩得好妖啊。

他们这支部队没有再继续向南，留下来剿匪、搞土改。另外一个文工团转成地方了，但有几名"老新四军"要调到旅部当干部。

小菲在旅部是大名角，她个个角色都顶替过，所以出场率第一，人人都认识她。这天她去旅部机要室送要印的新剧本，看见一个年轻男人坐在政治部写什么。她一眼只看到他握着小楷狼毫，侧面看十分俊雅。她停了一下，目光又往窗内探了探，啊呀，从来没见过活人把字写得这么漂亮！窗内人觉得什么挡了他的光，抬头、侧脸、皱眉。小菲赶紧走过去，边走边把她看在眼里的细部拼接起来。这一拼拼出个美男子。小菲对美男子是有要求的：头发要多，眉毛要整齐，眼睛要多情，个头要高挑。她问小伍，政治部一个新来的干事是谁？小伍告诉她，是敌占区来的老地下党，姓欧阳。叫什么名字？记不太清了。小伍已经和少白头刘岱川结了婚，一点儿儿女情长的意思都没了。

小菲回旅部取文件时，一路上给自己编借口往政治部去。说借毛笔使使？机要室的笔最多，跑政治部借什么笔？说有个字不会写，想请教请教？不行，上来给人家一个无知的印象。那么就说，哎哟，我以为王副主任在这儿呢！似乎有点疯傻轻佻，万人熟，文工团的人总给人这些恶劣印象。想到最后小菲也没想出什么妥当借口。她走到机要室，迎面出来的竟是这个欧阳干事。

他见一个女兵进来，头也不抬，先往门内暗处让一步。小菲看见他的脸在一大堆头发下面微微泛红。她赶快跨进门，让他出门去，别让他受罪。机要员指指印好的剧本，告诉她刚才欧阳干事来送文件，一眼就看到剧本第一页上的别字，他用笔校出来了。小菲一看，不得了，第一页大花脸了，有十几个别字。欧阳干事叫文工团多学学文化课，机要员说，写这么多错字还写剧本呢！小菲赶紧问："这是他说的你说的？"

"他说的。"

"肯定不是。是你说的。"

"咦？你怎么知道？是我说的。"机要员笑了。

"我想人家欧阳干事也不像说这种话的人。"

"为什么不像？"

"半瓶子醋才刻薄，一瓶子醋人家才宽厚呢。你能你刻钢板的时候怎么没看出别字来？"

回到文工团小菲去了镇上，买了本字典。她没事就背字典。她背的功夫好，不久背了一百页。有天听说部队打下一个大土围子，里面有不少书。小菲跑去了。

走到土围子寨墙外，看见几位首长骑马跑过去。其中一个首长回头看小菲一眼，大声咋呼："喂，看那个小鬼，是喜儿不是？"

小菲几次听都旅长作战斗动员或表彰大会的报告，从来没这么近距离地和他相遇。她有一点怕他，因为所有人都有点怕他。

“戏演得好啊！小妹子！”都旅长边说边打着很干脆的手势，叫她走拢上去。都旅长做首长做惯了，所有手势大家都懂。小菲却不懂，站在原地，等着都旅长朝她靠拢。她一生都不知怕羞，就这一刻在都旅长眼里笑得十分羞涩，让都旅长心生柔情：这么个无助的小东西。都旅长马蹄嗒嗒地朝她走过来。二十岁当营长的都旅长一生都讨厌别人不懂他的手势，这回他破天荒地不在意。

“妹子叫什么名字？”都旅长问，把自己弄成个慈祥的老爹。

“叫田苏菲。都叫我小菲。”

“小飞？好，小飞，好听。”

小菲心想，那个白头翁老刘懂什么呢？人家旅长都表扬我名字好。

“家里人都好吧？”

“都好……”

“有信回去？”

“嗯……”

看看人家旅长，多懂人情世故。小菲对都旅长的印象一分钟一分钟地改善。原本她对这样的首长是没有印象的。都旅长跳下马。两人一并肩，全没有话题了。过了一阵，旅长开了口。

“妹子想不想骑马？”

“骑得不好。”

“看你在戏台上骑的嘛！”

“那是驴！”

“驴比马难骑，傻妹子！驴是牲口里顶刁的！”

“首长连那场戏也看了？我是顶替别人演个骑驴小媳妇的。以后就没再演了！”

“文武双全呀，妹子。你演了有上百个角色没有？”

“那哪儿有！”

“我就看了不下十个！”

“全是临时顶替。”小菲一惊：都旅长怎么把她临时顶替演的角色都看了呢？哪儿这么巧？连她自己都是临时接到通知，临时走场子背台词，服装大小不合适，临时要粗针大线对付缝上，预先各个部队知道的是原班演员的名字，到场子上看了临时贴出的演员名单才知道现换了人。只有一个办法，都旅长让文工团的某个人跟他临时通气，他临时赶过来看戏。都旅长在文工团有探子呢。谁是这个探子？

都旅长和小菲那次谈话不到一刻钟，但小菲觉得这位首长不可捉摸。一上来她觉得他亲近，谈着谈着他显出神通广大谁也逃不出他手心的样子来。部队在离城三十里的地方整休，准备军容焕发地进城。整休时间文工团和旅部的驻地相邻，女兵们相互往头上包药，除虱子，一会儿一声尖叫，说快来看，谁谁头发上虱子都满了，成“蚂蚁上树”了！小菲不参加到她们里头去。万一谁出她的洋相，揭了她什么老底正好让欧阳干事听去。小菲还是没事背字典。字典不像台词，背下来了就归自己，三天过后一看，那些字又自己回字典上去了。她背来背去还是一百页。

休整的第二天小菲从宿舍窗子里看见欧阳干事在和另一个干事说话，那个干事把欧阳干事的棉被抱到院子里晒，欧阳干事正在听他说晒被子如何有利于健康的理论。欧阳干事听得十分认真，眉头轻锁，点头称是，他真是不懂这理论的。

后来的岁月小菲知道欧阳干事毫无生活能力，教诲他也没用，他听你说是给你面子，其实他在你说第二句话时就跑神儿了。小菲已经搞清了欧阳干事的历史：他十四岁已经是地下党，他稀有的漫长党龄是因为他在十三岁就被捕，被打得只剩一口气才放出来。如此的革命经历是许多真正老革命也没有经历过的。

小菲听到这里脱口说："嘿，还以为他是留洋学生呢。"

"看不出来吧？看到他打枪你就信了。"

"会打枪？"

"手枪步枪都打得好，一夜刻一万多字的钢板！"

"他家里是做什么的？"

"小菲你要不要他生辰八字啊？"

小菲走到院子里，也抱着棉被。她的棉被昨天晒过了。她说："欧阳干事，搭个伙吧？用用你的背包带。"欧阳干事说不是他的背包带，是那位干事的背包带。他看这个小姑娘这么大方磊落，已经把他限定在被动位置上，他只想马上出局。

"欧阳干事，问你借本书看看，借不借？"小菲一面跳跳蹦蹦地把棉被往绳子上搭，一面大声和他说话。小菲盯他一眼：看你往哪儿逃。

他是个那么爱脸红的人。小菲想他在敌人刑具面前的样子。突然他笑了，说："要是我说不借你怎么办？"

"那我就说，别人借得我借不得？"小菲知道不少人借他的书。

他不延续那个话题了，说："你演戏劲使太大。不要使那么大劲，含蓄一点儿。懂不懂含蓄？"

"你还懂演戏呢！"

"你看梅兰芳，那就叫含蓄。"

小菲心想，就是梅兰芳去她那小城登台，她也看不起一场戏。

"过犹不及，演戏就怕'过'。不过这也没办法，不用拙劲就说你没有阶级感情。"

他话还挺多。小菲脑子里是他百步穿杨的姿态。他说话两眼水灵灵的，小菲恋慕得受不了了。说着他好像想到什么事给他忘了，转身就走。背影玉树临风，棉被却一股男人的浑浊气，小菲好想给他拆洗拆洗。他除了一个干净模样，哪里都窝里窝囊。

小菲卷下被子，抱了就去院外的井台。谁也没留神小菲一双脚赤红，踩的是欧阳干事的被单。被单是洋布，又旧，洗着很轻巧。等她回到宿舍，发现自己地铺上有一本书，名字叫《怎么办》。小菲幸福得两眼一黑。他认出那是小菲的铺位呢！只凭一件小菲穿着练功的红黑拼花毛衣。

下午政治课堂上同宿舍的两个女兵说："欧阳干事到处找你。"

"噢。"

"没找着就叫我们把书交给你。"

"真的?"

"什么真的？他说你跟他借书啊！"

小菲稍有些寒心。到下半堂课，小菲溜出去，试试晒在院子里欧阳干事的被单，还有一点潮。不过缝上也无妨。小菲做事快当，只是事情做得都不怎么漂亮，绗被子的针脚有三寸长。她套好被絮，想到欧阳干事这天晚上躺进去，满鼻子是小菲洗脸香皂的茉莉花味，加上小菲手上防裂的蛤蜊油味，明一早他和小菲，就是另一个开头了。她把被子原封不动搭回到背包带上，小菲拉住左边的辫子绕了绕，又抓起右边的辫子咬了咬：不久就是欧阳干事知道小菲心意的时候了。

晚上在宿舍里开班会，小菲听见院子里有人喊："下雨啦，谁晒的被子还不收啊?"

小菲从地铺上爬起来，在一堆女兵们的布鞋里找到自己的鞋。等她跑出去，见早上替欧阳干事晒被子的干事正揭下小菲费半天劲拆洗的棉被。"欧阳萸的！早上我给他晒的！这家伙也不知道自己收收!”

小菲站屋檐下，趿着鞋，看雨丝粗起来。然后听两个人玩笑地叫喊：“欧阳少爷，你们家的仆人真够懒的，被子都不给你收!”

真的，他就像个少爷，一股贵胄气。小菲不但不怨，更是想多多地给他些情感和体力的特别优待。

清早大部队在小雨里出发，要进城了。小菲和文工团的鼓动宣传小组比所有人出发都早，先占好一块高地念临时编写的数来宝。小菲这天是山东快书演员，一边念词一边还要唱柳琴过门。连男演员都嫌难为情的差事一般都落在小菲头上。只是战斗部队的指战员不嫌弃小菲，觉得她要猴要得精彩无比，太鼓舞士气了。连都旅长也爱看她耍逗，山东话讲这么好容易吗?所以小菲自己不觉得文工团人净作弄她。

欧阳干事骑一匹瘦马从宣传台下经过，跟她说：“你知道你的台风怎么坏的吗?就是让这种东西给糟蹋的。”

小菲一愣。不过她觉得欧阳干事专门跑过来跟她说句话，已经够让她魂飞魄散了。管他说的什么，她反正什么都听得进。她问他：“你昨晚被子湿了吗?”

他莫名其妙地看着她。文工团的人叫小菲去唱小合唱，手风琴已经拉开了。小菲看着欧阳干事追队伍的背影，看着他进了行列。他居然毫无察觉。小菲两脚在冰冷的水里泡得鲜红，棒槌捶酸了胳膊，就为他能睡一个香喷喷的被窝。没人知道小菲溜出政治课课堂去干了什么。连他本人也完全不知道。这个呆头呆脑的少爷啊。

小菲在晚年会想到这一天，这一段时间，想到女人一旦对男人动了怜爱就致命了。崇拜加上欣赏都不可怕，怕的就是前两者里再添出怜爱来。晚年时小菲想，她对自己的孩子都没有这一刻看着欧阳萸走去的身影更动怜爱心。她在青年和中年时一直看不透这点，总认为她爱他风度、才华、相貌，崇拜他学问渊博，欣赏他愤世嫉俗。但她对自己真正悟透，要在白发丛生，撒谎撒得不错的时候。

三

大部队进城十分壮观。小菲惊奇地发现这座小城蝇营狗苟的乌合之众一夜之间洗心革面了。破烂的街面铺板也漆了一新，贴着红纸绿纸的标语。汉子娘们用于骂大街的嘴巴现在用来欢呼口号。举彩色三角旗的手，或许正是掏腰包、拍花子、拾菜帮、打卦算命、洒狗血卖打药的手们。怎么也会有正气昂然的样子？小菲心里先是不肯信服，慢慢变得有些感动。女学生男学生们穿得整齐干净一派深蓝，几百面腰鼓打出一个动作，一个点子，小城散漫流气惯了，这回可真的改了坏习性。革命就是厉害。

“田苏菲!”

小菲扭头一看，没找到叫她的人，但已认出那嗓音：孙小妹。扭头时她走错了操步，鞋给后面的人踩下来了。她跳一只脚到队伍边上去拔鞋。刚直起身，一只手拍在她肩上。腰鼓队散出个豁口，让一个年轻女兵和她的旧日同窗抱成一团。

“你妈后来找到我家来了……”

“真的呀?!”

“煮的!”

这时政治部过来了。小伍大老远就张开双手冲过来。三个女孩眨眼抱成一个人。

“我们学校就来了你一个？”小伍问孙小妹。

“还学校呢？人家都毕业了！这是纺织学院的学生！”

“不行，回头再谈吧，不能掉队！”小伍见小菲还想继续掉队，厉声喊道，“小菲！跟上了！”

小菲紧跑几步，上半身还扭向孙小妹。“话别没个完。”小伍小声说，“知道她政治面貌吗？这个城市的三青团员多得很，尤其是大学生！”

小伍才十九岁，政治上进步飞快，一礼拜不见小菲对她就得调整一次认识。小菲常要接受她教育：

“小菲，要有点理想，你以为好好演戏就行了？”

“小菲，据说你入团申请只写了三行字。你平时多嘴多舌，废话连篇，让你说正经话，你就三行字？”

“小菲，眼睛别净往文工团的男演员身上看，找对象要找军事干部、政治干部。男演员除了会演戏还会什么呀？”

有时小菲不服，回嘴说：“那军事干部除了会打仗，还会干什么？不打仗了，他们还能干什么？”

这种时候不多，但碰上这种时候小伍颇有些吃惊，觉得什么时候起她的权威性在小菲那里动摇起来了。小菲狂是因为外面传说都旅长看上她了。她对小菲暗暗敲打：别膨胀，都旅长常常跟文工团的女演员搞不清爽，捧完这个女主角捧那个。人家是女主角，你不过是顶替顶替。小伍说去攀都旅长那棵大树是不识时务，部队一进城，什么大美人女才子没有？轮上田苏菲做梦？

这天晚上文工团在城里的大戏院演出。这是进城第二天，票都是送给城里头面人物的。小菲早早接到通知，让她演喜儿。她以为听错了，跑去问鲍团长是不是A角B角的喜儿一块儿病了。团长说：“问什么问，走你的场子去吧。”

乐队也不拿小菲当回事，求爷爷告奶奶总算找了板胡和笛子，来陪她走场。其他人都说："小菲还用走场？小菲是万金油，往哪儿抹都灵。"

到了化妆时间，团长跑步通知所有人："还按原班演员上。小菲还是演群众！"

这可太意外了。A角临时顶替了小菲。她倒美滋滋的，因为她头一次作为一线演员、第一选择，而原来第一选择做了她的顶替。据说那天晚上都旅长点名让小菲演喜儿，但他临时有重大事情不能来看戏，文工团赶紧把A角和小菲对换回来。

其实都旅长已经把小菲变成他棋盘上的棋子，想怎样走她就怎样走她。他在那次打土围子与小菲"邂逅"之后，就已定局在握。他早就知道田苏菲的名字，不过他识的字里没有"菲"，因此他就在练字的糙纸上写"飞"、"飞"、"小飞"。警卫员们知道就知道，都旅长明人不做暗事，他老光棍一条，不想女人想什么？都旅长觉得小菲特别对他的胃口，白白净净，眉清目秀，三分憨态，七分俏皮，终生有这么个小花旦在身边云绕，武夫亏久的阴柔都给滋补上了。都旅长还看重小菲一点特质，就是真。这一点连学问很大的欧阳萸都错过了。

都旅长安插的探子是文工团的舞台美术组长，叫邹三农。邹三农也是江西老俵，跟都旅长同乡。邹三农把暗地搞来的有关田苏菲的情报都汇报给了都旅长：家庭成分该算是城市平民，教育程度是女子教会学校高中水平。邹三农一心助旅长的兴，只讲好话不讲坏话，其实小菲只读了一个月高一。那个年月高中女学生相当于几十年后的女博士，尤其在一个乞孩出身的老革命眼里。

进城之后，邹三农把小菲妈的住址也弄到了，都旅长叫警卫员给小菲妈带三盒烘糕一封请柬，请她三天后到大戏院看小菲演《刘胡兰》。小菲妈这时还没有改变对共产党的眼光。什么解放军？不就是土匪吗？她在南京住那么多年，把歹人一一排列下来便是：鬼子、汉奸、土匪、共匪、黑帮……她把烘糕好好地锁进了衣柜，把请柬撕了撕，备下做引炉子用。女儿是彻底白养了。十六年含辛茹苦，织毛衣、絮棉袄，抽断几根笤帚苗子，结果养出个匪来。

伍老板娘跑来通风报信，说解放军可是不得了，把城里的婊子全收拾了，带到哪里治病的治病，学本事的学本事；解放军一进城就把东孝口的恶霸捉了，这些天到处捉恶霸，然后说到她家善贞。善贞嫁了个解放军大官，是个团长。伍老板娘走在巷子里人都高一截，有时指着巷口停的黄包车跟邻居说："善贞接我们去吃饭，她忙吔！"

这些小菲一概不知道。她只是今天推明天，明天推后天地推迟回家看母亲的日子。她怕死这日子了。跟母亲怎么解释半夜偷偷出走的事？为那件果绿色带黑绒球的毛衣就狠下心把妈丢了投奔革命？

要是妈冷一张脸说："哟，功臣回来啦？我们家庙小，装不下你哟！"她小菲该说什么？

假如母亲说："这位解放军女同志找谁呀？恐怕认错门了吧？"她又该如何往下接茬子？

母亲有权利有理由这样对待她。她最怕的一点是母亲什么话没有，劈头盖脸就是笤帚苗子。她肯定对那种疼痛受不惯了，扭头就会往门外逃。小菲一想到自己人五人六一身解放军军装给妈的笤帚苗子追得满巷子跑，就把回家日子推得无期了。

她哪知道母亲这会儿正在街上看解放军扫大马路，通臭下水道。母亲是直觉特灵的人，她一看就觉得这些兵一身正气。再说她最疾恶如仇的东西就是妓院，一听共产党封了所有妓院，除掉了把男人引坏把女人弄脏的地方，至少得念共产党这一点功德。在城里兜一圈，她回到家就去柴篓子里掏，把那撕烂的请柬又扒拉出来，用饭粒子黏上，打算晚上上大戏院。她不知给她送请柬的士兵说的首长是什么官，他特地买点心特意送请柬恐怕和苏菲有点不一般的意思。“首长’有没有“团长”大？母亲们在攀比女儿时总是浅薄、虚荣，何况小菲妈生性那么要强。

小菲什么都不知道，只知道她晚上演刘胡兰。她还知道自己要演出欧阳萸说的“含蓄”。欧阳萸在进城后影子都没了，小菲想到小伍说的满城大美人女才子就慌。她一面化妆一面打量自己，不难看吧？母亲一直骄傲她的鼻子，总说鼻梁是长相贵贱的关键。不算大美人，还是讨人喜的，多少分？打八十五？八十分？欧阳干事难道非得爱个一百分的？

进城之后文工团从城里京剧班子弄来些真正的化妆品，但文工团的人还用不惯，黑油彩描眼圈描成两个黑炭球。他们宁愿用自己的代用品。小菲把一根木签子在煤油灯火烛上烧一下，用草纸捻一捻，就是一支眉笔，描上两三笔，再去烧。她万万没想到母亲这时把最后一点家当披挂上了：身上是黑绒线的长外套，罩住里面的棉旗袍。虽然黑绒线是各色毛线染的，但在戏院的灯光里看，黑得很均匀，很笃定。她把两个翡翠耳坠子也戴上了，配上一个假翡翠镯，看上去贵而不华。她进场时还早，没有多少人，收票的一看她那破碎又重合的请柬说：“你是从戏院外面捡的吧？”

小菲妈笑笑说：“你看我像不像在街上捡东西的人？”她想起送烘糕的首长姓都。这个姓跟别的姓弄不混。她告诉守门的人说是一位都首长给她送的请柬，让家里的小捣蛋给撕坏了。

小菲妈坐下十多分钟，观众入场了。她的座位在第三排。人们把前后左右都坐了，独独空着第三排中间一行椅子。头一遍铃响之后，几个穿军装穿长衫马褂的人走到第三排来，一个三十多岁的军人坐到小菲妈左边，伸手过来说：“田妈妈你好，我是都汉。”

小菲妈打量他。都汉就是都首长。成了田妈妈的小菲妈不知他伸的手是干吗的，欠起身来，笑一笑，鞠鞠躬。刚要坐下，都汉首长把她右手握住了。田妈妈想这是什么礼节？手够厚的，倒是细皮嫩肉。都汉首长人很和气，一笑就腆肚子仰脖子，笑得四座皆惊。

“小飞你教养得好！”都汉首长跟别人谈过几句话，又转回来关照田妈妈。

大幕拉开了，田妈妈听惯京剧越剧黄梅调，心想这是马戏乐曲嘛。过了几分钟她才认出女儿，一认出就不知她唱的是什么戏文了，眼泪不住地淌。

“田妈妈看看我们小飞长大了是吧？”田妈妈点点头，觉得苏菲高了半个头，一双大脚片子走路扇风，解放军没亏待她，伙食好营养好，看她一瞪眼一牛吼全是气力。她原来是要把苏菲养得细细气气，现在一看，浑身蛮劲。不过硬扎壮实比什么都强，她就将就着看吧。

这天小菲演得轻松自如，假如她知道第三排中间的观众是两年前成天朝她舞笤帚苗的母亲，肯定挺不起胸撒不开手脚的。她的笑和哭全是真的，不来半点技巧，什么含蓄？含蓄还不憋死她？幕间休息十分钟，她想起晚饭还热在炭火边上，赶快跑去吃。鲍团长进来，说她唱得有点冒调，小菲满口米粉肉，使劲点头。不过大家都很感动，说小菲是真正的新时代演员，演出来新中国的形象。团长告诉小菲市里省里的剧团都来看今晚的戏了。他说着说着不说了，看一眼吃得喷香的小菲，加一句：“算了，演完再告诉你。”

小菲说：“什么事？”

“等戏演完再说。”

小菲说：“你说一半我哪还有心思演呀？上台忘词算团长的。”

鲍团长眼睛不看她，眼光挪来挪去，没地方停歇。

“肯定是坏事！”小菲说。

“不是！不是坏事！”

“不是坏事你早讲出来了！”

“是好事！”

“才不信。”

“真的。都旅长跟我正式谈话，说要娶你。”

小菲先一愣，然后嘿嘿笑了。团长想，她真把它当好事呢。“我不让他娶。”小菲说。

“你别胡扯啊，旅长看上你！不是团长、营长。”

小菲突然问：“欧阳干事是什么长？”

鲍团长明白了，脸凶起来，说：“小菲，别没头没脑没心没肺，你可不敢把这话跟别人讲，不然到最后你嫁不嫁都得嫁，不能让都旅长心里对你不舒服。”

开场了，小菲连口红也来不及修理就上了台。演到刘胡兰上铡刀时，小菲想，刘胡兰上铡刀都不怕，都旅长又不会把铡刀架在我脖子上。她比哪次动作都昂扬，唱得热泪满腮。但躺得太猛，位置稍微错了一点，装满猪血的猪尿泡就到她耳根部位了。她想调整一下，又觉得不对头，女英雄躺下去还拱两下，多不成体统？木头铡刀朝着她就下来了，原该压到她脖子上，压到猪尿泡就成了热血飞溅的场面，配上天幕的红光，十分激动人心。但这回铡刀压的是小菲的下巴，猪尿泡安然无恙。“刽子手”左压不见血右压不见血，全身分量都压到刀把上了。虽然是木头铡刀，小菲也痛不欲生，下巴马上就要给压碎了。她偷偷缩回胳膊，手指往猪尿泡上一捅。虽然没有血溅苍天，观众们是见到血了。

“为刘胡兰同志报仇！”台下一片喊声。

大幕垂下来，观众喊的哭的拍巴掌的，小菲托着下巴慢慢爬起来。她一边拍屁股上的土一边想，都旅长您周围全是大美人女才子，我小菲算个狗屁，您行行好就把我当个狗屁放了吧。大幕再吊上去时，小菲走到前台谢幕，腿脚全软了：世上她最怕的两个人正并肩站着，给她鼓掌，母亲哭红了鼻子，都旅长也哭红了鼻子。

母亲和都旅长都上台来和小菲握手。母亲学新潮事物很快，知道共产党男女无别，握手就成礼。母亲说："还给你留了腊鸭腿。留了有两年了，还没哈。回来吃饭，啊！"小菲眼泪流下来。

母亲又小声说："哭什么？叫人家首长看见笑你。都是要出嫁的人了。"

小菲有一百张嘴也讲不清。母亲一定以为她和都旅长私定了终身。都旅长打一辈子光棍倒挺懂嫁娶方面的进攻战略。他和母亲一成盟军，小菲再犟也不行。何况小菲从来不敢和母亲犟。都旅长用宠爱的眼光看着小菲。小菲泪水更汹涌。革命是残酷的。

第二天天不亮小菲起床练功。当时她逃是革命去，现在要再逃，是从革命里逃到革命外吗？她想不明白。该找个人帮她想。她想让欧阳干事帮她想。

她上午到政治部去找欧阳萸，见另外三个年轻女兵在他办公室里。欧阳萸介绍说她们是另外一个师文工团的，现在要和小菲所在的团合并，组织一个话剧团，大概是这个省第一个国家办的剧团。

"那就不是解放军了？"

"转成半军半民。"

"太好了！"

欧阳萸看小菲眼睛做白日梦去了，问她怎么"太好了"。

小菲说一会儿告诉他。她的意思是等他俩能私下里说话时再告诉他。小菲刹那间想到了逃脱。不在军队可以不服从军队首长的婚姻安排。她说“太好了”，心里就在想这一点。小菲不图别的，只图一天天把文化修养提高，让欧阳干事某一天收到一封字体优美充满雅词的求爱信。假如欧阳干事谢绝，小菲也认了。

小菲和母亲约好下午回去吃饭。她想在欧阳萸这里看看气候，跟母亲谈都旅长时胆会壮些。她想在欧阳萸对她的一瞥目光、一个微笑、一句教诲里找一点好气候。欧阳萸请那几个女孩子替他朗读剧本。是省里某人赶潮流写的革命剧本，送来听解放军的意见。小菲心想，气候有点不妙，他怎么不请我朗读呢？女孩子们嘻嘻哈哈，说要欧阳干事请客，吃名菜“蒸臭豆腐”。

欧阳萸指指小菲：“你们问问她，我从来不吃臭豆腐。”

小菲立刻神魂颠倒。他要告诉这些女孩，她小菲了解他得很，跟他贴己贴心，掌控他的生活习性。后来小菲弄清了欧阳萸的用心。他太知道自己讨女人喜欢，常常是拉出一个来，招架其他的。

他们五个人走到四牌楼，欧阳萸不断对市容打趣挖苦，四个姑娘众星捧月，他说什么她们都觉得好玩死了，笑得疯疯傻傻。街边小户人家的女人们端着大碗吃午饭，筷子上夹根腌萝卜，眼睛跟着女兵们走。她们眼里小菲一行目空一切。所以小菲向她们打听地址时，她们都诚惶诚恐。小菲问的是西餐厅。是听说有一家西餐厅，好像在剃头店楼上。几个小户女子一齐指指街对过的红蓝条子旋转灯。欧阳干事笑着问小菲：“你不是这个城里的人吗？路都不知道？”

“我就知道从学校到家的路。”

“一共不就两条马路吗？”

“不止！”

另外几个女兵说："欧阳干事逗你呢，小菲你跟他较什么真儿？"

小菲笑是笑，但心里有些委屈：说都说到我家了，怎么无心问问我家住哪里？有几口人？都旅长一介武夫，都晓得嘘寒问暖。欧阳萸带领四个女兵进了剃头店，拐上个木楼梯，就听见留声机奏的西洋乐曲。留声机和唱片都老掉牙，乐曲常常出现下滑音，阴阳怪气。欧阳萸看看留声机说："文物啊。"

坐下之后，欧阳萸对等候在台子边上的侍者说："乡下浓汤有吗？"

"请先生再说一遍。"

"算了，就法式洋葱汤吧。五份。起司少放一点。"

"对不住，什么'气死'？"

欧阳萸四周看看，眉毛扬起来："没走错地方吧？这是什么地方？"

"玫瑰露法国菜馆。"

"没有起司？"

"我去厨房问问。"

"不必了。有什么就上什么吧。"

"炸牛扒，炸猪扒，炸马铃薯，炸土司。都上？"

大家安静极了，听欧阳萸在荒腔走调的西洋乐里点西洋菜。侍者穿白制服，虽然站得恭敬，表情有些不屑。他知道解放军是农民的军队，农民进城开洋荤，点出什么莫名其妙的玩意儿来？"洋葱汤"？他要去厨房和大师傅好好笑一场。侍者用纯正的淮北话说："我们的萨其马全省有名，恕我向大军先生大军小姐推荐一下。"

"你来这家吃过饭吗，小菲？"等侍者高贵的身影消失在屏风后面，欧阳萸问小菲。

"没有。"小菲看看包金的壁灯，又拿脊背撞两下火车厢式的高靠背，“我们家哪吃得起这种馆子？我妈买一斤黄豆芽要吃三顿呢！”她无忧无虑地笑笑，欧阳萸眼睛在她脸上定了一会儿。

“就这样多好。”他看着小菲说。

“嗯？”

“你自然起来很好。上台一使拙劲就不是现在的样子了。”

小菲忽然说：“那我再也不上台了。”

欧阳萸发现其他的女孩子有些受伤害的样子，马上说：“我看过小马的戏。马云霜很知道分寸。”他指着辫子扎一条花手帕的丰满女兵说。小菲已知道小马在上海的学生剧社是台柱子，演过曹禺的两个女主角。看看，这不就是一个现代的大美人加女才子吗？

“朱敏也不错。小申的《兄妹开荒》我看过两次呢！”欧阳萸在四个女子中搞共产主义，按需分配。

叫的菜上来了。冷的热的甜的咸的稠的稀的一块儿来，摆一桌子，人的胳膊和餐具都没处放。女兵们中间只有小马吃过这样复杂的洋餐，欧阳萸站起来，替她们每人把牛扒在盘子上切成小块。

小马在他松垮垮的军装前襟蹭到她脸时，仰头笑着说：“谁是马云霜啊？瞎叫！”

他手上的刀叉停在小菲的盘子上，懵懂地看着小马。

“我们几个女同志一块儿改名了！”

“噢，我怎么会知道你们改名？”

“官僚！”小申说。

“改成什么了？”欧阳萸问，人坐回椅子上。

小马欠起屁股，伸手掀开欧阳萸的军装衣兜上的盖子，拔出一支笔：“喏，写给你看！”她拔掉笔帽，拉过欧阳萸的手，把字写到他掌心上。

小菲见欧阳萸飞快地看她一眼，脸绯红。小菲想，他或许对小菲长时间的追求心知肚明。他看她一眼是要她别吃醋。小菲当然不可能不吃醋，这个女子怎么对男人动手动脚？居然是对她小菲一往情深的男人！

她觉得她膝盖给一股温热的力量稳住了。欧阳萸的腿又细又长，骑他那匹老瘦马也比别人风度好。小菲一身都往下泄，留声机呜呜咽咽的提琴声此刻一圈圈转在她脑子里。她泄成一摊水似的淡淡恬恬地看小马继续调戏欧阳萸。没有用的，真戏在桌子下面。欧阳萸说："噢，都是红的，对吧？马丹、申赤、朱绯。"

"好不好？"马丹（马云霜）问。

"好。"欧阳萸说，把手掌给小菲看，"好吧？"

小菲点头，笑笑，看也没看清那些字。她看出欧阳萸有一点尖酸。

欧阳萸起身向侍者要账单，马丹说："不对，差一个菜。"

侍者伸着手指数了数满桌盘子："不差呀。"

"法式洋葱汤呢？"马丹问。

小菲心想，她做上管家婆了。

"噢，对不住，这豌豆汤算起来比洋葱汤贵两分钱。你们上算些呢。"

欧阳萸说："你们这是法国菜馆呀？"

"是啊。"侍者对土包子们很耐心，"全省就这一家。"

"豌豆汤是德国菜。"马丹说，她跟欧阳萸搭档得很好，"你以为解放军都穿大裤裆，用抽水马桶当洗脚盆是吧？"

欧阳萸哈哈大笑，申赤和朱绯也笑。马丹说："肯定是你们大师傅昨天多煮了豌豆汤，没卖完，今天说，慰劳解放军吧，他们小米加步枪吃得出什么把戏来。"马丹一口淮北话。

侍者赶紧解释，说大师傅大概读错菜单了，他马上回去请他补过。一直等到下午两点，洋葱汤还没上来。欧阳萸对小菲说："你估计他们在干什么?"他指指屏风后。

小菲摇摇头。

"在种洋葱。"他说。

这次是马丹哈哈大笑。她和欧阳萸旗鼓相当，轮流坐庄寻这座小城的开心。小菲对欧阳萸又吃不准了。

结账时欧阳萸从每个口袋都掏出一把钱来。东一把西一把堆在桌上，侍者数一数，说钱不够，还差五百块。欧阳萸从身上拔下钢笔："谁把金笔给我当了，能当好几千。"

"礼拜天，当铺不开。"

"那抵押呢?"

"对不住，我们从来不抵押。"

欧阳萸看着侍者的脸发呆。马丹说："告诉他部队番号，明天给他送钱来，不就行了。想难倒解放军，长江天险我们都过了!"

"不行大军小姐!"

"别胡叫！小姐是资产阶级，是我们的敌人，懂不懂?"马丹立刻占了一个上风，又占一个上风。

"不能赊账，老板要请我滚蛋的!"侍者的小碎步直往后退。

"把你老板叫来。他给我们吃这种东西，还敢收那么多钱，解放军收拾的就是这种奸商!"

小菲这时把一沓整整齐齐的钞票往欧阳萸手里一塞："够了吧?"她的钱是给母亲的见面礼。

欧阳萸马上把钱交给侍者。侍者转身跑着圆场，凤阳花鼓灯似的叫板："五个解放军结账啦！没给小费!"

欧阳萸把侍者喊住，从不知哪个角落里找出个铜子，往桌上一按。侍者又跑圆场回来，拈起铜子叫得更加嘹亮："解放军给了一个大子儿的小费啦!"

马丹领头，欧阳荑紧跟，大家又笑一阵。出了门，因为还正笑在劲头上，小菲和欧阳荑告别也是潦潦草草。走出去十多步，小菲停下，看着三个女子鞍前马后地跟着欧阳荑，心想，哪怕他回一次头也好，小菲回家的步子都能硬扎些。

四

小菲走到巷子口就看见一匹高大的枣红马和一匹黄马。她脚步一顿，想往回转，邻居的孩子已经跑着朝巷里叫唤了：“田苏菲回来啦！”

小菲在家门口看见都旅长的警卫员把一群孩子往外轰。孩子们一看小菲走来，七嘴八舌地说：

“田苏菲有马没有？”

“田苏菲会打枪不会？”

“田苏菲走路低着头，在地上找什么东西呢！”

孩子们议论她就像她不在场似的。

一个大个子男孩说：“田苏菲吃包谷不消化！”

“不是的，是吃香瓜，吃拉肚子了！”

“田苏菲给她妈拿笤帚苗追着打，直喊：‘救命啊！’”

小菲原来很懊恼他们把她小时见不得人的老底揭出来，忽然她就想开了。再讲响一点，让首长听听，看还有没有胃口娶她。

都旅长坐在藤椅上，粗呢子军装从藤椅的破洞里挤出一块。小菲妈笑道：“看这丫头有没个样子？来晚了都不赔个礼。”

小菲跟妈约好是三点回来，现在已经四点了。她先跟都旅长敬了个军礼，听见外面孩子一声哄笑。警卫员硬是把孩子们推出去，闩上了门。

都旅长反客为主，手指画了画对小菲说：“坐坐坐！吃什么？炒米糖？花生？”他把小菲妈预备的几小盒果食递到小菲面前。小菲还没来得及伸手，他手已经先插到花生里，替小菲做了主张。他动作大惯了，这类秀气的待客摆设经不住他一只大手进去，没抓起什么来，倒碰落不少花生到裂缝的地板上。

“部队又要打仗了。还不知道吧？”都旅长看小菲摇摇头，又说，“这回恐怕走远喽。”

小菲发现妈和警卫员都没了。不知什么时候知趣走开，把小屋单单留给她和都旅长。

“去哪里？”她心都乐得直开花。要打仗，又走得远，远征的旅长就顾不上她小菲了。

“去广西。剿匪去。”

“这么远?!”她也不知道广西在哪儿。

“所以你有空回来多陪陪妈妈。这一走就不知什么时候才见得到她了。”都旅长说。

小菲差点说：“我也去?!”不过她知道这话说不得，太不进步。都旅长告诉她，文工团要挑一批年轻力壮、多才多艺的跟部队走，剩下的就跟另一个团凑成话剧团。他讲的意思是精华都是部队的，留下的人给老百姓打捞渣子。

小菲两眼直直地看着鞋尖。鞋是小伍送她的，黑布面子脚尖贴着云形的黑皮。她要能做小伍就好了，跟着首长打天下去。她偏偏毫无着落地爱欧阳萸。小伍肯定是“精华”，肯定不会留下让人把她当渣子打捞。小菲不在乎做渣子，跟欧阳萸一块儿给打捞到哪里去都行。都旅长还在接着操办小菲的人生，叫她不要和母亲顶嘴，他已知道她怄母亲的气出去投奔革命。

晚饭很丰盛，小菲见母亲从草捂子里端出炖的、蒸的，从碗柜里端出冷盘小菜，又从屋檐下摘下个盖篮，里面是一块棉垫子，包着一砂锅红烧肉。母亲从剧院回来就开始打点这顿晚餐了。她烫了酒，点上小暖炉，让小菲给都旅长揣进衣服里。小菲在母亲面前从来很乖，便照办了。都旅长见小菲替他解军装纽扣，哈哈大笑，说：“哎哟我这贤惠妹子吔！”

晚饭后都旅长回去，问小菲跟不跟他走。小菲说她得跟母亲住一宿。等都旅长和警卫员走了，小菲抓了军帽就告辞。跟母亲说第二天礼拜一，早操上得早，怕赶不回去犯纪律。话是真话，但早上赶路比晚上安全。小菲妈什么洞悉力？马上就说：“你看不上人家，是吧？”

小菲说什么看得上看不上，相处都没处过。母亲叫她少来那种闲书里看来的一套，什么相互了解，相互尊重？小菲要是不了解都首长，妈了解，他跟妈把他三十六年桩桩件件事都讲了。就是讲究郎才女貌才子佳人他也不差，是瘸是瞎是麻？大不了身上有几个弹眼子，哪个人不是靠衣装啊？人脱了衣服都是走兽。

母亲见女儿两眼呆滞，眼神凄惨，把话放软些：“一个女人聪明就聪明在趁年轻给自己找个大靠山。你多福气啊，大靠山自己找你来了。妈讲句没脸的话，你有靠山，妈也能靠靠。过去妈打死都不肯讲这句话。”

小菲发现母亲在抽烟。她没注意母亲什么时候卷上了烟，已经抽了三根了。母亲从父亲得了痨病后就戒了烟。什么时候又续上这一嗜好的？在她半夜出走之后？母亲的烟丝装在一个旧烟盒里，烟盒有一个长槽，放卷烟的纸张。烟丝有些是焦煳的，显然是从烟屁股里拆出来的。晚上母亲去剧院和影院门口捡烟屁股的样子顿时刺痛了小菲。她一定是款款地向一个烟头走过去，先用鞋尖踏住它，四下看看，见没人注意，飞快地弯下腰，或者漫不经心地蹲下，装着拔鞋，把烟头捡起来。

小菲看见红木柜的门把断了，没有修理好，床下的鞋被趿得塌了帮子，屋角一些棕黄的水渍，是屋顶漏雨留下的。小菲越留意发现的迹象越多，母亲穷途末路的迹象。没了小菲，她失去了精神和志向，她放弃过。

若不是因为要在家宴请都旅长，也许这个家更破败不堪。为了这次重大会见，她重打精神，在一片破败上竭力修补，红木柜子上了蜡，又拿出多年前的挑花台布，台面一片浅褐色的茶渍给一块茶巾上剪下的类似挑花补上了。一块鹅黄被面拼凑出一幅窗帘，两把藤椅烂出窟窿她没法补救，但她缝了一对新花布棉垫。为这一餐饭，不知她又和当铺老板舌战多久。一刹那间，小菲几乎想说：妈，好吧，就趁了你的心吧。

“妈，以后我每月薪水都给你。”

母亲在浓烟里眯细眼：“你以为我不知你想讲什么？你是想讲：我养你，你就放我一马，别逼我嫁给他了。”

“妈，我才十八岁。鲍团长说了，我以后会成个大演员！我才不靠男人呢！”

“少作怪吧。就你那样算唱戏啊？人没上台胸脯子先上台，人下了台屁股还撅在台上！跟了人家旅长，做个夫人，也好不现世了。”

“革命戏就是这样的！”

“再请我看我是不会去看了。”

“都旅长就夸我演得好，说我在上头演，他在下头掉眼泪！”

“真不容易。都旅长欢喜你，连你前挺胸后撅腚，帽子戴成个猴顶灯，他都欢喜。你还端架子？你端吧，嫁过去之前端端架子，嫁过去苦头有你吃。男人都是先娶了你，再收拾你。”

“他今天跟你说他要娶我？”

“那他来干什么？闲串门子？”

小菲心里一算，部队要开拔去广西大山里剿匪，难道都旅长是要先娶她再带她一块儿去？都旅长好厉害，也怕进了城小菲如鱼得水，让个城里小伙子插一手。留后方的年轻军官也不少，新四军里的文人一向很多，等他剿匪回来小菲早没他的份儿了。部队出发时间保密，不知她还有几天的自由。十万火急，她必须去找欧阳萸。她可含蓄不起。

母亲说："你在动什么脑筋呢？想逃婚呀？"

"妈，你说什么我都听，就是这件事我不能听。"

"随你便。只要你胆子没大到当逃兵的地步就行。到时不就把你手脚捆捆，头上盖块红布往都旅长房旦一扔吗？军队不作兴？你妈不是军队的，你妈做得下当得下，捆旁人捆不动，捆你还行。怕你踢我窝心脚啊？没给你生那个野胆子！"

小菲心想，母亲也许干得出那类事。先敷衍过去，容她一点时间和欧阳萸商量。她已经忘了对欧阳萸她基本还是"剃头挑子一头热"，她满心兵荒马乱，扯了欧阳萸做自己的救星。

"好吧，妈，我好好想想。"

"你以为我不知你想什么？你想去和你那小相好小白脸商量商量！"

母亲总是魔高一丈。

"哪儿来的小白脸？我根本没谈对象！"她扯起嗓门来了。

"没谈就没谈，你冲我喊什么？你以为我不能拿笤帚苗子揍你呀?!"

小菲低着头，心想，我现在是解放军了，看你敢打解放军！

"你想，哼，敢打解放军呀？打解放军是反动派！"母亲说，"今晚我就当一回反动派，你挨完打去检举你妈吧。"

小菲眼睛还是不抬，人慢慢站起来。她说："那你打吧。"

"打死也不嫁，是不是?"

小菲不吭声，垂头垂手站在十五瓦的灯光里。不久她听见抽泣声，再一看母亲不见了，母亲去了里屋，坐在她曾经的小床上流泪。

第二天清早小菲起身，母亲一身寒风地进来，把一盆热水、一个漱口杯端进来。等她洗漱完毕，又是一个滚着芝麻的糯米团子。她吃糯米团子时，母亲把她拉到小椅子上，按她坐下，她自己坐在床沿上给她梳辫子。从她记事就是这样的早晨。无论世事如何艰难，母亲怎样绝望，她都给小菲这样无忧无虑的早晨。为这个母亲，小菲还有什么不能牺牲的？

她走出家门才五点半，离出操时间还有半个小时。母亲把黄包车叫到巷口，往她手里塞了些零钱。黄包车跑出去老远，母亲还站在伍老板铺子的阳棚下。母亲看上去并不老，但凄清得刺目刺心。

五

回到驻地，小菲赶紧把欧阳萸借给她的书拿出来，什么雅致冷僻的词也想不出，干脆在一条小纸条上写了一行字：我想嫁给你。她把它夹在书的第一页，又把书包了一层报纸。早饭后要排练，小菲只好趁早饭时间去找欧阳萸。欧阳萸见了小菲说："等发了薪水再还你钱，好不好？"他脸通红，完全不是昨天和一群姑娘在一块儿打诨的混世魔王了。

"还你书。"小菲眼睛逼住他。

他看她一脸正色，赶紧一笑，说："昨天要是没有你我们大家都完蛋了。"

"书里夹了个东西，给你的。"小菲说。她不怕羞的毛病此刻可帮了她大忙。

"好的。"他有一点意识到什么要发生了。女人对他总是这样，心里轰轰烈烈，他不跟着反应，她们最终会活过来的。

小菲告辞出去，一个新闻干事进来，急匆匆地把欧阳萸的门关上。小菲无心听他们的要闻，小跑回文工团去了。中午她去欧阳萸的办公室，他正在写东西，问小菲是找他还是找其他干事。

小菲瞪着眼在他脸上找。他突然想起一个句子，在砚台上飞快顺顺笔尖，把句子写下来。小菲也好，其他进进出出的人也好，都不打搅他，他的专注就是他的门户，说关闭就关闭，把所有人严严实实锁在外面。然后他一会儿把眼睛翻起，看看天花板，一会儿搁下笔抓耳挠腮。小菲看他茶缸子里的茶叶给呷得紧贴在杯口上，也不去添水。她拿起茶缸，从暖壶里倒了些开水进去，又放到他桌上。

所有人都注意到小菲了。大家脚步生风地走过去走过来，相互招呼开午饭了，但每个人眼光都盯在小菲身上。终于有个年长的干事替小菲委屈了，大声说："哎，欧阳萸，你也理会理会客人。"

欧阳萸竖起左手的食指："最后一句！"

然后他把笔一扔，端起茶缸喝了几大口水，这才转过来对小菲说："那个剧本，他们要我写意见，下午作者要来拿。"

他弯下腰，打开写字台下面的柜子，手在里面胡乱搅了一下，又拉开抽屉，一个、两个、三个，没找到他要找的东西。就一个办公桌，一小块地盘，一会儿就让他弄得天翻地覆。"找什么？我帮你？"小菲说。

他再次弯下腰，这回从柜子里摸出一个纸盒，上面就是昨天吃饭那家西餐馆的名字"玫瑰露"。

"喏，你喜欢吃的。"他把盒子往小菲面前推一下，"一个老大姐送给我的。地下党的老同志。"

小菲昨天没怎么吃菜，却吃了两大块萨其马，他居然留心了。原来他在意她爱什么，不爱什么。在意了，还记得住。小菲一时忘乎所以起来，浑身又没四两沉了。

"你知道部队要出发吗？"她问。

"知道。"

"一部分文工团员跟部队走，剩下的跟别的团合并，成立话剧团。"

他忽然说："试试黑颜色。"

小菲不知他在说什么。

“你穿黑颜色会好看。脸越年轻，越不要穿年轻的颜色。头发也是，统统梳上去，不要这个。”他手指在额前比画一下，表示刘海儿，“越是像小姑娘，越不能打扮得孩子气。”

小菲想他在打什么哑谜？我夹在书里的纸条他一字不提，吃午饭的人马上回来了。他不提，她不能逼上去问。她怨怨地盯着他：要她活要她死，都行，别含蓄下去了。

他的神情并不比昨天更亲近，小菲跨出那样一大步——那是送死的一步，他没有任何表示。

“我可能要跟部队走。”小菲说。

“噢。”

“都旅长要带我去。”

他听出她话里的故事了。他脸上有点憎恶的意味，嘴上什么难听话也没有。他是这么个人，没人值得他在背后议论，这个特点不少人观察到了，觉得是个大怪癖。

“那你打算呢？”他问她。

“不知道。”她明明在说，“我的打算我白纸黑字写给你了！”

他哼哼一笑，太阳穴上的一根筋老树根似的凸突出来。他轻蔑还是嫌恶，抑或是愤怒，小菲看不懂。

“自己的事不知道?!”他说。

小菲想说：我一个人对抗一个独断的首长，一个强横的母亲，只要你一句话，我都扛得住。她说：“我就是来听你的意见啊。”

“我怎么能对你自己的事瞎提意见？借给你的《玩偶之家》读了吗？一个独立思考的女性，才是完整的人格。”

小菲顶他一句：“我十六岁离家出走，参加革命，也是独立吧？”

他不直接驳斥她，似乎这么个问题不值得他给予回击。他把头摇一摇，笑一笑。

他这是什么意思呢？他让她读的书全白读了？他对她的栽培是一场枉然？

“中国人的悲哀，就在于都习惯了把命运交给别人去掌握。”

她想这大概就是他的回绝。眼泪转过去转过来，最后还是掉落了。

“那我去广西了。”她说。

“你主意这么定，好啊。”他说。

她出门就往文工团驻地跑。四亿中国人都给他看得那么悲哀，我有什么指望？我再投三回娘胎，出来也做不了第四亿零一个。她慢慢稳下步子，心死了也好，可以求得赖活着的安生。

过了几天，战斗动员、誓师大会都开过了。都旅长打电话到文工团来，要小菲马上去见他。他现在有了吉普车，告诉小菲在宿舍里等着，车会来接。小菲知道在劫难逃，一定是摊牌的时间到了，下面就是红印章一盖，两床棉被往一个床上一搬，小菲作为旅长的个人问题，就被彻底解决了。头一个征候就是小伍的脸。她这两天给小菲的是一张生人脸，若小菲硬着头皮拿自己热脸去贴小伍的冷屁股，小伍就装着刚刚发现小菲：“哎哟，小菲呀！没看见没看见！”她的话中话是：我有眼不识金镶玉，你不吭不哈打下了个旅长啊！

从小伍那里，小菲明白自己那床旧军被马上就要挪窝了。所有人结婚都一样，男的没彩礼女的没陪嫁，一个红喜字，一堆糖果花生，就一块儿过日子了。

她等在宿舍里，一会儿一个女兵进来，做做鬼脸又跑出去。听到吉普声，她突然站起来就走。不远有个芦席搭的茅房，人在里头脸在外头，只能半蹲在茅坑上才藏得住全身。鲍团长满院子叫她，女兵指导员也在叫她，过一会儿满院子都是“小菲、小菲”。小菲站得两腿酸麻，腰背虚弓着，也又酸又胀。十几分钟后，车子在院里掉头，回去了。

你说我没有娜拉的勇气，我偏让你看我怎么造旅长的反。你说中国四亿人都乐意让别人安排他们的命运，今天我就做第四亿零一个给你看看。茅房后面连着猪圈，猪们又满足又友爱，发出懒洋洋的哼唧声。小菲半弯腿半弓腰，眼睛从茅房的芦席墙缝里看鲍团长双手叉在后腰上，低着头。旁边一个人看不太清。看清了，是邹三农。邹三农一副出谋划策的样子，原来这么多人巴不得小菲去嫁高官，他们也好跟旅长攀个亲家。

你说我没有“独立思考”，不是“完整人格”，我偏偏独立一个给你瞧瞧。我谁也不嫁。我有志向，等着看我成大演员吧。小菲从认识欧阳萸以来，读了他推荐的书之后，对似懂非懂的东西特别着迷。听了“完整人格”，她又似懂非懂地朝它去用功了。

下午的排练小菲不能继续蹲茅房，只好露面。团长气急败坏，说她无组织无纪律，敢放旅首长的空车。小菲说她存心不去见旅长。团长说这可不是老新四军的传统。老新四军成了多少对儿“革命之好”？多少女兵嫁了首长为首长奉献去了，她小菲去打听打听！小菲想不出词来反驳，是啊，首长是革命基石，别说奉献青春，奉献生命也该爽爽快快。小菲想，我就赖到底，看谁把个耍赖的能怎么法儿办。团长说他已经为她扯谎搪塞了，请司机告诉都旅长小菲生病了，发高烧，等起得了床再去见首长。

晚上排小菲的戏。小菲刚上场就看见都旅长从吉普车上下来。鲍团长向小菲挤眉弄眼，迎到都旅长跟前，说小菲这姑娘太逞强，病得那么重非要带病上阵，也没办法，谁让她角色多，戏份儿又重呢。

都旅长做了个不打搅的手势，裹了裹军大衣就坐到前排的板凳上去了。小菲接着排练，一招一式都在都旅长火辣辣的目光普照下。由于都旅长的推崇，小菲的戏风慢慢成了潮流，地方上的剧团和其他部队的文工团都来看小菲的戏，明白什么叫“革命激情”、“工农感情”。小菲一个八十九斤的身子骨，亮开嗓门挺起胸脯就是顶天立地。都旅长等小菲歇下来，说：“看看这个劲头，发条上得多足！生病也不碍事！”

他把小菲叫过来，坐在他旁边，把自己大衣给她裹。小菲动也不敢动。他告诉小菲他又三思一番，觉得他不该带她去前线。场上在排其他人的戏，他不必压低声音也是私房话。前线太苦，又危险，他不愿小菲去冒险。万一小菲有好歹，他会一辈子心里过不去。小菲妈他也见了，他不能让田妈妈老了做孤人。

小菲歪过脸。她头一次好好看这位首长。他显得比他本身年龄大。说什么呢？你不能说他丑或好看，他就是个男人。他可以杀人不眨眼，可以刀前不低头，可以在手下人全战死后照样睡得着，吃得下。当他跟你说：你做我的人，一生都亏不了你。你可以完全相信他。

“我要上前线。”小菲说。她没料到自己会这样说。

“不行。我招呼都打过了。你下乡土改去。”

“不去。我上前线。”她又一次意外。跟欧阳萸在一起，她顺从得很。和都汉这个人人怕的打仗狂，她使小性子居然不担惊受怕了。从什么时候起，她开始不怕他，知道使性子惹不出祸？她想不起。她以后的几十年都为此怪异。女人是很厉害的，立刻能明白自己可以欺欺谁，必须让让谁。

“谁说的？”都旅长笑眯眯地问。

“我说的。”

都旅长又笑眯眯了一会儿，说：“你别不放心我。我从井冈山一路打仗打到现在都不死，剿几个土匪会怎么样我？”

小菲一听便有些烦心。他自作多情什么呢？以为我不放心他？上了前线，这位老粗一有空就来和我这股柔情蜜意，可让我怎么受？别看他打一辈子仗，和女人黏糊起来也有两只花痴眼睛呢。

都旅长很忙，只能坐二十分钟。他站起身，团长马上见风使舵地说："小菲，还不送送首长！"

小菲想，急着要做我娘家大哥呢！她跟在都旅长身后出了作为排练场的荒庙。吉普车旁边，小菲要把大衣还给都旅长，他却按住她手，又把巴掌按在小菲额上，说她好像退烧了。又说刚退烧顶怕着风寒，赶紧回屋里去。

从此什么秘密也没了。小菲碰见政治部的人，大家都吵闹，问什么时间散喜糖。碰见了欧阳萸，小菲想，我是什么人以后你会明白，你不用嫌弃我跟嫌弃馊山芋似的。你等着瞧，看我是不是巴望做官太太的女人。欧阳萸跟过去待她一样，问她读了什么新书。这种人是天生的地下党，好涵养，喜怒藏那么深。

她听说欧阳萸也要参加土改，心里只盼都旅长不把她那晚上的话当真，还让她留在后方。名单下来了，上前线的，留后方的，都在会上宣布了。小菲果然在土改工作队名单里。她晚上就去找欧阳萸。欧阳萸坐在塘边上，拿支手枪在往干芦苇里瞄。小菲说有规定不准打枪的。欧阳萸说他三天不破坏个规定就心痒痒。他问小菲来找他干什么？小菲说看他破坏规定。他头发让风吹得乱七八糟，说真正敢造反的人不是舞刀弄枪的，真正的造反是精神和伦理上的。这又让小菲似懂非懂地迷上了他。小菲说听说他去土改工作队，她很开心，因为他们会在一块儿。

他叫她别出声，对面有兔子在跑。

小菲刚说"别开枪"，他手一勾扳机，没有子弹。他回过头嘿嘿一笑。

"我没想到你会这样对我。"小菲说。

“怎么了?”他真像什么责任也没有似的。

小菲转身走了。她转了半个城，买到一件黑丝绒小袄，还是旧货，对光看看净是虫眼子。她穿上它又把头发全拢向脑后，他也不称道一声，至少念她大冷天为悦己者容冻得两手青紫。欧阳萸起身了，上来拉住她，问她他到底怎样对她不妥，惹她伤心。

她给他稍一拉就自己径直往他宿舍走。欧阳萸的长腿鹭鸶一样两步并一步跟着她。他还是不明白他过失在哪儿，让她讲出那样清算他的话来。

进了他房间，她转过脸:“你连句回答都没有!”

“回答?!回答什么?”他正在点煤油灯，这时转过头。

怎么让个拆白党给诈了一样?他火气上来了:“你要嫁人，我有什么办法?”

“谁说我要嫁人?”

“我没有反对你的意思。”

“你至少该给个回答!”她想，绝不在这地方掉泪。她奇怪果然没有泪，浑身直打战。

“我不懂，你跟我要什么回答。”他左右转转脸，似乎请谁见证他的无辜清白。

小菲突然看见他床头的那块长条木板上，一本包着报纸的书。他竟然没有拆开小菲还他的书，便原封不动放到书堆里去了。好了，小菲有救了。她的标准可以迅速降低，几天前她写给他那张字条时，希望得到称心的答复，很快就降低成是个答复就行，眼下她满足于事情原封不动停在这里，报纸不要让他拆开，字条别让他发现。她伸过手，抽出那本书。

等她转过身，他把她抱了起来。小菲像只乖猫，偎在他怀里，让他把她放在他床上。小菲成了第四亿零一个。

她后来知道，他什么都明白，从她为他偷偷拆洗被子，到给他“我想嫁给你”那白纸黑字的傻话，他始终明白。他不必去拆开包在书外面的报纸，去看那张字条，也明白她怎样向他冒死冲锋。在他的远亲近亲中，十几个表妹妹堂妹妹都类似小菲。

他集狷狂、柔弱、放荡不羁、细致入微于一身，总让女性对他措手不及，激起最大程度的性兴奋和征服欲。她们大部分在归于现实后会放弃他。做起长远打算来，他没有实际益处。读了些书的女人心里都密藏着一份祸心，她们与他梦里私奔，魂魄偷欢，以满足这份祸心。她们不在乎“剃头挑子一头热”，只要他暧昧一些，不时赏她们一点点贴己感觉就可以。因为她们知道他那头热起来恐怕是真危险。他不是她们白头偕老的选择。只有少数像小菲这样万死无悔的。

从那之后，小菲一直处在幸福的晕眩状态，出操她可以一直跑下去，吊嗓子她张了嘴忘了出声。这天她赶到旅部首长的住处：她可不能让生米做成熟饭。都旅长正和一群参谋研究地图，脸板成一块生铁。他对警卫员说：“今天没空，明天我找她去。”

小菲一直坐在门口的石头上等。天黑了，点灯了，她一直等。饭菜送进去，空碗端出来，小菲还是等。早一分钟跟都旅长说实情，她就少一分被旅长煮成熟饭的危险。散会了，都旅长成了另一个人，两手合在小菲一个手上，要焐热它。又是叫下面条，又是叫打荷包蛋，他为小菲把警卫班支得团团转。

“等不及了？非要今天见？”他笑着说。

小菲浑身一麻，鸡皮疙瘩暴起。

“你还有得等呢！”他以为小菲羞坏了，手指拨弄一下她的鼻尖。他等小菲吃了面条又吃了荷包蛋，告诉她他暂时不娶她了：不能让小菲守活寡或死寡。他仰头大笑。万一他阵亡了，小菲还是个大姑娘，婆家好找些。

“你又胡说！”小菲剜他一眼。她真的怕他出什么好歹。他要出好歹小菲要背几十年的良心债。她就在这个时刻，明白有这么个男人，事事都为她想，把她看得比他自己重。

六

第二天夜里，大部队下广西了。

土改工作队下乡之前，小菲回家看望母亲。一进家门她发现一个六十岁左右的老太太坐在屋里缠裹脚布，见她进来，人一抖，像是躲揍。母亲从井台上拎水回来，对小菲说："喏，那时候把我逼出门的，现在又认她女儿来了。"

老太太看看小菲妈，又看看小菲，赔着笑脸把一只耳朵偏过来，说："啊？"

小菲明白了，这位聋老太太是她的外祖母。母亲从来不提她自己的母亲，偶尔一次，她跟父亲吵架时，说她母亲逼她嫁的那个男人说不定还强过父亲，当时从乡下跑到城里，自作主张嫁给父亲那么个废物。小菲模糊知道母亲和外祖母的冤仇结在逼她裹小脚，逼她退学，逼她嫁人上。母亲的文盲、半天足、守寡，还有一斤黄豆芽吃三顿都是外祖母一手造成。外祖母一看就知道母亲又在控诉她，还拉来个解放军，赶紧把脸藏起来，眼皮垂下。

小菲走过去，对老太太叫了一声："外婆！"

外祖母眼神一乱，把耳朵又给得近些。小菲大声叫喊："欢迎外婆！"

母亲在一边呵斥小菲："你以为她是什么贵客？乡下土改，

她老头子挨枪冲了!”

外祖母这下子眼也红了，嘴唇直冒泡泡：“我伢子！做公家人了还晓得认外婆!”

她把小菲拉到窗子前，借外面的光线打量小菲的脸、身段、手，一双三寸金莲小蹦小跳的：“哎哟！长这么好！多伸展！外婆明天就是瞎了也称心了，看见我伢子了!”

母亲在一边撇嘴：“把过一泡屎尿没有？洗过一块尿片子没有？成她伢子了!”

突然外祖母大声号啕起来。聋子的音量不号已经够人受的，一号就是天摇地动：“才十几亩水田，几十亩瘦地……就是恶霸！你那个死鬼外公冤鬼一个……”

母亲把门关严，又把窗子关严，然后上来便用手去捂外祖母的嘴：“你们吃枪子，也要害我们吃枪子啊？你还没把我害够啊？还要害我女儿……”

外祖母比母亲个头高挑，长臂长手指头，在空中又刨又抓，两只菱角小鞋也掉了，黑平绒的帽子给小菲妈踩成灰色。小菲刚插上手去护老太太，老太太干脆把头撞在母亲胸口上，顶得母亲直往后退：“你也活埋了我吧！我活着干什么呀？老头子、儿子都没了!”

“儿子死了你就不活了？我跑出去你怎么不想我是死是活？我死了你还是四碗菜一碗汤!”母亲对着外祖母的耳朵眼哭诉。

外祖母不计较母亲，只管她自己说：“一听说不活埋了，改成枪毙了，我跪着给菩萨烧了一夜香！活埋那一口气要咽好久啊……”

小菲把外祖母从母亲手里抢救下来，搀到自己的小房间里。她脚踩棉花手出冷汗，不一会儿她发现自己陪着外祖母一块儿流泪。

走到母亲房间，见母亲坐在小凳上搓洗衣服，一会儿在肩头上蹭一下脸。她知道母亲也在哭。母亲实在太刚烈，再怎么舍不得自己父亲和哥哥，嘴都比刀利。她正是觉得外公一家太冤才这样拿外祖母出气，拿自相残杀发泄。母亲不会跟自己娘家人和解，因为她从来没有真正和他们结过仇。现在她永远失去了和他们和解的机会。

晚上三代女人坐在十五瓦的灯光里做活计。外祖母替母亲缝补床单，母亲替小菲织毛线领圈。小菲把断头毛线往一块编织。外公和大舅舅给吊在农会的房梁上，吊了一天一夜。游乡之前，外公叫大舅舅下手，就用送水的碗，往地上一掼，拿碗碴子对他下手。大舅舅下不了手，把他自己和父亲都留给别人去下手了。外公是个太好面子的人，挨枪毙之前他还跟熟人点头。母亲东一句西一句零散地把事情讲给小菲听，外祖母什么也听不见，面孔平静得可怕，一心一意做她的针线。

“不问起来你跟谁都不要讲。”母亲交代小菲。

“那问起来呢？”小菲说。

“说你没有外公、大舅舅。你妈十六岁就跟他们断绝来往了，我多难也没回去沾他们的光，凭什么现在受他们连累？我看也没人敢找你。你是都首长的人，谁敢找你？打狗还看主人，打井还看地场，砍树还看顺山不顺山，打喷嚏还看冲哪个风向……”母亲到这种时候自己能编出一大列排比句来。

小菲想说她已经不是都旅长的人了。但妈把都旅长当成心里的支柱，先让它支撑着吧。

文工团下乡主要是做土改宣传。一天两场《白毛女》，演完戏接着枪毙地主。春天转眼到了头，小麦熟的时候，一个逃亡老地主被捉了回来。这一带人都不肯斗争这位七十岁的地主，说他人宽厚、办学、赈济。土改工作队把老头子收押起来，天天到各家启发教育。欧阳萸是土改工作队的政委，主持贫苦农民分老地主的浮财分了三四次，都不成功，头一天大家拿着分到的衣服被子盆盆缸缸回家，第二天清早，所有东西又回到老地主家门口。农会主席召开大会，在会场上恶骂那些夜里悄悄把“胜利果实”还给老财的是“地主的野种”。

《白毛女》要配合特殊民情，便把黄世仁改老了二十岁。贴上山羊胡。黄世仁的母亲也得跟着老，便老成了个白发寿星。小菲一天演两场，头发上扑满白粉，身上抹一层白油彩，来不及洗头发洗身子，第二场便是个灰乎乎的喜儿，就要和大春哥“鸟成对，喜成双”。晚上演完，头发上的白粉太厚了，成了一块棉花胎，小菲累得眼睛也睁不开，还得打井水洗头。洗头用的是皂角和鸡蛋清，小菲实在没力气打第二桶水，将就用小半盆水把两三斤重的长头发冲了冲，便躺下睡着了。

女兵们住的是老地主的房子，小菲和三个女兵挤睡一张大床。小菲把水淋淋的长头发从床沿垂挂下去，想第二天早晨便晾干了。三更敲响之后，她惊醒过来，觉得什么东西把她的头发往下拽。住在院子里的几十个人立刻被小菲的惨叫惊醒，提枪的提枪，拎裤子的拎裤子，一齐集合到小菲她们的女生宿舍。一只大手电照在小菲头发上，照住一条金红大蜈蚣，正把小菲一绺头发当常青藤，悬挂在那里。大家又喊又叫，让小菲一动别动，蜈蚣有尺把长，千万别惊动它。谁用一根竹竿一挑，蜈蚣被挑到地上，飞快向床下窜去。把沉重的大木床搬开，蜈蚣不见了。

第二天事情就传成了精怪故事。农民们说蜈蚣就是“大虫”，老地主就属虎。再召集开会，没人敢来。农会主席认为农民们其实是相互猜忌，万一共产党走了，什么其他党又来，眼下跟老地主过不去的人收不了场。农村骨干说，只有一个办法，切断每一个人的后路，让每个人都把事情做绝。欧阳萸听到这里说：“不行，我反对！”

土改工作队队长是政治部宣传科的科长，姓霍，他问欧阳萸反对什么，他根本没让农村骨干们把话说完。

欧阳萸激动得头发也抖动起来：“我们共产党人要纠正的就是人们的谬见——说我们发展的骨干都是手上有血渍的人，二流子，痞子……”

农会主席把鞋子往地上一扔，脚伸进去，几个脚趾从张嘴的鞋尖龇出来：“你说哪个是痞子?!”

霍队长说：“政委，你听人家把话说完!”他向农会主席点一点头，请他息怒。欧阳萸从霍队长手里抽出烟斗，磕出里面的烟灰，又在霍队长的烟盘里抠出烟丝。一面装烟斗，一面把烟丝撒得到处都是，点了两根火柴，烟冒起来了。

小菲坐在他对面，希望他能看到她跟他瞪眼：你怎么抽上烟了?

农会骨干们把他们“切断后路”的办法说出来，欧阳萸动也不动，只对新学的抽烟把戏有兴趣似的。农民们集合起来，每家出一口人丁，开完老地主斗争会之后，每人上去夯他一棍子，打死正好，打不死再毙也不迟。这样人人都动员，人人上阵，索老地主的命大家一块索，以后谁也赖不掉。

文工团的三十多个人听完都闷住了。这个村子有一百二三十户人家，除去不够资格的另外一些地主、富农，也有一百户出头，一家一个壮劳力，一条扁担或一根锹把，或者就来个最轻的，一家出根擀面杖，七十多岁的老爷子有多少皮肉筋骨够大家夯?夯不到一半人就把他夯个稀巴烂。再说一百多号人怎么站也站不下，最后不成你夯我我夯你?不要紧，办法总是有的，把老爷子挂到树干上，一人夯一下就走，先后次序可以抓阄儿。

欧阳萸问霍队长：“你让我听完，我不用听就明白。”

这时小菲看见霍队长恶狠狠瞥了欧阳萸一眼。

霍队长思考了一斗烟的时间，说：“其他几个县群众发动得比我们这个县彻底得多。假如领导们听说我们这里的老百姓这么不信任共产党，分给他们的胜利果实他们主动退还给地主，非撤我们的职不可！”

欧阳萸看着他，从牙缝嘬出一根烟丝来，用指尖把它剔出来。

霍队长说别的县惩办的恶霸比这个县多一倍，惩办手段也多种多样，农民们眨眼间就把恶霸们活埋的活埋，刀砍的刀砍，泡粪池的泡粪池。阶级矛盾就要激化到那一步，才叫革命。毛泽东同志说了“革命是一个阶级推翻另一个阶级的暴烈行动”。

“请霍队长解释你对暴烈的行动的理解。”

“欧阳同志，我不和你玩文字游戏！”

“我只要解释，不要游戏。暴烈的行动就是把一个衣服也打补丁，遇荒年也吃菜团子的老头儿乱杖打死？你这是在宣扬恐怖主义！歪曲毛泽东思想！”

小菲看见欧阳萸一根钢琴家般的纤长手指伸出去。

“帽子不少啊，政委。我不给你扣帽子，我这顶帽子太重，不能随便扣。”霍队长笑了笑，手指掸了掸绑腿上的土，“开党支部会。大家举手表决，少数服从多数。我们讲究民主，不同意就不同意，我霍某保证不给他扣帽子。”

小菲站起身往外走。她不是党员，不必举手，也扣不上她什么帽子。在门口她回过头。欧阳萸方方的肩架起来，人显得格外瘦。头发也长了，肩膀一架头发便蹭在军装后脖领上。多厚多硬的头发。

跨出门槛，她闻到麦子将熟的清香，收成会好的。这个乞丐村可以半年不愁粮。背后的人们正在举手，唱票。那个七十多岁的老爷子哪里会知道有一百多根棒子、锹把、擀面杖在等着他。两个月前他还笑眯眯在自己家麦田里走，盘算今年收麦要雇几个短工，要给他们收拾出几间柴房，备下多少口粮。那时已经是大丰收的气象了，老爷子最怕的事情是坏天气：别来一场雹子。现在他不知道他要给吊到某一根树干上，高高地展望丰收了。

一边想，小菲一面劝自己想开：七十多岁，高寿啊，也活够本了。再说他那么大一把岁数，经得住几棒子，哪一棒子仁慈，先打到头上，下面的皮烂骨碎，反正是不知道了。再一想，不对不对，吊在树干上，头不就高吗？棒子够不着，先从孤拐打起，打到膝盖骨……小菲要吐似的一弓身子，两眼一片黑。

她的食量越来越小。从来没闹过这么久的水土不服。扶着一棵泡桐站稳，她听见一个人叫："姑娘！姑娘！"抬头一看，自己走到四野没人的麦田中央，一个老太太蹲在麦棵里叫她。

"是这位姑娘吧？"

小菲赶紧拿出做群众工作的微笑，问她要找哪位姑娘。老太太头顶包了块布帕子，下眼皮翻出来，鲜红鲜红。她说没有认错，就是那个头发招了条蜈蚣的解放军姑娘。她问小菲演的那个戏是不是真的。小菲说是真的。老太太说她的老头子可是心善得很，划是划了个地主，可从来没逼死过人糟蹋过谁家大姑娘。老太太说着已经坐在麦棵里捶着腿哭起来。小菲明白了，她就是那个即将挨一百多棒子的老地主的老婆。

"姑娘，你给指点指点，上哪儿我能把这状子递上去？"她把几张宣纸递到小菲手里。

小菲哪里敢接，只说："快起来，天太热，别哭坏了人！"

老太太不起来，小菲不给她个指点她就不起来。老太太坚信换了谁家天下也有地方递状子，自古都有地方喊冤告状，就是让她一身老皮肉去滚钉板，上指夹子，也要找个投诉的地方。

小菲心想，就是有地方接你的状子也来不及了。说不定明天就是一群七手八脚的人把你老头子扯出门，绑上树干了。小菲不敢看老太太，老太太成了自己的外祖母。她想吊在树干上的老爷子下面黑糊糊围着上百人，黑糊糊两三百只黑眼睛向上瞪着。他就是一口大铜钟，一百多人打下来也该打裂了。外公还是命好，没高高挂起让人当钟打。

“姑娘，看你是慈眉善目，就给指点指点吧。他七十三了，还有几天活？”

小菲摇摇头。她想坏事了，眼泪出来了。什么立场，什么觉悟？还是演革命戏的台柱子呢！一看小菲流泪，老太太红红的眼里充满希望之光。她说即便状子递上去，再判下来，判她老头子该死，她也认，总得先让她把一口冤气吐出去吧？小菲哽咽起来。她想这还成什么话？晚上的戏她有什么资格去演？看来她田苏菲到关键时刻要做革命的叛徒。

小菲转过身飞快顺田埂往回跑。老太太从麦棵子里爬出来，在她后面喊了一声“姑娘——”就安静了。田埂直溜溜的，两边沉甸甸的麦穗搭过来甩过去，小菲的背上就是那双红红的溃烂的目光，从热到冷。

当晚小菲正化妆，欧阳萸叫她。两人走到一个背静地方，他说他今晚回省城去，向领导汇报一下这里的情况。小菲担心地看着他。他笑笑说他有他的路线，有他的老首长。拿到尚方宝剑，他不怕他们的“多数”。

“什么时候回来？”

“明天晚上就回来了。”

戏正要开演，农会主席来了，身后跟着六个背大刀拿红缨枪的民兵。霍队长立刻叫乐队停奏开场乐。农会主席走到台上，站在大幕前，说村里出了地主的内奸，给老地主暗递了一包砒霜进去。老地主血债累累，也配吃砒霜一死了之？这个内奸把他救了，从他罪有应得的一百多棒子下救了。

下面已被启发起觉悟的人喊：“把他拖出来，死的也得打！”

“对！拖出来，鞭尸！”

“不能这么就饶了老龟孙！”

原本沉闷的观众席一下子被搅翻了，大家不知怎么就闹哄起来，要去把老地主的尸首拖来示众。女人抱着孩子坐在舞台两侧，这时一个女人喊：“人都死了，你拖他来干甚？吓我孩子呀？”

一群女人都吵：“死就让他好好死吧，再让他吓坏几个人干甚?!”

“别招他了，上回变了条蜈蚣，下回变个恶鬼，谁招他他找谁去！”

“五孬子他爸，我可不愿老死鬼找我们孩子！”

“就是！看戏看戏！”

第二天晚上，欧阳萸没有回来。下面一个礼拜，小菲没听到他消息。但这一个礼拜里，群众的觉悟被启发了，又斗争了几个地主富农，没人再胆怯，判了几个死刑，有毙有砍的，事情都办得利索、漂亮。霍队长白天在打场上和农民一块打麦子，黄昏训练民兵拼刺刀。天黑得晚，戏要到八九点钟才能开演。文工团一部分人支援附近村子宣讲政策，演员不够，就让爱唱花鼓的民兵和妇联骨干在戏里跑龙套。跑龙套的演员比主要演员们还认真，收了工就跑过来化妆、换衣服，在文工团吃一顿晚饭。

这天晚上演《刘胡兰》，为了配合土改也在剧情上做了小改动，刘胡兰斥责匪营长时，加了两句：“天下穷人就要翻身解放，看你日薄西山还想卷土还乡?!”

小菲唱腔高亢，台下一阵接一阵的掌声，几个跑龙套演匪兵的民兵在台上就小声给她喝彩：“唱得好！看狗日的还敢还乡不敢！……”

小菲发现他们只顾喝彩，队形动作全乱来，她自己双手反绑也指挥不了他们，只好使劲甩头，叫他们往左往右，头上别的夹子甩到发梢上，在眼睛旁边丁零当啷直晃。

一个“匪兵”说：“田同志，头发！田同志！”

小菲正唱完一句，对他说：“闭嘴！”

发卡晃在眼皮上，另外两个匪兵也看见了，都小声嘀咕：“田同志，别戳了眼！”

小菲临时一个猛趔趄，就势接个鹞子翻身，看起来是让反动派折磨得心力交瘁，不胜支撑。等她站稳亮相，“匪兵们”一看，好了，发夹给她甩掉了。这就到了刘胡兰向铡刀走去的场面。

她躺的位置更合适。猪尿泡奇大无比，里面灌的是鲜红的水彩颜料，灌得猪尿泡一触即爆。铡刀刚刚碰到猪尿泡，红水彩飞溅上天，大幕却没落下，台下灯全黑了。

一堆石头朝那几个演匪兵的民兵们砸过来，同时就有震天的口号：“打死蒋匪兵！为刘胡兰报仇！”几个民兵给砸得头破血流。

有人喊：“快拉幕！”

“拉不上了！幕绳给人砍断了！”

口号还在咆哮：“砸死他们！别让蒋匪兵跑了……”石头不断从观众席各个方向飞出来。

民兵们把蒋匪兵的戏装脱掉，瘸着拐着躲石头，一边叫喊：“别打了！不是蒋匪兵！是宝子……是二子他爸！”一块石头当胸砸在叫宝子的民兵身上。

后来文工团和工作队分析时，发现问题没那么简单。从被偷偷砍断的大幕绳索到经过充分准备的石头，明显不是观众把假戏当真看。霍队长说：“欧阳政委要亲眼看看就好了，就明白这个地区的敌情多复杂。这是将计就计，报复村里的民兵骨干和积极分子！不是革命的暴烈行动，就是反革命的暴烈行动。即便是抗战时期的老干部，在新时期里也会表现得幼稚、动摇。”小菲知道他拿欧阳萸指桑骂槐。

麦子打完，红薯种下，这天夜里全村人都让突突突的摩托车吵醒了。天气闷热，所有打场躺满纳凉的人和狗，一听突突突的声音从远而近，都说：“日本又来了！”

正要跑，见那摩托车拐到文工团住的大院门口，叫：“田苏菲，接电报！”

所有纳凉的人和狗又说的说、吠的吠朝文工团院门口跑。他们不知道什么是“接电报”。

小菲一看门外站着腿跨在摩托车上的邮递员才醒过来。邮递员身后是整个村子光脊梁的男人和光屁股的孩子，全瞪眼看她在邮递员的大本子上签字。她身后也不清静，文工团的人也起来了，问大半夜出了什么事，居然让县邮局的电报员骑几十里摩托。借摩托车的前灯光，小菲用突然变笨的手指撕开电报信壳，电文说：“身染疟疾，望能速见一面。”小菲腿一软，难怪欧阳萸一去至今不返。她再去读电文，发现她漏读最后一个字“汉”。还存最后一线希望，她问邮递员：“电报从哪儿打来的？”

“广西。”

小菲心烦意乱，在蚊帐里枯坐一夜。第二天清早，她正刷牙，霍队长一嘴绿牙粉就对她说：“今天一早有火车，动作快！”他料事如神，知道是都汉旅长的电报，也知道是调遣小菲的。

一夜都没想出法子。小菲吐出牙膏沫顿时决定去一趟广西，向都旅长当面摊牌。正在打理行李，摩托车又响了。电文说：“已转危为安，请安心演出。汉。”

小菲在村里更有名了，孩子们见到她就叫：“田苏菲，接电报！”

小菲算着欧阳萸离开的时间，已经一个月了。一个月里乡亲们都成了骨干，远远看见地主家的老婆子、儿媳妇、孙子辈都不饶，拾起土坷垃就砸，要不就吼：“站住！站好了！把头低下！喊：封建封建！剥削剥削！大声喊！喊着走着！”

这天小菲看见一群光屁股的男孩正往那个吞砒霜的老地主的老婆身上抹粪，叫她：“转过来，还没抹匀呢！”

老太太说：“抹匀了抹匀了！”

“你这老地主婆，嫌臭不是？”

“不嫌臭，嫌你们把粪糟蹋啦！”

直到这天吃晚饭时大家吃上粉条炖肥肉，小菲才知道这是为新来的政委接风。小菲问霍队长：“欧阳政委不回来了？”

“不回来了。”

“为什么？”

“组织上安排的呗。”

“他犯错误了？”

“嘿，组织上的事不要瞎打听！”

小菲再见到欧阳萸是立秋之后。村里的分田分地搞得正欢，文工团已撤回了省城。她背包也不拆就跑到政治部，马上听说他进了党校。

“党校在哪里？”

“在西城关。你去也找不到他，党校纪律严得很，只有星期天才会客。”政治部的人告诉小菲。

她一回到家母亲便问她害大病没有。小菲心想，害的就是相思病。外祖母也说她气色难看。小菲把母亲从小凳上拽起，自己坐上去，搓洗被单。她两手在搓衣板上狠狠地搓，搓半天发现被单搓跑了，搓的是手掌。她觉得母亲在她背后静得不祥，回过头，发现她两眼阴沉地盯在她身上。“我被单是烂的，你这样搓就成渣了。”母亲说。

洗完被单，晾到院子里，母亲一边抽烟屁股卷成的烟卷，一边仍是盯着她看。

“妈你老看我干什么?”她问。

“都旅长跟你见了几回?”

“一回也没见。他在广西打仗呢。”

母亲又沉入那种不祥的安静。

“怎么了?”小菲问。

母亲没答话，抽她的烟。烟屁股冒的烟很臭，小菲当然不敢说：妈，每月给你的钱也够你买点像样的烟抽了。正要开晚饭，小伍的母亲来了。小菲妈赶紧把一碗大头菜炒毛豆端回碗柜，她不愿伍老板娘看见她家寒碜，三口人只有一个菜吃，慢说还有功劳苦劳都大的女儿回来。伍老板娘拿了个荷叶包，说送点卤菜给苏菲吃。

“小菲什么时候请伍妈妈喝喜酒啊?”

“早呢!”小菲应付着，心想她跟自己妈一样，她小菲一天不嫁，她们一天不安生。

“做了旅长夫人，还要认伍妈妈哟!”

“伍妈妈又跟我寻开心!”

“我们善贞都要生了，你还不抓紧时间？不要落后!”伍老板娘有个小伍，嘴里词都新派起来。

“姑爷人一看就好，老怕什么？老才把你当龙眼珠子!”伍老板娘拍拍小菲大腿，“小菲妈和外婆要享福喽！旅长，恐怕就是都督吧?”

小菲妈马上说：“那可比都督大。”

“了不得！这个丫头一看就是福相。小菲呀，伍妈妈给你的礼都准备好了!”

等伍老板娘一走，母亲漫不经意地打开荷叶包，取出一半鸭翅鸭脚板，省下一半第二天吃。外祖母一见有荤菜，赶紧去找她的假牙。小菲越来越怕回家，母亲这种可怕的节俭看着就让她受刑。母亲上来先夹一个大鸭翅到小菲碟子里，又夹一个鸭脚板放在外婆碗里。外婆说“你自己吃你自己吃”，把那鸭脚板塞回到母亲碗里，母亲说：“又作什么怪？给你吃你就吃！假客气！”

外祖母说：“啊？”同时把耳朵侧向母亲。

母亲不理她，把那只鸭脚板又从自己碗里夹出来，扔到外祖母碗里，用筷子按住：“不是把假牙也戴上了吗？”

外祖母又说：“啊？”母亲筷子一挑，挑了外祖母一脸稀饭。

外祖母对小菲说：“我伢吃吧？”

欧阳萸那么个人，坐在这张饭桌前？小菲想都不敢想。

小菲实在受不了了，端着碗走到门口去，装着嫌屋里太热。

“你不吃鸭膀子？”

“不想吃。”

“不是你喜欢吃的吗？”

“胃口不好。”

母亲不做声了。但小菲一回头，见她又那样阴沉沉地盯着她。

晚上母亲烧了热水，叫小菲洗个澡再回部队。小菲站在洗衣的木盆里，由母亲舀水往她身上淋。

“说，他是哪个？”母亲淋了第一缸子水就叉腰站在小菲面前。

小菲不懂她说什么。

“你说不说？”

“说什么？”

“你那姘头——说什么！”

小菲从头到脚都凉了。

母亲看着她小腹，又看着她的胸：“三个月了吧？”

“妈你说什么呀？”

“你说出来我不打你。不说我今天就掐死你！还想赖，你看这肚子上杠杠……”母亲手很重地划在小菲小腹上。十五瓦的灯光也不妨碍她看到那根清清楚楚的褐色直线，从肚脐一直拉到底。

“看看这奶头子，是做大姑娘的奶头子？幸好文工团的傻丫头没看出来，你妈先看出来了！我丧了什么德，养出你这么个贱货？你还怎么嫁人家都旅长?!”

“我不嫁他。是你要嫁他。”

一个大耳光扇过来，小菲跳出木盆就去抓衣服。母亲跟她又拉又扯，不准她穿衣服。

“你不嫁他就没事了？你以为你这样子还有人嫁？谁都不要你！坏了你的那个人都不会要你！”母亲抢不过小菲，她已经把短裤、衬衫套上了，“看你有脸还到巷子里去喊救命！你喊去啊！喊我就告诉人家你妈为什么打你！人搀着不走，鬼搀着直转。革命革命，革半天还是这么个傻东西！我跟人家去说，我打她，因为她把身子给个流氓！”

“他不是流氓！”

“你敢跟我犟嘴！”

小菲的背正靠在外婆小屋的门上。她一个解放军不能穿条短裤往外跑，想到外婆房里去躲打。母亲脱下木拖板，朝她扔过来。小菲很会躲打，一偏身，木拖板砸在外婆门上，聋子也听见了，在里面说：“是天花板上猫打架吧？打得好凶。”

“你打死我吧！反正他不是流氓！”

“不是流氓干出这种事来?”

小菲哭起来。下乡土改的第二个月，欧阳萸和三个文工团的人去区委开会。小菲正好在区委教干部唱歌。晚上欧阳萸独住一间房，小菲和另一个女生住一间房，半夜起来上厕所，见欧阳萸房里还亮着灯，便鬼使神差地去敲门。现在小菲想起来，那桩事前前后后都甜蜜销魂，惟有它本身不好，太疼，疼了好几天。她糊里糊涂地想起这几个月的不适。原来她小菲的身子那么欢迎欧阳萸，已经留住了他的种。

“妈，他也是个老革命。”

一句话母亲就安静了。

“他是抗战干部，才十四岁就进过国民党反动派的监狱。打枪骑马都好，是我们政治部最年轻的团级首长。”

“多大岁数？”

“二十五岁。”

母亲突然又上了火：“我就知道是哪个小白脸勾引你！上来就这么没规矩，连我的面都不来见，就敢和你怀小毛头，我要去问问他，共产党从他十三四岁就教育他，怎么就教出他这样的东西?!”母亲抹下褂子上的护袖，一副要出门的样子。

“妈你去哪儿?!”

“去找那个王八孙子！问问他共产党怎么教育的他！天下女人都死绝了，他非要找都旅长的女人?”

“不是他找我，是我找他！”

母亲顺手捞起拖把，掉过头用竹竿打在小菲胳膊上。小菲人一蹶，一泡尿从短裤里流出来，顺着光溜溜的大腿小腿流到被虫蛀空又裂了大小缝隙的老旧地板上，无漆的地板很吸水，马上就只剩一圈半潮的地图形状。小菲呆住了，天下怎么有这样的母亲。

“怎么样？天下就有我这样的妈！你承认是你勾搭他，那我就打你！”

小菲看看地板上的地图，心想，革命一场有什么用处？当了个人人拥戴的解放军，母亲该怎么羞你还怎么羞你。

“解放军就不是我女儿了？解放军没教育好你，我来教育！你说你们打算怎么办?”

小菲嘟嘟囔囔地说，他们都忙着呢，又是抓人又是毙人，哪里顾得上打算。母亲替她打算：赶紧和他结婚。反正解放军婚姻大事办得比过家家还快当，赶紧过家家去吧。小菲说还要打报告，还要组织批准。母亲一拍桌子，那还不马上打那鬼报告去？还不催在组织屁股后面，叫组织行个好，快当些批？小菲告诉她，组织又不是个人。它是什么东西？是一大帮子人。好吧，就跟在一大帮屁股后面催吧，催着把报告明天批下来，明晚就结婚。不行！不行什么？怕羞啦？早怎么不晓得羞啊？

小菲从家出来已经八点，天刚刚黑。她回到文工团宿舍，倒头便睡着了，一觉醒来，奇怪极了，本来要在夜里好好想个点子，睡着了浪费一夜时间。现在的时间浪费一分钟肚里孩子就大一点。她起来给欧阳萸写了封短信，说出了大事，要他务必请假回来一趟。信写完，她不但不再心烦，一阵阵小快活从心底往上冒，在院里走路搔首弄姿，骨头轻就骨头轻吧。

信刚寄出去，中午欧阳萸就回来了。小菲问他是不是收到了他的信，他摇摇头。他锁着眉，烟是抽汩了，样子像有几十年烟龄。他告诉小菲其实在他回省城之前霍队长已经给政治部搞了他的汇报，说他身为政委立场有问题，同情敌人，右倾。是那位老大姐把他调去党校学习的，避开了风头。他很快要转业，当刚刚成立的省文化局副局长。说完之后，他闷声闷气地叹息。

“你特地跑来，不是为了和我说这个吧？”小菲笑着说。

他打个手势，叫她跟他走。两人来到附近的集市上，街两边都是凉茶棚子，他抬抬下巴，叫小菲坐到阴凉里。头一眼看见他，她就看出了他的变化，白衬衫束在军裤里，头发剪得不长不短。衬衫的袖子有齐齐的折痕，是给熨出来的。他的整齐外表和他灰溜溜的神色毫不搭调。

“你怎么这样了解我？我确实有事要跟你谈。”

小菲两眼朝着他闪动。女人对她爱的人才有这样可怕的直觉。母亲对小菲就这样。

“小菲，我爱上了一个人。”他痛苦地看着她，“我和她是应该结合的。我从来没有这样肯定过。”

小菲不说话。她还能说什么。

“我回到省里就碰到她了。她的家庭背景、个人趣味和我很接近。我从来不爱和人谈话，跟她有很多话可谈。”

“那你和我呢？”

欧阳萸认真地看着她：“我伤害你了。”

“不是！我是问，你和我有话可谈吗？”

欧阳萸抿上嘴，苦苦一笑。小菲懂了，她原来从没被他作为平等的谈手来对话。他推荐书给她读，是为了能把她提拔成他的谈话对手，但他发现工程浩大，竣工遥遥无期，就半途放弃了。

“你爱她吗？”小菲问。她以为自己会痛不欲生，心如刀绞，看来她革命几年，人给锻炼出来了。

欧阳萸不给予回答。他为小菲痛心。已经是这么明摆着的事，你还往自己伤痛处戳。

“我问你哪。”小菲拉了拉他的手。

欧阳萸点点头。

“那你爱我吗？”

“我爱你的单纯。”

只是爱这一点，其余的都勉强接受。小菲上来有点丧气，但她这个人天生知足，有一点就抓住一点。

“你不问问我写信叫你回来，要告诉你什么事？”她说。她的笑容一向很甜。

他惊奇地看着她：她怎么笑得出？

“我们有孩子了。”她眼皮垂下，指自己的肚子给他看。

他脸涨得通红，刚刚才意识到做那件事会惹这样的祸。

“对不起，对不起……”他还是眼花耳鸣地瞪着小菲。

当晚小菲和欧阳萸打了结婚报告。小菲同时给都旅长写了封信，让他原谅她，告诉他缘分是没办法的事。婚礼那天，小菲发现欧阳萸一个人在洞房外面抽烟，她脚步轻轻地走过去，正想拍拍他肩膀，忍住了，让他去跟他心里一大堆斩不断的东西告别。小伍挺着八个多月的身孕来贺喜，少白头老刘现在已基本上是个白头翁，他马上要做新成立的话剧团党委书记，说他坚决要求把小菲调到他手下。

结婚第三天，小菲果然接到借调令。新成立的话剧团第一个大戏是由苏联导演来排演，剧名叫《列宁和孩子们》。小菲要反串一个流浪儿，除了列宁之外，数这个角色戏重，全是野男孩的动作，上蹿下跳，不翻跟斗就打把式。小菲四个多月的身孕，连把自己两脚挪稳都困难，慢说按苏联导演的要求满场子横飞。她一天飞八个到十个小时，年轻轻就成了个黄脸婆。早晨起床，她穿上收腹收胸的内衣，吞下三个水煮荷包蛋，杀出门去。这个时期的小菲似乎比任何时期都活泼烂漫，苏联导演有时用手势告诉她，不必太夸张。

到公演的时候，小菲已经怀孕六个来月，人瘦就这点好，裹裹缠缠还成条。苦头是越吃越大，流浪儿只穿一件烂海魂衫和工装裤，一个大窟窿把小菲整个肩膀都露在外面。她每天得花半小时缠胸裹腹，人都缠硬了，缠木乃伊也不过如此。回家把自己剥出来，常常有磨破皮的地方。

只要她一上台，马上明白观众全是她的，连列宁也抓不住他们的注意力。这座没见过世面的小城市，列宁是谁无所谓，他们喜爱能把他们逗开心的角色。小菲感到自己和上千观众直接呼应，相互把情绪催化得开锅一样。最好的表演境界是融化到角色中去，小菲何止融化自己，她把观众都融化了。马丹演列宁的女秘书，这天在台上对小菲耳语：“哎，你站到我位置上啦!”小菲正念一段关键台词，可不能瞎挪位置，只管把戏往下演。台上的人站成扇形，小菲一融化就不顾队形，把马丹挡了大半边。马丹又抗议一句:“你往后一点，台下看不见我!”小菲心里鄙夷马丹这样的演员，什么角色她演到末了都演她自己，要她融化是妄想。戏演到这么个大高潮，她还惦记她会不会被挡住。

轮到马丹说台词了。马丹上前一步，手上还即兴加出动作来，让小菲在她高大的影子里呆着。小菲不屑理她，你靠这个就把戏抢走了？抢吧抢吧，你这样冷血自私，还想做好演员呢!

小菲现在是全市公认的好演员。新时代到了，新时代的演员就得劲头饱满，嗓门嘹亮，小城市的人一向紧跟时尚，他们认为小菲跟戏班子里的青衣、花旦那么不同，一定就是新时尚的领头人，所以一夜间紧跟上来。就像一夜间大姑娘小伙子都穿上列宁装一样，小城市的人们生怕错过时尚中的任何一个变化。小菲总希望欧阳萸能向小城的市民打听打听，她眼下在他们心目中是什么地位。

马丹对小菲却是不太买账，不时跟她说:“这个动作可以小一点。这个眼神有点三花脸的感觉。”马丹是小菲的B角，一直等着团长让她演一两场，给苏联导演看看她对角色的理解。她想纠正一下观众们对话剧的曲解。但小菲演出的效果火爆爆的，剧院每天下午就打亮红色的“客满”大灯，鲍团长当然看不出换下小菲的必要。鲍团长和小菲在一个文工团工作了几年，小菲的戏路子也是他助长出来的。鲍团长眼里的革命话剧就是小菲这样子。因此这天幕一拉上他就和马丹发脾气。他说小菲抢她位置不是存心的，只因为小菲演得入神，忘乎所以，而马丹抢小菲的位置纯属蓄意。马丹说，就算她蓄意，她是要小菲感受一下，天天抢别人镜头是什么滋味，也要小菲看看把戏演过头是什么感觉。

小菲站在一边，吸腹收臀。她在台上横飞完了，胎儿还没完，接着在她肚里飞。她突然想到一件可怕的事！天天这样把自己和孩子五花大绑，别生出个歪脖子或弯脊梁来。她眼睛看着马丹和团长争论，心里想歪脖子弯脊梁都好些，千万别把头脸挤扁。但她还不想吐露怀孕的实情。吃多少苦头才树立了这个角色的楷模，她得捍卫，不能让马丹毁了。

晚上回到家，欧阳萸正在写文件，抽了一屋子的烟。小菲不知怎么一来已跌倒下去，再睁开眼，已经躺在欧阳萸的臂弯里了。他忙着组建文化局，天天跟小菲阴差阳错地回家、出门、起床、睡觉，这时才发现她瘦得脸盘只有一巴掌大。刚才抱她时，觉得她身板僵硬发直，扯下她的外衣内衣，他马上明白了。

他站起身，重重地打开门，下楼去了。等他回来，小菲已换上了宽松的衬衫。她问他刚才急匆匆出门，去了哪里。他说还能去哪里，在传达室给她的团长打电话。

“干吗？”

“叫他禁止你上台。说你怀孕了。”

“我必须把这个演出季演完！”

欧阳萸不理她，两手在书桌上按钢琴指法。

“要不你明天去看我演一场，我就不演了。”

“一场也不准演。”

“看，我使劲收腹，一点都不碍事！”小菲光着腿、穿着欧阳萸的旧衬衫在屋里蹦过去，跳过来。他一把上去揪住她，把她搁在自己腿上。

她看着他，他也看着她。小菲抱住他的头，一股浓烟味。“我一上台观众就拍手！昨天在小吃部买包子，卖包子的说，你是田苏菲吧？就看我演一场！”她对着他给烟熏透的浓密头发说。

“我已经跟你们团长说了，你怀孕七个月，他半天没说话，吓坏了。”

“你怎么能说七个月呢?!”

“是七个月啊。”

“七个月我和你就犯男女错误了！人家一算就知道我怀孕三个月的时候和你结婚的。”

欧阳萸抬起眼睛，挺哀伤的样子。他虽然跟小菲结婚不久，但他从来不在她面前掩藏情绪。怎么会不哀伤呢？正是为了小菲腹中三个月的骨血他做过痛苦的割舍。他多么痛苦小菲都看见了。他和他的恋人分手之后，靠吃安眠药过闭上眼的日子，靠香烟过睁开眼的日子。一天他给小菲买回一块米色和白色格子的衣料，过一阵，又给她买了件银灰的风衣，一顶银灰的贝雷帽。虽然是旧货店买的，但成色很好，是个很懂行的人卖出来的东西。他要把小菲幻变成另一个女性，他家族中的某一个表妹或堂妹，读徐志摩（后来小菲发现他眼里并没有徐志摩），喝立普顿红茶，穿雅致中性色彩的衣服。

他为小菲制作了一条很长的黑纱巾，夹在她银灰风衣的宽领子下，小菲照了镜子心里害怕起来，他割舍的恋人就是这样子吗？有些超群又有些落伍，冷艳而成熟，她是谁？小菲无数次想问他，又怕触痛他，也触痛自己。那个恋人或许是个大学生，也是上海来的，学工程还是学司法？或者学医科？小菲为她决定：学医科。她是个医科大学的优等毕业生，思想进步，主动支援落后省份来了。

恋人和欧阳萸一块去了玫瑰露法国餐馆，用上海话打趣“炸猪排、炸马铃薯、萨其马”，把他们自己笑死了。自然而然地欧阳萸会提起他请的四个女客人，土包子极了。不过欧阳萸不会恶嘲他认识的人。鉴于小菲的直觉和对他的了解，他不背后说人坏话第一是觉得那样是低级趣味，第二是他性情大而无当，很少注意不关他事的人。然后呢？这一对漂亮男女走出法国餐馆。他们那样在小城曲折的马路上走着，以小城人不懂的话谈笑风生。也许他们会往西走，沿着最体面的马路朝惟一的那家电影院走。他们走过一个巷口，哪里知道这里面住着一个寡妇和她的寡妇老母亲，为一个卤鸭脚板嗔骂，溅得满脸稀饭。他们也许会从小伍妈面前走过。小伍妈会眼一亮：哎哟，哪来这一对洋货（此地人把漂亮时髦的人叫洋货）！

小菲把头发烫了，全部梳在脑后，露出奔儿头来。小菲知道这是欧阳萸想要的样子。她渴望知道她现在和他失恋的恋人还差几分。她想她在舞台上是成功的，是观众的红人，她会红得铺天盖地，让欧阳萸猛一开眼。

团长第二天一早把电话打到传达室。他叫小菲不必去团里报到，演出由马丹顶上去。小菲说她好好的，能吃三个荷包蛋呢！团长叫她安心在家等纪律处分。

小菲回到家，欧阳萸刚起床。她尖起嗓子就喊："你发疯了？多光荣的事，你跟团长讲那么仔细！"

"我说我们是因为怀了孕才打报告结婚的。我没说假话呀！再不让你停演，孩子就生舞台上了。"

"我们都完蛋了！"小菲跳脚。她见欧阳萸皱皱眉，马上意识到自己皮泡眼肿，蓬头散发，还要撒泼，一定面目可憎，赶紧抓起梳子把头发梳好。

"你是党员干部，挨了处分，前途要不要啊?!"

他瞪着大眼睛。刚刚想到"前途"似的。

"孩子也不能不要。"过半天他说。

"我自己的身体，我最晓得，没事就是没事，还有一星期，这一季演出就结束了，下一季正好是孩子满月，上台也不碍事。你非要去多事！"

欧阳萸张张嘴，又闭上了。小菲看出他咽回去一句有攻击性的话。

"你想说什么？"

他不做声。

“你想说，为这个孩子，你牺牲了爱情，现在我又不好好待这孩子，毁这孩子，你牺牲都白费了，是不是?!”她马上看出来他认了账：她把他咽回去的话翻出来八成。

小菲见他沉默，心里突然害怕起来。她这是第一次跟他厉声厉色，她在他的眼睛里看到自己有多讨厌。她今天怎么做了个讨厌的女人？她以为自己和母亲是永远不可能相像的。母亲专门揭短，专捅人的痛处，刚才她活活地就重复了自己的母亲。小菲见他点上烟，吸了两口又掐掉，恍恍惚惚地开门出去了。是去楼梯口的洗浴间？小菲竖着耳朵，二十分钟了，他也没回来。她想，为什么她弄出这样一场本性大爆发？况且她本性是温柔的。是温柔的吗？她已经看不透自己了。

她赶紧洗好脸，用小指轻轻在腮上掸了点胭脂。但他还是不回来。小菲哭了。哭得自我感觉很像孤儿寡母。

欧阳萸上午十点钟回来，嬉皮笑脸地把一大堆东西放在床上，打开包，里面是个纸盒子，再打开，从里面搬出一台收音机。接着，又是一双黑色翻毛矮靴，最后是一大盒萨其马。

“高兴了吧?”他哄孩子一样蹲在床边，拉着她的手去拧收音机开关。“啪嗒”打开，“啪嗒”关上。

“你去哪里了？这么长时间。”

“我在商店门口等着开门。一开门就冲进去了。”

“你怎么会有这么多钱?”

“这才几个钱？好，现在我要去上班了。寂寞了就听听无线电，肚子饿了吃点心。天要凉了，这双鞋暖和，全市就这一双!”

小菲想，说不定他那恋人有第二双。马上她又在心里瞧不起自己：他爱你单纯，你怎么会有这样丑恶的猜忌？他在门口，对她招招手，真是年轻、风流，为他受处分也值。

七

孩子生在十月底。小菲一声不吭地使了两天两夜的劲，女儿才得以出生。进产院头一天，小菲和欧阳萸都接到了处分，一个是党内严重警告，一个是记过从部队转业。

小伍来看小菲时，生她很大的气："怎么干出这样的糊涂事来？幸亏欧阳好讲话，碰见个浑蛋，他才不干呢！怀上孩子就非得嫁给我？两个人快活两个人负责！说不定还不是跟我快活出来的呢！"

小菲受处分倒不觉得丢人，小伍的话让她心里很不带劲：好像欧阳萸偶然失足，被她小菲反咬上了。这不成了小菲下绊子吗？让小伍一理解，欧阳萸好像一点儿也不爱小菲，娶小菲是把她当败局收拾。小伍的丈夫是小菲的领导，据小伍说她得到的处分算十分宽大，全仗着白头翁刘书记。看来小菲不是要领刘书记的情，倒是要领小伍的情。

在小菲怀孕的最后一阶段，欧阳萸把她看护得紧紧的，每天换着花样给她买点心，回来发现哪一种点心小菲吃得最中意，第二天他就成打地单买那一种。分到一处老楼房，带个小院子，楼下住三家人，楼上只住欧阳萸和小菲。搬家时搬来了一套旧家具，一架钢琴，欧阳萸告诉小菲，是他母亲从上海托运来的。他的舅舅在上海解放前几天去了国外，这套家具就由母亲全权处理了。然后就是布置新家。欧阳萸一会儿搬回来一台电唱机，一会儿搬回来一套精装书籍，要么是鲁迅，要么是屠格涅夫。短短几天，他母亲送他的书柜全放满了，从托尔斯泰到《红楼梦》。小菲惊奇这座庸俗小城居然也藏有这么多高深雅致的书籍。还有一些带浓重樟脑味的线装书，是欧阳萸的父亲送他的，据说价值连城。

小菲从来没见过欧阳萸的家人，从这些东西看，她已经没了做这家儿媳的自信。她从欧阳萸在钢琴上随意弹奏的模样，看到他娟秀的母亲，从他提毛笔或翻书的架势，想象他书卷气十足的父亲。小菲想象着就怕起来。她想自己若把家里所有书都读完，大概才壮得起胆子在公婆面前亮相。

结婚到临产，她除了看到婆婆托运来的家具和公公送的线装书之外，从没听到一句问到她这位媳妇的话。进产院后，在阵痛间隙里，她问欧阳萸，他的父母知不知道他们马上要添第三代。欧阳萸叫她别操心他父母，他们有的是第三代，并不稀罕又多一个，尤其是他这个不肖之子的。

小菲这才明白，欧阳萸是被家里逐出去的，因为屡教不改、死不反悔地革命。那位清高的父亲斥他儿子为"官迷"，他认为起来革命夺权的人必是仕途野心家，这样的儿子为他所不齿。至于他儿子和谁成婚，欧阳萸的父亲毫无兴趣，送他书是礼仪上的成全，而不是感情上的认同与和解，因此没一个字的祝贺。小菲躺在产床上想，她和他都是被上一辈逐出门的人，他们以及孩子将要相依为命了。她为即将成立的三口之家流下了眼泪，似乎悲壮，似乎甜蜜。

小菲和欧阳萸结婚那天晚上，母亲出场了一下，很快就离开了。小菲送她到门外，她把一沓钞票塞在小菲手里。小菲说不要不要，母亲说再要也没了，母女缘分尽了。她再次说到小菲"人搀着不走，鬼搀着直转"，好好一个都旅长把她搀扶上了，抬举上了，她让个拍花子的一拍，跟着鬼转经去了。她说："你以为是唱戏呀？找个白脸小生，还是个痨壳子，吐过血，男人长那么漂亮干什么？男人长那么漂亮就是残废！以后有你苦头吃，我是眼不见为净。"

小菲生孩子的消息是她写信告诉母亲的。母亲没有带话来，人也没露头。被推车推进产房之前，小菲见欧阳萸眼神散乱，六神无主，她不顾自己疼痛，还握握他的手。那手又凉又湿。

头天晚上一个护士进来，端了一碗肉丸子汤，小菲马上明白，母亲来了。第二天早上，孩子还没生出来，护士又端来一碗红糖荷包蛋。一位苏联专家从医学院专门来指导小菲分娩，一见那一大碗黑糊糊的东西，立刻问是什么脏东西，说产妇在这样的时候不能吃不干净的东西。小菲已没力气辩解。中国妇科医生说这是中国民间的滋补偏方，苏联专家叫护士把五个荷包蛋和红糖水端出去。不一会儿小菲听见母亲的嗓音了，她大声说怪不得我伢生孩子没劲呢！不让吃哪儿有劲！什么狗皮膏药专家，非得去跟她讲理！小菲觉得一听到母亲的声音立刻有了主心骨，她问专家母亲能不能进来陪她。专家说当然不能。

母亲还在外面喊："你不让我孩子吃，我们不在你这个医院生了！苏联人就是神啊？他们那么会生，怎么没见他们生出多少人来，一个国家才那几个活人！"

小菲疼得死去活来，也禁不住想笑。她现在希望母亲就在她身边，骂也行打也行，只要在她身边她就什么也不怕了。母亲显然被谁拽了往外走，她说："再拽，再拽我跟你拼了！"

一股劲上来，小菲顺势一努。助产师和医生都说："好，头出来了！"

孩子呜一声长笛，外面全静下来了。

小菲从昏睡中醒来，见母亲正佝着腰在劳碌什么，头发披散下来，面前一大团白色雾气。

“妈!”

母亲转过身，泪水在眼里转圈，嘴巴还是刀一样：“我前世欠你呀，没法子，今世就还吧。”她把一小碗鸡汤盛起来，端到小菲面前，又在她下巴下垫了块毛巾。她把自己的胸脯做小菲的后背靠垫，双臂伸到小菲身前，一手端汤，一手拿勺。小菲说让她自己来，母亲不理她，一勺汤已准准地递到她嘴边。汤的温度正合适，母亲说孩子长得很俊，就是她父亲脸模子拓下来的。女孩子长成那样就对了。

门“嗵”的一声开了，欧阳萸手里大包小包地进来，衣服也扣错了扣子。皮鞋带子散了一根。他把一件呢子小大衣从包里拿出来，又抖开一个小蚊帐，一床小棉被。母亲说呆子一个，这些东西起码两年后才用得着。小菲一听就知道母亲和欧阳萸和解了，在她奋力生孩子的时候，女婿和丈母娘建立了统一战线。欧阳萸讨女人喜欢，小菲再一次得到证实。

小菲回到娘家坐月子。每天由母亲和外祖母轮流给她端各种汤饭补品。市场尽管繁荣，物价也低廉，但像他们这样花费，也是要招架不住的。小菲像吹了气一样圆凸凸起来，她求母亲不要再给她填塞食物，她还急着上台。母亲冲她一句：“你以为我是喂你呢？我喂的是我外孙女。”

小菲转弯抹角，问这样开销如何了得。母亲说欧阳萸给了她不少钱。小菲便更奇怪了，她和欧阳萸都是供给制工资，他天天花钱如流水。人们马上都发现，只要是欧副局长掏出香烟盒，大家尽可以瓜分。外面正在“打老虎”，欧阳萸这样一掷千金就是“老虎”也不敢。小菲这天晚上问他钱是从哪里来的，经得住他这样花。他又是不在乎的样子，说那些东西值什么钱，该花就得花。小菲追问下去，他承认他跟他母亲伸了手。他母亲背着他父亲每一两个月寄一些钱。小菲气了，说万一他父亲发现了怎么办？就是不发现，她的婆婆也会怨媳妇的。这位媳妇是什么泼皮破落户？嫁给她儿子害得她儿子寅吃卯粮，媳妇不是贪财就是贪嘴，要不就是个赌徒。欧阳萸哈哈一乐，说他母亲才不会赖别人呢，他母亲太了解她儿子了，生就的共产主义者，有点儿钱就共产。

母亲和外祖母轮流替小菲抱孩子，小菲脱身便开始练功。她听说话剧团要巡回演出，就演《列宁和孩子们》。马丹演的效果远不能和小菲比，因而小菲一说能上台了，团长就高兴得眉飞色舞。但他马上又问孩子喂奶怎么办？小菲说战争年代女兵生孩子都在行军途中生，奶个孩子有什么大不了。团长想到欧阳是他顶头上司，叫小菲先和丈夫说妥再来请战。

她要说服的不止欧阳萸，还有母亲和外祖母。不过能把欧阳萸拉到自己一边，帮她一块儿说服两个长辈，要好办得多。母亲对这个女婿嘴上还是不以为然，但总对他有些暗暗地心疼：弱不禁风一个人，爹妈又都不要他。小菲从剧团回到家，在楼梯上就听见一个男人呜呜咽咽地说着什么，声音挺耳熟。从欧阳萸的书房门口经过，她停了停。是三子。五年前他们五人一行去解放区，小周在1948年年底牺牲了，三子一直在旅部工作，但和小菲谈过的话不超过五句。他在机关伙食处当司务长，进城后调去接管银行，就转业到银行工作了。

现在三子成了“老虎”。三子哭哭啼啼，认为这是古今奇冤。大家的印象里，三子一板一眼，为人不活络，缺乏变通，司务长当得他也累死，别人也累死。说三子是“老虎”，人们都大吃一惊：人真不可貌相！但欧阳萸不认为三子有罪，他听了三子的诉苦申冤，答应替他走走门路。小菲一听两人站起来，欧阳萸留三子在他家吃晚饭，她扭身便藏进隔壁房间。谢天谢地三子没给留住，脚步蹒跚地下楼去了。

“他怎么想到来找你？”小菲问。

“大概听说我跟省长夫人是老战友吧。”

“你去找方大姐给他说情吗？”

欧阳萸心烦意乱，大声嚷嚷：“什么事都弄得草木皆兵！打这么多年了，打不够，你说打三子这样的可怜虫干什么？连个响屁都不敢放！我贪污十回他都不敢贪污一回！”

小菲赶紧叫他小声，楼下三家邻居都听得见。

“你看看他老妈他老子，那就是无产阶级的写照。他要贪污，他们能穷成那个熊样吗？运动一来，没几个有脑子的，也没几个安好心的！”

小菲开始跳脚。他平时静静的一个人，嚷起来气粗得很，还得过肺痨吐过血，肺活量够大的。小菲抱住他，额头顶在他嘴上，让他行行好，到浴室里去叫够了，再到省长家去。他转身就走，把小菲甩得一踉跄。小菲问他去哪里，他不答应。她伸头一看，他果然去了浴室，关上门继续嚷嚷。小菲推开门，把水龙头拧开，水溅得哗哗响，他便和水声比赛。小菲说如果他不怕浪费好端端的自来水，就尽管叫下去。他把水关上了。

晚饭是在小菲妈家吃的。孩子满了月，母亲照样天天鸡鱼鸭肉，还给欧阳萸烫三两黄酒。小菲说她不能再吃了，补得要漕出来了。母亲斜她一眼，说：“你美什么？我又不是补你小菲，我是在补我女婿。肺病是一辈子的病，不补就犯。”

“妈你怎么知道他得过肺病？”

“我什么不知道？看个人就能看到他肠根子上。”

欧阳萸喝一大口酒说：“今天该把三子带来给妈看看，看他是不是大贪污犯。”

“我看够了，天天出去都看见个把跳楼、投井、上吊的贪污分子。”小菲妈淡淡地，边说边给女婿舀火腿汤。

去方大姐家的路上，欧阳萸坐在小车里不断抽烟。到了省政府门口，他叫小菲下来和他走走，让司机两小时后来接他们。

小菲知道他想和她私下说说话。可他闷头往前走。省政府里有不少树，两人走走就往树密的地方去了。小菲见过方大姐两回。她也曾是上海学生，抗战时去了皖南。方大姐长得粗相，一嘴长长的马牙，但一看就是内心细腻的人。小菲很奇怪，大姐虽然对小菲热情，但跟欧阳萸谈话时总是把她忘在一边，小菲偶尔插一句嘴，或随他们笑一声，方大姐猛回头，刚刚想起怎么多了个小菲，或者干脆脸就不客气了。假如不是为了三子，小菲是不想见这位大姐的。小菲觉得有必要把三子和她同路投奔革命的一段讲给方大姐听。

欧阳萸走着走着，停住了。

“你不想去了?”

“去了也没用。”

“说不定有用呢?”

“我了解方大姐。假如是我个人的事，再大她都会帮忙。其他人她不会管。”

“为什么?”

“她和我关系不同。我十几岁就和她一块儿工作。”

小菲一下子猜中了谜底。其实她一直在围着谜底打转，只是不愿揭晓。老大姐是爱过欧阳萸的，也许那爱至今还阴魂不散。他当然不会爱她。他对待女人常常是让她们自己去燃烧，自己去熄灭，除了那个已经隐入历史的恋人。也许老大姐什么也没说过，暗暗地，害心病那样慕恋他，和他一块儿印传单，组织学潮。革命和浪漫原本就紧相关联。

方大姐是那么自尊自律的人，她让心病折磨死也不会给欧阳萸压力。或许她暗自垂泪过，写了情诗又撕掉过，准备了信物又放弃，为自己年长他几岁，为自己长长的马牙、不秀丽的容貌而自卑过。但这一切都在她离开他之后升华了。他还留在白色恐怖中，她跟随大部队转战，就在这样长时间的回忆和思念中，她的感情脱俗了。没了男女之欲，长长的马牙和不美的容颜都不妨碍她浪漫。再见他时，她自信极了，无欲则刚。或许还有无伤大雅的一点儿欲求，就是她对小菲的排斥。

“试试嘛，不然明天三子来问，你怎么回他话？”小菲考虑的都是婆婆妈妈的理由。

欧阳萸果然碰了方大姐的钉子。她非但不帮忙还说小菲在这种时候没有促使欧阳萸冷静。什么时期呀，我的同志？不比打反动派容易！方大姐一面介绍某某报纸的某篇文章，叫他们去好好读，一面大声斥责欧阳萸：

“烟越抽越多！”

“肺不要了是吧？”

“进城先学这些坏毛病！”

欧阳萸一咳嗽，她粗大的眉毛间聚起深深的“川”字，忧心无比地看他咳，长长的牙也忘了关进嘴唇里面。

第二天晚上，约定七点和三子见面，欧阳萸在六点半钟匆匆离开家，叫小菲给三子几句安慰。小菲知道他不忍心告诉三子他爱莫能助。小菲也怕见三子的倒霉脸。生死攸关的事，几句安慰等于站着说话不腰疼。想着想着她气欧阳萸，收不了场的事让她擦屁股。然后她集中精力恼恨方大姐，看她对欧阳萸凶的！她小菲舍得用那种口气说他吗？不帮忙就不帮忙，还摆出一张社论脸来。

快到七点了，小菲想到他们五人一路去苏北，小菲问三子：“你就叫三子吗？”

他难为情地笑笑：“我叫胡明山。”

他的样子是最好别人不注意他。现在他可是有人注意了，全市的人都要注意他了。小菲一拉灯绳，关掉了客厅的灯。三子看见楼上没人在家，等等就会走的。走时会丧魂落魄地走，但小菲至少不必用些废话去敷衍他。这件事小菲将来是会后悔的，因为三子这天晚上想听到任何人安慰他的废话：“三子，我相信你良心清白。三子，想开点，说不定运动过去你就没事了。”

小菲坐在黑暗里，听着木楼梯上的动静。三子识相，看见人家灯都没开就基本明白自己走投无路了。他心没死透，在楼下转转，等等。楼下的邻居开始向他伸头探脑时，他便转不下去了。一小时过后，小菲听见院子门口老“伏尔加”呼哧带喘地进来，又听见司机开车门关车门。欧阳萸现在正往楼里来。

“欧副局长！”三子的声音。三子坐在楼梯的第一级台阶或第二级台阶上。嗓音很响，叫救命似的。

欧阳萸给他吓得站住了。“你怎么在这里？不冷吗？”好像“冷”还有什么关系似的。

“你家没人，我想大概你们出去了。没关系，我没等多久。”他等了一个多小时。

“上来坐吧？”他没有留客的意思。三子在黑暗中不费劲就听明白了。

“不坐了。不早了。”

“去问过你的事了。大概会重新审一下你的案子。”

“……你找的是方大姐？”

“这个你就不要问了，三子。”

“那就多谢了。也谢谢小菲。孩子好吧？”

“好。”

小菲趴在窗上看欧阳萸把三子往大门口送。院子里一盏灯从冬天的树枝里照出来，三子原本只是显得可怜，现在看竟真有些鬼祟。他低三下四地转身，向欧阳萸一面点头、摆手，一面倒退着往外走。小菲好生奇怪，一个人被众人唾弃之后，怎么看上去就没了正气。等欧阳萸上来，小菲叫他千万别开灯，万一三子再一个回马枪杀回来。两人坐在散发着那位上海老舅舅气息的丝绒沙发上，欧阳萸突然攥紧小菲的手。她不去问他为什么对三子撒谎，她对他懂得的程度已使她不必问。他把小菲搂在怀里，他如果成了三子，小菲多悲惨。幸福有时就是其他人的悲惨。

第二天上午，小菲正在排练，小伍来了，脸色青灰，对小菲不容分说地摆手。小菲赶紧跟团长请假，跟着小伍往外走。小伍什么也不说，只管往前急行军。离话剧院不远的地方，刚刚修成的“中苏友谊大厦”远看像个小克里姆林宫，顶尖上的五角星在冬天的白昼也亮着。一个不高的男人站在五角星的一只角上，正在发表演说。下面聚了几百人，围墙上坐满了大人和孩子。地上的碎砖、水泥、花岗岩石片还没清理。小菲不用走近就听到那一口嘶哑的东城口音。革命五年的三子一口乡音跟东城修脚师傅一样正宗。他也不难为情了，拍着胸口肚子对下面观众说他怎样出生入死为部队筹粮，怎样把雪里红腌在山洞里，让部队一冬天有菜吃，怎样组织民兵、妇联把饭挑到前沿，又怎样偷地主家牲口的血——在牛或骡子身上拉个口子，接下一碗一碗的血——给首长们做血豆腐。现在老革命胡明山给打成了贪污犯……

小菲和小伍已挤到前面。小伍说她已经劝了不少话，没用，小菲试试看，能不能劝他别往下跳。有个“老虎”从上面跳下来，没死，成个终身瘫痪。小菲便把终身瘫痪的“老虎”作为劝阻道理，大声喊给三子听了。三子听不见似的，照样说自己的光荣历史。小菲看见地上有酒瓶碎碴，知道他为什么不难为情了。

警察全聚在通往尖顶的铁梯子下面。只要有人爬上梯子，三子就会往下跳。小菲忽然想起三子是孝子，问小伍知不知道三子家住哪里。小伍一听便双手拢着嘴对三子喊：“三子，快下来吧，你大你妈来了！”三子一下子静了，也不动了。下面看不清他的面孔，但小菲知道他两眼正急促地搜索人群。

小伍指指围墙外面，又喊道：“你妈在外面呢，人太多，挤不进来！还不快下来，要把老人家羞死呀?!”

三子一动不动，一声不吭。

“你们门口的！让一让，让老母亲进来！”小伍装得像真的一样，“你们堵门口干什么！三子！还不下来，你老母亲马上进来了……”

三子下来了。从红五星上坠落时，小菲居然没有捂眼睛。她眼睁睁看见三子败色的军装在空中成个奇形怪状的气球。她也没听见小伍和几百个人的惨叫或者欢叫。三子落地也是无声的，至少对于小菲是无声的。他脸朝下，趴在崭新的花岗岩石台阶上。小菲不要看到血，因此她以后的记忆中，胡明山留在世上的最后一个形象不是她概念中的尸首。从没得到过任何表彰的三子最后总算自己拍拍胸脯说了自己几句好话。

她绝没有想到她和大家那么快就缓过来了。好像就是睡一觉的工夫，第二天再没人提到三子。再提到就是几年之后，当人们把“中苏友谊大厦”做一个高档俱乐部时，他们说：

“也不知三子怎么爬上去的。上去连消防队员都得系安全带。”

“不知三子真贪污假贪污。”

“三子怕他妈看见才跳的，因为从后面铁梯子不好下，也来不及。”

“小伍不喊那几声，说不定他不会跳。”

“人不跳也给毙了。”

现在回到三子刚跳楼的第二天早上，小菲出门买早点，在路口碰上个挑担子的菜农。她一看担子上的韭黄鲜嫩如玉，立刻买了一斤，打算让母亲做些春卷。她步子蹦跳地上楼梯，一个念头闪出来：人们照样要买韭黄、包春卷，可是三子没了。人们照样为一毛钱的韭黄和菜农调侃、杀价。三子永远地没了。

八

巡回演出是小菲也是其他年轻同事最快活的时候。他们又成了学生，或者又成了野战的男女战士，整天出发、乘车、装舞台、卸道具、睡大通铺、吃大锅饭。他们可以不停地打嘴仗、恶作剧、闹别扭、和好、唱歌、朗诵、调情，个个都尽情浪漫，尽情地发人来疯。男男女女都无伤大雅地让荷尔蒙弄得有些忘形。小菲若不是时不时发生奶胀，几乎忘了自己是个母亲。

临出发前母亲坚决驳回了她带孩子上路的谬误决定。就那一群疯疯癫癫的男女？站没站相，坐没坐相，孩子虽然小，两三个月回来也学成个挤眉弄眼的。于是就找奶妈。奶妈是这个时代的时髦事物，新女性胸口上不能吊个孩子。在出发前的三天，小菲已服了回奶的药，不过她太年轻血旺，奶汁还是常把那件流浪儿的海魂衫洇湿。小菲对自己是下得了手的，又拿出勒腹束胸的布条来，把自己缠成个棒槌，上厕所也得扶稳墙直起直落。她不但要做个省城观众的红人，她要红到城外、省外，最好让她从未见过面的公婆知道儿子娶的不是个白丁，让那些知识分子气十足的表姐表妹们终于承认，欧阳萸艳福不浅。

一个月过去，话剧团到了一个部队驻地。鲍团长干巴巴地对小菲说：这是都汉的部队，不过见面别叫人家都旅长，叫都师长。小菲头一个念头是，这一场让给B角去演。可后面还有三场呢？冤家路窄，小菲在都汉心目中做了两年坏女人，今天要在他眼前手舞足蹈，上蹿下跳，他会冷冷一笑，心里想，怎么瞎了眼，会看上这样的轻浮东西？看她讨厌的！她不和人私通就见鬼了！

鲍团长在小菲化妆时又跑来，告诉她都汉师长的夫人也会来看戏。夫人是个护士长。好了，他一定会和护士长说，看看这个贱女子，把我坑苦了。所有人都看我笑话！还算她自己识时务，我从广西回来她已经下了地方，不然我饶不了她！护士长会用鼻子笑笑，意思是"婊子无情，戏子无义"，这你都不知道。动那么大气，犯得着吗？偏偏这天的妆也化不好，化妆员先是给她粘错了睫毛，颜色和头发不一样，揭下来重粘，又把眼皮涂花了。一个妆化得处处纰漏，处处补救，怎么看怎么可怖。缠胸时她发现怎样发狠也藏不住软扑扑的两团，上了台又后悔缠太紧，气全憋在上半段喉管，声音出来成了耗子叽叽。

台下第一排空了两个座位。小菲稍微松弛一些：都汉可把她饶了。不过演着演着，观众反应那么热烈，小菲又遗憾起来。至少都汉该看看如今小菲成了大演员，走到哪里都迷死一群观众。他是戏迷，看戏时也许会忘淡个人恩怨，为她诚心诚意地鼓掌，笑得前合后仰。一想到都汉笑起来的样子，小菲竟有了一些惆怅。难道这一辈子真的再见不到他了？

她下到台下，这一段戏没有她，因此她走到通观众席的侧门，推开一条缝。从这里正好看见头一排。前几排坐的都是首长。小菲几乎从他们的座位优劣、坐姿派头就能知道谁是什么官阶。头排正中空的两个座位是给都汉和夫人留的。都汉一定对夫人说，这种玩意儿有什么看头？又不舞枪使棒！要去你去吧，我不浪费时间。

第一幕结束，一个穿军装剪短头发的女子走来，走到前排中间的位置坐下了，还和左边一个首长握了握手。离得太远，小菲只看见她的大致轮廓。谈不上动人，背有一点佝偻，不过端庄大方，你指望能在这样一个干干净净麻麻利利的护士长手下养伤养病。小菲为都师长高兴，她一定不会半途和哪个白脸小生私奔。伤感的是都师长真的永远不要再看见小菲了，她即便有朝一日声震天下他也再不看她的戏。

或许小菲该对新话剧缺了都师长这样一位有力的支持者负责。都师长和新时代舞台绝交，也是小菲的过失。小菲回到后台，忽然觉得自己的多心没道理，都师长从来不是度小量狭的人，身为一师之长，烦心的事多少？说不定给什么事临时拖住了。

但演到第三场时，都汉仍没有来看戏。鲍团长神秘地对小菲说，据可靠消息，都师长今晚一定来。小菲正在活动身段，想说：哎呀，他就别来了，这几天一颗心就在他手里当皮球拍，一会儿拍上一会儿拍下！上了台却不一样了，小菲从来没这么精彩过，什么都得心应手，一身捆绑成了棒槌也不妨碍她身轻如燕。“列宁”都担心了，小声说：“当心你那假发！”

她一想，这样把头猛甩大概胶水吃不住劲，但她顾不上那么多，竞技状态太良好了。只要是观众席后面的门打开一下，小菲浑身热血就沸腾一下：这回进来的一定是都师长。他的夫人全然蒙在鼓里，回家一定告诉了丈夫：“你也去看一场，有个叫田苏菲的女演员演得太好了，观众别提多得劲儿了！那掌鼓得呀……”

小菲把她口音编排成东北话。但门开了又关上，进来的迟到者总不走到第一排正中的位置上。

门又一次打开时，小菲又偷着张望一眼。再回过神，演对手戏的“列宁”正瞪着画成蓝灰色的眼睛看着她。台词呢？小菲一向背词如神，此刻脑子空空荡荡。“列宁”急了，提了她台词的上半句。提得巧妙，似乎是他在说自己的词。小菲只跟着他重复了那半句，下半句还填不上空。她一身汗冒出来，听着团长在叫“提词提词”，也听见慌乱的脚步过去过来。那男演员也是一脸大汗。她突然发现这个演员的眼睛一眨一眨，一会儿白一会儿蓝一会儿灰，叫人忍不住要发笑，活脱一个木偶。侧幕条站着她的B角，给她提一句词，她重复一句，台下全乱了，笑的也有，交头接耳也有，幸亏小菲天生不怯场，凑凑合合把戏往下拖，总算拖到那一幕结束。

接下去是幕间休息。团长叫唤：“化妆员，赶紧抢妆！换B角上！”

小菲一人在服装室里呆坐。脑子里的空白一直蔓延着，她想反省也集中不了精神。鲍团长破口大骂，说小菲是脑膜炎后遗症，他在剧团混那么多年，从白区混到红区，从没见过小菲这样敢闯祸的演员。小菲看着他抽烟抽黄的牙根一动一动，脑子里还是一片白茫茫。都师长来也白来了，换上去那个平庸的B角，在家眈瞌睡也比来这儿看戏强。看来都师长是记她小菲恨的。他一身枪伤刀伤，末了让个小花旦手腕一绕，插了把暗器在他心上。她给他的伤是他浑身最深的伤。你还指望他来看你演戏？领尽风头？红遍全省？你想什么呢？小菲完全听不见团长在和她说什么。她小菲玩命演戏，等于是士为知己者死，女为悦己者容。现在都师长也和欧阳萸一样，不来看她的戏，她“死”也好“容”也好，随她去了。

九

巡回演出不断加场，行期延长了一个月。小菲总是每隔两三天写封信给欧阳萸。采一朵当地的花，或者抄录一两句普希金、海涅、拜伦、雪莱，放在信里一块儿寄回去。偶然她用红色唇膏在信上印十多个吻。有时心血来潮，她画一段五线谱，把欧阳萸常弹奏的“月光”前两句写上去。她现在华尔兹、伦巴、探戈都跳得很好，余暇时间男女演员们模仿苏联青年，手风琴、口琴，就拉开了假想中的萤火舞会。

小菲有时浪漫得受不住了，突然来一句：“田畔上残存的花朵，往往比灿烂的花束更迷人。”

团里新招进来的十六七岁的男女学员全让小菲征服了，问她刚刚背诵的是谁的诗。

“普希金啊！”

大家便对小菲很另眼看待。张嘴就来诗呢，谁说小菲这样的女演员是绣花枕头？小菲更加诗意盎然，早晨背下几个优美句子，到人多时脱口诵出。她想，她不是存心卖弄，这就是个诗的时代、诗的年华呀。

她这样诗兴大发地过了三个多月集体生活，直到有一天，来了几个公安人员，把“列宁”给带走。演列宁的演员叫陈声声，第二天话剧团的人都咬耳朵说陈声声原来是个暗藏的美蒋特务。因为他是特型演员：个头矮，奔儿头大，下巴翘，所以一直没有找到合适的B角，演出只得取消。

连夜赶排了几个独幕剧顶替上演，同时团长四处招募有“列宁特征”的演员。每到一个城市就有不少当地剧团、文化馆的业余演员来应考。团长叫小菲跟应考演员对词。不招考不知道，一招考便发现长大奔儿头、翘下巴、深眼窝的矮个男子大把抓，一来就是一屋子，除了普通话说得太次，模仿的“列宁动作”都神似。鲍团长下面计划上演的戏都有列宁：《列宁在十月》、《列宁在一九一八》，所以他索性招足特型演员，万一再出现美蒋特务让警察逮走，他们不至于再取消演出。不论走到哪个城市，话剧团驻扎地都拥着一大批大奔儿头的矮子，走路挺胸仰头，大拇指插在肚子两边，预先进入“列宁”状态。

小菲坐在小凳上，看着一个外形不太像列宁，语气神采和列宁毕肖的演员正在表演。他头戴一顶鸭舌帽，身穿列宁式大衣，一举一动都是活脱脱的列宁。小菲从来没见过如此精妙的表演，和鲍团长做了个眼色。团长问他演过戏没有。他羞涩一笑，说他是师范大学学生会业余剧团的。小菲说：“真有才华！团长！让他试一段罗密欧？”

他又羞涩一笑，说：“我可以试一段朱丽叶。”

团长和小菲预感到什么戏法要变出来了。他一把揭掉头上的鸭舌帽，甩出一头短发。一个十八九岁的少女，有一点欧洲血统。

团长和小菲都惊得失语了。她脱下列宁大衣，里面穿一件黑色高领细毛线衣，一条银灰的长纱巾，披挂到膝盖上面。小菲挑剔地看她念朱丽叶的独白，念完后小菲忘了她想挑剔她什么。她也忘了自己不是主考人，从小凳上站起来，把流浪儿的一段戏让她马上模仿一遍。当她走近她，她闻到一股古老的香气，是一种凝滞的薰衣草香水，年代陈了，非常古旧。她终于挑剔到什么了，她的毛衣上有破洞，但被织补上了。纱巾却是质地不俗，很像欧阳萸买给她的。

是个素质难得的演员，收得起、放得开，再奔放也不露痕迹。尽管形象不太如团长的意——扮演工农兵会困难些，不过其他的优势可以把她分数扯平。

回省城的时候，车上多出四个长大奔儿头的矮子，像四兄弟。这下阔了，警察再逮美蒋特务也逮不完四个。那个叫做孙百合的女学生却没有录取，团长只说她的家庭有问题。孙百合瞬间即逝，就像来昭告一下，这些不干不净不三不四的江淮小城里也卧虎藏龙。

小菲记得孙百合来复试那天，团里开午饭，鲍团长便留她一块儿吃。孙百合坐在小菲的桌上，吃的架势绝对不是吃“卷心菜炒肉片”和“辣酱豆腐丁”的。小菲不能形容孙百合吃饭的仪态，但她觉得它似曾相识。她咀嚼得很慢，嘴唇紧抿，问她话的人很多，她却总是抿嘴抱歉地笑笑，加快咀嚼，把东西咽下去才回答提问。

小菲细看她的头发，发现它是微微发红的，连她手指上的汗毛也有些发红。她是个汗毛浓重的女孩，嘴唇上一圈红兮兮的小胡子。小菲叫大家看，孙百合像不像达吉亚娜？大多数人不知道谁是“达吉亚娜”，但从孙百合的神情中，小菲知道她是读过“叶夫根尼·奥涅金”的。孙百合回答说别人说过她像刺杀列宁的女匪徒。孙百合知道自己美丽，就把自己往丑角上拉，她是个聪明、明智的女孩，并且成熟得惊人。

回省城途中，叫孙百合的女孩子总是出其不意地出现在小菲的记忆中，零碎的细节，片断的话语，一举手一顾盼，让小菲感到莫名的刺痛。少女如孙百合是不必刻意显露读过多少书背过多少诗的，那些诗和书全在她的举止言行中。她不必显露聪明，她明白她显露了就会孤立。她才十八九岁，那样的精明和城府，又是一派潇洒浑然，小菲再拿出十年去读书，也望尘莫及。

车一进城小菲就雇了三轮车回家。家里没人，小菲有点失落。她打电报告诉欧阳萸今天晚上到达。她想先换下一身风尘仆仆的衣服，再去母亲那里看女儿。走进卧室，她站住了。窗帘是新换的，米白的亚麻布，床罩是乳黄和乳白杂织的泡泡纱。虽然典雅随意，但小菲感到一种陌生的影响对自己家的入侵。床头挂了张油画，也像不用心涂的一幅静物。床头柜上放了一大束蓝色凤仙草，烟灰缸是拙头拙脑的一块整水晶。她不怀疑新布局是欧阳萸的手笔——他是个天天造新环境的人，尽管他自己一个月不换一件外套。但有一种陌生的影响在这里面。一个女人的影响？小菲觉得她成了这个家的不速之客，连坐的地方都找不着。欧阳萸一共给她写过四封信。四个月，四封信。

她慢慢走过去，站在床边，突然明白自己在聆听楼下的汽车声。没有汽车进这院子。她揭开泡泡纱床罩，动作难免贼头贼脑。床罩下还是冬天的被子，该换夹被了，还这样不知冷暖。从刺探秘密到满心怜爱，在小菲这儿毫无过渡。她趴到枕头上闻。想闻出什么？一个女人用的洗发粉香味，或者柠檬霜的香味，或者一种只有妻子能刺探到的敌意的气味。然后她打开所有灯，在床单上细细地找。似乎有什么疑点，似乎又是一张无辜、贞洁的床单，几乎没人睡过。

但不能证实和证伪都让她烦躁。四个月够出多少问题？四个月写了四封信，还剩多少时间去出问题？不行，她得马上找个用人，得马上把用人驯成自己的心腹。走回书房，见又添出一排书柜，是红木的，线装书挪到那里面去了。一个茶杯放在欧阳萸的大茶缸旁边。是给女客人用的茶，一定是，看看，还用小碟托在杯子下面，让她精巧地、带点嗲气地品茶。这个跷着兰花指捏着小茶杯的女人是谁？是那个分了手的恋人？原来藕断丝连。不会的，欧阳萸那么痛苦，显然当时是生离死别。这么多年，丝再连也是女大当嫁。小菲深知女人是什么东西，都是天生的务实者，一务实都能消灭自己的柔情。也许就是方大姐来串个门。她总说有空来看看他们的家。方大姐那长长的马牙，粗大的手指，这样嗲溜溜地端着茶杯的细把？小菲觉得滑稽。

她听见母亲的嗓音突然在楼下响起来。探到窗口，见母亲推着儿童车里的女儿来了，手里还提个盖篮。她想到给孩子买的礼物，马上打开箱子。一辆逼真的救火车通身火红，她赶紧拧紧发条。母亲一路和女儿讲着婴儿语言上楼来，小菲打开走廊的灯，躲在走廊尽头的洗浴室。听到母亲对女儿说："找妈妈去吧！"小菲便把救火车放了出去。救火车的警笛也逼真，尖厉地鸣叫着朝刚刚学步的女儿冲去。女儿先是张大眼睛，张大嘴巴，惊得失了声，救火车冲到她脚边她一下子坐在地上。若不是母亲站在楼梯口，女儿一定会冬瓜一样滚下楼梯。

坐在地上几秒钟，"呜哇"一声，女儿哭出来了，尖厉得如同救火车。

母亲一把把女儿抱起，转身便下楼去。"十三点一个！我孩子怎么这么命苦？几个月见不到娘，见到了魂先给她吓掉了！"

小菲站在那里，也张着眼张着嘴，手里的救火车被她肚皮朝上地捧在手里，四个轮盘还像死而不僵的虫腿，动个不停。对欧阳萸的猜忌弄得她自己失常了。

她追到院子里，女儿正伏在母亲肩上，眼睛散神，一会儿抽动一下。母亲慢慢走着，慢慢拍着女儿的背，嘴里念着低低的咒语。这是在召唤女儿惊得迷失的魂魄，小菲小时也经历过不少次。

"十三点！没头没脑的东西！我前世作什么孽，养出这种东西？妈都不会做！不如猫狗，猫狗下了崽子就挠得怎样为母！”

小菲说：“妈，别说了，孩子都听得懂了！”

“听得懂才好，我就怕她听不懂！懂了她长大不去学她妈的样子，把德行都散光了！”

“让邻居听见了！”

“还怕谁听见？人家刚才听见孩子那一声哭，当是你杀她呢！”

“让我来抱……”

“你问她要不要你！”母亲把孩子转向小菲。小菲对女儿拍拍手，叫她的乳名阿宝，满脸都是讨好的笑。女儿却立刻把头回过去，再次靠到母亲肩上。

“在外面疯啊！快活吧？男男女女在一块儿，吃猪食都香。香吧？回来指望孩子认得你？上来还吓她！演出去吧！革命大戏，快去演吧！回来做什么？连老母鸡孵出小鸡来还带个半年，她三十天就孩子也不要了，男人也不要了。不如个老母鸡！”

“妈，落后话让人家都听见了。”

“她以为她成名角儿了呢！屁股头撅着，下巴颏送出去半尺长，满场子猴蹦，革命大戏就是这样子？不演也罢，不看也罢！”

母亲骂骂咧咧地回到楼上，一手抱孩子一手为她热饭菜。嘴里叨叨咕咕只和孩子说话：“你爸可怜嗻，饭都没得吃，不送点给他吃，他就开个罐头，那不是骗自己肚子吗？”

母亲是埋怨小菲，而小菲听进去的是她要听的。至少母亲每天晚上来送一顿晚饭，可以保证那段时间没有女客。其他时间欧阳萸在办公室忙。小菲替他算算，时间富裕不下太多，平时找他打桥牌的、打弹子的，听诗歌会的也不少，就更闲不下他了。

诗歌会却正是惹是生非的所在。这是个出诗人的年代，也出女诗人。每星期“中苏友谊大厦”的舞厅总是先餐后诗再舞，连衫裙都不叫连衫裙，叫“布拉吉”，满场都是穿布拉吉的女人打领带的男人，楼梯上走廊里跑着男孩女孩，相互叫着“瓦佳”、“娜拉”、“柳芭”。

小菲从巡回演出途中回家那天晚上，欧阳萸不迎接她的原因就是因为几个年轻诗人的新诗朗诵会，文化局的几个领导都被拉去当贵宾。后来小菲被请去为新诗人们做朗诵表演，欧阳萸常常对小菲说：“你替他们朗诵朗诵就完了，千万别以为那些是诗。”

他为这些年轻诗人写评论时也非常严厉，“空洞”，“干瘪”，“缺乏音韵修养”，要他们多听音乐，多读古诗词。他本人反感西方诗人被翻译过来的诗，他认为新诗人们该先学俄语、英语，再读普希金、雪莱。他批评得猛烈，因此他偶然有一两句表扬就让那位受了表扬的诗人马上红起来。并且越批评越有人自找上来，请欧副局长“指教”。

晚上家里常常门庭若市，一群年轻诗人飞蛾扑火，越骂越舒服似的，请欧阳萸推荐音乐给他们听，也请他介绍诗或书给他们读。最常上门的是两位年轻女诗人，一个是纱厂工会干事，一个是医院宣传委员。冬天宣传委员在屋里也不肯摘大口罩，两只长睫毛大眼睛扑闪闪地听欧阳萸说教。纱厂女干事大大咧咧，上了楼先找小菲胡聊，再去坐欧阳萸书房的弹簧椅，一坐就把屁股长在了椅子上。小菲实在忍无可忍，有时会进去说已经十点了，电车快停了。或者说欧阳萸你一谈话就抽烟抽个没完，能不能少说两句?!

等客人一走，欧阳萸就问她：“教养呢?”

小菲的话也比较丑陋。她说他过什么贾宝玉瘾？就守着一个龅牙一个大屁股?!他问她怎么知道那个女宣传委员是龅牙。她说假如她小菲长一口那样的龅牙，也会戴个大口罩去勾引评论家。

欧阳萸的脸又通红了。

“人家什么时候勾引过我？”

“算了吧。你对所有女人的勾引都心知肚明。不单明白，还暗中助长。有女人围在身边多开心？多满足虚荣？还都是女才子！”

欧阳萸不说话了。他最治她的一手就是不说话。

她偏要让他开口。所有的攻击性语言都启用，词是越刺激越好，老账本一页一页翻，说到他最痛的点子上去：“后悔吧？其实怀了孩子也可以打掉，当初干吗不逼我打掉！”

然后就是哭。

再往后就是他摔门出去。

一天那个女工会干事来，居然穿了件米色开襟毛衣，和小菲的那件几乎一模一样。她又跑到小菲那里点卯，嘻嘻哈哈胡扯，小菲不答理她也没什么，推门就进了欧阳萸的书房。小菲跑到书房门口，站在暗处，听欧阳萸说：“这首写得像点样子了！”

女工会干事说：“那还不是欧阳哥指点的！”

小菲肉麻得哭笑不得，欧阳哥也是她叫的！她以为她是谁？史湘云？欧阳萸那天晚上在小菲妈妈家喝了不少黄酒，大笑听着都畅快。小菲气得发抖。十一点了，小菲进去说：“电车停了。”

女干事说：“我骑车来的！”

终于走了。小菲见欧阳萸已困得睁不开眼，就让他躺到床上，她打了一盆热水替他洗脚。算了，这么困他也听不动她的质问了。

第二天小菲一早就接到电话，叫她马上到团里去，有紧急任务。鲍团长把一本用复写纸誊抄的剧本交给她，叫她立刻开始背女主角的词。要在两个星期内把剧目推上台。问团长是个什么戏，团长叫她先背词，背完了就明白了。这是省委命令他们火线上演的戏。记得打仗的时候排的活报剧吧？就要那个“火线”精神。

背完了词小菲明白自己演的是个志愿军小护士，在看护伤员时发现绷带和药品有问题，伤员们都感染，最后牺牲或截肢了。青霉素是过期的，抗破伤风药是掺假的，绷带全都没有消毒。小菲在几十年后碰到类似现象，那时有个新词“假冒伪劣”。

所有演员们手捧着复写剧本就进入了排练。小菲想到了小伍的父亲。这个志愿军小护士最仇恨的敌人就是伍老板这样的人。伍老板生意脑筋发达，志愿军一过鸭绿江他就明白这回他要发死了。他联合了另外两个商人先做战地食品买卖：压缩饼干、炒麦粉、浓缩牛奶。做不过上海天津的商人，又转手跑医药单帮，不久就成了这个省的医药大王。

白头翁刘书记原先对伍老板带答不理，渐渐也承认丈人是很有本事的人。一天晚上，伍老板正在馆子里请客，来了一辆车，客客气气请他上去，之后就再没回来。志愿军小护士认为奸商如伍老板之流死一回都太便宜他们，她眼睁睁看着多少志愿军被截下年轻的肢体，葬送了年轻的生命。

小菲在彩排时眼睛四处溜，看看刘书记是否把小伍带来了。小伍总是来看彩排，她可以放肆地大笑，吃零食，把脚跷在前排椅子的靠背上。刘书记的白头发没出现。看看小伍还怎样整天板着脸训小菲。开幕时小菲看见小伍和刘书记进来了。刘书记叫大家先暂停，他有话要讲。所有化好妆的演员，加上后台服务部门，包括烧锅炉老头，全到台上站队。刘书记把小伍请到第一排，对大家说：“省委组织部的伍善贞同志有几句话想跟大家谈谈。”

小伍照样神气活现，站在那里，仰脸对台上的队伍说："这个戏，是我专门请人写的。老刘和我商量了基本情节然后请了三位编剧，用三个昼夜把它赶写出来的。为什么我和老刘有这样的体验？我不说大家也明白：因为我父亲——当然他已经不再和我有任何关系。早在发现他有疑点的时候，我就基本和他断绝了关系。因为他曾经是我父亲，我才更加仇恨他。多危险呀，同志们，这样狠毒阴险的敌人就在我们身边！我为自己曾经是他的女儿而深感耻辱！"

小伍英勇倔犟地仰着头，任泪水洒一脸。

小菲很想去安慰小伍两句，叫她别感到耻辱，她是她，她爹是她爹，谁不知道小伍十七岁入党，是个小小年纪的老革命？这么多年，小伍行得正，站得稳，就是小菲再投一回娘胎，出来也不如小伍的坯子正。别人不了解她小伍，小菲还能不了解？虽然她整天老三老四做小菲操行指导、政治教员，她从来没有亏待过小菲，有个冰棒，碰上小菲，也要掰半个给她。况且伍老板毕竟宠爱小伍一场，和他断绝父女关系，她心里能不血淋淋吗？因为对小伍的理解和支持，小菲的彩排十分成功，嗓子也扯得起了毛似的。

小伍上台来紧紧拥抱住小菲。两人一抱在一块儿就又回到十六七岁。"谢谢你小菲。"这是小伍掏心窝子的口气，以这口气，小伍曾告诉小菲她有了初潮，接到男生的情书，和老刘建立了恋爱关系。小菲鼻子一酸，怎样勾心斗角也是一辈子的小姐妹。小菲知道，小伍输给谁都行，就别输给她小菲。这时她一定感觉小菲多少占了点上风头。小菲赶紧也掏心窝子，说："千万别难过。"

小伍抬起脸，莫名其妙，她难过什么？

小菲一看，又是那个好胜要强的小伍，死也不输在小姐妹面前。小菲贴心地说："请你和老刘消夜，去不去？"小伍吃劲特大，小菲觉得这个安慰比较容易被她接受。

小伍说：“我刚说要请你呢！你问我们老刘！”

这类事情从来是小伍做主。小菲是省得自己拿主张的人。小菲跟在小伍身边，尤其省脑筋。小伍指着一家牛肉汤生煎包子馆说：“小菲最爱吃牛肉汤。”她也常常为小菲决定什么是她最爱吃、最合适穿的东西。有欧阳萸和小伍，小菲十分省心。

“老刘，给小菲买半打牛肉包子。小菲爱吃香菜，多要点香菜放在她的牛肉汤里。”老刘便去了。

小菲心想，这么晚了，谁吃得下半打包子？但小伍一向为她好，她就吃吧。这包子馆不伦不类，也有鲜啤酒卖。刚刚回到座位上的老刘，又给差去买啤酒。小伍即便嫁了中央领导，中央领导也会给她差去买啤酒的。并且她有本事把大家支使得一团欢喜。她抱怨说小菲那么久都不去看她，小菲连忙解释，她忙得连自己女儿都没时间看。她明白小伍东拉西扯还是因为心里难过。一个女儿和亲爹永世翻脸，谁不难过？小菲用勺子舀起牛肉汤，吹吹气，突然说：“我都怕见伍妈妈。”

“为什么？”小伍眼一瞪。小伍有一点金鱼眼，瞪起来上下眼皮不沾黑眼仁。

“她怎么受得住？以后孤单单的了……”

“她活该！”小伍说，更像金鱼了，“我才不相信她什么也不知道，全是伍老板背着她干的。伍老板在家耳根子软，看我妈的眼色。”

“你别瞎说！伍妈妈已经够遭殃了。”小菲说。

老刘喝啤酒，抽香烟，深不可测。忽然他说：“小菲还没有写入党申请书吧？”

“写过两次了。你们党内同志不要我们呀，看不上我们呀！”小菲偏着头，碰到哪壶不开提哪壶的时刻，她就一副没正经的样子。

“你看，她这个人长不大的！”小伍又爱又嫌地在小菲头上打一巴掌。

三人吃着喝着，有了点晕晕乎乎的感觉。小伍沉闷了，老刘逗她几句，她横他几眼。小菲想，她干吗不肯承认自己心里不好过呢？明明和伍老板感情那么好，现在伍老板身陷囹圄，凶吉未卜，哪能照样意气风发呢？小伍啊小伍，小姊妹之间，何必打碎牙含血吞？

“明天我看看伍妈妈去。”小菲说。

“什么看头？”

“怕她想到绝处，出什么意外。伍妈妈待我妈亲，也待我这么亲……”

“我都不去看她，你去看她干什么？看她还不就是拉着你手哭天抹泪？现在知道哭了，跟着我大往家扒拉昧心钱的时候，牙恐怕都笑掉了！我怀疑我根本就不是他们亲生的。你看我和我弟妹们像不像？我从小就对钱无所谓。我们全家都是钱串子，有一个想两个，有十个想百个。我拥护共产党，就得对这种人恶治。”

不知不觉，小伍又压倒了小菲。有一点是真的，小伍的确朴素，也大方，自己和老刘从来一身布衣，碰到喜欢的东西还不忘记给女伴们都买一份。她的无情似乎也真切，似乎真的从骨肉关系里超脱了出来。小伍是天生的无产阶级先进分子。她正是因为知道自己内心光明正大，才显出霸气。小菲咬着香脆的包子，大口喝着啤酒，不知怎么对老刘和小伍一笑。她想到了一个绝不该在此时此地想到的情节：那个小镇书院之夜，他俩肉贴肉地躺着，火从两只交握的手点着，一下子就燎原了。

小菲不久听说小伍和伍老板娘也决裂了。小伍先是自己回家，劝说加威逼，让她妈把伍老板祸害志愿军的丧德钱交出来。伍老板娘哭得一条巷子都惊动了，听她骂小伍白眼狼，诉说自己清白，死老头子的害命钱她一分没收。小伍不和她废话，第二天带了侦察科的干事们来了。小伍打富济贫惯了，对家里藏宝贝的地方熟得很，指指房梁，说就那一根，撬！又指指后院的树说，刨开。再指指母亲的红漆描金马桶：砸了它！伍老板娘先还阻拦乞求，后来安详得很，坐在院子里看热闹，一会儿说一句：

“生下来我怎么没把她掐死啊？”

“一生下来就该把她头朝下按在马桶里。”

伍老板娘口气平淡，哀莫大于心死，一副心死过了的样子。

“不然她那回生疹子就让她挺那儿算了，找什么大夫啊？”

“杀强盗，抓土匪，趁她还是土匪坯子就该杀了她，省她把家里盗一回不够，再来盗！”

小伍也不被母亲的话打扰，照样又拆又砸，冷静周密，毫不意气用事。她拳头杵在下巴下想了一会儿，指着水缸：搬开。下面挖了有三尺深，除了土还是土。多年后，小伍跟母亲和解之后，母亲说她笨蛋，水缸里养的是大蚌壳，只要细看就看出那都是死东西，壳里藏着用油纸包的金砖。伍老板对什么纸币都信不过，有钱就去黑市兑成黄金。

这时还是小伍抄自己家的时刻。伍老板娘的独白还在继续：“日本鬼子狠？还没把藏的那点首饰挖走，她给你挖走了！……挖走她大她妈没得吃，那不关她事！物价一天一个样，没钱付给伙计，那不关她事！她只管吃里扒外、吃家饭屙野屎……”

小伍搜个一场空，带着侦察员们撤了。伍老板娘也是好强女人，到巷子里高声唤几个躲出去的孩子：“小二子小三子小四子！滚回来吃晚饭！没得肉吃了，萝卜干下稀饭他政府总还允许我们吃饱吧？”

有时小菲见到伍老板娘在门口拣米虫子，一打招呼她就笑吟吟地说：“生了虫也舍不得喂鸡，人就是这么赖皮赖脸，穷日子过着还长肉！”

伍老板娘不仅把生虫的糟米、半腐的菜叶拿到门口拣，把破棉袄、烂鞋子、碎毛线都端到门口，在大庭广众下缝补、拼凑。人们有点奇怪，这个家说败怎么就能败成这样，如此之快地就穿破烂吃垃圾了。有人说那是伍老板娘存心出她女儿的丑。也有人说她哭穷好让群众看见她没有给伍老板窝赃。小菲妈同情伍老板娘，烧菜常常多烧一份，不动声色地给伍家送去，说：“这个菜我也是学着烧，不晓得烧对没有，你尝尝。”

十

那个活报剧似的话剧一连演了一百场，学生包场，工厂包场，机关干部、团委、工会，观众全是一卡车一卡车地来。看完戏不是献花、鼓掌，而是观众和演员一块儿开现场讨论会，讨论资产阶级对无产阶级的进攻多么猖狂。

演了小护士，接下去又是一个新时代角色落到小菲头上。她要扮演一个年轻的农业社长，和反对合作化的落后农民斗争。话剧团分了两个剧组，一个剧组演现代革命戏，另一个剧组演果戈理、莎士比亚、易卜生的戏。渐渐地，第二剧组的人高傲起来，在团里的院子走过去走过来都是：

“活着，还是死去……”

“罗密欧，罗密欧……”

嗓音话语都半个洋人似的。

小菲心想，假如她能争取演上朱丽叶，一定能让欧阳萸来看一场。她悄悄地看马丹排练，心里对马丹的功底很服气。她从欧阳萸的书架上找到莎士比亚全集，开始偷偷背台词。小菲是个极用功的人，一旦想到欧阳萸会看她的戏，她的用功便有了方向。她要自己把戏设计好，词念得炉火纯青，再去说服鲍团长。团长偏爱她，她要给他好好争口气。欧阳萸会在台下目不转睛地盯着她，心想到底读了几天“斯坦尼斯拉夫斯基”，就是不一样了。天才还是有的，过去只是一块生坯子天才，现在铸出来了，可是了得！那些什么业余女诗人？怎么能和这个风采的名角儿同日而语？

小菲不几天就把整本《罗密欧与朱丽叶》背了下来，洗着脸刷着牙也会突然对镜子说："罗密欧啊，罗密欧！为什么你偏偏是罗密欧呢？否认你的父亲，抛弃你的姓名吧；也许你不愿意这样做，那么只要你宣誓做我的爱人，我也不愿再姓凯普莱特了……"

常常在喂女儿吃蛋糕或陪她摆洋娃娃家时，她对女儿说："恨灰中燃起了爱火融融，要是不该相识，何必相逢！"女儿有时吓一大跳，有时咯咯地乐起来。

有一次母亲替外婆挖鸡眼，叫她哄一哄闹瞌睡的女儿。她抱着女儿在屋里踱步，踱着踱着又来了："啊！不要指着月亮起誓，它是变化无常……"女儿"哇"的一声大哭起来。母亲从外婆的小屋冲出来，问她怎么又吓着孩子了。她说她正给她念诗，哄她睡觉，哪里会吓着她？母亲上来，把孩子接过去，身子两边晃，嘴里只说："吆吆吆、吆吆吆……"女儿便安静了。

鲍团长却让她安心演现代戏。他安抚她说，去北京参加话剧会演都是现代戏参加。她说一个好演员不经过经典作品，是考验不出来的，至少让她试试，经受一下经典作品的考验。团长答应考虑考虑。

她急不可待地想告诉欧阳萸她要演朱丽叶了。正逢周末，人们买了餐券舞票，去俱乐部热闹。小菲穿着深玫瑰红的布拉吉，涂着深玫瑰红的唇膏，两样都是欧阳萸为她买的。第一支舞曲她拒绝了邀请者，把欧阳萸拉起来。欧阳萸平时是个懒散、散漫的人，能不动就不动，舞却跳得极好。小菲看着他，风度十足，这样一个公子哥从小闹革命，她爱他爱得越发不知如何是好。他从她两个眼睛里读得出她此刻多满足。她爱他至死。

世上再找不出一个女人能像她这样爱他，这是没错的了，他全看得出，灯光暗下来，他吻了她一下。她想说此生此世她做什么都是为了他。但她知道他喜欢内向含蓄，就忍了。那是真话，她做什么都为他。

跳了一圈之后，小菲被别人请去了。小菲青春美貌苗条丰满，一身占个齐全，男人们省不下她，一会儿就把她捧成了舞会之星。她边跳边希望欧阳萸看到，她跳得多么好，迷倒多少人，可她只迷他欧阳萸。小菲一想到要欧阳萸欣赏她，动作表情总要大几度，笑声也格外清脆，可欧阳萸却不看她，坐在一边的沙发上抽烟斗和几个业余诗人谈笑。小菲快要累死了，一支舞曲也歇不了。这个土里土气的省城里所有的有头面人物几乎都和小菲跳了舞。

九点钟时，舞曲奏到一半，突然停下，一个人走进来激动地说，省长和夫人陪着诗人丁艾之来了。丁大诗人是全国数一数二的名流，一进来把省长都衬得黯然失色。他穿着灰色西装，花白的大背头，金丝眼镜。他从30年代红到现在，小城市的诗人们全冲上去握手，请他题字签名。他慢慢晃晃手，说他不想打断舞会，来就是想凑一份热闹，签名题字就太把他当外人了。省长夫人方大姐也替他挡驾开路，把他安全引渡到靠墙的沙发上。

舞会继续时，上来一个女诗人请他跳舞，他欠身作个揖，谢绝了。小菲从他身边旋转过去，发现他眼睛给她打了好一会儿追光。又见一个京剧团的女旦角上去请他赏光，他还是谦谦地摆手微笑。舞曲结束，下面是慢三步。小菲对这支乐队的节目顺序了如指掌。她裙摆一甩一甩地走过大厅，朝丁大诗人走过去。她想也不去想，被拒绝该有多难堪。欧阳萸就坐在离丁艾之三张沙发的地方，正和方大姐热烈交谈。小菲的高跟鞋“嘚嘚嘚”地敲着小板鼓，微卷的头发束在脑后，走一步起一朵浪花。太青春了。但她留神到欧阳萸的表情了。他突然不再说话，紧张地看着小菲。那意思是亏你干得出来！小菲此刻已到了丁艾之面前，双手一扯裙摆，一只脚向后撤一步，行了个西欧仕女礼节。她的神色俏皮，你把她当出洋相也可以。

丁艾之哈哈一乐，站了起来。方大姐回头对她说："小菲也不自我介绍一下！"

小菲正想介绍，大姐已经代理了。她走到他们面前，指着小菲说："喏，我们省里的话剧演员田苏菲。"

丁艾之对小菲的身份头衔兴趣不大，一只手把小菲一侧的腰已经焐烫了。不久他便带领小菲进入了抒情的漩涡，一圈又一圈，两人搭档得天衣无缝。诗人对小菲耳朵眼说："你很好带，敏感得很。"

小菲闻到诗人嘴里的淡淡酒气。她不在乎他拿她临时浪漫一下。她只在乎欧阳萸能看见诗人晕眩的微笑笼罩着她。舞到欧阳萸身边时，她说："哎呀，你别抽那么多烟行不行？"

欧阳萸和方大姐正聊得入神，给她一叫不知声音从哪个方向来的，抬起头来找。小菲对他响亮地笑一声："傻瓜！"

诗人有些扫兴，酒意也挥发掉不少。正好舞曲结束，他和小菲松松地握了握手，从熟识回到陌生。

接下来越发了不得，省长也来邀请小菲。这一晚她风头可是出足了。欧阳萸该明白，在多少人梦想里，他妻子是他们的宝贝儿。女人做到这份儿上，算拔尖了吧？全省女人精筛细箩，能箩出几个小菲来？排头十名也得排上小菲。只有一个人小菲耿耿于怀，就是那个神秘的孙百合。她突发奇想，万一欧阳萸的恋人正是孙百合呢？果然是这样，小菲便卷铺盖让位。幸运在于并不是孙百合，怎么可能是她呢？小菲恶毒地想，孙百合什么都占全了，偏偏占不上个好命。连被话剧团录取的好命都没有。这样的女子是不能给她好命的，她再有好命别人还活不活？

她跳着跳着，无意间发现欧阳萸也下了舞池。他的舞伴是背影，梳一根独辫子，村姑似的。小菲盯得他们死紧，一脚踩到舞伴皮鞋上。欧阳萸怎么那样含情脉脉？女子转身了，眼熟，再细看，似乎是那位医院宣传委员，下颌也要搭到欧阳萸肩上了。这还成话？成拥抱了！小菲想着，反被动为主动，带着搭档就往舞池那一头进军。这是个小快板舞曲，特别适合冲锋或撤退。于是小菲推着她的舞伴，她一路冲锋舞伴一路撤退。

到了欧阳萸身后，小菲见那女舞伴眼皮低垂，陶醉得家也认不得了。果然是女宣传委员。原来她不是龅牙。那么她在室内戴口罩什么意思？兔唇，刚刚手术缝合？但毫无疤痕怎么可能？小菲猜测、推翻，再猜测。最后的答案她比较满意：因为她鼻子或嘴边长了粉刺。粉刺化脓，在姑娘脸上是十分不雅的。现在粉刺退了，真还挺标致。

小菲什么也没有表示。她深知欧阳萸讨厌没有教养的人，尤其女人。光跳个舞你能挑剔他们什么，你自己跳疯了，一晚上从这男人怀里到那男人怀里。突然之间，她后悔不该如此疯狂，难免会引起方大姐的嘀咕。方大姐自认为她是世界上头一个爱护欧阳萸的人，会对他说："可以管一管啦！成来者不拒了！活泼有尺度，过了度就是轻骨头！现在不管，出事就晚了！没听说多少舞会让多少家庭遭遇不幸吗？"方大姐语气用词小菲全想象得出来。真不该忘乎所以，这下理亏了。

他们表面上还是一如既往，白天各自上班，晚上小菲不演出就与欧阳萸去母亲家吃晚饭，逗女儿玩。欧阳萸对女儿的溺爱是小菲的一颗宽心丸。女儿可以坐在他肩上叫他"欧阳欧阳"！他一见岳母逼女儿吃东西就屏住呼吸地看，最后总是他替女儿说情："不要吃拉倒，爸爸想多吃一口呢！算了，她喜欢什么就给她吃什么吧！"

一天下午，小菲鬼使神差地去欧阳萸的办公室。她预谋这个突袭已有一阵了，但她从来不相信自己会实施它。直到她站在他办公室门前，才明白自己爱他爱得这样丧心病狂。门开着，欧阳萸在接电话。小菲坐下来翻画报。翻完画报她看到了蛛丝马迹。他抽屉里有几块巧克力。她知道他从来不吃糖，不是他招待女客人的，就是女客人送他的。放暖壶的小桌上搁着一听克力架。他也不喜欢这类腻人的饮料，显然也为了款待女客人。字纸篓里，几张彩色锡箔纸，巧克力的包装。女客坐在这儿，吃巧克力喝克力架，谈诗论画，成了温馨的小咖啡座了。

欧阳萸放下电话，问她来有事吗？她说没事就不能来？他说他一会儿要开会。她说噢，我一来你就要开会？她从他眼里又看到那种忍气吞声，就是她父亲对她母亲的忍耐。她叫自己克制，对自己说：你又讨厌了。

她身不由己，拉开他的抽屉，拿起一块璀璨的巧克力，又意味深长地放下。

“怎么不吃啊？”他问。

“又不是请我吃的。”

他笑起来，动手把糖纸剥了：“喏，请你吃。”

她眼泪慢慢涌上来，站起身，提上皮包，快步走了出去。

晚上演出结束，已经十点了。大家人欢马叫地抢夜餐的素蒸饺。小菲哪有心吃素蒸饺，急匆匆上了路。白天不能在文化局的欧阳副局长办公室把话说透，她今晚再不说就活不到明天了。小菲一向注意影响，从来不坐欧副局长的车，但是晚上电车很少，她没耐心等，颠颠跑跑地徒步回家。这座城市纵穿横穿就那么几条马路。走过一个西瓜摊子，瓜贩子都躺到外面来了，她只好绕到马路上。半高跟凉鞋一下踩在一块西瓜皮上，她人摔得横起来，屁股从半空中砸到地上。她摔出来的那声惨叫把瓜贩子们全惊醒了，都上来拉的拉拽的拽，一看她两胳膊肘的血，问她要不要去医院。

她强忍住眼泪继续往前走，拐了弯才把手抚在摔伤的屁股上。眼泪成了雨点，滴滴答答落在路面上。她站了很久才把疼忍过去。

回到家发现灯黑着。

楼上的门锁了，汽车却停在车房。小菲一步一挪地进了卧室，拿出一条家常的旧衣服把沾了一大片馊西瓜汁的连衣裙换下来。似乎是摔到尾骨了，她坐也坐不了，动也动不了。她再疼也不会去休息，她得看自己跟他唱一出好戏。

十二点钟，他回来了。

“哎，你怎么还不睡?”

“等你呀。”她眼神火辣辣的，意思是：看你怎么交代。

“我去桥牌俱乐部了。”

她想，这很容易，只要一打电话给他的牌友就真相大白。

“你和她看的什么电影?”小菲问。

“谁?”

“那根大辫子。长着粉刺，何必那么虚荣？捂个大口罩。口罩一揭，不是大龅牙，意外收获吧?”小菲的伤痛、胳膊肘流的血全让她感到受太大的欺负，她惨透了。

欧阳萸又不说话了。他和那些男女业余诗人那么能说会道，却不屑于理会她小菲。小菲把她的分析、推测一桩一桩摆出来。她说不定有做律师的才华。分析推测入情入理、丝丝入扣，不容推翻。她对他的了解加直觉可以省略证据。

他站起身来，一副受刑受得体无完肤、奄奄一息的样子。她叫住他：“你往哪儿躲?你别又往被窝里一缩，说困死了，让我睡吧！你知道你睡着我在干什么？我就开着台灯看你，想你让我受多少罪我都爱你！我这么爱你，我也没办法!”

她哭起来。

他说："我是挺喜欢她的。"

小菲马上不哭了。这个人怎么这样？哪怕骗骗她，绕绕弯也好。

"你们到什么程度了？"

"她有时到我办公室来坐坐。有时我们一块儿去护城河边走走。你说得一点不错，我们去看过几场电影。"

小菲一直想逼出真话，现在真话出来了，她根本没有准备。

"她不是爱你！她爱你的地位，她想出名！你嫌这个俗嫌那个俗，看她那副村姑样！"

"村姑和俗没有关系。"

"你还为她说话！真是情人眼里出西施了！从什么时候你们开始约会的？一定是从舞会上！"

"是的。"

"早就知道跳不出什么好事！跳舞跳散了多少对幸福夫妻！"

"跳舞就能跳散的，绝对不幸福。"

"噢，你和我在一起，原来是不幸福的。"

他又沉默了。

"你说，你是不是很不幸，因为娶了我？"

他还是沉默。

"看来很不幸。我的爱得来太容易，也太多，成剩余的了，成负担了。田苏菲自作自受啊，人家越烦你，你越自作多情。"

"我从来没有烦过你。"他抬起脸。脸又涨得通红。现在他不是因为羞涩而脸红——他已过了羞涩关。他脸红是受委屈、动感情的缘故。

"那你为什么喜欢她？"

"……总想有个能和我长谈的女人。她非常善解人意，谈话也机智。话是不多，不过都有见解。我承认我有坏毛病，开始是不忍心伤女人心，不忍心赶她们走，渐渐发现她们有些可爱处，渐渐就陷进去了。”

他诚实得残酷了。他和她这一点上很相像，都懒得和对方撒谎。

“假如你和你那个情人结婚，不是和我，是不是就从一而终了呢?”

他摇摇头，说：“那我怎么知道?”

“恐怕你就老实了。你说你和她很有话说。她比较全面完美，是吧?”

他犹豫一下，点点头。

真残酷。革命是残酷的。革命把这个宝哥哥卷到了小菲命运里，把她和他阴差阳错地结合起来。让他和他命中该有的那个恋人擦肩而过。而小菲以为是犟得过都师长的，现在看来都师长很英明，他知道只有他能给小菲这样自命不凡的女人幸福。

一个可怕的想法出现了：她应该立刻离开欧阳萸，和他离婚，或者分居。文化局的新宿舍楼建成了，话剧团也租下一个杂院分给演员们住。小菲可以借机和他分开。欧阳萸是那种极能在悲剧中寻找美感的人，缺憾总给他满心诗意。他对任何俗成的东西都不屑，比如幸福婚姻、圆满家庭。在精神上他是一个永远的造反者，在心灵上他懦弱迁就，巴望所有人都能感受到他平等的一份眷顾。小菲若成为一场感情角逐中的牺牲者，他的爱情天平会立刻倾斜。他爱的是黛玉、安娜、卡列尼娜、玛丝洛娃，她们全是他的悲剧英雄，是美丽的烈士。

小菲也要做一个情感沙场的美丽烈士。让他回到那个恋人怀里去，让那恋人每天以凡俗小事，以女人不可救药的嫉妒、占有欲去让他大彻大悟。什么仙子也经不住在一块儿洗脸、刷牙、喝粥，真面目原来都大同小异。小菲会在他的回忆和思念中脱俗，他会明白他伤害了多难得的一个女人。小菲不在乎她将成一块伤疤烙在他心上，不在乎隔一阵让他痛一痛。小菲的豪言壮语将是："为了你幸福，亲爱的。"

然而他们在那个晚上狂热交欢，像是以肉体来推翻所有猜忌、辩驳。年轻就是好，什么账算不下去，在床上可以一笔就勾销，成糊涂账。小菲深信，只要他们的肉体能夜夜狂欢，其他都不在话下。

小菲和欧阳萸都非常忙碌，一个不断出发，去巡回演出，下乡或去工厂体验生活，一个也不断出发，去各个基层文化单位指导文化建设。两人常常是在省城小聚几天，便马上各奔东西。女儿已经快到上小学的年龄，只会背小菲外婆口授的老掉牙的儿歌。小菲一次从巡回演出的旅行中回到母亲家，发现女儿被欧阳萸带着一块儿出差去了。父女俩回来后，女儿满头头发结成饼，牙齿吃糖吃坏了几颗，不过坐下来便把几本童话连环画读给小菲听了。欧阳萸十分得意，觉得女儿和他自己一样，聪明并不必用功。只有一个月的共处，女儿一顾一盼，一举手一投足都是欧阳萸的。她也会微微迈着八字步走路，也会用五根手指当梳子去刨她的头发。领她去商店扯布做衣服，她只要白色或蓝色。小菲妈俭省惯了，每件衣服裤子都把边角缝进去半尺长，随着她个头长高一点点往下放。女儿现在坚决不从外婆，她只穿恰合身的衣服。都是欧阳萸的影响。

有时小菲把女儿带回家过周末，把楼下的孩子召集起来和女儿玩游戏。小菲是个很好的孩子头，楼上楼下地跟他们一块儿闹。女儿会审视着她，似乎妈妈的行为让她难堪。不久女儿上的小学组织儿童合唱，请小菲去顾问，小菲做出儿童的表情，摆出儿童的姿态，无意间她发现女儿脸通红，头也不敢抬。等节目排完，回家的路上女儿说："妈妈，你好可怕哟！"

"为什么？"

"你为什么不好好唱歌，要这样呢——"她把头两边歪，学小菲导演孩子们的模样，"你唱歌还'噢——'老发抖，别人都不抖。”

小菲爱死女儿的模仿了。女儿不懂这种美声发音，她当然不计较她的批评。她把女儿紧紧搂住，咯咯笑得马路上的人都瞠目。她看见女儿又脸红了，活脱脱一个小欧阳萸。她更是给女儿逗得乐坏了，蹲下来，仰起脸说：“亲亲妈妈。”

女儿还是那副“亏你想得出来”的表情，直往她的怀抱之外挣扎。小菲的情感实在富足，爱起谁来就铺张得很，她把女儿“吧唧吧唧”地吻了十多下，她才感觉不到马路上行人的眼光呢。

一次从学校接女儿回家，女儿说她肚子痛。小菲吓一跳，在她肚子上按了一圈，没发现什么异样。她把女儿背到背上，想让她开心，自己弓下身撅起屁股小跑，一边唱：“马儿呀，你慢些走……”

女儿抗议地叫她停下，说马路上那么多人看她们。小菲呼哧带喘，说：“叫他们看去！”跑了一阵，真的累了，她背着女儿进了“玫瑰露”法国菜馆。这个省城解放以来，市容变化很大，新建筑使城市看上去干净了，不那么潮湿阴暗、藏污纳垢了。法国菜馆也从上海请来师傅，门面店堂都装修得登样不少。至少干净不少。小菲有空会带女儿来吃一客冰激凌或一块蛋糕。这里的东西都是天价，小菲只坐在一边看女儿吃。半块蛋糕吃完，女儿说肚子不痛了。小菲教她，这叫饿，不叫肚子痛。以后再有这个痛法，就说“我饿了”。

她发现她讲话时女儿总有些紧张，她的面部表情和姿势似乎让她有几分惧怕。有时女儿会迅速扭转一下脸，扫一眼周围，看看有没有人注意她妈妈过分生动的表现。这时女儿又转过头，向店堂扫一眼，叫起来：“爸爸！”

小菲呆住了。欧阳萸正和那位医院女宣传委员走进来，两人正聊得神魂颠倒。

欧阳萸脸一僵，但还算自若地把奔过去的女儿抱起来。他不来看小菲的脸，只和女儿进行儿童式沟通。小菲心里一个劲对自己说："别说丑话别说丑话。"但她怎样也装不出惊喜或漫不经意来。她看着那个把一根辫子绾在胸前的女人：看你还往哪儿逃！

女宣传委员居然比小菲世故，很快从最难下台的境地脱身出来，指着他们的女儿对小菲说："你们真幸福，有这么漂亮的女儿！"

小菲冷冷地看着她。看你还想怎么圆场！我反正不给你留情面。

欧阳萸抱着女儿走过来。女宣传委员居然厚颜地跟女儿说："想不想吃冰激凌？阿姨给你去买？"

女儿是敏感的，这时立刻要回到妈妈身边来。她看一眼小菲。小菲心里一热，眼泪差点滚出来。她从来没得到女儿如此的慰藉眼神。欧阳萸看着菜单，自言自语："好像有点法国意思了。"

女宣传委员点的冰激凌上来时，小菲说："对不起，我们吃过了。"她伸出手给女儿，女儿立刻紧抓住她的食指和中指。

"一块儿在这儿吃晚饭吧。"欧阳萸说，"反正该吃晚饭了。"

他现在不仅不脸红而且可以临场不惧，小菲满心潜台词地看着他，什么也不说。潜台词是：你真阔呀，女儿的抚养费和我妈的赡养费以及我们俩的伙食费你按时付了吗？我知道你父母已经不寄钱给你了，你还在这种地方请女人的客，你有心有肺有脸皮吗？你可以看见桌上只有一只碟子，我舍不得在这种地方开洋荤，只买给女儿一人吃。你要在这里开法国晚宴，下得去手吗？她的潜台词上面是她客气礼貌的谢绝："不了，我妈妈已经准备了晚饭，不回去她会不高兴的。"

在母亲那里吃了晚饭她就回到自己家收拾东西。现在欧副局长和其他三个副局长合住一幢红砖小楼，房间挺大，却是一副住不熟的样子。一副公家居所的样子。欧阳萸尽了全力布置新环境，也无法消除那套古色古香的家具和这房子的格调冲突。小菲把自己的衣服收拾到两个皮箱里，又打了一个背包，拿了两只脸盆。再一想，不行，得把欧阳萸送她的所有书籍都带走。这次从家里出发要壮大一些，让他明白她和他告别不是拿姿作态，是经过长期思考的，是有永久意味的，是悲壮的。

欧阳萸回家时小菲正拎着箱子下楼。

“又出发？晚上出发？”他上来帮她拎箱子。

她不理他。他还问得出来！

楼梯上没灯，为了节约电，谁上楼谁开灯。欧阳萸把灯拉亮，一下子全明白了。小菲满脸眼泪。他的两条大长腿两三步跨下楼，把箱子夺过来。

“我和你离婚。”小菲轻声地狠狠地说。

他只管把她的箱子拎进屋，回去拽她上楼。拽不动，他两手一抄，把她抱起来。结婚当夜大家闹他们，一定要欧阳萸把小菲抱进洞房。一想到那一幕，小菲更加泣不成声。

“我受够了，你让我走吧。”

“好了，都七八年的夫妻了。对不起，好吗？”

“我要离婚！”

“……那女儿可怜死了。”

“你还知道女儿？你别想再见到女儿！她懂事得很，一路上都对我察言观色，平常不乖乖吃饭，今晚上吃饭一气也不吭。临走她两手抱抱我的头，说：‘妈妈你好漂亮！’”小菲做演员做惯了，再悲痛都不妨碍倾诉，形容能力也不受哭泣的影响。

欧阳萸张皇失措地看着她。

“我为什么不离婚，在人家中间当绊脚石？我这么贱？人家不爱我我死赖着？”她已经完全哭成了一摊。

欧阳萸上来搂住她，她又踢又打。他只好退到一边。

“你知道我怕表白，不过你要听，我就告诉你：我是爱你的。我知道你这么纯真一个人，哪里也找不到。”

“那你也爱她，也爱其他女人，对不对？看你和她们在一块儿的样子，海阔天空、滔滔不绝，我以为你瞧不起哗众取宠的人。一到女人捧你场，你就是最哗众取宠的人！”

小菲一边嘴巴痛快淋漓，一边心里直打警钟：又来了又来了，又像母亲那样，看破的东西都说破，说破了大家两败俱伤。过去她想只要他承认爱她就行，她就如愿以偿，眼下他承认了，并且那样诚恳地令她信服地承认了，她却又得寸进尺。

“我不知道。”他回答。

“你不知道你爱她不爱她？哈！我来给你回答吧，你爱她，不过也嫌她美中不足。你们亲热的时候，你还不能完全投入，因为过去那个恋人实在太美妙了。你想在这个女人身上找一点，那个女人身上找一点，七拼八凑，优点凑一块儿，能凑出那个恋人来。”

一看他的眼睛小菲就心疼。这样揭露太具杀伤力。总把他揭得体无完肤过后会留伤痕的。父亲和母亲自相残杀了一辈子，就是因为他们不懂男女双方有时必须得饶人时且饶人。小菲有时也巴望欧阳萸滑头一下，别把事情的狰狞真相全亮给她。而她发现母亲正在占据她的身体和内心，她不能自已，一个揭露跟着一个揭露，竟然就说到欧阳萸的工作上。说他不过多读了几本书而已，对别人的创作指手画脚算什么本事？你自己来呀！团里排的新戏他在报纸上批评，那么在行你怎么不动手，编出一出剧来让这个小省份也知道什么叫话剧。不就是一个学者家庭出身吗？也没看你做出多大学问来。你父亲消极逍遥，也硬碰硬翻译了几大部作品！她一面痛快一面骂自己，太没教养了，看他的眼睛，那么吃惊，从来没想到自己娶了个如此讨厌嚣张的女人！

然后她说："你和她断不断？"

他抽着烟斗，吐一口长长的浓烟。他说："让我想一想。"

小菲马上去拎箱子。

欧阳萸马上去夺箱子。

"我现在答应你也是假话！你要听假话我就答应你！"

小菲承认这话是有道理的，便打开背包，在客厅沙发上睡了一夜。夜里她听见欧阳萸打开浴室的药柜。又是取安眠药。一早又听他开了浴池的淋浴器。那是没热水的，小菲赶紧起来。他不是洗澡，而是把头伸在冷水里冲。水溅得一地一墙。安眠药吃下去也失眠一夜，现在他想冲醒自己。

小菲克制住满心疼爱。她上午请了假，跑到方大姐办公室。方大姐是省委组织部副部长，找她跟医院挂号一样难。小菲硬闯了进去。方大姐一看，不问她怎样了，先问："阿萸病了？"

小菲只说一声"大姐"，眼泪就流下来。方大姐赶紧打发走来访者，问她："阿萸怎么了？"

"他在外面搞腐化！"

方大姐一口气提到胸口，明显被这句话泄了下去。她表情说："我以为出什么性命攸关的事了呢。"

小菲被她让了座，请了茶，她坐在自己的皮转椅上，听小菲把事情诉说一遍，然后说："我骂他，你别哭了。"

小菲又说，欧阳萸还要"想一想"，才能决定是否和那骚女人分手。方大姐问小菲打算怎么办。

"我要离婚！"

方大姐马上不屑地摇摇手："这种意气用事的话不要说，噢！我骂他就是了。阿萸也苦，走到哪里都有一帮女人跟他缠绵。"

她悠远地一笑。这么个脸让一层梦罩住了一刹那。小菲想，是啊，他是苦，你这样的也跟他缠绵，够他招架的。不过方大姐爱欧阳萸果真爱得超然高尚。她站在小菲立场上给了他一场痛骂。方大姐骂欧阳萸时声势剧烈，言辞却缺乏实际攻击力："你以为你了不得了是吧？女人为你发疯！哦哟，四面八方招架她们也来不及……你不会冷淡一点？反正这一生你注定要伤女人心的，早伤比晚伤好……"

小菲听下来，这是自家人的袒护，把错全推到外面的女人身上了。

这样的骂对欧阳萸一生是怎样的防护，小菲要到以后才能明白。她在口沫横飞、帽子乱扣的谩骂中，把一些关键的实质给偷换了。"反右"轰轰烈烈地起来，欧阳萸批评过的诗人、剧作家、小说家们认为全省头一号该戴右派帽子的就是欧阳萸。他在文化局党委会上还若无其事，淡淡地说他的批评文章是纯粹的理论研讨，是美学修养的探索，他一直希望能够在这个省建立美学论坛。但人们认定他不是批评，是恶毒攻击。攻击的对象是正在树立无产阶级美学标准的新文学家。

方大姐亲自参加了党委会，在欧阳萸还要辩争时开口大骂："你还说什么？别人不了解你，我还不了解你？你的小布尔乔亚意识从上海延续到现在，怎么出生入死也没用！经历了白色恐怖、严刑拷打、大战役就以为自己百战不胜，是无产阶级老战士了？做梦！小布尔乔亚不改造好，就会和无产阶级离经叛道！同志，不要以老资格共产党人自居，批评这个，指摘那个，目中无人，傲慢无礼，以为自己多读几本书就是权威！这样的傲慢是要好好接受群众批评的！"

如此几番，方大姐声色俱厉，却暗中把矛头拨转过来。方大姐知道党内运动和群众运动都可以一夜间毁掉一个人。她的省长丈夫在红军肃清"AB团"时险些给毙了。她站出来大骂小护短也是有风险的，但她为了欧阳萸的政治生命不被毙掉，冒险也甘心。她知道欧阳莫和他父亲的性格一样，越逼越硬，他十四岁在监狱的刑具面前临危不惧，不是信仰所致，而是个性使然，真较上劲儿来，也会出现一种自我膨胀，戴棘冠背十字架，让群氓耻笑迫害去吧，我以我生命和鲜血作永恒的启迪。方大姐了解欧阳莫的本质，所以她不想看他吃眼前亏。当众骂完，又私下里骂。骂的原因是他居然不肯在报章上发表认错文章。

“可以遮遮掩掩地认个错嘛，对那些批评你的同志们也有个交代。你不是一向讲究含蓄吗？就含蓄地低一下你高傲的头颅吧！我告诉你，这点起码的态度你都不表示，后果你自己去负责吧！”

“这是一个人格问题！”

“人活着才有人格！而且你确实有错误，你根本没有好好地读《讲话》！这是个新的文艺批评准则，你不读透它你整天胡扯什么美学探讨?!”

“如果因为纯理论的研讨而认错，以后这个国家的理论就是一块空白。”

“那么所有人都错了，你完全正确？自以为是到什么程度了！”

“我从来没认为他们错了。我一直鼓励有人能像我一样，心平气和地展开讨论。他们有权利有自由驳倒我。”

“你占着报章的阵地。”

“假如他们的辩论精彩，可以把阵地夺回去。”

“看看，又是狂妄吧？人家不如你精彩……”

“精彩不精彩没法知道，没一个人站出来！这个省可怕就可怕在这里，只会暗中怀恨，然后伺机总攻。一下子出来一个反攻的大部队，一呼百应地全上来了，把好几年前的账全算出来，原来他们一天也没闲，暗中记我的账！这算什么东西？能碰上一个和你打平手的辩才，激得起你辩论的热情，是快事！古希腊、春秋时期、文艺复兴，就是因为有否定之否定的局面才建立了那样的辉煌文明。我宁愿面对天才的敌手，不希望拥有平庸的应声虫朋友。因为这些应声虫不可能成为你的朋友，一到关键时刻，他们就变成平庸的敌人。”

“太狂妄了！欧阳萸，我告诉你，这样下去谁也管不了你了！”方大姐在皮沙发上弹起落下。

欧阳萸最终没有戴上帽子，不过调任到新成立的艺术学院当副院长去了。表面上是平调，但谁都明白是革职，副院长好几位，欧阳萸也只是个摆设，给他个领工资领粮票的地方。

小菲直是窃喜。省委划右派的批判文章在报上连登，欧阳萸的名声从白的到黑的，渐渐销声匿迹，那个大辫子业余诗人一看轧不出好苗头就也销声匿迹了。对欧阳萸的留党察看处分也是众人皆知，身边一群找表扬找骂找书读的追随者也不见了。树倒猢狲散，猢狲女也散，小菲心里拍手叫好。欧阳萸失意冷清，一到家就躺在沙发上读书。有时他沙发边上摞着十几本书。

不到一年，小菲发现欧阳萸又给一大群人围住了。他们有中年有青年，也有不少是艺术学院的教师、学生。尤其是文学系、戏剧系的学生。来了都提着酒和凉菜，把小菲叫成欧师母。小菲发现欧阳萸什么时候已练得极有酒量，一晚上可以喝下五两白酒。不仅酒量见长，连他的笑声也是那种豪饮之徒特有的哈哈大笑。谈吐也常常是四座皆惊，满堂彩。无论别人谈什么他都引经据典，古今中外，纵横打诨。小菲不演出时也陪他们喝几杯，听一个客人说：“欧老师就这样挺好，做做名士。”

学院里事务不多，除了主编一个学刊之外，欧阳萸有大把时间剩余下来，他便开始去乡下周游。有时和两个美术系的教师一块儿去，走访的走访，写生的写生。不久欧阳萸开始发表写农村或工厂生活的散文和小说，不属于一炮而红的作家，但大家都对作品的别致、语言的功力很服气。

小菲这时和方大姐已做了朋友，一有什么不顺心就去叫方大姐“骂骂他”。比如酒喝多了，酒后狂言，不按时去学院上班。方大姐总是那样护短地骂欧阳萸几句。小菲现在对方大姐已没了顾忌，她那长长的马牙也不扎眼了，偶尔她已生细皱纹的脸对欧阳萸来个少女哂笑，小菲也不再恶心。再老资格的革命家，也是女人。方大姐还剩什么呀？不就是偶然向欧阳萸做个娇嗔小样儿，复活一下二十年前的小女儿态吗？小菲心宽了。方大姐如此厚待他们，连厨子烧一只盐水鸭也请他们尝半只，连家里的栀子花开花也剪下来，一束一束地派小车司机送过来。她知道她那个小布尔乔亚的小老弟自己再邋遢，环境必须优美。

小菲有了打不定主意的事，便请方大姐做主，比如和欧阳父母的关系。她很快要去上海参加会演，听说老婆婆身体差，想去看看，又怕欧阳萸父母不接受她。

“带上女儿一块儿，他们一定接受。”

“好的，我替女儿请一个星期假。”

“让阿萸也请假好了，一家三口一块儿上门，比你一个媳妇自己上门要好看多了。”

“欧阳萸不肯去的。他和他母亲通信，但他父亲从来不写一个字给他。当时他把家里人的心都伤透了。”

“你哪里知道？不止伤心，他连累了他哥哥，让他哥哥帮他送一个文件，不告诉他真情，结果他哥哥差点给警察抓起来。他还在许多亲戚家借钱。地下党缺钱。后来也让他父亲知道了。小时候他真是个文雅少年，干起这些事来，谁也想不到他会那么果断。一个典型的理想主义者。一接触到马列主义就爱上了这个理想，然后就不择手段。对马列主义他是个有用的人，对他那个家，绝对是浪子、祸害！”

小菲见方大姐的眼睛忽然湿润了。那些年轻的日子，那些柔情之梦还没在她心里消散的日子，那些她心存痴想，一厢情愿，不安分的日子在那双湿润的眼睛里飘忽而过。女人总把伟大的公共事业和自己最私密的柔情融为一体，化成同一股浪漫，末了是为了伟大事业还是为了私情去患难牺牲，已搞不清了。于是和欧阳萸这样的热血少年患难与共，生死同舟成了她浪漫诗情的高潮，这是以后占有欧阳萸的心灵或肉体的人都不能取代的。她和他有过的那段日子，谁也夺不走，什么也不能类比。

十一

小菲去上海之前，欧阳萸正好去江南农村。那一带水灾严重，艺术学院派欧阳萸带一部分学生和教师跟着解放军一块儿救灾。小菲随团出发的前一天晚上，大雨中听到摩托车声音，接着是叫她接电报。欧阳萸电报上说一个熟人明天一早到达省城，送去一条大鱼，让小菲带到上海去送他的父母。

又是一个呆子行为，一条鱼的价钱和这封啰里啰唆的电报大概差不多。但小菲把那条用盐腌过的十斤重的长江鲥鱼拿出来，放到公公婆婆面前时，她发现两个老人都是一阵百感交集的无语。过一会儿老太太叫用人把鱼分给某某亲戚，又分给某某长辈。她听到老太太对用人说："还是弟弟有心，喏，记得他爹最爱吃的东西。"

欧阳萸在家被称为"弟弟"，小菲还发现这个家和"弟弟"没什么过不去，兄姐们都很欢迎小菲，"弟弟"长"弟弟"短地问得小菲气也喘不上来。这是个沉暗、朴素的家，挂了许多字画，摆了许多陶瓷，小菲猜想一定都很珍贵，因为它们的色彩、样子都很古很古。房子是从一楼到三楼，窄窄地上去，每一层有一个卧室、一个客厅、一个浴室，三楼顶上还有一间小屋，开门出去是个平台。欧阳萸的哥哥姐姐都结了婚，分别住在一楼和二楼，俩人都在大学里教书，娶的嫁的也都是教书的。这是那种不太看重钱的家庭，最看重的是把书读进去，再吐出来，越多越好。

小菲到哪里都不拘束，但在这个家里她拘束极了。她觉得公公虽然不记恨儿子，对她的到来也周到接待，但她觉得缺了什么。缺了人情当中很重要的一味元素。她却一时说不出那是什么元素。似乎人和人、亲情和亲情相处的一道道手续，姿态、表情、话语——那些规定场景中的规定动作全都减免，减到了这场历史性的大团圆大和解没有任何戏剧可言，掀不起任何情感高潮。

小菲想象当时欧阳老爷子撵他儿子出门的情景："你不要再回这里了。这里没一个人和你有关系。请你把钥匙交出来。不交也方便，我请锁匠换换锁好了。那些你擅自从我书架上拿走的书，请你还回来。从此以后，我们是陌路人。明天买报纸，你可以留心一下，上面有我和你断绝父子关系的宣言。"

她发现公公惟一流露了一点人之常情是见到他孙女儿。女儿跟在小菲边上，一手拎着自己的塑料小皮箱，一见到爷爷便愣住了，像一个小动物根据什么神秘血缘信号在辨认这个老爷子。不，似乎她早就认识他，只不过在想到底在哪里认识他的。爷爷朝她伸出手，眼睛在眼镜后面柔和起来，淡泊的一个人也出现了刹那的浓烈度。他问孩子叫什么名字，小菲说上学起了个简单的名字，叫欧阳雪，一直有个心愿想让爷爷好好给起个名。爷爷说雪就很好，和她父亲一上一去，音律对仗。

女儿却并不和爷爷亲热。小菲知道老两口在国外度过学生时代，便叫女儿上去拥抱一下爷爷、奶奶。女儿虽然才九岁，但主意很大，对母亲看一眼，走过去，老气横秋地给老两口鞠个躬，又伸出手和他们握一握。老太太忍不住了，眼泪马上掉下来，哽咽着说："……和弟弟一样！弟弟离开家的时候，不比她大多少……"

女儿一直用心地观察爷爷。在爷爷和小菲谈话时，她坐在小凳上，看得全神贯注。她好像看到自己身上冷静的那一半，而在小菲母亲身边，她是任性强烈的，常常也说得出不假思索的负气语言。这个家也没像她外婆和老外婆那样对她重视，特为她准备点心、零食、水果。她像大人一样平等地参与谈话，面前也像大人一样搁了一碟干荔枝肉和一把用来当餐具的袖珍银叉。

等她的堂兄、表姐上楼来，小菲发现女儿把自己调整得和他们一模一样，礼貌而淡泊，不要求做孩子的特权。他们把她叫“妹妹”。全家很快都把她叫“妹妹”了。

午餐也不因为小菲这样的稀客而弄得郑重其事，这是个星期天，但长辈晚辈各吃各的，三层楼开三桌饭，小菲和女儿自然和公公婆婆一块儿吃。嫂嫂是这家惟一懂得寒暄的人，午饭之前上楼来问：“菜够吗？要不要我烧点东西给弟妹吃？”

欧阳老爹眼睛也不抬，朝她笑笑，摆一摆手。她马上做错事一样走开了。小菲看得出这是淡泊的淡，而不是冷淡的淡。饭桌上四个盘子里，有两个装着小菲带来的礼物，一个是清蒸腌鲥鱼，一个是酱肉。小菲妈知道女儿要见公婆，命也不要地张罗礼品。食物不知怎么紧俏起来，样样都凭票证。小菲知道母亲乘长途车下乡，背着沉重的米袋，用大米和农民换来肉食、鸡鸭。然后该腌的腌，该酱的酱，把小菲弄成了个前背后扛的乡下亲眷。如果小菲妈不为她准备这些食品，这张西洋椭圆餐桌上只有两只盘子了：油焖笋和虾米烧冬瓜。鲥鱼只切了一段，老太太用刀叉分成六块，每人一块，老爷子两块。

君子之交淡如水。人们在家里如此君子是否憋屈得慌？小菲就感到憋屈。老太太连送她贵重首饰都是淡淡的，把一条金项链和一只翡翠戒指放在她面前说：“喏，我也不戴了。喜欢你就拿去吧。”

老爷子谈到欧阳萸最近的小说，也淡淡的："几个孩子里弟弟最不会写，现在他倒成作家了。"

大姐同样不露声色地拿了几块衣料和一张羊皮，说她反正穿不出去，大学里一个比一个朴素，小菲不嫌弃就去做两套衣服。

哥哥和嫂子稍为郑重些，送了小菲一床高级毛毯，一看就是特意去买的。小菲奇怪了，这一家里怎么出了欧阳萸这样一个大撒手的败家子？钱在他口袋全都有腿似的。也许这一家人都是淡淡地、漫不经意地败家？什么宝贝也不当好东西？后来她发现他们的确是这样，如果你对他们某件东西由衷地、热烈地称赞超过三次，那东西就是你的了。

小菲和团里人住在宾馆，不方便带女儿，就把欧阳雪留在婆婆家。小姑娘看到书架上有一块极小的古龟化石，跟她爷爷说："真好玩！"

过了两天，她又说："从来没见过这样的石头！"

再过几天她什么也不说了，只是长时间地端详它，然后浮想联翩地长吁一口气。

老爷子把化石取出来，放在她手心上，说："喏，拿去吧。"

小菲很难为情，叫女儿把化石还回去，老爷子淡淡一笑，朝小姑娘扬扬手，意思是：别烦了，就这么定了。

女儿一天看见大姑背了一个铜鼓似的皮包，便说："这是什么？真好看！"

大姑比爷爷还过分，立刻把皮包给了小姑娘。小菲简直无地自容，把女儿叫到楼顶平台上，叫她"站好"！问她以后还向人讨东西吗？女儿站得笔直，反省不出自己到底做错了什么。

几年后小菲有机会和老爷子一起生活，她才彻底明白欧阳家人的性格。那时她为老爷子做了一顶狐皮帽，老爷子遇见一个老亲戚不断赞赏它，他便摘下来送老亲戚了。

从上海回到家，政府对粮食、副食的紧缺有了解释。一是苏联逼债，二是自然灾害。性情平和了几年的小菲母亲又唇枪舌剑起来。她的矛头是她自己的母亲和自己的女儿。外祖母已经不和大家同桌吃饭，小菲母亲认为她老也老了，和她自己一样，都不是拉套的牲口，只配吃南瓜粥或芋干饭，肉食、菜油全省下来给女婿家三口人。小菲假如贪馋一点，母亲背过脸也给她难听话："没见过这么不贤惠的女人！左边是自己男人，右边是自己孩子，不能少吃两口？男人饿不得，男人养血养膘都难，孩子吃的是长饭！女人吃了有什么用？月月淌血都淌出去！"

对老外祖母，她的话更恶毒："活着不就糟践粮食吗？又不种田，不然吃下去的还积点肥！"

好在老外祖母只会脾性极好地问她："啊？"

"装聋作哑！你养了那么多伢子怎么都不管你呀？土埋到眉毛了，还有这么大胃口！"

因为母亲和外祖母把副食和油都省下来，她们的耗粮量便大得惊人。母亲先是消瘦，渐渐浮肿，但她尽量把胃口压制住。

外祖母却没有这份意志力，自己在床上念念叨叨："你还就是不死，给口粥就又睡到天亮了。你活着干什么？吃伢子们的粮票？黑户口一个，你偏还不死！当时他们行行好，一块儿叫你跟你老头子去了，多干净……"

小菲妈听了，有时候会突然跳起来，拿根绳子走到里屋，把绳子往老外婆身上一丢："喏，成全你！"

"啊？"老外婆把耳朵又偏过来。

"又装聋了吧？"

这都是在欧阳萸不在家时发生的。欧阳萸一回来吃饭，小菲发现母亲完全和过去一样，尽量在桌上摆出四个碟子，一盆汤。欧阳萸很配合，说他爱吃掺南瓜的饭，芋干粉烙饼。

渐渐地，他在乡下住得越来越长久，有时三四个月才回省城一趟。小菲刺探加搜查，却没有在他神色语言以及行装里发现异样。她正在演《雷雨》中的四凤，无法跟踪他到乡下去，但她相信他又有了女人。副院长加知名作家，女人们是什么嗅觉？马上苍蝇扑血地来了。三十多岁的欧阳萸比年轻时更吸引人，不是沉默寡言的少年抑郁骑士，而是挥洒自如的情场老猎手。他每回从乡下回来都消瘦一圈，不是让激情燃烧成那样是什么？

在排练中小菲从来没感到如此体力不支。大哭大喊的情节，她几乎真晕倒。下了排练场，她无论什么地方就一屁股跌坐下去。一次她跌坐在一大圈铁链上，跌得生疼也无力站起来。她怎么受得比四凤还苦？一只手罩在眼睛上，她看见自己面前地板上两摊泪渍。

“小菲姐，你的绿豆汤。”

这是剧团给主要演员的补助，每天排练后一缸子加古巴糖的绿豆汤。小菲抬起脸，想给站在对面的人一个感谢的微笑，鼻子吹出两个大泡来。端着绿豆汤的男演员是50年代中叶戏剧学院毕业生，头发厚厚的，乱蓬蓬的，一双寡欢的眼睛，让你觉得这是个多思的男孩。他是周冲的扮演者，说话先来一句：“小菲姐请教你一下。”

有时他说“请教”是不同意小菲对戏的处理。但他常常在剧团人瞎聊时说：“请教一下小菲姐吧，她读过的书多。”

小菲常常受宠若惊：世上还有个如此崇拜她的人呢！她在那些巡回演出途中东一榔头西一棒子背诵的诗句只有他一人记下了。有时他也酸一下，念出来给小菲听。叫陈益群的男孩子这些年一直暗中替小菲递茶送道具，领夜餐打午饭也常常是他自告奋勇。小菲马虎起来什么也留意不到，但一留意就嫌陈益群黏手。

开心不开心，她都跟他逗：“谁是你姐？”

或者说：“你不缺姐，你缺个妈跟在你后面给你擦鼻涕！”

陈益群就会恢复成一个大男孩，和她打嘴仗。小菲身上那个永远是少女的部分，跟陈益群在一块儿就显露出来。

“偷喝我绿豆汤了吧？”小菲吹着鼻涕泡笑问陈益群。她觉得他这时出现正合时宜。

“谁偷喝了？我还把我的一份添给你了呢！”陈益群一认真就更孩子气了。

小菲感激得要命——他居然不问她为什么哭。

“今天我词都说错了！”陈益群两眼晶亮，一次淘气之举幸免了惩罚似的，“不过你们谁也没发现。平常你对别人的词也记得特清楚！”

“有时候好演员会即兴发挥。”

“这样的著名剧作可不行。曹禺先生的每个字都得是钉子钉在那儿。”陈益群坐下来，紧挨着小菲坐在链条上。

“未必。曹禺先生写这个戏才二十三岁，一个暑假在图书馆里就写出来了。”

陈益群又是那种景仰的眼神，那种自叹不如的微笑，说：“小菲姐知道那么多事。”

小菲想说那是她丈夫知道的事多。不过不知为什么，她此刻不想提欧阳萸。似乎她已经败给那个女情敌了。她一提欧阳萸似乎连那女情敌怎样讥笑她都想象得出。

“有时候想，小菲姐肯定是世界上最满足的女人。这么好看，又是主角，又有知识，她还缺什么呢？”

小菲慢慢转过脸，看着他，说：“你知道什么呀。”

那天之后，小菲就躲着陈益群。一旦找不着他，她又怀疑是他在躲她。排练场上，小菲就以四凤在周冲眼睛深处找究竟：到底谁躲谁？发生什么了，需要俩人相互躲闪？她却发现陈益群以周冲追问回来，问的是同一桩事：我们怎么了？于是周冲和四凤几乎就要把周萍挤出去了。团长是这个戏的导演，马上发现四凤的激情火花冒错了。

团长一遍遍地给小菲说戏。最后戏是开演了，但所有人的感情都有点错位。

这天晚上小菲卸了妆，心想，就是不一样了，往常陈益群会叫喊："小菲姐，花卷给你领来了！"好可笑，我就是有什么想法也不会和他有想法，他比我小好几岁呢！

刚刚换好衣服，陈益群在走廊里喊："小菲姐，又是洋葱花卷儿！"

小菲把门打开才意识到自己是一只脚蹦着蹿过去的。她那么怕错过他。陈益群手里拿着自己的饭盒子，里面有四个杂面花卷。

"我吃一个就够了，你小伙子能吃。"

"给你女儿吃吧。"

"她才不会吃洋葱。"

"那你家还有那么多人呢。"

"烦不烦？你吃吧！瘦得跟个鬼似的！"

陈益群在灯影子里，但小菲看出他欲语又止。等小菲从剧场走出去，台阶上已有两个人在清扫了。小菲磨蹭到最后一个离开，就是怕碰上陈益群。再说家里没有欧阳萸在等她，她早一点晚一点有什么区别？刚走下台阶，陈益群就在背后叫她。

"小菲姐！我送你回家吧。我骑自行车送你！"

小菲站下来。这样的夜晚有个陈益群这样的伴儿难得。女人有个英俊年轻的追随者有什么不妥？她和欧阳萸结婚这么多年，追随得累死了。这是夏天的夜晚，陈益群穿的衬衫没有扣纽扣，里面一件破旧的蓝色背心。一骑车，风兜起他衣服后襟，蹭在小菲脸上。那是很年轻的男子气味。单身汉，却洁净。小菲总是想在陈益群身上看到年轻的欧阳萸，陈益群的洁净气味使她明白他绝不可能跟欧阳萸相像：他是个很会生活，很有自我料理能力的人。

到了文化局大门口，路灯下小菲看见陈益群一头汗珠子，她掏出自己的手帕递上去："拉了半小时蜂窝煤。"她咯咯咯地笑起来。

陈益群却没用手帕擦汗。他说："反正回去要冲澡。走啦！"他把手帕还给小菲。

这孩子怎么学得这样恰到好处？前一阵还是黏黏糊糊，欲说还休的样子。小菲马上觉得自己不自重，干吗给他手帕，万一他把它当成个意味暧昧的姿态呢？她小菲是欧阳萸的女人，欧阳萸的女人能让一个男孩子看轻吗？

第二天她一到团里就决定拿出不理睬的态度。自尊必须捞回来。让他误会，她可冤死了。一上午陈益群没出现，小菲到食堂吃午饭时，发现他也不在打饭的队伍里。她想她必须找到他，必须和他说清楚，她对他什么想法也没有，假如认为她有，她就说：好吧，从此再别给我领夜餐，打午饭，鞍前马后伺候我。他就该认账是谁在攻谁在防了。

晚上演出前，小菲一看见陈益群就说："你跟我来！"一条沿墙搭的长化妆案坐的十几个人全在镜子里瞪着小菲和陈益群。

陈益群跟着小菲来到剧院外的院子里。她突然觉得这很荒诞。一整天不见的人很多，好几天不碰面的人也很多，为什么要问他："你干吗躲着我？"不能问。

那么说："一天没见你，上哪儿去了？"更露骨了，更让他抓辫子。

见小菲没话说，陈益群说："小菲姐，我昨天夜里想了很多。"

小菲不知怎么眼泪一下子流出来。下面不用说了。他上次说小菲姐该是世界上顶满足的女人，样样都有，其实话该这么听：“你样样占全了，本该是世界上最满足的女人。”

他们都不再说话，也不动。小菲转身走开时，她身后拖的那条四凤的辫子又僵又沉。陈益群拉了一下她的手。

小菲不去细想下面要怎么办。她连喜欢不喜欢陈益群都不问问自己。糊里糊涂地，她快活起来，陈益群总让她从思念欧阳萸的念头边缘兜开去。她渐渐壮实了，一个月前的裙腰嫌太紧。排练休息时，小菲和陈益群就在院子里打羽毛球，又跳又笑。这年头人人都减少身体移动的幅度，一张张菜色的脸不上舞台连表情都俭省了，演一出戏下来都感觉元气大伤，怎么会自找着消耗体力？所以小菲和陈益群在院子里雀跃的身影显得刺目，大家都不约而同想到一句话：“吃饱了撑的！”

起初没人在意小菲和陈益群接近。但小菲是不知掩饰的人，有时把女儿带到剧院看戏，她便到处叫：“益群，你陪我女儿玩一会儿，我要换服装！”

再过一阵，小菲和陈益群一块儿进进出出，有时还坐在他自行车后座上。团里人开始窃窃私语：

“比真姐弟还亲！”

“当然比真姐弟亲！”

鲍团长是小菲的老上级，对她没什么说不出口的话：“田苏菲你搞什么名堂？四凤和周冲演到台下来了？这种事毁掉多少女演员？”

小菲觉得受了奇耻大辱。她就只配寂寞，连个陪她调剂调剂感情的异性都不配有。小菲和陈益群长谈了一次。最后一次谈话。以后就相互远离八丈。除了上台演戏，谁也别拿眼睛盯谁，人家会把它叫成“眉目传情”。有时演出完了，那么晚，路上不安全怎么办？别的女演员有男朋友和丈夫接，或者住在剧团的集体宿舍。不安全就不安全吧，一个女人孤零零地给宰了，是节烈，如果她因为有异性保护者而安全，这份安全是肮脏的。

长谈之后的疏远使他们立刻找到了悲剧恋人的位置。小菲伤感的同时感激这种伤感，它让欧阳萸的离开不再牵痛她。这次失恋的味道比永远不得要领地爱欧阳萸要好。奇怪的是陈益群和小菲不期而遇、狭路相逢的时机越来越多：她上楼梯，正碰上他下楼梯；他去开水房灌暖壶，她正好在洗头发；她在新戏《霓虹灯下的哨兵里》演林媛媛，他的角色恰是童阿男。

头一次对台词，那件可怕的事故又发生了。小菲睁着两只几乎失去视觉的眼睛，一个词也吐不出来。照本子念也直是读串行，或者把词念成了老和尚的经文，无油无盐，百般无味。这种现象在几十年后心理医学发达时有了解释，叫“障碍性暂时失忆”。曾经是都师长使小菲的舞台生涯几乎断裂。从那次舞台上遗忘台词之后，她一演到同一段落就恐惧，必须在侧幕边上安排一个提词人，她才有胆子上台。好在《列宁与孩子们》后来并没有作为保留剧目。现在小菲满脑子真空。她进入一种神形分离的境界，她站在自己的形骸之外，看着所有人为她那具突然入定的形骸着急、焦躁。她也为自己着急，却无能为力。

临时调来马丹。马丹在第二剧组演易卜生的《彼尔金特》，上来就让大家看到，经过世界大师剧作检验的演员是什么台词水平，什么舞台造诣。

小菲又做顶替了。在《霓虹灯下的哨兵》里顶替童阿男的母亲，因为那个女演员长期营养不良，得了肝炎，时而发低烧，不能排练。她也顶替林家保姆，那个角色本来也是谁有空谁演，从来不正面对观众，大家说只用化半边脸的妆就成，不必浪费油彩和时间。

过了几天，陈益群得了急病，起不了床。换上去童阿男的B角。食品的紧缺使演员们不断发生肝炎和肺结核，陈益群的无名病症丝毫引不起人们的惊奇。小菲冒险给他送了一包古巴糖，他急匆匆地只说了一句话："快去请求领导，把林媛媛的角色要回来。"

团长答应让小菲试一次彩排。小菲的台词娴熟流畅，让她继续做顶替毫无道理。第二剧组缺了马丹也减了不少光彩，于是话剧团下工厂区巡回演出的阵容又调整回来。出发之前，小菲心情康复了，在卡车里看见被留在车下的陈益群，用力地看他一眼。

这一眼她看清了他的整个谋划。他是没有任何病症的，他装一场病好让小菲夺回主角来。原来他清楚小菲的忘词事故和他相关。虽然陈益群不缺主角演，但领到一个主要角色在这饥馑年代仍比领到十听猪肉罐头或二十斤特级黄豆或一个月的高干加餐券更鼓舞人心。那还是个认真的年代，人们还以"进步"、"图强"这样的词勉励自己，喝西北风也要树立出几个高大的角色来。因此陈益群的割舍和牺牲是巨大的。

小菲的感动你可以想象。她又是个易感的人，"宁天下人负我，我不负天下人"。一个月的巡回演出结束，她暗地约了陈益群。两人出了大门才渐渐走到一块儿，然后她跳上他的自行车后座，他急蹬而去。不久他们便来到护城河边上。树刚刚发芽。

她说她知道他的牺牲是为了她。开始他不承认，后来不做声了。

"你这是何苦？我是有丈夫的人。"

"我活该，不关你的事。"

"益群……"

两人面对春汛中的河水。

这是欧阳萸和他那个天使般的恋人来过的地方？他们也这样痴痴地看着河水，心里想着"但愿人有来世"这样的话？原来真是这样，不能如愿的都成人间颂歌，都化蝶的化蝶，飞天的飞天。后来欧阳萸带着他那位业余女诗人来过此地。来过许多次吗？手牵手，肩擦肩，在某棵树下，偷尝一个吻？护城河的树林里全是恋人，影影绰绰，这里一对坐着的，那里一对站着的，还有几对在踱步徘徊。从来没见过这么多人集体陷入恋情。想必恋爱能营养人们饥饿的肉体。原来分手是越分越坏事：这才一个月的分手就使小菲和陈益群再也分不开了。

从护城河回来后，他们的接触转到地下。只要有心寻找，到处可以钻空子进行闪电式的接吻拥抱，厚积薄发的男欢女爱让小菲感到青春再顾。有很长一段时间，她停止了猜忌欧阳萸，她对他一向有着特别发达的想象力，为他编排那个看不见的情敌的身世、形象、出场时间、戏剧推进速度。她把他们房事的姿势都想好了。她会呆呆地发狂。如今这样长一段时间不去做那类想象，她不懂自己了。

小菲一生最不长进的就是城府。在自我掩饰方面，她极为低能。陈益群远比她老练，在角落旮旯里俩人亲密后碰到人，他会自若坦荡地遮掩过去。但小菲会半天不知身在何处，痴迷加陶醉，只有十六七岁的心智。

这天早上，小菲刚起床，听见摩托车声由远而近。她跑到临街的窗口，心想大概是欧阳萸拍的电报，告诉她几时到家。果然，他乘的火车中午十二点到达。她大喜过望，把很久没穿的深玫瑰红薄呢子连衣裙找出来，又翻出气味陈旧的深红唇膏。可惜没有铅粉。她急匆匆回到家，因为母亲总是藏一点旧时的鹅蛋粉，日本进口货。母亲好几天没见她了，一见她一身红地进来，脸拉长了，意思是苗头不好，这么个打扮和神色都不是什么好事情。她翻出母亲的粉往脸上扑，一边说："欧阳萸今天到！"

"作怪！也不是穿这个颜色的年纪了。你男人回家看你这副样子，当是你外头养了个小白脸呢！"母亲在拔一只鸡身上的毛。那鸡瘦得骨头从皮肉里戳出老长，颈子上的皮松垮垮，手抓上去，那皮转过去转过来。

小菲用手指把扑上去的粉抻薄，又对着镜子正面侧面地看看。是有点兴风作浪，但是上午九点话剧团开会，回家换衣服来不及了。什么话让母亲一说就那么丑恶。交年纪轻一些的男朋友一定就是“养小白脸”。也不年轻多少，才小她六七岁。

“你当你在外面疯什么我不晓得?”母亲说，“乖乖隆咚，眼睛都直了，魂都不附体了，三个月不看孩子的功课。就是你男人不疑心你养小白脸，我都看得出来。演那个什么二少爷的，是不是他?”

原来母亲自己溜进剧场看了她一出戏。

“你想的人我晓得，你做梦梦见哪个人，我都晓得。饿饭都没把你脸饿黄，泛桃花心哪。”

小菲提起皮包，打算不置可否。谁碰上这样犀利敏锐的母亲不脱几层皮？然后就不知道怕羞了。难怪她生性不腼腆，要归功母亲。

“男人回来了，该收心要收收了。告诉你，小雪是我的命根子，你要把她好好一个家拆了，我不撕了你的皮!”

小菲不敢出门，又不愿意呆下去。的确有不少年没听母亲如此的数落了，她一个一个大主角地演，怎么就在母亲和欧阳萸这里争不出一口气来。

“你想在我跟前争气，就不要把男人看在眼里搁在心里。你拿他们当心肝肺，他们就拿你当猪大肠。你跟哪个去轧姘头我不问，我只管到后来你吃不吃亏。你就没有不吃亏的时候。不信你往前走，你妈就在你后头看着，看什么果子等你吃。”

到团里所有人一看小菲全喝彩，不少人扭过头，坏坏地去看陈益群。一个人叫：“小菲今天是什么日子？舞会不是早就停办了吗?”

她想说欧阳萸今天回来，又怕他们更拿她取闹。她索性大大方方一转裙摆，说："看我打扮一下就难受，凭什么我就该做老太婆？"

"小菲怎么可能是老太婆，谁老小菲也不会老！"

她听出这人话里有话，不过她顺势扫了几下伦巴，说她十三点也好，二百五也好，她今天的好心情是不可能被破坏的。会议一结束她就往家奔，路上买了三斤酥炸带鱼，明白那实际上是酥炸面块，里面包着一包鱼腥气。但她想欧阳萸在农村呆了半年，冬荒接春荒，不知已饿成什么样，只要"油炸"二字就是盛宴。她买鱼花了半个月的工资，剩的钱买了一斤高价砂糖。以后的日子呢？不过了。欧阳萸的归来就是她的幸福末日。

小菲在火车站等到最后一个人出站，却没见到欧阳萸。她赶快跳上公共汽车往家赶，直纳闷怎么就把他给错过了。到家快两点了，窗明几净，冷冷清清，不是欧阳萸平素回到家就东一个包裹、西一件衣服那种温暖的混乱。钢琴盖子也没开。他一般总要弹一两首曲子，等小菲把洗澡水烧热。也许直接去了艺术学院？也许方大姐用小车接站，把他劫持到她家去了？方大姐可能听说了什么有关小菲的闲话，现在正在跟他说："对这样的女人你早该有数。"无论方大姐怎样骂欧阳萸，他是她自家兄弟，是她青春时代的偶像和寄托。现在对不起，小菲自己不成器，欧阳萸给她脸不要，错过了大好的十年机会，方大姐当然要把欧阳萸接管过去。

小菲坐在客厅里，心慌意乱地听着楼梯上的脚步声。她一眼看见茶柜里有半瓶酒，是欧阳萸下乡前一帮门客来胡聊时喝剩的。因为没有佐酒的吃食，那天都醉得快。小菲拿出酒咕咚咕咚地灌下几口。这时假如欧阳萸上楼来，她实话疯话都说得出口。满心燥热潮起，一阵摩托马达声如牛头马面一般逼近来。还是欧阳萸的电报，告诉她今天回不来，明天到。邮电局的人也因为半饥半饱而认错地址，电报在城里兜了三小时的圈子才到。

她打开留声机，晕晕沉沉在客厅跳探戈，像是被谁大大地饶了一回。一下子想到带鱼。半个月的工资买的是油炸面团子，还是冷的、蔫的。她被这个想法弄得直笑，酒精从内到外地摇撼着她，笑得真透彻，好久没这样笑透过。

三点钟左右小菲出门去，直奔陈益群宿舍。因为欧阳萸即将回来，也因为欧阳萸即将不回来，她想找个人分享她的快乐。只有了解她秘密的人才能明白她的快乐。这个人只能是陈益群。她进了他的房间。这是头一回，她看见他严肃、律己的生活环境：一幅条纹布做的单人床单，洁净平整，一个竹制小书架，每层都铺上雪白的纸，上面两层放碗筷、手电筒、全家福，下面两层放必读书。床边有哑铃，写字台上放着笔记本、墨水瓶、一张周详的时间表。清教徒一样缺乏乐趣和奢侈，跟欧阳萸整个成反比。不知是怜悯还是嫌弃，抑或还有点肃然起敬，小菲进门时的狂喜退却下去。

陈益群问她怎么了。他的意思是：你是疯了还是彻底想开了？要一不做二不休吗？同宿舍另一个出去了，分分钟都会回来。小菲告诉他，原先欧阳萸今天回家，改期了。他问改到何时。她不忍说改到明天。她说她就是来告诉他一声。她出门去之后，门外一切照旧。并没有人在门前转悠，嗅着疑迹。

下午他们又找到一次说悄悄话的机会。在舞台下的乐池里。乐池里昏暗莫测，他说：“噢，难怪你今天上午穿得跟个新娘子似的。小别赛新婚嘛。”

“吃什么醋？”

“不敢。”

“益群连你也要伤我，我以为世界上的人都唾弃我的时候，你是不会的……”

“你伤我伤得还不够？你想过没有，我从头到尾算干吗的？

没菜下饭了，拿我当块豆腐乳，顶多就是这样！你那副院长一回来，我就冷到一边儿去吧!”

小菲一下抱住他。他这一说让她恨那个伤他的女人，拿他当下饭小菜，拿他解寂寞，拿他出气，报复她的丈夫。她得替他疗伤。她想这个女人太不是玩意儿，你看把他伤得多深？他哽咽得浑身发抖。她用嘴唇去寻找他泪汪汪的眼睛。不过小菲自己也不支了，那个不是玩意儿的女人伤的可不止陈益群，她也伤了小菲。

“谁在那里头?”灯光师的声音。

他俩抱着，一动不动。

“里面可是有电门，啊!”灯光师说。

他俩轻轻地松开彼此，蹲下身去。

灯光师拖了一根电缆，沿台阶走回去。小菲跟陈益群说：“你先走。”

“你走。”

“快走啊!”

陈益群走出去之后，小菲等眼泪干了干，站起来拂去头发上的蜘蛛网和衣服上的灰尘。但她刚走出乐池就发现中计了。灯光师站在台阶口，自然看见陈益群走前她殿后，险些触电殉情的一对就是他俩了。

以后小菲回忆时会想，要是欧阳萸那天中午按时到达就会有不同的结局。要是他没有在县城突然病重，必须输一天葡萄糖，拖延了回省城的时间，灯光师就没有“捉奸”的机会，把他在乐池里听到和想象的汇报上去。汇报别人、操心他人的品德行为，在那个年月是正直，是友爱。

第二天深夜欧阳萸才回到家，并且是让当地县委书记的吉普车送回来的。一进门小菲几乎失声大叫，这哪里是她认识的欧阳萸？一张乌青的脸上两个塌陷的眼眶，头发给剃成了当地农民的发式，看上去应该叫他“柱他爸”或‘铁蛋儿哥”。想必头发长了，没理发的地方，随便叫了个担挑子串街走巷的剃头匠。他一向对自己的尊容马虎，但如此触目惊心地糟改自己，小菲还是头一次看见。

送他来的人一口淮北侉话，大呼小喝地把他往客厅沙发上搀扶，几乎就是抬着他过去的。小菲听他们说老欧同志是肝昏迷，输了一天液才送回来的。等天一亮赶紧送医院，赶紧弄点营养给他吃吃，乡下走几个村才收到五六个鸡蛋。

送行的人赶着去找店住，把七分鬼三分人的老欧同志匆匆做了交接。欧阳萸刚刚躺到沙发上，又想起什么，说他用枪猎到两只野兔，在他的帆布包里，给小菲和女儿补一补。

小菲蹲在他身边，胳膊肘架在沙发沿上，想把那个俊逸的欧阳萸从这躯骸形容中一点一点辨认出来。惊吓、疼爱之后，深重的罪孽感来了。万万没想到他延误一天归期是因为急病。他电报里什么也没透露。他不想给她提前的恐惧。

看看他狩猎的收获就知道他想着这个家。野兔已微微发臭，她把它们放在阳台上。

一个月之后，欧阳萸出院了，人散散垮垮，一动就打晃，所有衬衫穿上身就像挂起的风帆。他的头发长了不少，但还像一个海碗扣在头顶，看去滑稽而陌生。

住院时方大姐常常来探望，带一些稀有食品，如蛋粉、炼乳之类，是高干的特别供应。小伍的白头翁老刘在欧阳萸被革职后升任文化局长，有不少特权食品配给。小伍也送一些来。艺术学院却是清水衙门，院长们在一干学生中要身先士卒地挨饿。大家来探望，欧阳萸和谁也不多话，他连眼睛都眨得有气无力，笑容似乎也推不动脸上的肌肉，突然推动了便是满面皱纹。

出院时医生交代一定要保持充分营养，又不能太油荤，最好是鱼虾水族，蛋白高，又没有脂肪。小菲和母亲挖空心思去市场买水产品，这天买到一斤干虾仁，回到家报喜，欧阳萸却说他刚接到上海家里的信，母亲因长期缺乏营养而厌食，人已经很危险。他一看那一斤干虾仁便叫小菲马上寄回家。

两个多月过去，小菲下班回来总发现欧阳萸坐在面窗的写字台前，手里捏着小楷毛笔。为了照顾他，母亲和老外祖母以及欧阳雪全搬过来了。母亲这时会对着他的背影朝小菲努努嘴，悄声说："坐了一下午了！"

时常在晚饭桌摆好，他才闷闷地一扔笔，走过来。又觉得扔笔的声响和动作都有甩脾气的嫌疑，便大声唱几句歌。毫无愉悦的歌声一点乐感也没有，让小菲听去觉得很可怕。一场病把人从里到外都改变了。

这天晚上有客人来看他。还是学院的几位美术、音乐、文学系教员。他们不大识相，恰赶在晚饭之前登门。母亲为一餐有营养又不油荤的晚餐熬尽心血，又要顾及病人，又要顾及孩子。她一看这几个人进门，马上决定推迟晚饭时间。欧阳萸把他们请进客厅，拿出白糖罐子，泡了六杯白糖水。茶叶刮油，会刮穿肠子，大家心情很好地打趣。他们看见他桌上铺了稿子，问他写什么，他搪塞了过去。

老外婆饿急了，见母亲不开饭，便趿着小脚在走廊里走过去走过来，似乎提醒客人们，主人家要开饭啦！

母亲随她去提醒。要在平时她会给老太太一个青面獠牙的威胁表情。她知道正在恢复元气的女婿饿不得，她更舍不得请不速之客入席。这帮人明明就是来混饭的！混上了一杯那么浓的白糖水还赖着不走！她心急如焚，一会儿叫小菲进去转一圈，看看他们有没有告辞的意思。小菲进去，坐立不安地和他们对两句话，发现他们迟钝得很，就是不领会她脸上的气象。

老外婆再次拖着脚步从客厅门口走过，木拐杖"咚、咚、咚”地杵在水泥地面上。她看见小菲母亲抱着胳膊站在厨房门口，压低嗓音说：“这些人要在家里吃饭吗？”可老外婆的低嗓音是她自认为的，门外楼梯上的人或许都听得见。母亲赶紧打手势，叫她闭嘴。

“啊？”

“啊什么！喝几口水就不饿了！”小菲妈对准她的耳朵眼说。

“我是说，他们在这里吃饭，家里没准备菜吧？”老外婆说。人老了就不争气，会像动物和孩子一样护食，她生怕自己有限的一点饭食再给人打土豪打去。

母亲做了个叫她回屋的手势。欧阳雪这时回来了。她一进门就大声喊：“饿死了，饿死了！”

“饿死了你还在这里嘛！”母亲说。

“家里来客人了，不要大声大气的！”老外婆对欧阳雪说。

欧阳雪已经跟小菲差不多高，只是细条条像只笋。她直闯饭厅，手抓起一根胡萝卜条就嚼，眼睛飞快地四处搜寻，看下一次下手的目标是什么。小菲已跟进来，轻轻在她手背上拍一下。她又喊：“学校大扫除！饿死了！”

老外婆还是以她自认为的悄声悄气说：“本来菜就不多，还有这么多客人，小雪要懂事……”

小菲母亲这时用蛋粉冲了一碗蛋花汤，加了牛奶白糖，叫小菲端进去送给欧阳萸。就告诉那些不识相的，老欧有病，饿不得，请大家包涵，母亲这样教诲小菲。

刚刚把蛋花汤端到客厅，六个人全部站起身，说走了走了，改天再来看欧副院长！

欧阳萸坐在原地扬手送客。小菲把蛋花汤放在茶几上，见欧阳萸已关上了客厅的门。青了两个多月的脸这时是紫红的，“铁蛋儿哥”的头发在怒气中直打颤。他指着小菲，用极限的低音量说：“人家来看看我，你们就在那里没完没了地‘吃’啊

‘吃’的，好像人家真欠这一顿饭！我脸都要放到抽屉里去了！”

小菲说他们磨蹭着不走，可不就欠这一顿饭。欧副院长以为一顿饭伸伸手就来的吗？为这顿饭小菲的母亲鞋掌子都走掉了！

欧阳萸想说什么，又忘了似的，脸不再紫红，变得紫黑。他腿一软，坐到沙发上。人太没分量了，沙发把他往上抛了抛。他的头埋在纤长的手里，肩膀一耸一耸。不得了，他怎么哭了?! 从他刚回来小菲就在心里存着疑团：他不只身体有病，他更有心病。有一点精神失常的样子在他一对大而浪漫的眼睛里时隐时现。受了某种心灵的重创。女人留的创伤。错不了。

“我想有个人谈谈。”他说。

又来了吧？她小菲不是他可以谈话的那个人。

“来了几个谈得来的人，你们还把他们赶走了！”

小菲已经把他抱在怀里。忽然他的头撞起她的肩膀来：“饿死多少人！昨天还跟我打招呼的老头，夜里就饿死了。一个年轻女人，月子里的孩子死了，她就让自己公婆咂她的奶，一家人都咂她的奶，她先死了，老的小的也都死了……还有一家人，老人们不肯吃粮，说他们吃了没用，该让给劳动力吃，成年人不肯吃，让给孩子和老人吃，都饿死了，还剩几斤高粱面没舍得吃。这国家是怎么了，小菲？怎么有这么多混账干部，闭着眼浮夸，把老百姓饿死那么多，淮北一个村一个村都空了，不是逃荒出去，就是饿死……”

小菲愧怍不堪。男女之情怎么可能把他伤成这样？他到底是男人，有更深广的忧患主导他的喜怒哀乐。她以小女子之心去揣测他的痛苦创伤，不仅可笑，而且可耻。她要以另一场恋爱来报复的，是这么个人！和一个用乳汁哺养老人、丈夫的年轻女人去对比，她的痛苦是渺小的。

从那天她穿上那条深玫瑰红的连衣裙到现在，她已明白此生注定不能移情了。是悲剧是苦果，她都不可能从她对他的爱中分心。想分心是愚蠢的，报复到头是报复了她自己。陈益群不乏优秀之处，而她对欧阳萸的弱点都充满柔情。在他半人半鬼地从乡下回来时，她对他的爱又一次猛烈发作。她奇怪是什么让失意的欧阳萸如此动人。

他的健康时好时坏。肝病见轻，又发作了胃出血，再次奄奄一息住进医院。小菲坐在他床边，见他躺在瓶瓶罐罐中间，网在纵横交错的管子里，两只大眼睛从天花板的一边，游走到另一边。她知道那是他的思维在踱步。他还是想找个人谈谈，谈深，谈透。

“去把方大姐叫来，和你谈谈吧!”小菲说。

他摇摇头。

“你说什么她也不会生你气……”

他的思维困兽一样，只管在笼子里踱步，一头到另一头，再踱回来。忽然他用曾经的音量和底气说：“老百姓遭这样大的殃，就该他们负责!”

“方大姐?”

“还有她的省长外子。这个省从解放初期到现在都是激进、过度，搞浮夸在全国数一数二。我怎么能和这种人谈话？再也没话跟他们谈了！小菲，为什么一种原本只有一点谬误的政策，从上到下贯彻下来就会成为一场灾难？一层层的官员都把自己的无耻和祸心掺进去，人性当中有多少无耻？从上到下贯彻的主张总是偏差越来越大，极少人能在贯彻过程中公允无私。小菲，我已经有半年不说话了。”

她说她很高兴他现在终于跟她说了。

“可是和你说有什么用?”他苦笑着说。

她想至少她可以做他的物质支持者。她可以去搜罗食品把他物质的存在催得壮实一点。小菲是自甘政治盲的女人，她就知道这个时期给丈夫最好的爱情形式是让他吃好。

一天母亲从菜市买了几只田鸡。皮全剥干净了，肉是粉红色的。母亲拎着一串粉扑扑的肉对着太阳自语："你们是假装田鸡吧？你们肯定是蛤蟆。哎呀，不验明正身喽，搁在锅里都是我一个肉菜……"

她把"肉菜"烧熟，满房子喷香，让欧阳雪尝一只大腿，把小姑娘鲜美得眉飞色舞。母亲又自言自语："你们也就是名声难听点，吃是顶田鸡吃的。"她让小菲趁热把蛤蟆肉送到医院去。

第二天小菲一早就去菜市场。是个大雨天，她在臭烘烘的泥泞上溜冰，最终把那个卖假田鸡的男孩找到了。不明真相的四爪肉体又比昨天的价涨了三成。小菲一边挑田鸡一边假装压他的价，他说："阿姨我一夜才抓这几个！"

小菲说："噢，是夜里抓呀。怎么抓？"

"在塘边上站着，手里拎个竿子，上头吊根线，线头上拴个棉花球。你在棉花球上撒泡尿，就等吧。"他伸出腿，又伸出胳膊，"你看，蚊子把我咬的！"

一斤蛤蟆最低也得五块钱。怎么也压不下去了。小菲台上台下地蹦跶，蹦跶一个月就值几十只癞蛤蟆。她让男孩过秤，看男孩黑爪子样的手老练地拨弄秤砣。时光倒流到从前，这是个能当上地主的孩子，精明勤劳。

"你这又不是田鸡，是癞蛤蟆，还这么死贵！"小菲发现自己母亲不饶人的精神在她身上体现了出来。

"蛤蟆不一样吃？"

"是不是一样吃另说，价钱就不能跟田鸡一样！"小菲得意：轻而易举就诈出真情来。谁说她小菲缺心眼？

"蛤蟆更好！肥！看这肚里的油！大补！"

她看着这位小小的老江湖，笑了，饥饿培训人才呢。过去打死她她也不会吃蛤蟆，现在看重它那一肚子油，看重它“大补”。饥饿也调教人的胃口。

小菲这天晚上乘车来到郊区，找了一片水塘。她穿一身旧军衣，戴一顶斗笠，乍看像个卖猫鱼的贩子。没有月亮也没有星星，漆黑的水塘一股烂荷叶腐臭。她把一根系着线绳的竹棍伸到水里，突然记起那个秘诀：要在棉球上撒一泡尿。旷野里撒尿？她已生疏了这项行军野营的生存本领。平时她最憋不住小便，这时却无论怎样也尿不出来。蛐蛐儿叫声都停了，连它们都息声敛气地在听她的动静。等她束好皮带，觉得这次冒险真有些荒谬，绝对不能告诉欧阳萸。站了一会儿，不见蛤蟆来，倒把蚊子等来了。临出发前她抹了一整盒万金油，只有脸上没抹，怕辣了眼睛。现在蚊子就扑她的脸。她只得用另一只手给头脸轰蚊子。

欧阳萸和母亲一定会认为她太胡闹，万一碰见歹人呢？她一想到他吃起爆炒蛤蟆肉的模样，决定还是等下去。那天他啃了两条蛤蟆腿之后，叫她一块儿吃，她谎称在家里吃过了。他不信，她嗔他：“什么好玩意儿？不就是蛤蟆肉吗？”

他不知道蛤蟆肉也快赛过天鹅肉的价了。省钱的方法就是浪费时间，眼下小菲站在蚊子轰鸣的黑暗中，打算多浪费它几晚上，看看能不能钓上些省钱的大补肉食。

回到家已经是十一点钟。母亲还在自摸纸牌等门。见小菲两只裤腿糊着臭泥浆，一双赤脚上沾着枯败的水草，立刻就想斜了。轧马路不好意思，跟小白脸往臭泥塘里蹚什么？看来偷欢偷爱倒节约粮食，晚饭也省下了。

小菲从包里拿出两只气鼓鼓的蛤蟆，母亲明白过来，一巴掌扇在小菲后脖梗上。

“你作死啊?！大黑的天，给人祸害了怎么办?！”

小菲吃惊地捂着后脖梗。三十好几还吃巴掌。原以为母女俩已重新建立了关系，暴力母爱已被双方默契地取缔了。

“浑头浑脑的东西！一辈子搅不匀——不是太稠，就是太稀：对你男人好，就把自己命卖出去？”

母亲双拳叉在腰上，松弛了的脸蛋子直哆嗦。母亲一张面孔奇特地平展，缺乏营养的虚肿抹杀了所有皱纹和阴影。小菲发现母亲在人不注意她时，用手指按一按小腿，看按下去的坑要多长时间才平复。她似乎给自己找了这么个小游戏，苦中作乐地偷偷和自己玩。

“噢，三十多岁我就打不得了？什么时候你心里有数了，不做呆事了，我就不打了！”

小菲心想，欧阳雪往她面前一站，母亲就变成另一个人，随和慈祥迁就。

“不打小雪是为什么？她比你有数多了！你叫她去干这种呆事，她才不会去！”

捉到的两只癞蛤蟆成了一桩头痛的事：谁也不知道从哪里下手去剥它们的皮。浴盆里养着泥鳅，是给欧阳萸煨汤炖豆腐的，所以全家人都挪到厨房去洗漱。欧阳雪正弓着身在洗菜池上刷牙，听外婆和母亲讨论剥蛤蟆皮的技术，她满嘴白色牙膏沫地蹿出去，一面大喊：“救命呀！蛤蟆每个癞疤都有毒汁，喷到你你就长癞蛤蟆皮！”

母亲对欧阳雪笑嘻嘻地说：“那我连皮炖了，肚子里头长癞皮不碍事。”

“不行不行！”小雪跳着双脚，“那也等我上学以后你们再弄！”

外婆对这个外孙女百依百顺，果然等她背上书包走了才又回到厨房。她对小菲说：“算了，扔了吧。”

“怪大怪肥的！”小菲说。

“不缺它俩。扔了去。”

“煨一锅好汤，够小雪爸喝两顿呢。”小菲好舍不得。一晚上时间，两裤腿臭泥，一大耳掴子，全都浪费了。

“你能你来！”母亲横她一句，走开了。

小菲真让母亲给激将了，不管怎样把两张蛤蟆皮剥了下来，剥得皮肉残破不堪，身上一件浅花旧罩衣也血迹斑斑，宰猪杀羊的架势。这里起了头，小菲常常找个泥塘就去浪费一晚上时间，不是回回有收获，但有时会大丰收。母亲也不掴她后脖梗了，有一次还跃跃欲试，要跟小菲一块去。小菲一提长途汽车票两角五一张，母亲怕万一扑个空，那就多浪费一个两角五。

欧阳萸再次出院时，小菲发现团里排的新戏没她的角色。新戏一出叫《虎符》，另一出是《胆剑篇》。陈益群演一个卫士，一句台词都没有。她去找团长，说她照顾了三个月病人，回来怎么连龙套都跑不上了。团长说这两部戏和她的戏路子不吻合。她不服，问团长她算是哪一路子？野战军小文工团的路子。再排《红霞》、《南泥湾》之类，她还会是台柱子。眼下需要更正规的演员，所谓学院派。难道马丹是学院派？她怎么可以演西施？马丹不一样，大经典演了这么多部，等于进了学院，小菲想，怎么跟抢购紧缺食品似的？你不到场就抢购一空。

院子里迎头碰上陈益群，她大吃一惊：当初她怎么会和这个可怜巴巴的大男孩子缠绵？他难看是不难看的，但一身小家子气，捧饭盒子，握筷子，嘴巴一开一合，处处贫贱。小菲不想和他说话，他却站下来。

“已经找我谈过了。马上会找你。”他说。

小菲不明白他在说什么。这样一副阴阳怪气的表情是什么意思？难道不可以好来好散？

他已经走过去。走几步，响亮地从饭盒里扒拉出一口饭菜。小菲母亲一生贫穷，却从来不准她的家人有这种市井小民的吃饭习性：端一碗稀泡饭，夹一块萝卜干可以把一条巷子的门都串了，把一条巷子的是非都搬弄了。虽然陈益群年轻，是解放后的大学生，但小菲完全可以想象他是旧戏班里的一个男伶。

因此小菲在“谈话”中矢口否认她和陈益群谈恋爱。谈话的人是团委书记和工会主席，一口一个“据可靠消息”，三句话不离“为了挽救一个优秀演员”。渐渐地威胁出来了：“你丈夫还不知道这件事。是不是和他去谈，组织上正在考虑。”

事后她很惊奇自己的坚强，一滴眼泪也没有掉。和欧阳萸去谈吧。以这个做杀手锏？她不怕。但她不懂自己为什么不怕，还有几分快意。

处分却是空前绝后。她将被调任到一个县里去当临时文化馆员，指导农村文化活动。一年，也许更长。陈益群将下工厂，帮着工会文艺干部排演业余话剧。小菲怕了，整治她的人似乎握住了她的命脉：她最怕和欧阳萸分开。鲍团长比小菲还难过，说她“浑丫头”，“疯丫头”，从都旅长到现在，不到身败名裂不安分。他一直奔走，为她求情，要别人看他延安干部的老面子放小菲一马。现在全完了：陈益群全部供认，鲍团长也得在党委会检查。

“你不是有个少年好友吗？伍善贞？去找找她丈夫，看能不能不让你下乡。下乡连饿带累以后再回舞台就难了。”

“我不是怕下乡。”

“那就去下！”团长没好气地说。

“我是离不开欧阳萸。”

“你不要跟我肉麻。离不开他，你干这种好事？”

“那是因为他离开了我。”

“混账话，我老婆还常常出差呢！”

“你不懂。”

“我是不懂。”

“只要欧阳萸和我在一起，我去哪儿都一样。不骗你。”

“你脸不脸红？我脸红。既有今日，何必当初？你把欧阳萸看那么重，你不怕他知道这事？那他离开就不回头啦！”

小菲闷了一会儿，淡淡地说：“他不会走的。不会为我的过失离开我。他要离开我，会因为他自己的原因。”

“要不要试试？告诉你，没男人咽得下这口气。”

“所以你不懂啊，团长。”

“是啊，我越和你谈，懂得越少。”

“他不是个一般的男人。”

“再脱俗的男人，也会嫉妒。”

小菲凄哀地一笑：“他要那么在乎我，会嫉妒，我倒高兴了。”

原来她不怕欧阳萸知道，是这个想法在垫底，她突然懂了自己。

她决定为免除“放逐”的处罚而奔走一番。她去白头翁老刘的办公室，老刘却不给她说话的机会，一会儿找电话，一会儿叫人进来拿文件送文件。他知道她登他的三宝殿是为哪桩事，就让她如坐针毡地等着。

两人就这样耗了一下午。能插几句话时，他做出老大哥的玩笑模样：“小菲这件衣服全省独一份吧？好时髦啊！”其实这话不大厚道：你小菲这样时髦妖冶干什么？把我迷住好给你减除处分？或者：你都三十老几了，打扮什么呢？勾上个小白脸还不够？于是小菲就更加如坐针毡。

再插上几句话又跑题到欧阳萸身上，说到吃的药和营养品，提供买高价食品的门路。总之小菲的来意被他越岔越远。她站起身，要告辞了。

“刘局长，我的事你听说了吗？”

他还想装“什么事”的懵懂表情。小菲单刀直入，接着说：“就是被处分下乡的事。”

刘局长马上就官气十足了。告诉小菲他不是直接管演艺单位的，小菲该去找某某某、某某某。

小菲没有去找任何一个“某某某”，因为她懂得，只要正局长干涉某件事，某某某们会配合的。她打电话到小伍办公室，把小伍约出来。小伍也趁机整治她，让她在省委大门口等了近一个小时，才骂骂咧咧地出现。

“你这回算是臭名远扬了，田苏菲！连孙小妹和中学同学都问我！搞什么鬼呀？她们问我是不是田苏菲要给流放到乡下去，鬼晓得她们怎么晓得的！”

一定是你小伍告诉她们的呗。每次碰到中学同学，小菲都发现他们对她了解得很，跟记者追踪报道似的。

“我反正不能离开欧阳萸。”小菲说。

小伍的幸福之一就是小菲遭殃由她拯救。

“你这种浑球现在想到我了？当时跟那小白脸快活的时候，怎么不来问问我的看法？帮你从那时候帮，你肯定不会栽得这么惨！”

“求你了！”

“现在我没办法了。你们的组织上决定了的事，怎么推翻？你到我家去求求老刘吧。”

“他不是听你的吗？”

“那也要看什么事，也要看事情到哪个地步。我肯定会帮你说话。反正你哭也哭得出，要赖也会要，我在边上促几句。对了，带上你女儿。老刘几次为人说情，都看在那些人的孩子身上。你一个当妈的，不能撇下孩子下乡。把孩子带上，我们这出苦肉计就演成一半了。”

“孩子都懂事了！”

“不要提那件事，光说下乡。我事先和老刘铺垫铺垫。我看不如你把你老妈也带上，老外婆也行，让刘局长看着四代女人心里难受。”

小菲想，那就成滑稽戏了。

“假如老刘说他考虑考虑，那是靠不住的。你必须要他当场、当你女儿、老妈的面立保证。”小伍亢奋起来，两束绿绿的眼神盯在小菲脸上，“不保证就接着哭。”

小伍的欢乐在于小菲陷入灾难，灾难越深重，她拯救的难度大，欢乐就越大。

约好的时间是星期六晚上。对小菲的着装，小伍也提出要求，朴素但不寒碜，形象要不卑不亢，绝不是上门说“老爷可怜可怜吧”的模样。

小雪一听要去伍阿姨刘伯伯家做客就说：“干吗？”

“就去玩玩，坐坐，好久不去了。”

“不去。”

“为什么？”

“我有事干。”

女儿的意思是去小伍家是“实在没事干”。不知为什么她不喜欢小伍两口子，也不喜欢他们的两个孩子。小雪的好与恶十分鲜明，但对小菲来说完全是谜。她和小伍的儿子同班，一个字没提到过这位同学。问起来她会老气横秋地说：“咳，跟他妈一样。”

“他妈什么样？”

小雪就像听不见。这方面她是欧阳家的人，背后不说别人坏话，因为他们缺乏低级趣味和对别人的兴趣。

小菲请女儿陪她一道去。小雪看妈妈一身深蓝卡其，从箱底翻出来的横竖折皱那么深刻，便狐疑了。

“妈，你去干吗？”

“穿这件衣服不合适？”小菲见女儿上下审视她。

“好像你要下放劳动。”女儿说。

自信心让女儿摧垮。她穿了件中式夹袄，是欧阳萸母亲年轻时的家常衣裳，银灰底子挑浅藕荷色的花。女儿满意了。但一坐进小伍家的客厅，她那种不露声色的狐疑又出现了。小伍一见她就大声说：“哟，妖精！是四凤还是繁漪啊！”女儿用力剜她一眼，似乎听出玩笑中的不善。

“实在找不出什么像样的衣服……”小菲已经后悔了，这种小腰身、古色古香的衣服在刘局长的无产阶级大客厅里有点唱对台戏。这个家就是把公家办公室延伸了一截，没有一件家具让人感到是受主人偏爱的。

“蓝布褂子找不到吗？谁没有一件蓝布褂子？”小伍低声说。

小雪用力看看两个成年女人，她听出了小伍的训斥调子来。

“那我回家换换？”

“算了算了！交代你半天：大方、朴素，已经出那样的事了，作风上就要有个脱胎换骨的样子。现在又弄得跟个二奶奶似的，老刘怎么想？”

“我奶奶是留洋的女学生，才不是二奶奶！”欧阳雪突然插嘴。

没等小菲开口，小伍已经把小雪当自己孩子教育了：“不准插嘴，大人在说话呢！”

她转过脸对小菲：“在你们家你们让她随便插嘴？”

“你知道我们欧阳萸对孩子全面民主。他喜欢女儿跟他没上没下，说是父女两人交朋友！”

“小雪呀……”小伍没把小菲的话听完，就已经把欧阳雪安置了，“你上楼上去，三个小朋友一块看看小人书什么的。”

“我从来不看小人书。”

“那打‘争上游’？”

“不会。”

欧阳雪表情很明白：别妄想把我支走。她顺手拿起桌上一张《戏剧报》读起来，然后老三老四地说："你们谈吧。"欧阳家人不合群的气质，使欧阳雪在寂寞和冷落中显得极其舒服。

老刘一进来马上说："噢小雪来啦，稀客稀客！"

她抬起脸笑笑，他伸手拍拍她脑袋。小雪的脑瓜很少有人拍得着。她像计算好时间距离，等那手伸过来，降落下，她会让它微妙地扑一个空。这天她却没动，脸上表情很难形容，有点忍辱求全。似乎小雪洞悉了这次会谈对母亲的重大意义，拍脑瓜就拍脑瓜吧。

"你看，小菲从一个晚宴上直接来我们家，我刚刚还在和她逗着玩，说她就像30年代的月份牌美人！"小伍说。为小菲的打扮开释。

"什么呀，都是欧阳萸母亲的箱底货！白天看看，很旧的东西！"小菲说，"都三十几岁的人了……"

"那件事我又找你们团的书记了解了一下，他们说党委决定的事再改，群众会有反映。"刘局长在沙发上四平八稳地说。

"小雪马上要考中学了，我不能把孩子撇下！"

"可以回来一个月，等女儿考试结束，再下去。"刘局长早为她把每一步都打算好了。

"欧阳萸的病情也不稳定，我实在放心不下。上次他肝昏迷，在县里抢救，差一点也就过不来了……"

小伍使劲看小菲一眼，眼神里的力气像是猛推她一把。既是提醒台词又是提醒规定剧情。

"我直后怕，那次他如果不留在县里输液，这时已没他这人了……"小菲的泪水两行一块儿流出来，往下就收拾不住了，人哭得话语全乱了套，"我怎样都不能再离开他……无论我做了什么，我对他……你们是知道的！"

"你是不是不放心你一走，有人会把这件事告诉欧阳萸？"老刘说。

小菲使劲摇头，泪珠四溅。女儿从报纸上端露出眼睛看她。女儿是心疼她的。她也好好地看了女儿一眼。

老刘叹口气。

小伍叫了一声："李阿姨，冲点新茶！"

保姆两脚贼快，进来出去，影子似的，眼睛余光把屋里一切都罩住了，因为她从门边端了个痰盂到小菲跟前，意思很明白：痛快哭，这儿有东西给你擤鼻涕。找刘局长来哭的人一定不少。

"行啦，老刘！"小伍说，"这种事，吓唬吓唬，杀鸡儆猴，真把小菲下放到乡下，有什么必要？人家一大家子，老的老，小的小，病的病，来点革命的人道主义好不好？"

"噢！我不人道?!"老刘大声说，人不坐在沙发正中了，把自己上身和头脸向妻子猛地一送。小伍果然向后稍稍一闪。

"干什么你?!"小伍说。

"净找事让我作难！"老刘说。

"那你就别管，我有的是关系！"

小菲慌了，眼泪动也不动地挂在脸颊上："你们俩别争啊！"

"死脑筋！这种事全省的剧团哪年不出几桩，拿小菲开什么刀！你就是不人道！告诉你，出了人命你负责！就是不看老战友面子上，看孩子的面子，你也该高抬贵手吧？人家把孩子带来一块儿向你求情了，大局长！"

欧阳雪瞪大两只眼睛看着母亲。那完全是欧阳萸的眼睛，但不是浪漫的，是冷峻的。小菲一想到她十多年前头一次看见它们时，才十八岁。一股柔情的苦楚袭来。从那时到现在，她内心有多忠贞，只有她自己明白。

这两口子还在争吵。

小菲看女儿的脸又回到报纸后面去了。

小菲觉得女儿知道妈妈处于怎样的劣势，这一对争得不可开交的夫妇以这样的争吵来显示他们的优越感，他们生杀大权在握。小雪至少看清了这一点，因此她乖起来，不像刚进这客厅时那样不驯。

“你们别再吵了。”小菲说。

“不管怎么说，小菲是重要演员，不能轻易处置！”小伍说。

“小伍！”小菲站起身，准备走过去拉女儿的手，“我看算了，我再去找找省长夫人方大姐……”

小伍觉得小菲挑衅了她力挽狂澜的能力：“找她吗？！她是你什么亲的热的？！她能像我这样帮你？别做梦了田苏菲！这么多年我为你出的纰漏操过多少心？活该，我有你这样的同学！除了干糊涂事就是干糊涂事！我知道你也想要强，也想在我面前周吴郑王，人模人样，就是一到关口上什么都忘了。你妈说你‘人搀着不走，鬼搀着直转’，说得好。你要让个像样子的鬼搀着转转，我也服气，偏让那种三流小开……”

人们听见“呼啦”一声响。朝声响扭过脸，他们看到欧阳雪把《戏剧报》扔在地上，人站得笔直锋利，面色雪白：“我不准你这样说我妈妈！”

小菲应该说：“小雪，懂礼貌！”或者：“大人的事，小孩别插嘴！”但她什么也没说出来。也觉得没必要说。

“凭什么这样对我妈妈？”

两口子愣着，相互看一眼，不知对此做何反应。孩子只有十一岁零十个月，欺辱或者作弄她母亲，她辨别得清楚至极，她已经把成年人所有诓哄她的话提前堵回去了。你想让她把刚才的争端当做成年人之间的逗耍？不可能。她的眼神表情语气全告诉了你，她明白这是什么性质的一桩事。

“小雪，和你妈妈说正事呢……”小伍对孩子笑笑。这时候的笑文不对题。

“谁也不许欺负我妈妈！”女孩说，眼泪落下来，落得那么高傲。

“我们没有欺负你妈妈呀！”刘局长说，像是误测了这女孩的年龄和智力。

小菲在十一岁零十个月的女儿保卫之下痛哭起来。她抹一把泪，却大吃一惊，她看到的不是温柔体贴的女儿，而是冷淡的、带嫌恶的少女。她盯着母亲用手帕擦眼睛抹鼻子，又把手帕在两只手之间使劲地折叠，拉扯，对它施虐。女孩子的表情基本上可以读作：“你让我恶心，自作自受。”

小伍说：“好了好了好了，大家都冷静，啊？我不冷静，我先检讨！”她举一只手，要欧阳雪裁判她。

欧阳雪像没有看见小伍嬉皮笑脸大事化小的样子。她狠狠地抹眼泪，吸鼻子，然后“噌”地从茶几后面跨过去，快步向客厅门口走。

“你去哪里？”小菲声音追逐着女儿。

“回家。”女孩声音冷静得可怕。受了辱没和伤害之后最自尊的大概就是这种冷静。

“妈妈和你一块儿走。”小菲站起来。

“不要。”她已走到了大门口。

“等一等……”小菲说。

女儿打开了大门，转身看着妈妈：“你怎么能听他们这样讲你？！要是我……”

小菲在女儿眼里看到一个“宁为玉碎”的闪烁。

“我不要和你一块儿走。我不要和你一起回家。我不要！”女儿赌咒发誓一样说。小小的姑娘有着欧阳萸当初对着刑具的不屈，那种背十字架的庄严，那种冷冰冰的歇斯底里。

双开门的大门一开，一合，欧阳雪走了。

“惯成这样？老虎屁股碰不得！”小伍说。

老刘呵斥了她。或许是孩子的泪，也或许是孩子难得的自尊使老刘心动，沉默了良久，他叹道："自尊心太强了！这个小姑娘！"

小菲预感到把欧阳雪带来是重大失误。这预感马上被小伍嘲笑了："懂个屁！你就是把事情从头到尾讲给她听，她也似懂非懂。"

老刘还在感叹："我们的孩子要有小雪一半的自尊心就好了。不过，小姑娘这一辈子可要累死了。不想让自尊心受一点伤害，就得样样做完美。"

下乡的惩处被取消了。小菲到晚年都没弄清，欧阳雪那场"犯上"是否在刘局长的慈悲心这头加了砝码。验证的是欧阳雪后来果真得了"完美主义"病症。为了不必跟别人或跟自己说"对不起"、"抱歉"，她事事做成百分之一百二十。自尊是自尊，但小菲能看出她有多累。不过那都是以后的事了。到了那时候，小菲想到这个晚上，想到女儿挺身而出，"士可杀不可辱"的样子，还同样深深地震撼。

小菲和女儿的关系也与跟她自己母亲一样，没有沟通却相互看透。假如那一半血脉不是来自欧阳萸呢？她和女儿会不会做一对温情母女？比如，那一半血脉是都汉的？也许会是一对家常母女，但她就不会那样永远好奇于女儿了。女儿的每一点成长、发育都在小菲心里引起一片迷幻：怎么会是这样呢？十足的一个欧阳萸表情，女性化之后怎么就完全是另一回事了呢？看那修长的手指，不强悍的肩膀，走路的姿态，尤其是读书的模样——怡然自得，读进去的是满心好滋味，由女孩子重现它，就有几分滑稽。她在研墨时一绺头发垂在额角，小菲想，太奇妙了！或许因为她在怀孕时心里不停地描摹复写欧阳萸的模样，印迹全落下来——小雪是女字号的欧阳萸。

都汉见了欧阳雪，也说了同样的话："这个小丫头走在大街上，我也认得出她爸是谁。"

跟都汉司令员恢复外交关系，是在小菲恢复上台资格之后。他们新排了一个话剧：一个复员军人在家乡推行“三自一包”。戏剧冲突很激烈，因为复员军人曾经的未婚妻成了一个大队长的妻子，而大队长是复员军人的政敌。这场政治、男女、情仇的大型“情感探戈”很快轰动省城。

这天上午，小菲发现传达室有一个邮包领取单。不知为什么，邮包被误寄到外省去了，转了又转，才到达她手里。去邮局的路上，小菲想，半年的邮程，不知邮包里装的什么，也许早受潮发霉了。

交上领取单，邮递员对她说：“你拿不动，回家叫个男的来。”

“我力气大。”

“那你也拿不动。”

为什么邮寄人不落款？小菲好奇得心痒。她在邮局叫了一个男顾客，请他搭把手，把邮包领了出来。不是邮包，而是个小型食品仓库：一个大木箱里装着军用罐头，军用黄豆压缩饼干，军用脱水胡萝卜、卷心菜，军用五合杂面。

里面一封信破解了谜底：“小飞，不知你近况如何，你母亲好吗？好好演戏。都汉顿首。”字字都写得认真仔细，如同小学生描红，信的下端附了电话和地址。原来都汉早已是省军区副司令。

都副司令看上去矮了一些，胖了一些，但并没有添岁数似的，见了小菲就笑哈哈地过来，和打完土围子那天一样，叫她“妹子”。他的手还像十几年前一样柔软细嫩，让人惊奇那些握讨饭棍、握刀握枪握手榴弹的岁月怎样从这双手心溜过去，磨砺丝毫没有留下痕迹。小菲的母亲总是念念不忘这双手。武人长一双女子绣花的手，难得的富贵。

由于矮，都汉尤其显得昂首阔步。他把小菲领到操场上看战士们操演练兵，又把她带到司令部大楼，看参谋们的办公室、作战室，还领她去看菜田、果园、猪场、羊圈，手臂向远方一划，向近处一指，俨然一个王者，一个带点喜剧色彩的王者。不知为什么，和平岁月使都汉的威严动作显出几分卡通感来。

一直到下午，他才坐下来和小菲聊天。他什么都问，就是不问欧阳萸。他还没有彻底饶她呢。为什么有年把时间不见小菲上台？她的演技不适合古装戏，她是部队野战宣传员的路子。

“他们懂个屁！”都汉大声说，“我还担心你饿出病来了，上不动台呢！”

原来他寄那么一大箱食物是要她改善伙食，演得动戏。原来他一直是她的观众。最初的三四年时间，他心里伤口还新鲜，看她的戏是往伤口上抹盐，他坚决不让自己进剧院。不看她的戏，也不看任何人的戏。他当然恨过她，恨得牙都咬碎了，用最过瘾的字眼骂过她。不知怎样，突然就不恨了。人办不到的，时间都办得到：时间在你不知不觉之中已经用了工夫，做了手脚，把恨一点一点从你心里搬走，让你某天夜里做了个美梦，梦是遗憾加指望，醒来便觉得那一场恨太可笑。九死一生，末了和个女子结下恨缘，这让他好好笑话自己一场。然后他就又去看戏，为了一个小冤家不看戏了，那不大亏特亏？都汉在沙发上四仰八叉地笑。

“都看过我什么戏？”

“多了！那时候师里营房远，看你一场戏小车开四个多小时。我老婆、孩子一车走，我也不心疼汽油了。我几个小车司机都让我培养成文明人了，爱看话剧！我看了这么多年戏，告诉你，妹子，我没看到哪个人演过你的。你演戏看着痛快，吃辣子打喷嚏，七窍都通畅！我是个土老俵，不过戏好看不好看，糊弄不住我！你们团里排了那么多大戏，这个大师那个大师，你不演就没个看头。坐在那里看得我着急出汗，哭不让我哭痛了，笑不让我笑傻了，我就难受!”

小菲大笑起来。都汉是个风趣人，她早没发现。

“最近你们这个戏我也看了，怎么让你演上丑旦了？我看见演员单上有你名字，专门请秘书订了票，一看把我气死了，岂有此理!”

小菲向他解释演这个配角特别有难度。一个好演员应该是跨度最大的演员。其实她知道团里是用这个丑旦惩罚她，等于服役。这是个五十岁的落后蠢婆娘，只有一场戏，就是铺张席在上面缝被子，说蠢话，让观众恶心地笑一场。她不在乎让她演这个蠢婆娘，只是不愿意在太阳穴上贴膏药，把脸涂得又老又脏。

“我要好好找你们团长谈谈。”都汉说。

“团长不管人事，书记管。”

“演戏的人事怎么是书记管呢？莫名其妙！我明天就去找他们谈!”

小菲一看要坏事：都汉一去团里不但帮不上忙，还会打听出领导让她演这个丑旦的用意。她赶紧说她怎样喜欢演蠢婆娘，挖掘自己的喜剧才华。为了证实她说的是真话，她告诉都汉她对这角色的动作设计——蠢婆娘一面缝棉被一面东拉西扯，说落后话，发牢骚，最后闻到儿媳妇做饭的香味，说：“包子熟啦?”刚想跳起来去抓热包子，发现她把自己给缝到被里被面中间去了。这时大幕急落，观众喝彩。

都汉果然相信了，问她是不是在下一场演出里把这个设计添上去。小菲想，信口编排的动作倒真可以添进去。她小时不肯学针线，母亲便讲了这个蠢婆娘的笑话打趣她。

晚饭是必吃不可的。都汉说他老婆亲自值厨，做两个菜给小菲吃。一幢大宅子干净得让人生畏，里面倒养了不少仙人掌、袖珍枫树。女主人是爱生活的。地上铺着红蓝花的大地毯，不过在人常行走的一带粘贴了塑料薄膜。所以小菲进门便明白她只能在塑料薄膜的羊肠小道上行走。茶几上放了一束塑料花（或许是绢花），也用塑料袋罩住。都汉领着小菲从塑料小径上走到书房，皮沙发上垫着长条花纹的毛巾，一看就知道刚刚洗过。

书架上摆着都汉和文工团员照的一张合影，小菲坐在地上，居正中。小菲看着十八岁的自己，惟一的一个没在军帽下留刘海儿的女兵。那么无邪的笑脸，谁看得出她正在两个男人中间玩把戏？青春真好，脚踏两只船的危险节目也玩得起，何况其中一只船是勇猛的都旅长。青春的过失就是过失，不会有身败名裂的后果。小菲在老照片前面站了良久，再让她活一回，她还是过失不断，还要脚踩两只船。

她在沙发上坐下来。铺着的长条花纹毛巾难看归难看，却干爽舒适。由于这些毛巾，书房看上去成了个高级澡堂子。大写字台上笔、砚齐全，墙上贴满写着大字的宣纸。都汉在书法上勤学苦练了多年，进步不小，但窍门始终没掌握。欧阳萸那一笔字，是他所有不实惠的迷人之处的一部分。

茶和点心送来了。勤务兵们在塑料小径上灵活地相遇、侧身、错过，把削好的苹果、梨端进来，把吃剩的点心换出去。小菲不能相信这是刚刚脱离饥馑没多久的一个傍晚。她一生中就跟母亲犟过那么一次。假如当年她没犟过母亲，她这会儿就在享用都汉实惠的爱情了。实惠没什么不对，但小菲就是实惠不起来。

这时听见一双脚轻巧快捷地踏在塑料小径上，一听就不是男性。小菲在十多年前见到的那位护士长出现了，穿着发白的军装，你可以说世上不会有比她更洁净的相貌了。小菲站起身，把长条毛巾蹭落到地上。

“来啦？”护士长笑着看着小菲。

都汉指着小菲说："这个就是田苏菲！看见了吧？我要不去广西剿匪，她就是我的了！"说着他腆起肚子大笑。

护士长也笑，但同时瞥都汉一眼，嘴一撅，埋怨的样子。她又把笑脸转向小菲，叫她不要跟这老头子一般见识，说就他那样还想找名演员呢！

这是很和谐很幸福的两口子，也平等，比小菲和欧阳萸幸福和谐。他们也会争吵，会说绝情话："我当时怎么瞎了眼，嫁给你了呢?!"但他们不猜忌。护士长年轻十多岁，得了宠不卖乖，把都副司令照料得风调雨顺，生了四个孩子，还没有太走形。都副司令一定感谢小菲当年的薄情：谢谢老天爷，这样的女人还是留给戏台吧。

晚餐时四个孩子都回来了，像四个音阶一样从高到低，站成一排给小菲鞠躬，自我介绍，汇报学习成绩，其中两个孩子都是少先队大队干部，戴三道红杠，穿洗白的军装。都汉给了护士长实惠的爱情，护士长的回报同样实惠，一年回报他一个孩子，二十八岁时，完成了两人所希望的生育量。很热闹的家庭，不过也很像一个军队基层单位。

从此都汉出差，或者收到礼品，都惦记着小菲，土特产总有她一份儿。他人是不来的，话也不捎，就让小车司机把东西留在话剧团的传达室。小菲把东西拿回家，欧阳萸就笑嘻嘻地说："都汉又请客？"

她有时悄悄留意，发现欧阳萸越变越外向，见了老朋友不说话先骂人："他妈的——老张（或老赵、老某）！"

高朋满座的时候越来越多。他现在的说话风格就是天上一句地下一句，满口狂言不着边际，因此也没人计较他的偏颇、激烈，小菲觉得他趁着疯疯癫癫说出了不少心里久久思考的问题。欧阳雪十四岁了，常常在父亲喝得将醉时上来，一把夺过他的酒杯，把残酒倒进自己嘴里。她放下杯子扫一眼桌子周围的客人，看谁还好意思继续劝她父亲进酒。

有时客人来得突然，小菲一时端不出菜来，欧阳萸便大声说："把都副司令的腊肠拿来吃！"

"不是上次就让你们吃光了吗？"

"啊呀，都汉这么小气，才送那么几根啊！"

她心里暗喜：也许欧阳萸在嫉妒。没有比他对她无所谓更让她寒心了。看来他也会嫉妒。睡觉前小菲问他："你嫉妒了？"

"嫉妒？嫉妒谁？"他从正读的书上抬起脸。

"都汉。"

"十几年前有一点儿。现在想想真他妈的！"

"你现在怎么这么粗？"

"我吗？"

"动不动就国骂。"

"噢。"他脑子已跑题了。

过了一会儿，她又说他肯定是嫉妒了。他"唔"了一声。她说何必要掩饰呢？嫉妒是正常的。

他烦了，说："我他妈的嫉妒那个老头子干吗?!"

"那你嫉妒小伙子吗？"

"你怎么回事？"

"要不要听一件肯定让你嫉妒的事？"小菲心里一阵阴狠：看你对我无所谓！看你脱俗！

"我想读会儿书你都不让我清静！夫妻十好几年了，你他妈的还是纠缠不休，我告诉你，我不会嫉妒，我不正常，行了吗？"他穿着白棉毛裤白棉毛衫跳起来，走到窗口，扯开窗帘。站了一会儿，他顺手抓起床头柜上一杯剩茶从头顶浇下去。

这不是嫉妒是什么？他妒火中烧，需要凉茶来扑灭，他嘴还硬，死要面子活受罪，为了证实他没有世俗情怀。

"嫉妒怎么啦？我一天到晚嫉妒！只要看不见你，我就嫉妒你学院里每一个女人！我不羞于承认！”

“我从来不会嫉妒……”

“连我和我们团里的男演员恋爱你也不嫉妒？”她冷笑，暗杀成功了的女刺客那样冷艳歹毒。

“你不要把戏演到家里来。”

“你以为只有你是有魅力的，走到哪里都迷死一群女人？告诉你，比我小六七岁的男人为我丧魂落魄！”

她使劲看着他醉得红喷喷的脸，有一点挂霜的头发上爬满碧螺春的叶片。她不允许他脸上任何一点表情变化逃出她的观察。他确实不惊奇。看来他不是头一次知道她和陈益群的事。他一年多以来从来没有提到过它，也没有为它改变对她的一贯态度。从他们的房事就可以断定，那桩事没有影响他对她肉体的需要和渴望。

“我们停止说蠢话，好不好？不然你就要无止境地无聊下去。”他说。

“你以为我故意刺痛你？”

“我困了。”

“团里不让我演主角，你打听到为什么吗？没打听明天打听打听去！就因为一个年轻男人追我，把我追到手了。”

她看他的脸上只有烦躁，被人打搅得无法睡觉的那种单纯烦躁。他还用打听吗？他本来是圈内人，这座小城市里的人相互间没有绝对陌生的，你不是他的熟人，弄不好你的岳母或你舅子或你上司可能就是他的熟人。七拐八弯，谁和谁都沾亲带故，去小吃店买几根油条，老板娘会把你邻居家昨晚的新闻告诉你。所有新闻、丑闻的传播渠道都惊人的畅通，顺道还要裹挟上色彩和滋味，传到欧阳萸耳朵里一定生动无比，丑陋不堪。方大姐那么护着他，能在这样的关头不和他姐弟一番？该替他出气的骂几句，该为他舔伤给几句安慰，再包办一下他私人生活的安排：看在女儿份儿上，婚就不要离了。

“不要再无聊下去了。求求你。”

“方大姐告诉你的？”

“我明天一早要讲大课。”

“就是方大姐不说，伍善贞也憋不住。”

他甩开穿紧身秋裤的细长腿就往外走。小菲的尖叫在后面追他：“你不要做鸵鸟嘛！头扎在沙子里什么事都没了，是不是?!”

他又去喝酒。小菲想这个人真会自我否认，又是给自己冷茶淋浴，又是借酒发疯，还抵赖，就是不愿正视她小菲的价值。她是什么样的热门抢手货色？难道她非得死在他这棵树上？

小菲走进去，把一件毛巾浴袍裹到他身上，又夺过他手上的酒杯。她觉得他用各种各样的方式表现嫉妒很好玩，她今天偏要跟他的嫉妒心玩玩。

“怎么？我不值得你嫉妒？”小菲偏过头去找他的脸。

他不说话了。他的“不说话”很厉害，多年前他就这样治她。你劲大就折腾吧，我看不见听不见。他的“不说话”里还有一层困惑：怎么会有你小菲这样无聊的人呢？换了我早就无地自容了。

“别太自以为是，以为我离开你活不了，没人要我。追我的男演员也不是白丁，人家是大学生，主要演员。我不用介绍他，有的是人会跟你翻舌。”

他的眼睛平静地看着她。一看就知道这事在他那里已成了老掉牙的故事。小菲的激情冷却了。他的个性中有如此大的空白：缺乏嫉妒。或许他真是太不在乎她了。还有一种可能性：他自己艳遇不断，她出轨正好抵掉他良心上对她的欠债。说到底，他是个极善良的人。三种猜测中，小菲宁可选择头一项。

接下去的两周，她观察他。他对她的态度丝毫没有变化。

他似乎很快乐，周末带着小菲和女儿一块儿出去骑自行车，野餐。欧阳雪和父亲非常合得来，学校作文得奖，她只让父亲去参加颁奖大会。少年航模组活动，她把材料和工具带回家，要父亲和她一块儿做。小菲演出结束，回到家已经近十一点，见父亲和女儿的两个脑袋还凑在一块儿，锉着什么或粘着什么。天热起来，父亲赤着上身嘴里叼着烟卷，烟把他两只眼熏得眯成了细缝，一大截烟灰颤巍巍地顶在烟头上，比女儿还认真。小菲这种时候心里就很甜。偶然地，她也会感到奇怪的酸涩：他对女儿这么耐心，对我从来也没这样过！同时她一怔：怎么连女儿也要嫉妒？她爱这个男人真是落下病了。

后来小菲在苦不堪言的日子里回忆这一段生活，她认为是他们一家最幸福的时光。她会一再追问自己：她是否因为欧阳萸的宽宏而对他心怀感激。没有答案。小菲毕竟比较性情化，做事缺乏动机。她在后来回忆时断定自己在这段时间里是个娴雅甜蜜的女人，至少她控制了自己的唠叨欲。欧阳雪也是个好监督，一看见她的唠叨要起头了，马上给她个雪亮的眼色。

两年里欧阳萸写了一册小说、一册散文，都是他在下乡时期搜集的素材。文字如他一贯的考究优雅，故事却十分凄厉。要许多年后，人们才发现他把批判藏得那么曲折。他写作并不用功，有客人来他马上把自己从书房里释放出来，有人请客，他也乐意出去放放风。他的作品一篇接一篇地发表。没人知道他什么时候写出来的。

连小菲都奇怪："没看你写呀！"

他说："怎么会没看见？我每天总要写半个钟头一个钟头。"

小菲想，像欧阳萸这样的作家是不靠一张好屁股的。

"杰克·伦敦一天才写五百个字，活到四十多岁，照样有那么多作品。"他告诉女儿。

他的客人里新面孔越来越多，又像当年业余诗人那样围住他，听他对他们业余作品的指点。和当年不同的是他从来不读任何人的作品了，拿过来便往书架下面一塞，等那个业余文学家回家聆听他反馈时，他把稿子还给他，嬉笑怒骂地评点一番，那番评点放到谁头上都适用。有时他从书架下抽出稿子，还给人家时才发现还错了人。不过没人和他计较，欧阳老师是所有人的朋友，烟酒不分，吃喝不分，谁来了都有一顿酒饭招待。厨房里存满“午餐肉”、“凤尾鱼”、“响炸黄鳝”、“红烧圆蹄”，只要食品商店有卖的罐头，这间厨房就收藏。加上客人们有时提半个卤猪脸，一斤油炸臭豆腐，十个五香蛋什么的，冷餐会总是很丰盛。

如果小菲在家，她会做上两样素菜或凉拌菜去助兴。他开心是她巴不得的，比他出门和某个猜不透的同伴去某个猜不透的角落要让她踏实。从母亲那里学了几手厨艺，她也要借机献宝：蛋卷粉丝、火腿蒸鱼、生姜煨鸭、仔鸡炖甲鱼、红烧鳝背，都是可以预先烧好，不必让她临时手忙脚乱的。母亲一看小菲居然要为丈夫做菜，喜出望外，说有人开窍晚，小菲就是一个。

团里排新戏《南海长城》，小菲又一次成主角。三伏天排练，她又是刺刀又是长枪，浑身汗如水洗，坐在板凳上就留个水印子。晚上回家，她照样给欧阳萸的一屋子客人凑趣，给他们添酒上菜，常常还打擂台，把某个业余文学家灌醉。

母亲有时来看看欧阳雪，每次都看见一群人吃喝谈笑。她不高兴了，说小菲这么不会过，总有一天把老底吃穿。小菲去银行查查账户，底子差不多是吃穿了。她和欧阳萸一提，他便满不在乎地说：“有稿费啊！”

其实那两本书的稿费早就花完了。但小菲实在不忍中止家里火热的欢乐。只要能让欧阳萸高高兴兴呆在家里，什么事都不是事。她偷偷当了欧阳萸母亲送她的金项链。没过多久，又当了戒指，还是入不敷出。小菲便向话剧团的会计师借公款，每月在她工资里扣除十块钱偿还。那十块钱是她留出来给自己吃午餐的。她可以吃五分钱的炒青菜，却仍然满足不了需求量。她把欧阳家送给她的所有东西都一件一件偷运出去，当掉了。

话剧团的人看她天天中午一个炒素菜一盆米汤一个白馒头，都说小菲身材够少女型了，为演甜女还要天天吃斋。女演员一向羡慕她从不离身的项链，发现它从她脖子上消失后都说小菲不知悟出什么来了，如此地返璞归真。会计把小菲债台高筑的话传出来之后，人们再看到小菲吃五分钱的午饭便窃窃私语起来：

“她又在搞什么鬼？家里一共三口子，丈夫挣那么多！”

“就算养母亲和外婆，也不至于卖首饰、借公款呀！”

这些话传给小菲时，她就笑笑。她这人糟就糟在这里，动心眼子都是为些不着边际的事去动，碰到现实的难题，她就是“走着瞧”的态度，反正没有走不通的路。

这天她演出完了，走到剧场门口，发现欧阳雪站在灯下，灰尘蒙蒙的灯光里一大蓬乱飞的蠓虫，撞得灯泡沙沙响。

“哎，你怎么在这里？爸爸呢？”

“爸爸有客人。”

“怎么了？”

“你们团里的会计师来了，要见爸爸。我没让他见。”

小菲想，太歹毒了，什么事非得背地触她壁角呢？逼债可以当面逼嘛。会计师警告过她两次，说私人借公款不得超过一年，也不得超过一千块，不然就要把每月工资全部扣除。

“那个胖子说，他必须让爸爸尽快把你借的钱还了，不然他会受处分。”

明明是想探听借款的事欧阳萸是否知道，若不知道，丑恶的怀疑就成立了一半：田苏菲又和谁吊上膀子了，出去吃高级馆子，到高级饭店开房间，钱花海了。

“你为什么没让爸爸见他?”她搂住比她高一截的女儿。

欧阳雪不说话，轻巧滑稽地摆脱了她的搂抱。女儿也产生了丑恶的怀疑。

“这两个月发现家里老是在丢东西。”欧阳雪另起了个头说，“那个小手表没了，你的首饰盒子全空了。”

小手表是欧阳萸送给她的礼物，是他们结婚三周年的纪念。小雪从小就喜欢它，小菲许愿，到她上大学时，它就是她的了。

“你看爸爸天天在家里，开心吧?”小菲说。

女儿瞪着她：别企图转移话题。

“妈妈就希望爸爸开心。钱呀，首饰啊，有什么用?”

欧阳雪似乎明白了。

“只要爸爸老在家里呆着，开开心心的，妈妈就开心了。”

她们走到了公共汽车站。女儿一直看着母亲，有点恐惧又有点怜惜。她的母亲如何奇特地爱她的父亲，那样折磨自己又折磨别人的爱情方式，她是最好的见证人。

“妈妈，你看不出来吗?爸爸一点儿也不快乐!”女儿忽然说。

小菲一愣。

“爸爸自己都不知道，他有多不快乐。”

“那你怎么知道的?”

“我就是知道。”

“为什么他不快乐?”

“他……怎么会快乐?”

“是因为我吗?”

“妈妈，你就看到你自己!爸爸又不是个女人。”

小菲觉得女儿什么也说不清楚，不过又把什么都说了。

“爸爸这样大笑大闹，就因为他太不快乐了。他要骗骗自己，要自己相信他很快乐，和这么多朋友在一块儿，多热闹啊。

其实他很孤立。”

小菲惊异极了。她从来没有去想这一层。女儿的话让她想到，欧阳萸那种嘻天哈地的快乐的确空洞。原来她倾家荡产，维系着他空洞的假欢乐。

“你怎么注意到的，小雪?”

“有时候……爸爸会叹气，又长又重。有时候他弹两下钢琴，又停下来，我进去他也不知道。一看他的样子，好像……好像那种什么希望也没了的人。”

“你和他谈过吗?”

“我问他：爸爸你怎么这样伤心啊？他不承认。”

“好好的，他伤什么心呢?”

“妈妈又要乱猜了。你从爸爸写的东西里应该能看到，他为什么伤心。”

小菲这才想到欧阳萸三年前的那场大病，以及病中和她倾诉的话，那场痛哭，万念俱灰，身心俱焚，之后他生出不少白发，长了一脸皱纹。他的伤心使小菲震动不已，却不大摸得清头脑。病愈的他很少去方大姐家，方大姐上门，他闲谈归闲谈，其实是“闲”多“谈”少：有时娓娓地谈一阵养兰花的经过，有时议论如何滋补养生。滋补养生对于欧阳萸是个荒诞话题——他一顿喝四两白酒，造医生和自己肝脏的反，提醒他滋补养生，他会哈哈大笑。小菲惊讶而羡慕：女儿比她更懂欧阳萸，好像懂得她自己便是部分地懂得了她父亲。

他怎么会不伤心？饥荒吞噬了村庄和人们，而回到省城看到的是幸存者们的自若。方大姐曾经的悲悯心呢？假如她只有一点楚楚动人之处，那就是她青春时代的悲悯心。欧阳萸已经在沉默中背叛了她，那个二十多年前他面对刑具也没有背叛的人。他的伤心也在于此。他的伤心在于他看到自己作为一个易于背叛的人，他有多孤立。因此他夜夜狂欢，希望自己不要背叛大多数。

他总是说："真想有个能谈谈话的人！"小菲此刻明白他一直在寻找什么样的女人，一个与他心领神会的恋人，一同痛苦一同愉悦。欧阳雪的成年版本，就是这个女人。小菲生养了一场，却使欧阳萸多年前失之交臂的恋人神秘地诞生在欧阳雪身上，和她的父亲你中有我、我中有你地沟通——大致是神交的那种缄默沟通，这使小菲不寒而栗。

回到家的时候，房子像点着了似的全是烟。小菲打个手势叫女儿马上回她自己卧室去。她脱下皮凉鞋，换上拖鞋，腿却一软坐在了地上：客人们太吵闹，没有听见她开锁进门的声音，还在行酒令。这次行的酒令是"酒"字，古文古诗古词古曲中，凡含有"酒"的，都拿来玩，"酒"字落到谁头上，谁便喝酒。欧阳萸嗓门嘶哑，把一桌人都灌晕了。他玩这样的游戏太省力了，张口就告诉你出处、作者、年代，并有上下文连接。小菲在门厅里听，觉得他这样的学问才华在这桌酒饭上是胡糟蹋。

这时有人说："咱们收拾收拾吧，师母马上要到家了。"

"她到家怕什么？"欧阳萸说。

小菲一惊，他居然用这么粗糙的口吻说到她。女儿是对的，他哪里是快乐？他是笑着发怒，笑着悲哀。同时他又害怕如此背叛下去，会众叛亲离，便在表面上拼命做得与多数人相同。

她站起来，扯扯衣服裙子，理理头发——师母嘛。走到门口，她手指敲了敲大开着的门："诸位，不早了。"她一点表情也没有。高深莫测的人一般是没有表情的，而她让人一眼看懂就是表情太多坏的事。

人们全尴尬住了。他们的脚底板抛光了这所住宅的水泥地面，却从来没见过女主人板脸。

"噢！小菲回来了！来，这儿有个空酒杯！"欧阳萸满脸醉红，汗从太阳穴滴下来，一件白汗衫前襟上五颜六色全是番茄汁、酱油渍、啤酒白酒葡萄酒。他对酒的品位一降再降，只要能让大家起哄发疯就行。小菲把那只酒杯往桌沿上一顿。

客人们开始起身，一边赔笑不断。

“我们就手帮师母收拾收拾吧？”

“不用。”小菲轻轻地说，表情是不给的，“你们走吧。”

“别走啊，酒还没喝呢！”欧阳萸根本看不出小菲的不悦，“输了就赖酒啊？”

大家看看小菲脸若冰雕，手忙脚乱地开始收盘子，抹桌子。

“不用你们动手。我收拾惯了。你们在这里吃饭，哪天不是我收？”小菲说。

“不收拾！收拾什么？！来来来，才十一点钟！”欧阳萸端起自己的酒杯，“妈的，你受罚，我替你喝！”

“别喝了！”小菲把他酒杯抓住。酒洒下来。

业余文学家加专业文学家，七八个人都说：“别喝了，别喝了！”

欧阳萸毕竟修养好，一副好脾气的样子，不让妻子塌台。“最后一杯！”他嬉皮笑脸地说。

“不行。”

“诸位，不准走啊，刚玩到兴头上。今天你们师母在台上说错了台词，回家气不顺，大家原谅！”他不知让什么念头在心里呵痒痒，一个人闷头笑得发抖。

小菲感到眼泪都涌上来了。她真是蠢女人，一年时间都和他的情绪发生着重大误会，居然把现在他这副样子当快乐！他在自虐。

“以后大家不要再让老欧喝酒。他有肝病。”她生硬冰冷地说。

一片“好的好的”，“保证保证”。他们一看欧阳萸和女主人嘻嘻哈哈，也都找到位置、姿态，一派嘻嘻哈哈，尊敬但不遵命。

“来来来，夫人的命令我从下次开始执行，今晚先喝完！”那杯子里的酒洒得差不多了，他一口倒进嘴里，再去抓酒瓶。

欧阳雪不知什么时候进来了，穿着旧海魂衫和白短裤，头发披散，显然刚从床上跳起来。她从父亲身后伸手，抓住瓶颈说：“爸爸，我来给你倒。”

她把半瓶白酒揣在怀里，对客人们说：“今天就喝到这儿。”

大家看看她，又看看欧阳萸。她像个装小老师的孩子，对其他孩子说：今天的课就上到这儿。

但欧阳萸不由自主地起身了，打着哈哈说：“他妈的，千金管老子，老子得给个面子。散啦！”他举起手臂伸个大懒腰，从那点难堪中过渡过来，手落在女儿肩上。

小菲一阵黯然：她费多大劲也不如女儿一句话。她在他心目中怎么这样无足轻重，不如一个十四岁的毛丫头。同时她讨厌自己，太爱嫉妒了，一个母亲哪能去和女儿争地位？女儿一礼拜只回来两趟，平时住在学校。所以欧阳萸尽量选择小雪不在家的日子开夜宴，一天夜里闹得楼下邻居也要翻脸。

小菲把欧阳萸从客厅叫出来，拉到卧室，关上门对他说：“你知道我欠了多少债吗？”

他眼里全是血丝，还是笑嘻嘻的。

“我借了一千二百多块钱的公款，供你们这样吃喝！”

“我又要拿稿费了……一千二百块，不就一本小册子嘛！”他搂搂她的肩，哄得十分拙劣。

“你母亲送我的首饰，全给你们吃了！”

“有稿费了我就给你赎回来。”

“赎个屁！”

“那就不赎，买新的！”

“我不懂你为什么要这样作践自己。”

他一下子翻了脸："我高兴一点，你就这么难受?!"

"你这是高兴?!"她哼哼地笑起来，然后又哈哈地笑起来。

"差劲的演员就喜欢在台下演戏!"

"你讽刺谁?"

他甩开她往门外走，她从背面抓住他的手："你快乐你高兴，你知道我吃了快一年的炒青菜吗?为了还债，为了你的狐朋狗党来我们家免费下酒馆!"

"我让你吃青菜了吗?!"

小菲几乎昏厥过去。过去他绝不会说出这种没心肝的话来。她说不出话了。

"为了这些狐朋狗党，你去吃糠咽菜，那你不是活该?既然你明白他们是狐朋狗党!"

"那你为什么和他们鬼混?"

"不鬼混我干什么?"

一点没错，没有这群人陪他混，他连表面的"不孤立"也没有。

"好，你承认他们是孤朋狗党，我现在就去轰他们滚蛋!我马上去告诉他们：'就你们也想写作?别做梦了!老欧看一行字就把你们的稿子扔到柜子下面去了……'"

欧阳萸把她拉住。小菲挣扎不休，嘴巴还不停。

"'你们在这儿充其量就混吃混喝，权当老欧养一群狗。狗不会在运动里跳出来，咬那个把他们喂肥的人。老欧过去没少喂狗，都是恶狗!"反右"的时候恨不得把老欧咬死……'"

小菲发了牛脾气，从欧阳萸手里挣脱，跑到走廊。

"小菲!"

她回头，呆住了。这个清高自尊优雅倜傥的人跪在了她面前。

客人们也听到卧室的骚动，不安起来，此刻一个客人从客厅探身，见他的欧老师跪在地上，他先羞死了，赶快缩回去。不一会儿，全部客人都听说了欧师母的严苛，一个个息声敛气，连筷子和杯盏都老实下来。

欧阳萸回到客厅，客人们都假托这事那事，非告辞不可。欧阳萸等大家灰溜溜走光，一下子掀倒桌子。

“走了好，我不怕在他们那儿落个恶婆娘名声。”小菲说着走过去，把桌子扶起来，一地的碎瓷片碎玻璃。

欧阳萸转身便往大门口走。

“你去哪儿?”

他在穿皮鞋，但酒喝多了，蹲不稳，跌倒了，她上去拉他，拉不动，索性坐在他旁边，哭起来。

“你到底为什么要这样?!”她哭着说。

他一句话没有。她靠着他，可他和她根本不在同一空间里。“你有什么话，为什么不跟我说?”小菲伏在他肩上，泪流在他的脖子上。

他安静得可怕。这样沉默消极地撒酒疯太折磨人了。

“我就那么笨？理解不了你？你为什么以为自己难理解呢？你凭什么比别人难以理解……”

小菲无助极了。她是怎么搞的？把他的丑态给调动了出来，又暴露给别人了。她和他夫妻这么多年，她爱得越深，越不得法。她太无助了。

电话铃响起来。小菲捞救命稻草一样冲过去，抓起电话，连“喂”都像呼救。

“小菲呀，你好厉害呀。”方大姐说，“我听说你把阿萸逼得下跪了。”

“哎呀，方大姐，这么晚了……”内奸把情报送得好快!

“看不出来，平时你不是蛮温存的吗?”方大姐成了个当院拉架的家庭妇女。

“方大姐，你知道阿荑不可以喝酒。医生一再叫我监督他……”

“他是不好！不过你也不能当众罚丈夫下跪。他横竖是个副院长，学生上千，以后还做不做人呢？再说，你家里搞成了个‘裴多菲俱乐部’，你早就该来跟我告状。阿荑谁的话不听，他也会听我的话。”她以为阿荑老弟还是上海地下党时的热血少年，她心眼子有一千一万，竟没有看出阿荑这两年变化——她在他感情里，在他理想中，已壮烈牺牲了。

“是的，我是该早和你谈。”

“你不来找我，我当然明白什么原因。省话剧团的两个领导和我都熟，你的事我早就听说了。我并没有对你抱多大恶感嘛！女演员在感情上把握不住自己，我理解，又不是你一个人出这种事。努力改正，也没什么可怕的。”

小菲听着她迟判三年的宽大和饶恕。

“我希望你还能把我当个老大姐，阿荑有什么问题，你还像过去那样来找我谈。”

“好的。”

“他的确太胡闹。一个老干部，花天酒地……”

“还好，喝的是七角钱一瓶的酒。”

“国家的经济状况才好转几年？他就可以不顾群众影响！今天要是没人跟我反映，我还给他蒙在鼓里，以为他天天晚上用功，不敢打扰他。”

“有时候他是在写作。”小菲看了欧阳荑一眼：他背靠着门坐着，眼睛又在神游，思维又像是困在笼中的大兽，沉默地来回踱步，但沉默中有一种危险和不祥。小菲在他大而浪漫的眼睛里看到了野性。这是头一次，她认识到这野性。整个这段时间，方大姐都在说话，小菲的脑子和听觉早换了波段。

“以为出版了两本书就是大作家了！”方大姐这句话把小菲

的思绪调频又转了回来，“拿了两个稿费就烧包死了，你为什么纵容他堕落呢?!”

“我也说他了……”

“你叫他来！看看我说他他听不听！”

小菲把电话筒从耳边挪开，说：“阿荑，接电话!”

“不接！我醉了!”他大声说。

“他说他醉了。”小菲对方大姐说，声音赔着小心。

“叫他接！怎么成这个样子了?!”

“阿荑!”小菲又把电话伸向欧阳荑。

他勃然大怒：“我不要听人叫我阿荑！庸俗！你不是一直叫我名字吗？怎么也学得这么庸俗?!”

小菲简直不敢再去听电话那端的反应。“阿荑”是方大姐的专利，除了她没人叫欧阳荑“阿荑”。

“接电话呀!”她小声恶气地说。

“这么晚谁打电话?! 没教养！我十点钟之后从来不给别人打电话!”

小菲把到嘴边的“是方大姐电话”及时咬住。他借酒发怨，躲在醉意后面，该骂的骂了，该吐的真言吐了，事后小菲可以向方大姐解释：他并不知道是谁打来的电话。

“让他滚，我不要听电话，我是个醉鬼，来处置我吧!”

“真对不起。”小菲转向方大姐，脸上的歉意和难看的笑容从电话线里输送过去。

“太不像话！醉成这样!”方大姐盛怒爆发，“我看他这样下去，要犯大错误!”她那边“咔嚓”一声，话筒砸在电话座上，砸断了谈话。

十二

几乎在一种感激的心情里，小菲送走了“四清”工作队长欧阳萸；几天后，她参加的“四清”工作队也出发了。到乡下不久，她收到电报：欧阳萸的胃出血复发，被送回省城治疗。小菲向团里请假，但领导说演员太缺乏，等头一轮出发演出完成再说。

小菲回省城是突然间被批准的。一进病房，她看见一位二十七八的女人正在给欧阳萸倒开水。小菲和她之间立刻出现了刹那间的敌意对峙，但马上就化解了。她是省长的侄女，方大姐派她来照顾欧阳萸几天，因为小菲一时请不出假。她叫沂蒙，方大姐叫她蒙蒙。很明显，沂蒙山老区的孩子，一解放就来这里了，所以乡音已退。

小菲看见蒙蒙坐的白椅子上放着一本欧阳萸的小说，里面夹满字条，想必是他的书迷。她和他大概正在讨论某一章节，蒙蒙的钢笔搁在床头柜上，笔帽都没有合上。

“蒙蒙是学冶炼的。看不出来吧？她刚从四川大学冶炼专业进修回来，在等冶金研究院安排工作。”欧阳萸用他失血的声气说。

“欧老师还是少说话吧，我会自我介绍的。”蒙蒙很活泼，黑皮肤，宽肩膀，有一种健康的美。

不久小菲发现病房的事她插不上手。去哪里打开水，或去哪里订软食，她都不知道。她在医院门口买了一把春梅，蒙蒙说病房插花不科学，对病号有害。她指指墙角的一大盆龟背竹，说植物是有益于健康的，因此她从方大姐卧室把它搬来了。虽然她主意特大，优越感极强，但小菲不讨厌她。

过了两天，小菲发现她兴趣奇广，议论起建筑、戏剧、动物、历史都激情奔放，强词夺理，但你驳倒了她，她毫不在意，自己会哈哈大笑。当然小菲不会去驳她，小菲对她谈的事没兴趣。她看欧阳萸和她探讨，争论，骂她“谬论”。

小菲觉得蒙蒙是个假小子。只有男孩子才对什么都感兴趣。见蒙蒙在医院院子里一个人打篮球，玩得认真至极，小菲就想：幸亏方大姐没派个狐媚子来。

等小菲半年后从乡下回到省城，许多事发生了变化：老外婆被居委会查出了真实身份——外逃的地主婆，一直是邻里隐藏的阶级敌人。

押送近八十岁的老太太回乡时，警察大声吼她：“走快点！少磨蹭！”

她偏着脸说：“啊？”

老外婆回乡的第二个月就去世了。欧阳萸的母亲也去世了，哥哥和嫂子被调到贵州，支援三线建设。

变化最大的是欧阳萸自身。他头一次认真地写作起来，每天下班回来，一看就是满肚子腹稿，像是在外面一直憋着找厕所没找着，一进家就直奔书房，大衣也不脱，围巾也不解，马上点上烟，打开墨水瓶盖子。“四清”可真好，清掉了他的狐朋狗党。到晚上睡觉前，他给自己倒一杯酒，对着写满的稿纸小酌。

小菲有时会拌个海蜇皮或切两个松花蛋端到他面前，再拧把热毛巾，连面孔带脖子替他擦一把，他是怎么揉怎么是，乖顺得像个孩子。她奇怪的是什么让他变了：一贯不看中功名，不刻意求成的人，怎么产生了如此大的进取动机？他的学问才华曾经一直是给他自己娱乐的，他的内心拥有丰厚，但他是宽宽裕裕地活着，似乎他的拥有和谋求各是各。再退一步看，他似乎没什么谋求。现在他怎么了，突如其来的动力是怎么回事？

大概方大姐的话他还是听得进。两人少年时期的情谊，青年时期的同生共死，是恩是怨，他们自己也糊涂了，也许他们心合面不合都难说。

也许他是大器晚成，意识到“天生我材必有用”。

也许更简单，他想还债。小菲欠的公款一直没有还清，他绝不允许她只吃炒青菜。

不管什么原因，小菲心里踏实了。有时她见他写了一晚上，又独自品酒时，她便和他做做伴。她也倒上一小杯酒，在他摊着稿纸、落满烟灰的书桌旁坐下。

“写得自己很满意吧？”她问。

他一哆嗦，脸扭个九十度，看着她。他没有发现她已经在他旁边坐了几分钟了。每次他都没注意她什么时候回家，进书房，给他用热毛巾擦脸，替他弄出个把佐酒菜，或静悄悄陪伴他。小菲想，他喜欢女人静静地，和他心照不宣地互通感情、思想。就像他和女儿小雪，小雪一礼拜和父亲说不到十句话，但在旁边看着，都明白他俩的默契会使说话显得太笨重。

因此小菲打定主意要和他建立那样的默契。这天晚上她见他两眼神采，忍不住问了一句。他看清是她，含混地“嗯”了一声。

“艺术真神秘啊！有时一上台我就感到缪斯向我显灵了，我有一种被附了体的感觉，变成那个角色自己了！写作一定也是很神秘的，缪斯来不来，你完全没办法！”小菲说。

“哎，你是不是在炉子上烧了什么？怎么闻到一股烧焦味道?”他打断她。

她跑到厨房，怎么可能有烧焦味道?炉子都没生着。再回到书房，她想接着刚才的话和他聊下去，他问:“今天是排戏还是政治学习?”

她想他真是变了，居然关心起她的日常生活来。

“排一个‘四清’的新戏，讲一个回乡学生发现她的地主爷爷藏变天账……”

“中午没单吃炒青菜吧?”他再次打断她。

她更是满心春光明媚:这样的细节他都过问呢!人的成熟期不一样，这个人可能要晚些，到这个岁数，才学会疼老婆。这样大的改善使小菲喜不自禁，几乎有点受用不住。

逢礼拜天，欧阳萸还会带一家三口去玫瑰露法国菜馆，小菲爱吃的菜他念念不忘，每回都点。

有时她提醒他:“喂，公款还没还清呢!”

他会说:“你这个人煞风景吧!”

不仅如此，衣料、皮包、发饰，他不断地送给她。去裁缝店量衣，他拿本书坐在碎布上等她，出门弄得一头一身断线头。

小菲把新做的衣服拿回家，穿上让欧阳萸看，他却敷衍了事地抬抬眼睛:“蛮好蛮好。”

她跑到女儿房间，让女儿赞美。女儿正趴在床上看书，手里拿一块花生糖。她抬起脸看母亲昂首阔步，对她的溢美之词充满期待。

“不好看。”女儿说。

“为什么?”

“像个女小开。”

“胡说。”

“这种笔挺的、紧绷绷的衣服，也只有你穿得出!”

“爸爸喜欢。”

“那你干吗问我?”

“真不好看?”

“我要看书了。我发现你们大人有时候挺无聊的。”

“越来越没大没小!”

“对不起。”这是个傲慢无礼的“对不起”。

小菲觉得女儿情绪不稳，大概青春期的缘故。她不想再招惹她。过了几天，小菲接到都副司令的邀请，让她去帮忙观摩一出独幕剧，是军区的业余文艺骨干为春节赶排的。小菲便带上了女儿。坐在都副司令的小车里，她发现女儿盯着她紧腰的花呢西装看。她把头发用个骨制发针别在头顶，脖子上系了一条米色纱巾，结子不系在正中，而系在肩上，纱巾一头飘在前胸，一头荡在后背。

都副司令张开双臂迎上来，把小菲两手抓着不放。

“给他们好好指导指导，示范示范，看看我们部队的老前辈演员是什么素养!”老头子说。

他放开了小菲，又对着小雪张开双臂。小雪一向躲闪贼快，这回却被他抓个正着。他把比他个头高的小姑娘往上一举，哈哈大笑。

“当时你不变卦，这就是我的女儿了!”他小声地，挤眉弄眼地对小菲说，“不过现在，也算我女儿!”

看完戏，小菲走到大礼堂台上。她先是官样文章地表扬了演员和导演，然后叫女主角把一段戏再来一遍。

刚说到第二句词，小菲便丹田气十足地叫道:“停止!”

她把刚才的两句词连说带比画地来了一遍。什么都好，就是觉得动作起来衣服嫌紧，有些约束她的腰、臀动作幅度。

她刚停下，所有业余演员们都给镇住了，然后全拍起手来。都副司令在台下大叫:“怎么样？名不虚传吧？听听人家那嗓音打多远！跟通了电似的！看看人家那是什么精神头？蹦跳就是蹦跳，跳起来比你们这十七八的年轻多了……”

都副司令说着话，小菲看见了坐在第一排的欧阳雪。她耷拉着脑袋，肩膀蜷缩起来，平时蛮挺拔一个人，这时背也驼了。小菲又做一遍指导，纠正演员的发音，自己一手摸着腹部，一手做成一个招展姿势：“声音从这里……这里出来，想到最后一排观众，跟他说话！放远！放远……”

她挺胸收腹欠脚跟，人和地面不再是九十度垂直，而是大大向前倾斜，以脚为根，整个身体成一棵斜探出悬崖的“迎客松”：“远……远……”

女演员做了几回，自己羞坏了，蹲到地上笑起来，脸像一块红布。

欧阳雪的脸也像一块红布。

戏接着往下走，小菲纵身一跳，从舞台上跳到台下，身轻如燕。她坐在欧阳雪边上，说：“开——始！”大厅都是她的共鸣箱，嗡嗡直响。

“停！”她站起来，走向前一步，“这个动作要肯定一些，不要忸怩！”她示范了两次，花呢西装成了绷带，她身子在里面扭不动。

“妈妈，衣服要扭绽线了！”欧阳雪小声说。

她顾不上理她，又纵身上了舞台。过一会儿，她浑身出汗，把外衣脱下，里面穿件鸡心领的黑毛衣，要曲线有曲线，要直线有直线。

欧阳雪把头埋在两只手掌上，像是打瞌睡过去了。

但等小菲回到座位上，发现她两只脚烦躁地颠动着。她小声对女儿说：“耐心点儿，妈妈在工作。”

“谁不耐心了？”

“你这孩子怎么这么别扭？”

“你要让爸爸来，看见你这样，他会更别扭。”

"演戏你又不懂!"

"好可怕哟。"

"什么意思,你?"

女儿不再说什么,眼睛看着地。小菲对着台上喊出一声浑厚的"停——止!"女儿在座位上猛一扭,坐椅翻板"咔嗒"一声。

小菲不和门外汉的女儿一般见识,把戏排到了底。晚餐是首长小灶设宴,请小菲和欧阳雪以及导演、编剧,作陪的是两位主角。人们围着小菲,听她讲演这部戏那部戏的奇闻逸事,都捧场得很,不断大笑。都副司令得意地看着小菲,不停地为她夹菜添酒。军人们总是最能闹酒的,一会儿大家都增加了音量,每句话都引起一阵大笑。小菲说别想把她灌醉,她的酒量都副司令最知底。

"对吧?"她看一眼老头子,老头子也看回来,醉意和醉意缠绵了一会儿。

过了几天,都副司令又派车来接小菲,说是剧目要正式演出,请她赏光。小车在楼下等着,她穿上那件花呢紧腰西装,走到门厅,又跑回卧室,换了件浅苹果绿的毛线外套。毛线是进口货,欧阳萸母亲的遗物,小菲母亲替她织的。她在领口配了一块乳白纱巾,结成个巨大的蝴蝶结。头发梳成长波浪,眉眼嘴唇都点了彩。

欧阳雪这时在寒假中,和几个女同学在客厅里下棋打牌。见母亲出出进进地照客厅的全身镜,她看着她。小菲从镜子反光里看到女儿的目光,自我圆场地说:"一直没机会穿,外婆给我织好都一年多了。"

"半年。"欧阳雪说。

"什么?"

"奶奶去世一年后,才把毛线寄来的。"

小菲不和女儿较真，走到门厅去穿皮鞋。女儿却跟她出来，眼睛盯着她不放。

“你不冷啊？”女儿说。

“还好。”她说。

“看你都冷。”女儿说。

“要不我换一件颜色稳重些的衣服？”

女儿没有说话。她明白女儿正是这意思。她又把花呢西装换回来，乳白薄纱的蝴蝶结还在胸前飞舞。

“妈妈，你干吗把自己弄得跟个大猫咪似的？”女儿可怜她似的，笑了一下。

“都是你爸爸给我买的。”她奇怪自己今天在女儿面前的表现，如此不自信到了心虚理亏的地步。一个十五岁女孩挑剔她，她用得着解释吗？

“你爸爸又没说我穿得不合适。”

“他根本没注意你穿的是什么。”

经小雪一提醒，她脑子亮了一下，想到欧阳萸的变化中包括对她视而不见的夸奖：“蛮好蛮好。”

他大手大脚地赠她礼物，形成的效果他是无所谓的。这不符合他的性格。他除了对自己不拘小节，对他周围的一切都本着自己的审美观去要求。结婚这么多年，小菲给他打扮成全省城风度最好、风头最足的女人，现在他什么都随她去，尺度宽泛得很，总是不假思索、懒洋洋地打发她：“蛮好蛮好。”

“妈妈，你们要是分开了，我怎么办？”

小菲大吃一惊，嘴巴张成了个洞。

“胡说八道！”小菲厉声说道。太不吉利了，大过年的。

“那你干吗打扮成这样？”

“都副司令请妈妈看戏呀！”

“妈妈，其实我什么都懂。”

“你爸爸把你惯坏了。我就反对你读他那些书。那些书得到一定年纪才能读!”

“这跟读书有什么关系？不读书我照样什么都明白。”

“你明白什么?”

“明白爸爸痛苦，你也痛苦。”

“我痛苦什么？我很好啊！你爸爸最近又用功又顾家，我开心还来不及呢!”女儿沉默地看着地面。

“你觉得我不开心？我不满足？都副司令是妈妈的老首长……”

“妈妈，我什么都看得出来。”女儿不耐烦地顿一下脚，眉头皱得很紧，像狠狠地恶心了一下。

这么早熟的女孩，真可怕。是什么造成了欧阳雪畸形的早熟？是欧阳家血缘的过错。

“好了，以后妈妈好好跟你谈。”她不想呆在不愉快不吉利的阴冷感觉里，用爽快的口气中止了谈话。

欧阳雪又来了一句：“妈妈要是真的开心，就什么也不要问，不要管。”

等小菲坐进了都副司令的车，都副司令悄悄拉住她的手，她才弄懂欧阳雪的意思。女孩一定是洞察到她父亲的什么隐秘了。一定有什么事发生在她离开他的日子里。她脑子里各种猜想奔忙冲撞，便顾不上都汉那柔细的手掌在她的手上搓揉厮磨。都汉沉重地叹了一口气，实惠的男子汉有一个不实惠的小角落，它此刻将他和小菲纳入其内。小菲随他的手和她的手浪漫。他老了，能得到的，也就剩小菲这只手了。

整个春节小菲都心神不宁。她发现电话铃一响欧阳萸的表情和动作就定格。从年三十到年初五，拜年，做客，一顿刚吃完下一顿又开席。省长官邸是不能不去的，年初二一早，小菲和欧阳萸便登门拜年。方大姐的朋友从军队到地方，老的少的，都和她火热一团。但她还是最在意欧阳萸，一进门就小声告诉他：“你最爱吃的菜肉汤圆包好了，回头你们两口子到小餐厅去吃。”

小菲见欧阳萸心不在焉，谈话时不断东张西望。周围的客人他并不熟，即便熟他也不会殷切至此。小菲问他是不是在等谁。他一怔，似乎给她一点破，他才明白自己确实是在等待某个人出场。不过那天他并没有等到那个人的出场，一直到离开，他都是心神不定。也有可能是他盼望那个人不要出场。

年初三小菲要回母亲家吃午饭，欧阳萸还要去方大姐那里。两人在马路上分了手。小菲回头看他匆匆走去的背影，突然决定跟上去。进了省政府宿舍大门，她还没想好借口。昨天把纱巾丢在这儿了。或者，忘了告诉欧阳萸一声，她母亲今晚会带欧阳雪去看越剧。两个借口都荒谬，欧阳萸一定猜出她尾随他的用心。猜出就猜出吧，小菲从来不把自己扮成免俗之人，不屑于嫉妒的高尚女子。

她在外面转悠一阵，看看表，十五分钟了，正好。按门铃后，她开始运气，就像等在侧幕条边上，一步要跨上舞台。门一开，保姆还没通报主人，小菲只管登台，朗声说：“真糟糕，我的一条围巾丢了！看看是不是昨天丢在这儿。”

仍然是高朋满座，烟雾缭绕。欧阳萸坐在一个沙发上跟方大姐谈着什么，一见小菲，脸色一暗。他知道她安的什么心。佯装着寻找围巾，她躲开他的鄙夷目光。

“跟在我后面一路找过来的，是吧？”他说。

方大姐也明白了，马上白了小菲一眼，同时叫欧阳萸：“不要！”

她的上海话此刻正好派用场：“要吵回家吵，面孔要吧？”

“当起特务来了。”他说。

“谁当特务？”小菲说。

客厅里的人注意到他们三个人的小声争吵了。方大姐站起身，对欧阳萸说："跟我来。"

又对小菲招招手："你也来。"

方大姐一声不吭，在前面走得飞快，把他们领上了楼。到了楼梯口第一间房，她推开门，做了个邀请手势："喏，进去好好吵，慢慢吵，不要在我的客人面前丢我的脸。"说完她以同样的速度、姿态下楼去。

"你为什么用这种卑劣手段……"他没说完，被小菲推进房内，关上门。动作重，门背后挂的一面浅绿塑料镜子掉下来，砸碎了。镜子的背面是张女子照片，欧阳萸不说话了，盯住那照片。那是蒙蒙的照片，大概是她中学时代照的，还穿背带裙。

小菲把碎成六瓣的镜片拾起来之后，发现气氛变了。俩人已经不再处于争吵的气氛。欧阳萸正在打量墙上挂的各种蝴蝶标本，然后他又伸手到书架上把一块色彩绚烂的矿石标本拿起，观赏一会儿，放下，又去拿起另一块。他的手指轻柔至极，像是不敢造次一份圣洁的存在。

"我承认我确实跟在你后面……"

他抬起头，又是很苦的表情。

"你们什么时候开始恋爱的?"小菲手里捏着蒙蒙十四五岁的相片，觉得它比碎玻璃片还锋利。

"在我出院的时候。"他坦然地看着她。

"你今天来这里是想见着她?"

"对。"

"昨天心神不定，也是在等她。"

他没说话。何必承认明摆着的事?况且小菲不再提问，小菲只是在摆事实。

"那你怎么扑空了?"

"你回来之后，我和她说，我不可能和你分开。"

小菲觉得太奇怪了，她居然没火气，对他这句回答，她本该顶回去：嗬，够有情有义的，我得跪下谢谢你没把我当馊饭倒出去！

"她很痛苦？"

他又不说话了。

"你究竟怎么回事？她根本不是你喜欢的类型。你讨厌咋呼女人。"

"那不叫咋呼。她很开朗，像个男孩子，对什么都有兴趣。和她谈什么，她都投入得很。是个难得的女人。"

"对你写的书最有兴趣。"

他不计较她的酸味，按刚才的思路行进："我很吃惊，她有那么广泛的兴趣范围，对文学也悟得那么透……"

"好像我悟不透似的。"

他不置可否地看着她。

"虚荣心大大地满足吧？一个搞科学的女人成你的书迷了。赶紧写呀，写得越多她越五体投地。我倒应该感谢她，把你管教得又刻苦又安稳。她在那里暗暗管教，我在这里傻乎乎地享受成果。"

他让她去刻薄。

"我们都不懂你，连你父亲那样的文豪也不懂你，所以你就得去找啊，找，找那个能和你'高山流水'的女知己。其实你有什么难懂？别把自己弄得深奥得不得了，人家越不懂你，你越得意！你的小说有什么深奥，社会科普读物，农民都可以读得懂……"

他打断她："农民才是最深奥的。哪一个统治者懂得了农民，中国就是他的。哪一个文学家懂得了农民，中国的语言就是他的。"

"你和她整天就这样谈话？"小菲做出一副恐惧的样子。

“人偶尔需要这样谈话。”

“不‘偶尔’的时候你们谈什么?”

“什么都谈。她兴趣很广，知识面也很广。”

“那也谈情说爱喽?”

他不回避她的追问，用眼睛默认了。

“你这样对我，对得起我吗?”小菲对他说。她命令自己：不准哭，不准哭，这是省长官邸，这是他情妇的闺房。但她没忍住泪。一会儿她觉得鼻子燥热，她知道擤鼻涕把它快磨破了。

“当然对不起你。”他说。

“那你为什么一伤再伤，把我伤成这样?从认识你爱上你，我哪天不是心惊肉跳?我伤过你吗?”

她话刚说出口，便明白她在自找难堪。他可以立刻回击：你和那男演员呢?!别假装清白！她盯着他的眼睛，他的嘴，它们沉静自若，并没有以牙还牙的意思。那句王牌语言压根儿没有被他调来使用，或许他并没认识到它是王牌，抛出来便抠她的底，将她的军。到这样的时候他都不承认他对她嫉妒过，她也有伤害他的资本和实力。他宁愿承认他对她的负债。

方大姐突然在门外发了言，但门内的人并没有先听见她的脚步。

“可以了吧?吵好没有?”她推开门。最近几年她一直在发胖，长脸变圆，又窄又长的鼻子也宽阔了一些，多少是个忠厚长者的模样了。“不要告状，我已经全听见了。我就在楼梯口听你们俩人吵。”

小菲迅速看一眼欧阳萸。他那种忍无可忍的神色瞒得住别人，休想瞒住她。窃听、跟踪、挑拨，都是他最不能忍受的。他看着方大姐，小菲觉得高高大大的方大姐在他眼里已成小丑，如同宝玉眼里的赵姨娘，周瑞家的。再是长鼻子马牙，也曾经豆蔻年华过，一同把革命当诗来品过。从个人情感上，欧阳萸对于方大姐，也发生了叛变。小菲在刹那间看到他从震惊到恶心再到幻灭。这是一闪即逝的过程，比他手指划过所有钢琴键盘还迅猛，但她看见了。方大姐却毫无察觉。

她的首要攻击目标是小菲：“我不在门外听，今天谁来主持公道？阿荑的错我饶不了他，你自己呢？你没有伤过阿荑?！我在门外面实在听不下去了！”

小菲现在不是担心方大姐继续揭她的短，继续为阿荑报仇，她最担心的是阿荑会突然跳起来，大声喊：“住嘴，你这个毫无教养的老女人！”或许连说这一句话都免了，他站起身就走。假如方大姐在后面叫他，他会理也不理，从她座无虚席的客厅，从达官贵人中间，从省长面前龙卷风而去。对于他认为没教养的人，他做得出。

“你田苏菲有什么脸面指控阿荑呢？啊？做一个女人，名誉最重要，我不讲下去，因为我们都是读书人，都有修养，阿荑拿住小菲的过错当秘密武器，有恃无恐，也是混账！这件事我早就痛骂了阿荑和蒙蒙！”

小菲几乎没有一点儿自我意识，她完全在替欧阳荑感受。他已经到了爆发点，方大姐的任何一句话都可能点燃导火索。她看见他太阳穴上的血管贲张，手指像树根一样紧抓膝盖。

“所以小菲不要再和他纠缠不休，清算个没完！你怎么知道他心里没受你的伤害？我告诉你，从你们结婚前，你就在伤害他，没有比嫉妒更能伤害一个男人了……”

欧阳荑站起身。他并不是像小菲想象的那样骤然。他站起得很无力，有一点头晕目眩。他两只手平举，往下按按，动作既笨拙又怪诞。

方大姐一看便说：“你看看，你把他伤害得还不够吗？”

欧阳荑两只长长的手垂下了。他的样子有点可怕，但方大姐是看不出的。方大姐从事情中提炼出的逻辑令他恐惧。他对蒙蒙一片真情，对其他女子无论多短暂的钟情都是一片真切，都让她的逻辑给套出如此的公式：因为嫉妒而奋起报复，以伤害消灭伤害。

他摇摇晃晃地往外走，方大姐叫他“回来”，他根本听不见。小菲紧跟上他，她把他从厨房的门领出去。方大姐一脸心疼，声音里全是爱护：“阿萸，菜肉汤圆还没吃呢！”

他让小菲牵住他的手。他们的手已是同盟。他感激小菲在这时对他的理解。他们一路没话，一直牵着手。

他不说：小菲，你知道我不是为了报复你。

他也不说：小菲，不管怎样，我们不会分开的。

他更不说：小菲，现在主动权在你手里，你要怎么裁决就怎么裁决。

他甚至都不说：小菲，你有什么牢骚委屈，就发吧。

这天晚上，小菲一觉睡醒，怎么也睡不着了。她披上棉衣，走到客厅里。原先就旧的家具，现在更旧，丝绒沙发全塌了绒，颜色似是而非。不过样样东西都是亲熟的样子，不是你离不开它们，是它们离不开你。小菲坐下来，呜呜地哭了。

她不知是哭欧阳萸，还是哭自己。为了她爱他，他才爱她，为了这样的爱，她要他付出很多，她自己付出更多。已是越解越解不开的年岁，看看这个家，哪件东西不是你的骨肉？

屋内气温很低，然而每件东西都有体温似的。她原是不知愁，不知痛苦，总把今天的痛苦推到明天去痛苦的一个人，现在却推不掉了。一个世界的痛苦都降落在这个大年初三的夜里。她可是走投无路了。

“妈妈。”欧阳雪揉着眼睛出现在她面前。她不必醒醒神再来过问母亲的事。她更不必从头过问：妈妈你怎么了？也许她十月怀胎时，女儿就和她一块儿心惊肉跳地投入了这一家三口的感情生活。一路成长至今，父母恼也好，好也好，她是最心惊肉跳的一个。

“你怎么起来了？快回去！别冻病了！”

她才不理会如此家常的敷衍。这要在一个正常家庭，这句话可以作为理由成立。她坐在茶几对面，细长的手指把烟缸转来转去。

“哎呀，烟灰给你弄出来了！”小菲说。

女儿更不答理。多可笑！这样文不对题的指责。

“妈妈，我觉得你爱得太笨。”

小菲瞪起眼。这女孩怎么了？替母亲父亲的关系摇起羽毛扇做军师了？

“你瞪我干吗？就跟你上台演戏一样，牛劲都使出来了。反正你让人看起来笨得慌。”

这女孩确实有问题，怎么这样刁钻古怪？

“不过我看你也没办法。爸爸也看出这一点，你没办法。你就得这么爱他，就得这么上台。当初你们俩怎么会恋爱呢？年轻真是很恐怖，什么风马牛不相及的人都会碰到一块儿谈恋爱。你跟那个司令员老头倒挺合适……”

“你少多嘴！”

“你跟爸爸是怎么谈起恋爱来的？”

“我追他的！我死追！”

“这你不用告诉我，我早明白。”

“你怎么明白的？爸爸告诉你的？”

“爸爸是那种人吗？”

“那你怎么明白的？”

“这还不好明白？你现在也死追他呀！”

小菲不语，两行眼泪流出来。她心里竟是甜蜜的。她是追他呀。

“妈妈，我就喜欢你这样。你就不像别的女人，明明自己追男人，非不承认，扯谎，说男人追她。”她看女儿一眼，横抹一把泪。人家才十四岁半，比她都世故。

“可是我一直不明白，你们俩就算误会地谈起恋爱来，也不该误会到成家呀！”

“因为有了你。”

女儿静了。冤有头，债有主，原来她是这两个冤家的孽根。她从来没往这里想。小菲后悔自己脱口而出吐露的实情。她是什么母亲？被女儿刺痛，就想刺回去。她的痛苦该有人承担债务，管她是谁，拉来先垫上。拉来的竟是无辜的欧阳雪。她还算个母亲吗？今夜她实在痛苦得疯狂了。

“那时候不能做手术？”欧阳雪闷了半天才问。

“你怎么懂这些？”

“我怎么不懂这些？”

“行了。”

“要是现在就好了。我们班一个女同学就做了手术。”

“能做手术，我们也不会去做的。”

“为什么？你们就不必硬凑到一块儿结婚了！”

“那就没你了。”

“没就没呗。那也比整天看你们痛苦好哇！”

小菲伤心至极，人瑟瑟发抖：“你有良心吗？你爸爸那么爱你！”

“你知道我怎么想？”她停顿一下，“我觉得只有外婆和老外婆爱我是正常的。你们爱我都不正常。”

小菲心想她生养了个什么妖魔？她看女儿那双欧阳萸的大眼睛定在她脸上。那双欧阳萸的手不时弄乱这里，破坏那里。她真不只是聪明，她简直通灵，她怎么感觉出来小菲跟她亲热，歇斯底里地搂她、爱她、吻她——从她小时就这样——是把她作为欧阳萸的一个翻版来搂来吻的？自省一下，小菲是有着那无法彻底伸张，释放不出去的激情，她把它释放到了女儿身上。

“怎么会不正常呢？”母亲在嘴上是不能轻易承认的，“你这孩子太复杂了！”

“那是你对孩子的误解。你认为孩子就该是简单，好糊弄的。”

“我和爸爸糊弄过你吗？”

她平静地看着激动不已的母亲。小菲想，假如说欧阳萸不爱他的女儿，她都要冲上去玩命。这个女孩不仅复杂，而且冷血。突然小菲在女儿平静的眼神里看到一种近乎英明的东西。或者女儿看得更透：知道自己的身世和来由后，顿时悟到父亲对她的爱是怎么回事了。她是父亲必须和母亲结合的原因，因此父亲是恨她的，至少是怨她的。没有她，他不至于失去自由。因为他恨自己的女儿，他为这恨而内疚，他为内疚而爱她。因此，他对她的爱，只是变相的内疚。十四岁，假如她从小到大没有为父母的关系而一直担惊受怕，她怎么可能如此曲折如此敏感？

她想说一声：“孩子，对不起，我们不知道你是受害者。我们太自私……”

但她忍住了。欧阳雪不是一般的孩子。她刚才还说：“妈妈你爱得太笨了。”

“爷爷和奶奶在一块儿，让我感觉就很舒服。”欧阳雪说。她每年暑假都去上海。

“妈妈你说是不是每个男人在找爱人的时候，都用他自己母亲做标准？”

小菲微微一笑。她不知想通了什么，糊里糊涂地心情已好转。十几年前，她怎么会想到，她给自己生了个小女伴儿，能在她苦不堪言的一个深夜，和她悄悄语、密密谈，似懂非懂之中，她接受了她的安慰？

十三

后来小菲的大事年鉴中把“文革”的开始标记为欧阳萸父亲的移居。其实“文革”在老爷子搬来之前已开始了半年，只是谁也没预料到，它将是影响好几代人，引起世界上好些个哲学家、心理学家、人类行为学家们震惊并研究的大事件。90年代小菲陪欧阳萸见了一位外国文学家，他说他羡慕中国的文学家，因为他们有这场历时十年的“文革”。这个九百六十万平方公里之广、十年之长的大舞台上有多少人性登场，把人性的各种动作都表演足了。民族受害，国家受伤，只有文学家受益，可以写几百年，可以给许多代人写出宗教的、政治的、心理的、文化的启示录。但小菲的“文革”是从欧阳萸父亲的突至开始的。

老爷子乘的火车一早到达。电报也是一早到的。小菲一个人在家，听到摩托声就拿了钢笔下楼。一般都是欧阳萸打电报通告火车班次，按时到达或推迟到达。他去一个水库工地体验生活，走了有一个月了。

一看却是上海来的电报。电文很长，说欧阳萸的姐姐欧阳蔚如出了祸事，不能让老父亲知道，只说是小菲两口子邀请老人客住一段。还说详情会在电话里谈。

小菲一看火车到达时间，已经过了点。老人已人生地不熟地和手提箱等在站台上。好在他是个温性子人，买了张早报正在读。小菲和欧阳雪跑过去，上气不接下气地道歉、解释，老爷子只是慢慢把拐杖从行李里抽出来，笑笑说："没等多少时间。"

他也不问："弟弟来了吗?"一切不发生的，有不发生的坚实理由。他和欧阳雪相互微微一笑，就是隆重的见面礼节。然后他一人在后，叫母女俩走前头，悠悠散散出了站。问他身体、睡眠、胃口，他都是"蛮好"。从几年前小菲最后一次见他到现在，他是三秋如一日，毫无变化。老伴的去世让他安眠药上了瘾，如此而已。

到家之后，老爷子首先看到欧阳萸十多年来置下的藏书。书房几个柜子放不下，又在客厅里摆一面墙的柜子。当晚欧阳萸赶回来，小菲的母亲烧了一只火腿甲鱼和一个洋葱牛肉送过来，两亲家头一次见了面。小菲见母亲有些拘束，而欧阳老爷子却舒坦得很，和亲家母是几十年老相识似的。

正如小菲在欧阳家人面前有些自卑一样，一生霸气十足的母亲见了这风清云淡的老头，变得缩手缩脚起来。

老爷子和儿子自然是有话说的。饭后他走到书房说："弟弟啊，真读书的人是不见书的。我也是前几年才懂得这个道理。"

欧阳萸说："好的，我很快要做真读书的人了。"他以那种欧阳家人特有的淡泊神色，和父亲对峙一刹那。

小菲还没意识到他们话中的意味，她只直觉到他们父子俩相互懂的是彼此话中的意味。

当天晚上十点，欧阳萸的姐夫打电话来。头一句话就叫小菲不要吭声，不要大惊失色，因为老爷子不可能不怀疑他们突然把他送上旅途的动机。欧阳蔚如自杀了．现在还在医院抢救，若走运，醒过来可能要坐在轮椅上度完余生。大学的红卫兵开了她几场斗争会，昨天她从临时关押她的三楼教室跳了下去。

“能瞒就一直瞒下去。”小菲说，向欧阳萸眨着神魂不定的眼睛。

他脸色焦黄，腮帮子松弛了，把两个嘴角坠了下来。单看面孔，他父亲倒平整细嫩得多。躺在床上，他翻身翻得很重，也翻得很费劲，每翻一次都呻吟一下。到早上两点多，他推醒刚刚迷糊的小菲。他说：“我想还是告诉父亲。不然你一个人照顾他的时候，万一他猜出蔚如的事，你会很难的……他们外文出版社停了他的职，也停了他的薪。你会长期照顾他的……”

“为什么我一个人照顾他?!”她拧亮台灯。他的话很怪诞。

“你不要害怕：学校贴出我的大字报了。”

小菲想，父子俩对话的意味原来潜在于此：假如欧阳萸也和欧阳蔚如一样，先被抄家，再被游街、斗争，就不再有书了，那么没有被读进记忆的书，就等于从来没拥有过它们。

“大字报怕什么？我们话剧团连总务处长都有五六张大字报!”小菲口气很大，也不知是想为谁压惊。

那天早上他们四点钟就起床了。垃圾工人造反队每辆垃圾车上都插着红旗，车内不装垃圾，装着另外两个垃圾工人，唱着歌，吼着口号从垃圾臭味弥漫的大街小巷走过。牛奶工人把一瓶瓶牛奶放在订奶户门口，奶瓶下压着他们油印的传单，告诉订奶户们他们揪出了牛奶场哪几位“走资派”。

小菲等欧阳萸上班走了之后，到街上买了两根油条，一碗豆浆，把老父亲请出来吃早餐。老爷子把一根油条放到欧阳雪面前，小菲说：“爸爸你吃吧，她已经吃过了。”

老人不再推让，也不揭穿：小雪刚刚洗漱出来，怎么可能已经吃过了？以后的日子里，小菲明白老人最怕餐桌上的客套和推让。没有推让客套，他吃白饭也吃得雍容。

这天小菲决定去看看艺术学院究竟贴了欧阳萸什么大字报。她换上一件白衬衣，戴一顶草帽，帽檐压得低低的。正要出门，女儿从学校回来了。一看她的样子，便说："乔装打扮，想去看爸爸的大字报是吧?"

"我出去买点菜。"小菲撒谎不老练，眼神东瞥西瞥。

"不用去艺术学院，马路上都有爸爸大字报。"

"我才不看呢!"她恼羞成怒，硬把谎撒下去。

"我们学校成立好几个司令部，都不让我参加。他们都看见马路上的大字报了。"她把书包往椅子上一扔。

"我们不参加什么司令部!"其实她希望女儿享受和其他同学一样的待遇，欧阳雪是个门门功课优秀的学生，"有什么了不起?司令部又不管考试分数!"

"还考试呢!以后学生都不考试了!"

欧阳雪的爷爷在客厅里说："不考试是什么学校?回家来我给你考。"

"爷爷，考试没用的，以后升学不靠考试成绩。"孙女大声说。

"不会的。"爷爷又笃定又祥和，三个字拉开相等距离，都小小拖一个节拍。

方大姐家被人抄了无数次，省长的上班地点就是大街上临时搭建的露天批斗台。省委书记和省长不和，现在也肩并肩站在台上，剃一模一样的阴阳头，挂一模一样的大木牌，上面是一模一样的粗鄙书法写的罪名，画着一模一样的红叉叉。方大姐来找欧阳萸，又不敢上楼，怕人看见说她在搞"反革命大串联"。小菲下楼去，在街角一棵大梧桐树下找到她。她按欧阳萸的口授，告诉方大姐，学院的学生把欧阳萸找去斗争了，这么晚还没放他回来。好在天暗，加上小菲撒谎技巧有些进步，所以方大姐毫不怀疑。

"我就是来看看他，怕他忍不住。群众运动，忍一忍就过去了。别顶嘴、争吵，你和群众顶嘴会有你好果子吃吗?!"

“好的，大姐，我叫他不顶嘴。”

“他这人是孤芳自赏的，真惹他犯了傲慢脾气，他才不管是死是活呢！”

“好的，我叫他不要犯傲慢。”

“就说我说的！”

“好的。”

“我的老头子日子比他难过多了，回到家我就开导他，和他谈过去打仗的事，和他下围棋。他难过呀，待厨子、勤务、保姆这么好，说走都走了，把家里床单、毛巾、进口高压锅、不锈钢勺子都偷走了。老头子没几件好衣裳，他们连他打补丁的毛料中山装都偷走了！你说不开导他，不跟他讲讲他指挥千军万马时候的事，他怎么过得下去？所以你也要多陪陪阿荚，他脾气坏，让他坏去！我老头子在家里要枪毙这个枪毙那个，我悄悄地把他那把手枪给藏到后院花盆里了！家里什么刀啊，剪子啊，绳子啊，都藏起来，听见吧？”她拍拍小菲的手背。

小菲把话转达给欧阳萸。他笑了一下，小菲觉得那是很陌生的一种笑，她从不认识。

人们终于来了。他们轰轰烈烈地进门，指挥员眼睛一扫这个三间卧室一间客厅的局级干部居所，布置一部分人冲入客厅，另一部分人冲入书房，剩下的兵力分布到卧室和厨房。爷爷看看横眉冷对的小伙子小姑娘们，慢慢从沙发上站起来，对小菲说：“我出去走一走。”

大家已把书柜打开，他看也不看，径自绕着每一个忙碌的身影走过去。走廊窄，有人搬东西，他便退到墙根，不愿碍手碍脚，等搬东西的人走了，他才接着往前走。步子不急，他急什么？谁都没有目的地了。

小菲担心，便让女儿陪着爷爷出去。爷爷在门厅里站住了，想起什么，又原路走回去。他眼睛四周巡视，屋里忙乱的人都停下来，想这老头子找什么不自在呢？脸都虎着，一旦老头子找到他想护着的东西，绝不能让他得逞。小伙子们正在拆沙发：一把刀插进去，张开大口子的沙发吐出五十年前的鹅绒鸭绒，灰尘和螨虫得到释放，飞得一屋子。爷爷还像是没看见，去茶几上翻了翻，把小伙子掀乱的报纸揭起来，看看，又放下。人们的脸色越来越难看：这老头肯定要捣鬼！爷爷低下头，发现一副眼镜在地上。他捡起眼镜，在衣服前襟上蹭蹭镜片，对旁边的小伙子小姑娘们说："喏，找到了。"

爷爷对欧阳萸的境遇也不吃惊。欧阳萸隔三差五被学院几个司令部轮番带走，回家来有时两个膝头全是泥，裤子撩起是两块乌青。有时回家来头上给抹了糨糊，有时是两只手涂了墨汁，还有一次衬衫上被写了许多字，画了红墨杠杠。小菲一看就呜呜地哭。爷爷总是慢慢迎上来，一面问："回来啦。"儿子若是正常下班，他同样会这样问。

为了不影响欧阳雪的情绪，小菲请母亲把她带去了。

小菲变得繁忙无比。话剧团排了一出新戏，写秋收起义的，小菲担任主角。团长被关押了，导演是艺术学院一个造反司令部的副司令，对小菲的演技特别仰慕，不管她丈夫欧阳萸的一系列罪名，破例选用她。每天演出结束，小菲回到家，给欧阳萸揉打伤的腰，跪伤的腿，洗泼了糨糊或墨汁的衣服。抄了几次家，衣服只剩了两套，扔是舍不得扔的。

煤球站没人上班了，一些用户学会用轧煤机，自己动起手来。小菲排了一天队，只买到一车煤粉，用三轮车蹬回家，又花几天时间，在院子里做了一批煤坯。泥和煤粉的比例弄错了，一烧饭烟灌满一屋子，爷爷咳得惊天动地。米店也不正常开门了，买米的人必须时时刻刻守在店门口，生怕把那供米的两小时给错过去。小菲搬个折叠凳和买米的人坐成一条长龙，买到米时浑身热出一身痱子。

秋凉后斗争会越开越密集。欧阳萸有时从一个会场赶到另一个会场，热门电影跑片子一样抢手，一天忙得吃不上一顿饭。小菲琢磨，挨斗也是体力活，空肚子是挨不动的，她便把午饭、晚饭送到会场去。营养是不能亏空的，必须保障他一天有一个鸡蛋或一两肉。

肉食也是闪电式供应，谁抢着算谁的。小菲从抢肉的人群里出来，常常发现自己衣服撕裂、衣扣丢失、雨伞刮破、鞋成了两只滚翻泥蹄。她不久就学会用地道当地话和泼妇们对骂，必要时还抓两把踢一脚。她什么都不在意，只在意买到手的一块肉骨头大不大，皮厚不厚。若无骨无皮，她便很有一番小人得便宜的快乐。肉不多，还得分几份，一份给母亲和女儿送去，一份留给老爷子，一份为欧阳萸做个精美小菜。切肉丝往往最出数，切得越细就越显多。她的刀功在几个月里把母亲都镇住了。火候也重要，细切的肉丝火候不好就炒塌了架子，口感也坏了。所以她的小炒技术也飞快改善，一个黄豆芽炒肉丝，拿出手黄是黄白是白粉红是粉红，把菜和饭装进盒子，一眼看去，它是这个混乱肮脏的省城最诱人的一份午餐。她总能通过各种渠道打听到欧阳萸挨斗的会场。那位造反派导演特别帮忙，派手下去搜罗消息，再把会址告诉小菲。

碰到群众正在发言批判的时候，小菲就等在舞台下面。头一次欧阳萸被人用木棍推搡下台时，小菲眼圈红了。吃饭的时候，欧阳萸眼圈也红了。如果不准欧阳萸吃饭，小菲便哀求，说老欧有胃出血，一出血就昏死，斗个昏死的黑帮有什么斗头？也触及不了灵魂。她声情并茂，话剧演员的“戏来疯”帮了大忙，群众最后总给她说服。

“你猜我今天给你做了什么？”小菲坐在欧阳萸旁边，两人都坐在秃秃的水泥地上。

他看她一眼。她心里一热，偷情似的：“喏，你最爱吃的茭白炒肉丝。”

她看他用涂满墨汁的手端着饭盒，拿着筷子。剃了阴阳头的头发长了，鬼怪式的一个面谱。他问她吃过了没有，她总说回家再吃。有人来催场了，她便又是娇羞又是无赖地对那些人说：“马上就好，一分钟……”

再转回去对欧阳萸：“别急，别呛了！”

人们火气上来了。她找准个头目便丢去眼风：“哪儿就差一分钟两分钟啊？枪毙还给他时间把酒席吃完呢！”

她这时才不管自己贱不贱呢。她又回去了二十多年，回到了小姑娘的岁数。

渐渐大家都习惯了，院里的孩子也不跟着欧阳萸喊，要“打倒”他、“油炸”他了。他们的房子里搬了两家人进来，成了三家共住的杂院。老父亲说，幸亏抄家的人做了免费搬家公司，把家具统统带走了，不然空间就是难题。

早饭桌上的对话常常是这样。父亲说：“今早天气蛮好，不冷。”

儿子说：“蛮好，最好不要下雪。”

父亲说：“会在外面斗争吧？”

儿子说：“不晓得。”

“多穿点，噢。”

“好的。”

“蛮好把上海那个小暖手壶带来，放在身上，他们又看不出。”

“不会冷的。”

“外面站几个钟头，不可以动，会冷的。那个小暖手壶还是英国朋友送我的。姆妈冬天离不开的。大概抄家的人拿走了。不过拿走了他们也不晓得怎么点着。”

“我再加一件绒线衣。”

“穿我的。我的厚。又是黑的，涂了墨还是黑的。”

有时小菲看他的鬼怪式头发实在惨不忍睹，便用剪子给他修，想把参差不齐深浅不一的头发修得稍微正常些。老爷子说：“不要修。修好他们还是要剃。否则他们看看你没什么可以糟蹋的，就算了。大家省省力气。”

早饭的气氛渐渐好起来，儿子和父亲有时会用英文对对话，说了笑话，两人也都笑得出声。小菲总是维持老爷子的习惯，出去买油条和豆浆回来。油条只买两根，回来用剪刀剪成一小段一小段，再倒一小碟辣酱油，三人蘸着吃。其实小菲只吃一口，不露痕迹地省给父子俩吃。欧阳萸的工资被停发，他和女儿每人每月只有十二块钱的生活费，一生对于钱都没得要领的小菲，现在知道钱的厉害了：她的工资加演出补助、夜餐费要养活一大家人。

有时夜里小菲突然抱住欧阳萸。

“你不会像你姐姐一样吧？”她把嘴唇放在他脖子上，是提问也是吻他。

“别胡思乱想。”

“你说你不会。”

“你烦死了！”

“说，你绝不会的！”

“好的。我绝不会的。”他用极其厌倦的声音说。

但她的身体一进攻，他便迎合上来。他们的欲求忽然十分亢进，无论白昼是什么样的白昼，夜里他们总是一样热烈地进行这个保留节目。

批斗欧阳萸的会议之所以多，是因为他既是高教部门的反动学术权威，又是文艺界的黑帮作家；既是领导阶层的走资派，又是资产阶级腐朽生活方式的代表。斗什么样的人，他都可以陪绑。

这天小菲看见最热闹的四牌楼十字路口搭了个舞台，一群人押解着一个穿狐皮大衣的女子走来。不用近看也知道那狐皮大衣老旧不堪，毛都秃了。这女子不知怎么引起了小菲的注意。她的头发全剃掉了，肯定是她认为尼姑头比阴阳头体面些。再说削发为尼也是一种宣言。削到根了，便是极致，不留任何余地让人继续给她改头换面。她虽然是秃着脑袋，但她骄骄不群的风度极其夺目。小菲不自禁跟随上去。因为这个女反面人物不同寻常，马路上的闲人都骚动起来，人群越滚越大，小菲无法走近她。断断续续地，她读出飘在人群上方的红色横幅："宗教史学会革命造反大队"。

这个女子剃尼姑头倒是合逻辑。

走到一个临时的露天舞台，小菲已挤到台下。她突然肯定自己在什么地方见过这个女子。她的侧影、背影都是似曾相识。小菲焦灼地等她给个正面亮相。

终于等来了：孙百合。她光秃秃的脑袋被按下去，两手从背后给掀到空中，一个俯冲，猛扎到台前，五雷轰顶的口号声中，她和小菲脸对脸了。

小菲想到她十几年前的模样，风华正茂的那个女大学生，世上真有红颜薄命的无情道理。她的脸在低垂中走形，五官却依旧卓然。原来她是宗教史学者。当时来话剧团应试时，她在大学修的是宗教史吗？或许她半道出家？是什么让她彻悟，改变志向研究宗教史学的？

假如她当时被录取为演员，她会很出色的，会是全省的明星。或许在某次会演中，被中央或上海的艺术剧院挖掘走了。一个可怕的原因使她一步步错过机运。她和她只有四米距离，讲句悄悄话她都听得见。讲什么呢？别怕，忍住，群众运动，忍一忍就过去了。方大姐雍容大度的宽慰和孙百合放在一块儿，小菲只觉得像是嘲讽。她只希望孙百合能抬起头，看见她，看见她眼中的惋惜和同情。

她的罪名是“破鞋”。各个戏剧院里的单身美丽女子十有八九都给安上了这罪名。孙百合至今是单身?

小菲没注意到台上已渐渐站满人。这是她头一次正面做批斗大会的观众。原来各种各样的罪人也能形成一个大场面。她突然看见欧阳萸出现在第一排的主角地位。他今天不是陪衬，是台柱子，这是他同伴的等级决定的。他今天的同伴都是些爪牙人物：坏分子，破鞋，三青团员，匪连长之类。仅“破鞋”便有三个。

先是揭发，然后是认罪，最后是批判。孙百合在一个个揭发人发言之后，抬起头，她的脸色是阴白的，像雪前的天空。目光还是流水行云，那样孤助无援地看着远方。她和欧阳萸该是多合适的一对。就看看他们现在吧，如此狼狈，气韵都是和美的。在孙百合轻声说了一句“我有罪，罪该万死”的时候，欧阳萸扭头看她一眼。小菲心一紧。

他和她是认识的。也许不是一般意义上的认识。也许他们彼此从未面晤，但只需要一个神色的交流，就认识了。应该说，就认出了对方。因为他们彼此心里都有个空缺，那个空缺是留给对方的，只有对方能恰好填满它。曾经那位恋人也是恰好契合这空缺的形状，为了欧阳雪也为了小菲，他把它拔了出去。现在连小菲都为他和孙百合做起梦来：他们俩只需一个对视，什么都圆满了。圆满的一对，管它是共同受辱还是分别遭难。

然而孙百合没有去注意欧阳萸。

揭发欧阳萸的人准备得比较充分，发言也显得很专业。因为今天是山中无老虎，所以愤怒的火力点全集中到欧阳萸这只猴子身上。牛皮带也来了，在他头上晃荡。冤家，你可别冒傻气，别嘴硬，忍下了咱们吃咱们的“扬州千丝”。小菲在台下不做声地给欧阳萸导戏。就说几声“我有罪，罪该万死”吧！她沉默地提着台词。

他却一点儿不听她的导演，头挣开了按他的手，大声说：“全是断章取义！”

“啪！”牛皮带下来了。

小菲尖叫一声：“怎么可以打人?!”

谁理她？牛皮带理她，一下比一下抽得来劲。小菲往台上跳，手刚搭上台沿，就被一双穿草绿胶鞋的脚踩住了，还使劲一拧。小菲气贯长虹叫道：“触及灵魂！不要触及皮肉！”

她拔出手来，指甲肯定断了。

下面群众拖住她，把她往会场外面拖。小菲早已不同几个月之前，买煤买米买肉学了最精粹的骂人语言、撒泼方式，怎么溜怎么躲怎么顽抗，她都身手过人，想把她拖走，还得费些事。她也跟菜场煤店的泼妇们一样，动不动会指控：“你动手动脚啊，臭二流子，爪子往哪儿伸?”

这是男人们最怕的一手，并且小菲既苗条且丰满，乍看只有三十岁，说人揩她油，指控绝对站得住，马上有群众基础。

台下的乱超过了台上。不怕羞的毛病再次援助了小菲。她一脱身便演说起来，叫群众同志们不要上少数坏人的当，改变“文化大革命”的性质。文化、文化，毛主席提出“文化大革命”，难道不是让我们用文化来革命吗？解放军还发给国民党俘虏袁大头呢，放他们回家种田！打人的人，就是和解放军对着干，是反对共产党反对解放军！她中气足音量大，台词功夫、表演激情这时使她英姿飒爽，充满鼓动性说服力。有人说：“哎哟，真像《秋收起义》里的女政委！”

“同志，你看得一点没错，我就是女政委！”

人们忘了刚才她几乎满地打滚，都偶像崇拜起来。小城市就这点好，名气是很方便得来的东西，小小名气可以让你做大名人。名气也给你不少方便，像小菲这样造造反派的反，一般人就毁了。她却形成了台下的一股势力，都对台上说："对嘛！'文化大革命'，就不应该动武嘛！"

孙百合看一眼小菲，什么表情也没有。她此刻被忽略了，梦游似的站在那里。这时小菲看见她转过脸，眼睛搜寻着刚才挨了揍的那个人。她看到了欧阳萸。这是一个什么样的交叉点？欧阳萸鬼使神差地也转过脸，看见了她。俩人的目光都没有在彼此眼睛里逗留，但这就够了，那人正在灯火阑珊处。小菲都为他们感动。

俩人形态狼狈，用群众的话叫做"丑态百出"，但俩人都认出了对方形态之外的那个人。他们俩是不是还有缘分同上一个"批斗台"呢？假如连这点缘分都没有，茫茫人海，他们怎么再相遇呢？小菲想象着这样一对男女，像是各自坐在对开的火车里，从打开的车窗看见她或他就在对面，火车却开远了。这就够了，够他们从此魂系梦牵。

搬进来的两家人一前一后添了小毛头。原来外面大闹革命里面该发生什么还发生什么。电影院关门，剧院开门的也不多，夜晚没什么消遣，所以连快近中年的夫妇们都生起孩子来。

小菲和另外两个主妇在厨房里生了三个煤炉，她看看很悲哀：自家锅里的内容越来越惨淡。不管小菲怎么抠得紧，钱花到每月中旬就所剩无几。她到菜场的时间从一大早改成下午。下午菜虽糟价钱却很好，一百斤雪里红只要四块钱。她把雪里红泡在浴缸里搓洗，在阳台上牵起一根根绳子，晾干水分后，再把它们放回浴缸里揉盐。天气冷到了近零度，她脱下鞋袜，高高挽起裤腿，跳到浴缸里用脚去把盐踩匀。浴盆给染绿了，邻居主妇们抱怨以后怎么用它泡白床单呀？小菲脸皮厚一厚，向她们低声下气地笑笑。抱怨就抱怨去吧。

小伍上门来看她，她送了小伍一包腌熟的雪里红，一包晒制的梅干菜，小伍立刻要做她徒弟。小伍和白头翁老刘断绝了夫妻关系，仍像曾经和她父亲、母亲断绝关系一样，拿得起放得下，做小菲的主是照做不误。

“看你们团，打倒那么多演员，连马丹都完蛋了，你还不识时务，不站出来和欧阳萸划清界限！他那个人永远不会翻身了，这话我今天说了摆在这儿！”

小菲一块一块地穿萝卜条。她要把过冬的吃食都储足。看起来哪里都可能造反。万一菜场管理委员会把反造大了，关了菜场，不准农民进去卖菜，真要喝一冬天白粥了。白粥也不错，眼下是一斤白米只给八两，另外二两是高粱面或玉米面。她用缝衣针引上线，扎进萝卜条，如同串珠子。让小伍领导她吧，她的劲头都攒在过日子上。

“你们新上任的导演很器重你，你这样思想糊涂，要不了多久，你也得跟马丹一样，扫厕所去。”

“我怎么糊涂了？”

“欧阳萸有什么好？待你好过吗？你为什么不跟他划清界限？!”

“怎么个划清法？”

小伍以为小菲是不懂具体技术问题，便说：“很简单：贴张声明，声明你和他从思想上划清了界限，假如你能揭发一两桩事实，当然更有说服力。”

“什么事实呢？”

“他在家的言论，反党的，反社会主义的，资产阶级情调的。”

小菲的手冻得鲜红，快得跟机器似的。她母亲说她手笨，现在让老太太看看！穷日子是最好的培训班。

“我记不住。”

“记不住什么呀？”小伍问。

“记不住他的言论。”

“说你糊涂你还不高兴。你自己不要前途，小雪的前途怎么办？你去她学校打听过吗？她已经不上学了，天天混在街上！”

小菲的针线和萝卜条全定住了。

“你怎么知道？”

“我儿子说的。小雪去学校让人泼垃圾，上厕所别人就把门从外面锁上，进教室门上架一桶脏水，她一推门淋一身。你心全在欧阳萸身上，孩子给人当落水狗打你也不管！她不混在街上去哪里呀？你跟欧阳萸一划清界限，给小雪转一个学校，把姓改成田，全清白了。”

小菲想，十六岁的女儿会在街上干什么？终于搞清了，女儿在外面居然和人打起群架来。一个文弱雅致的女孩，参加到斗殴的乌合之众里去，小菲简直要崩溃了。她当着母亲面就给了女儿一个耳光。简直不用任何反应时间，母亲一个耳光已打到小菲脸上。

“有本事到外头去揍那些野种去！问都不问，上来就打！我一把屎一把尿捧大的，含嘴里怕化搁头上怕摔，你想打就打?!”

“妈，小雪就是你惯坏的!”

“我就一个孙女，我惯坏了她，你们巴眼看着！你做哈巴狗上来请我惯坏你，我都懒得!”

母亲告诉小菲，欧阳雪只要出门就挨打，因此和一帮同类孩子纠结在一块儿，其中一个孩子挨骂，大家都帮他骂回去，谁挨打大家也一块儿还手。

“这个世道就是看哪个狠，哪个做主子；哪个肉蛋，哪个让人踹。都是狗，狗眼看人低，老子走背运，伢子们就给这些狗们咬。人心坏掉喽，剜出来撂到马路上蛆都不拱。欺负伢子们?我是老了，舞不动大关刀了，不然我跟伢子们一块儿打去！巷子里的人也想欺我伢子吔，我堵到他们门上去骂！我一辈子不会骂街，狠毒了骂街泼妇，现在泼妇吃香啊，我七十岁学做泼妇也不晚啊！骂得他狗头都不敢伸！”

小菲发现母亲大冷天地打开窗子、门，人在和她说话，声音、神情是在和外面人说话。欧阳雪不断给外婆逗得偷乐，女孩的性情变化很大，外向许多，不那么爱面子了，否则小菲今天的一耳掴子一定会导致几个月的母女关系断绝。

小伍教育了小菲一下午，其他都可以做耳边风，有一句话是有用的：把欧阳雪的学校转一下。反正都不上课，无所谓教学质量，只图四面墙把她圈在里头。十六岁的女孩子，什么都干得出来，小菲深知这一点！当年她就是在十六岁的一天夜里变成了革命者。而动机很不上台面，就为丢失一件毛衣。

欧阳雪的新学校在军区附近，是靠都副司令的关系进去的。学校里都是军人子弟和农民子弟，不很清楚城里人的事情，所以欧阳雪从此不到大街上放羊去了。问题是学校远，她得在学校食堂搭伙，只好把小菲每月的十二元生活费拿出一半，叫她自己去统筹荤素营养。一个星期后。她问小菲要钱，说六块钱饭票已经吃光了。

“你吃什么了？一星期吃掉那么多钱？每天才吃一顿中饭！”

“妈妈现在跟个卖瓜子的小老太似的，就知道点票子！”小雪笑嘻嘻地说。她是欧阳家的血脉，一点不错。她买米粉肉、蒸丸子、油炸花生米宴请同学。谁跟她借饭票她都答应，事后就忘。有时一份糖醋排骨从打饭窗口还没端到餐桌上，一路都让同学们抢光了。

小菲只好每天给女儿带饭盒，跟她说，对不起你同学了，再请客就欢迎大家一块吃冷饭。

第二个月老师找到家里，说学校要去农村军训，每个学生交的十块钱伙食费早收齐了，只差欧阳雪的。小菲说她一个礼拜前已经把钱给了女儿了。两头一对证，什么都明白了。老师走了后，小菲把女儿叫来。女儿已亭亭玉立，比她高半个头，总不能动辄就揍，再说她揍女儿等于揍自己。母亲总是以一巴掌还一巴掌，并且手比她打女儿要辣得多。

“你们学校下星期要下乡拉练，对吧？”

“妈妈你什么意思？你不是早就知道吗？”

“我什么意思？我脸没处搁！”

母亲在外屋怪声怪气地呼一声：“噢哟！”

女儿不说话了。她以为她不说话也厉害得很，她妈妈也怕。小菲冷冷一笑：“我问你，你下乡吃什么？”

她不说话。

“十六岁的人了，还撒这种小儿科的谎！”

母亲不愿意听了，在外屋说：“我听着呢，她撒什么谎了？小雪你嘴呢？不会回吗？人家赖你撒谎你就那么肉蛋？这年头，给你个罪名你就顶回去，不然，它真成你的了！”

小菲不理睬母亲。她示意女儿站好，规矩些。她放轻声音。

“没大脑啊你？你把钱弄没了，总得跟我交账吧？你现在怎么交账？”

女儿又不说话了，这张漂亮脸，活脱脱的少年欧阳萸。一阵歇斯底里上来，她不知想使劲抽她还是使劲搂她，她捂住脸呜呜地哭起来。

母亲在外屋说：“看这个没用场的，自己哭了，也配做个妈！”

欧阳雪毕竟心软，小菲哭那么痛，她投降了，说以后改正，再不乱花钱。她见小菲委屈冲天，忍不回去呜咽，便走到她面前，蹲下来，从下面看小菲的脸。女儿让小菲哭得溃不成军，摇她、哄她，赌咒发誓，再也不惹妈妈伤心。她说自己罪该万死，明知道爸爸工资停发，还拿钱请她的“狗崽子”朋友们下馆子。小菲本来已让女儿劝得差不多了，想见好收场，一听她把钱花到这桩没名堂的事情上，呜咽着说：“谁让你动的？

站好！”

女儿赶紧乖乖靠墙根站直。

“现世哟！”母亲在外屋说，“邻居听见真牙假牙都笑掉了。”

小菲只管自己呜咽。她想那十块钱能买两百五十斤雪里红，够吃两个半冬天；八分钱一斤的猪腿骨，可以买一百多斤，炖多少锅汤啊，汤里可以煮多少萝卜、豆腐，够爷爷和欧阳萸滋补多少天？就算花到猪油上，也能买十好几斤。猪花油四角一斤，猪板油八角一斤，炼一大缸，可以烧多少梅干菜？吃不起梅干菜烧肉，用猪油、酱油、糖蒸出的梅干菜，爷爷和欧阳萸都爱吃，这下子十好几斤猪油顺水漂了。

“你这个败家子……”小菲呜咽地骂。

母亲在外屋接话：“对啊，把一件新棉袄脱给拍花子的，把一件毛衣也脱给人家，还跟我撒谎，说人家借去穿了。没法子赖了，就偷着从家里跑出去，闹革命去！”

小菲叫一声：“妈——！”

“今天我老太太是‘揭老底战斗队’！你伢子也看看，她败家子的根从哪里生出来的。”

小雪又忍不住了，咬紧牙关，抿紧嘴唇地笑。

“还有脸笑——！”小菲气得长嚎一声。

“邻居们听见说：哎哟，伢子真会教育她妈，把她妈教育得直嚎！”母亲大声说着风凉话。

从那以后小菲把欧阳雪学校里需要交的钱直接交给她班主任。女儿常常来看爷爷，把爷爷布置给她的英文、中文功课交过来。她功课做得很好，但一看就知道她根本不用功，爷爷给她批分数她便说：“没用的，以后学校里取消分数制了。”

爷爷还是笃定而安详，说：“不会的。”

有时她突然冒出一个问题：“爷爷你翻译过尼采的书信吗？”她知道爷爷的德文比英文还好。

“没有啊。”爷爷说。

“有的地方肯定翻译错了，不通的。”

“你在读尼采书信集吗?”

“对啊。”

“哪里来的?”

“朋友跟我换书看。”

“我们没书了，你拿什么跟人家换?”

小菲在一边给欧阳萸织毛裤，听祖孙俩对话觉得很有趣。欧阳雪在爷爷和外婆面前是两个人。

“想办法呀。”孙女儿说。

“以后换到书，拿到爷爷这里来，让爷爷看看是什么书。”

欧阳雪立刻把书包的底一拎，从里面倒出一堆黄旧的书来，霉臭刺鼻。爷爷用手翻了翻，说:“喏，这本不要看了，浪费时间。这本不全呀，前面缺一百多页。”

“用刀剁开了，一个朋友先读前面，我先读后面。”

“噢，蛮聪明的。”

过了几天，小菲回到母亲家。她想找一点母亲存的旧毛线，添加到正织的毛裤上。母亲在床下放了个旧木箱，里面全是几十年存下来的旧货，但全看管得很好，摆放得有条有理。小菲把欧阳萸从他父亲那儿得到的古线装书也收在床下，隔一阵往里面投几个樟脑丸。她一碰那装书的木箱便发现分量不对，赶紧把它拖出来，打开盖子，里面竟是空的。

她不动声色。有了上次的教训，她不能再在母亲这里讨伐女儿。欧阳雪没闲着，蔫蔫地正造着反，居然把那么贵重的书拿出去和人换书看。她把女儿叫到自己家，说爷爷要问她功课。

等母女俩进了卧室，小菲就插上门。女儿一看，插翅难飞了。眼下他们一共两个房间，原先的客厅做爷爷的卧室，也做餐厅、起居室、书房，一张书桌又吃饭，又供爷爷读报写字，也供欧阳萸写“认罪书”、“检查”，还供小菲记伙食账，偶然也是欧阳萸和父亲下围棋的地方。另外就只有一间小屋了，摆得下一张双人床和一个衣架子。这屋原先归欧阳雪，有个窄长窗子，但现在封起来，拦上一排木板，算做壁橱。光线是伸手不见五指，小菲把一个八瓦的日光灯打开，因为接触不好，已经乌青的灯光还阴阳怪气。

“跟太平间似的。”欧阳雪说。

“你去过太平间？”小菲在乌青诡谲的灯光里白她一眼。

“去玩过。”

“什么都好玩。哪里都可以去。你爸爸挨批斗、挨打，你们很自在嘛。想玩什么玩什么。你把爷爷送给爸爸的书玩到哪里去了？”

她不说话了。

“和谁交换了？换成哪几本书了？马上给我换回来。”

“换不回来了。”

“什么?!”

“妈妈你这个样子好可怕。太平间里再做出这样的表情，吓得死人。”

“你不要跟我转移斗争大方向！那些书价值连城！”

“骗人。”

“怎么会骗你?！那是爷爷送我们的结婚礼物！”

“那就是爷爷骗你们了。”

这是个怀疑一切的时代。

“小浑蛋！爷爷的书是太爷爷传下来的！”

“那就是太爷爷骗爷爷。”

“我告诉你，你外婆今天可不在啊。太爷爷花了多少钱买的书，你知道吗？”

“那就是卖书的骗了太爷爷。”

不仅怀疑一切，并且打倒一切。

“谁说的。”

“鉴定的人说，那不是原版。”

不得了，她不是拿去交换的。小菲都不敢再往下问了。她瞪着女儿。女儿看看她，看看地面，谁都会把她看成个静雅贤淑的闺秀。她跟父亲一样，做什么都蜻蜓点水，但都点得极妙，从不练字，一手字写得像帖子。从不听她读英文，一张口便是漂亮的发音。

“你让谁鉴定了?”

“一个古董鉴定专家。我想拿一套书换一百块钱。”

“那不叫换，那叫当。”

“一百块钱可以给你用很久，对吧？上次用了你十块钱你就哭了。”

“你完蛋了，欧阳雪。你外婆来了也没用，好好在这太平间里思过吧。”她不知怎么去跟老爷子交代。她怎么会养出这种女儿?

“钱呢?”

“他不肯付一百块，付了五十块。”

“那五十块呢?”

她从一个口袋里掏出一把零票，又从另一个口袋里掏出一把零票。小菲狠狠地缴获过去，手指蘸着口水，飞快点数。只有三十二块多一点儿。不用问，她又请了客。小菲四处找。得抄个什么打起来不太疼，但能虚张声势的东西。扫床刷子不行，木头的一边敲在脑壳上，不裂也起包。枕头呢？那成母女俩玩绣球了。最后她脱下自己的拖鞋。

“你不知道爸爸过了春节就要走吗？说不定送到什么地方见都见不到了……”小菲满腔悲愤，手里的破旧皮拖鞋跃跃欲试。

“所以我给爸爸买了一双棉鞋！”女儿趁那拖鞋还没落下，

说出实情。

小菲把拖鞋往地上一扔。想想不对，又拾起来。一双灯芯绒面子轮胎底子的棉鞋不过五块钱，她还是可以请一大桌客的。

“就买了一双棉鞋？”

“还给你买了一双。”

“我要新棉鞋干吗？”

“你穿那双锯了高跟的皮靴好奇怪。”

“钱还不对！”

“给外婆买了一条头巾，给爷爷买了个毛线帽。”

“东西呢？”

“藏着呢。这叫‘surprise’。”

“什么？！”

“这都不懂？还教会女中的呢！”

小菲打量着这个女孩！她整天不声不响，其实有土匪的胆子，忙出忙进，把家里的盗出去，在外面欺行霸市都难说，这一点上她不比她爸爸逊色，在外面和整个世界逆反，回家来还是逆反。人的根性真顽强，世道变成什么，就它不变，至少在欧阳雪身上不变。

她们的吵闹爷爷不可能听不见。但以这种方式听到的事情，在爷爷那儿全不算数。话不是讲给他听的，他听到了是没办法，他必须正式地听欧阳雪再叙述一遍。她说到古董鉴定者对古书的鉴定之后，他竟然笑起来。小菲完全摸不着头脑。

“有可能的。我们欧阳家的人有钱的时候都要被人骗。传下来的古董，后来去鉴定，假的占百分之八十五。一盒一盒的玉器、玛瑙，最后都是假的。经不住人家花言巧语，也受不了烦，就买下来了。想都没想过去鉴定，摆在那里，蛮好看，就好啦。算了，一套假古书，换了一家人暖和，蛮好嘛。”

在欧阳萸被押送下乡的前一天，小菲给市里的红卫兵请去主持他们的宣传演出。他们叫小菲“革命老前辈”，觉得她动作、台词在全国也数一流。小菲是部队文工团员，什么都会，急了还能翻个“大车轮子”。手举一面旗，两腿一腾空，就是个劈叉大跳。她这么多年练身段，又是压腿又是扎山膀，肚子还紧绷绷，上台一看也就二十七八岁。化妆技术精益求精了这么多年，因此十几岁的红卫兵们觉得她漂亮死了。

演出完了，她骑上自行车，把一个大旅行包送到欧阳萸的学院。看守欧副院长的戏剧系学生不断叫欧副院长“老实点”，但见了小菲还是一口一个“田老师”。小菲在他们面前也不客气，叫他们走开一点，让他们夫妻俩说一会儿话。

其实话也都是说吃说穿：都副司令的老战友从东北带来几块狐皮，他送了两块给小菲。她给他们父子俩一人做了一顶帽子。皮帽子可是好东西，荒郊野外也不怕了。她还通过关系买了些肉松，每天必须有一定的肉，否则他会扛不住。剩下的是毛衣毛裤毛袜子，全都是五颜六色，一条裤腿是红蓝黑，一条裤腿是绿黄棕，找到一段毛线就织一段，什锦是什锦，但保暖不成问题。中药、西药、偏方，全都在包里，五脏六腑的病都管了。过了演出的忙季，她会去看他。

他突然哭了。

“你在批斗台上都那么又臭又硬，这时候哭什么？”她装着揶揄他。她得控制住这场离别的基调，若她也跟着心乱，哭开了可收拾不住。她说到春暖花开，带着女儿去踏青，在乡下见面，新环境肯定带来新心境，未必不是好事情。他看着她，比小时的欧阳雪还依人似的。她摸摸他的头。

也许他怕这就是永别。他也会怕。他也会对她恋恋不舍。要遭受这么多不公道和屈辱，灵魂与皮肉的痛苦，才能让他和她看到这一点。看到这一点，她觉得可以为之一死了。革命是残酷的。她又想起这句不伦不类的话来。不是又一场革命，不是它的残酷性，他们怎么会到达这个爱情制高点、感情凝聚点？残酷就残酷在这里：绝对的无望＝绝对的浪漫。

回家的路上，小菲迎着冰冷的西风蹬车。假如她只能在他无望时得到他的依恋，她祈求这无望延至永远。

新的团领导找小菲谈话时，她面含微笑，如同正一步步实现神圣诺言的女烈士。领导是团里的造反派头目，叫陈益群。

“小菲姐，你的舞台成就这么大，为什么政治上不能成熟一点？你不跟欧阳萸划清界限，可以，但不能连表面文章都不做，又是信，又是寄包裹，又是去看望。群众很有反映。”

“你要我怎么办？他身体那么差，精神状态也那么差，万一有个三长两短……”

“那活该。”

小菲险些把菜场上的母夜叉姿态拿出来，话都在舌尖上蹦跶：不要脸，你公报私仇啊?！但她压下去了。这些日子她心里满足得很。临别欧阳萸那些依恋的泪水令她满足，男儿有泪不轻弹，可见他是为离开她伤透心。小菲心旦从来没这么满足过，新婚之夜都不如现在踏实。心满意足的人一般不和别人计较太多，让这个可怜虫用一颗嫉妒得发绿的心去咒骂“活该”吧。

“我真为你可惜，小菲姐。其实你在大会上表个态就行，不用书面宣言。”

“表什么态呀？”她好脾气好心绪地看着他。

“说你和欧阳萸是两个阶级，两种人。这么多年来，你们一直不和，他的资产阶级生活方式、反动言论、反党作品你早就看不惯。你看，这不很简单吗？”

小菲又朝他看一眼：“当时他推荐我读的书，你不是也读过几本吗？”

陈益群脸板下来。他现在是新的领导，是一个幸福家庭的男主人，对过去的情人能做到这一步，已经仁至义尽。他说：

“那好吧，就这样。”

接下去是新导演找她谈话。内容差不多，更是从事业角度唤起她觉悟。团里已多次开会，田苏菲再不和她丈夫划清界限，所有的主角都抹下来。锅炉房的老师傅干不动了，让田苏菲学学烧开水吧。从此话剧团的人听见锅炉房常常传出嘹亮的朗诵：“雄关漫道真如铁，而今迈步从头越！”回肠荡气。

新来的年轻演员说：“锅炉房的女师傅台词功夫太棒了！”

小菲给自己每月一次探亲假：夜里赶慢车，第二天上午到达欧阳萸所在的劳教农场。原先这里是收管不良少年的，现在少年们出去造反了，盐碱田里一大片头发花白、脊背弯曲的身影。欧阳萸是最年轻的一个。每次他老远就叫她“小菲”。

她看见他，迎着跑上去。烧锅炉烧得发胖了，她圆咚咚红扑扑地扑到他面前。总是这次夜班车，他到了这一天这个时辰就变得眼巴巴的。她会在这里呆大半天，一般都是把被褥拆洗晾晒，该补的补上。从棉被到蚊帐，艰难日子跟长牙齿似的，东西很快都给它咬出洞来。

什么“踏青”？也就是俩人在树荫下坐一会儿，她逼他把几个茶卤蛋吃下去。她知道他拿到食堂就靠不住了，自己连一个整蛋黄都落不下。他边吃边问家里的事，她细声细气讲爷爷和小雪如何要好，母亲如何掌管起家里的伙食开支。她当然报喜不报忧：欧阳雪如何一场大祸接一场大祸地闯，爷爷如何怀疑到欧阳蔚如的自杀，几次提出要回上海，被她拦下来。她连自己成了半个工人阶级也不向他提。

每次她离开少年劳教农场，他都送她到农场门口。他是出不去的，但一直看她走上坡，再走下坡。坡下是个小火车站，她乘同样的夜班慢车回去，到省城正好是给锅炉添煤的时间。回去的夜班车上，她已经在计划，下次给他带什么吃的，拆洗什么。她一直想把欧阳雪带去一次，但四块多钱的火车票把这打算往后推延。

一见到爷爷，她神采飞扬地形容欧阳萸的好气色好心情，编着说着，把劳教农场几乎形容成了一个度假胜地，风景好啦，空气好啦，周围全是老朋友，省长和夫人也和大家同吃同住。爷爷的反应一如往常，淡淡地说：“蛮好，蛮好。”

她只和母亲说实话，说欧阳萸如何黑瘦、判若两人。即便是一群黑帮，也有人奸有人忠厚，奸的就把重活推给欧阳萸这样的厚道人，每次去都看他一人拉小车，别人是俩人拉。得了便宜的人还卖乖，叫四十来岁的欧阳萸“小伙子”。

每回母亲听她说完，都叹口气。有时老太太会使劲看她一眼。老太太这时是惊异，没想到她的女儿快成孟姜女了。自从小菲改做锅炉师傅，演出补助、排练加班费全停发。赤膊工资拿到小菲手里，房租水电一一除去，剩下的在她抽屉里搁不到半个月。她把明细账算给母亲听，老太太决定从此开一个伙，由她统一掌厨。

首先，她叫小菲每天背一包炭核回来。锅炉房没别的油水，从炉灰里扒些炭核还是实惠的。炭核好烧，也省下每月五六块钱的煤钱。母亲虽然不如前些年硬朗，但带上欧阳雪去菜场，她还撑得住。文斗完了夺权，夺权之后武斗，接下来肉食就更紧缺。老太太去郊区农民家里买鸡蛋、鸭蛋、泥鳅、蛤蟆，挖空心思，让每一餐饭都少不过三个菜。泥鳅拱豆腐，蛤蟆炖千张，都成了老爷子最爱吃的菜。鸡蛋和鸭蛋全腌起来，小菲探亲时带给欧阳萸。有次小菲见母亲煮了四个咸鸭蛋，叫欧阳雪带到学校，她立刻反对：咸蛋必须省给欧阳萸一人吃，因为其他食品不好带上火车。

母亲动怒了：“你女儿就不配吃两个咸蛋？”

“不是，妈！泥鳅、蛤蟆尽她吃嘛！咸蛋能省下……”

母亲打断她：“真会过！不该省瞎省！说你搅不匀你还不肯

信，你看看，不是太稠就是太稀，一两百个咸蛋让你省呀省的省给蛆吃去了！”

腌蛋的黄泥细密浮动，繁忙无比，另一个生命世界昌盛兴起，小菲立刻要把两只坛子拖出去扔了。

“说你搅不匀吧？扔坛子扔蛋做什么呢？洗洗煮煮，剥了蛋壳都是上好的咸蛋！”

母亲把一百多个咸蛋从蛆的千军万马中争夺过来，洗掉顽抗的一些散兵游勇，分三大锅煮熟。煮熟后的咸蛋即使在夏天也能存放一个月。

她一边忙碌，一边数落：“我说呢，一夜工夫她成了会过日子的人了！看她会抠不会抠？从女儿嘴里抠，抠给哪个了？养得一窝子蛆白白胖胖。”

她看也不看在一边帮忙的小菲：“说她女儿败家子呢！生几条蛆她连蛆带坛子带咸蛋都要给我扔出去。你说她扔我坛子扔我咸蛋做什么？坛子也惹她了？她多会过日子？她要会过，裁缝都不偷布了，厨子都不偷油了，徐树海都不偷懒了！”

徐树海是伍老板几十年前雇来做店小二的外甥，是全巷子的著名懒人，一解放就不知去向了。母亲数落人有时会结合现实和过去的熟人。

还像从前一样，外孙女怎么都让她顺眼顺心，从不许小菲说重一句。

问一声：“小雪你不在学校上课整天在外面干什么？”

老太太帮外孙女回答：“那能干什么？大家干什么她干什么，干革命！”

小雪十八岁了，即便有爷爷给她上课，小菲也怎么看她怎么危险。她总是叫她不要随便结交人，世面乱，大家无法无天，不是人人都可以做朋友的。她全静静地听，听完笑笑。小菲明知她自己有自己的一套，该在外面飞檐走壁照样飞去。终于有一天，她在团里值班，夜里十一点下班，她灵机一动便去了母亲家。

欧阳雪居然还没回家。她走出来，在巷子口等着，十二点左右，一大群男孩女孩骑着五六辆自行车过来。一辆自行车上前头带个人后头带个人，又谈又笑，一个业余马戏团似的。其中一个男孩子带着欧阳雪。到了巷口欧阳雪跳鞍马那样双手撑后座，两条长腿横空一跃，落地时双脚并拢。看来在这个马戏班混得时间不短。大家招呼她“明儿见”！小菲纳闷，怎么京腔也来了？

“你给我站住！”小菲在女儿向巷子里飞跑时叫道。

欧阳雪站住了，没什么惊恐万状，也不尴尬，还挺不耐烦，意思是：亏你也是文化人，怎么打起自家人埋伏来了？

“你们干什么去了？”

“没干什么。”

“没干什么好事！这些人是谁？”

“我朋友。”

“怎么是北京人？”

“北京人怎么了？”

“今天你不说实话，我陪你站在这里。军管会来巡逻，我可以把你交给他们。”

“吓谁呀？”

“吓不住你？那好，我说到做到。”小菲看一下表，清了清喉咙，表示惩罚正式开始。

小菲和欧阳雪拼耐力绝不是对手。女孩找了根电线杆，背抵上去，靠得踏踏实实。小菲走过来走过去，叹气清嗓子吐痰，半小时就投降了。她打破僵局，从女孩的不懂事不体谅，讲到家里的经济困难，讲到她的父亲。小菲忘了自己这两年的充实和满足，讲着讲着又泣不成声。小菲的哭是她目前治女儿的杀手铜。女儿和丈夫一样，都是糍粑心肠。

女儿不忍了，把实情告诉了她。刚才那帮男孩女孩中确实有三四个是从北京来的。他们父亲、母亲的境遇和她父亲相仿，到这座省城来是投靠亲戚。她和他们是难兄难妹，在一块儿读书、打球。小菲估摸一下，觉得其中有百分之五十的实话。光读读书、打打球？他们才不会这么乖，肯定少不了危险的恶作剧。

证实她直觉是半个月之后。欧阳雪被学校拘留了。她和一个北京的在逃分子藏在教室里“搞见不得人的事”，被军宣队抓了起来。军宣队告诉小菲，那个在逃分子是一位著名画家的儿子，在北京斗殴欠了人命。欧阳雪跟他陷入了情网。

军宣队说欧阳雪态度差劲，装聋作哑，必须拘她一阵。母女见面也不行。最后小菲被放进去，限时五分钟。五分钟来不及教育她什么，既然过去那么多个小时的教育都白搭了。欧阳雪脸白得像石膏。几十年前欧阳萸一定和她一样抱定牺牲的信念，白着一张脸面对刑罚。一个是“若为自由故”，一个是“若为爱情故”，这父女俩缺了理想主义，比缺了空气粮食还活不了。小菲只是默默垂泪，要十八岁的女孩看看，她还要把她妈逼成什么样？

撒谎一夜、两夜好办，欧阳雪一直被关下去，她怎么把她的谎言向两个老人续下去？她只好去找都副司令。有两年没见老头子了，小菲连件像样的衣服都没有。她现在体重增加了二十斤，过去的衣服穿不下去是一回事，就是穿得下她也不能穿，一穿就是牛鬼蛇神。满街都是黄军装，也不知都从哪里来的。她问邻居十六岁的红卫兵女儿，她的黄军装是从哪里买的。

邻居女儿说：“我身上这件你要吗？五十斤粮票。”

都副司令一见小菲，眼睛一鼓。她知道自己打扮得糟透了。不过几句话一谈，她还是老头子的梦中情人。老头子哈哈笑道：

“胖了好，胖了宽厚!”

再胖小菲的小身段还在，在一个六十岁老头子面前扭扭还有看头。说着说着，小菲哭起来。怎么养出这么个女儿？为了她三夜睡不着。

听她把原委说完，都副司令说：“你管不了，我来吧!”他手已经伸到大办公桌的电话上，大声叫总机班接子弟中学军宣队。

电话一通，他说：“把那个叫欧阳雪的女孩子放出来。放到我这里来……人不要关嘛，审你照审嘛!”

半小时之后欧阳雪已坐在都副司令办公室的天蓝沙发上。她两腮凹陷，眼皮浮肿，想必她这两天一直在闹绝食。她刚要说话，都副司令瞪她一眼。

“你做的事我统统不知道，啊?”都副司令说，“我就知道没人管得了你。高三了吧？学校也上到头了。你以为我要管你？我更管不了你！你那小脑瓜里装的什么乱七八糟的东西，我下辈子都懂不了。我不管你。有人能管你！谁呀？部队!”

小菲看看老头子，又看看女儿。欧阳雪沉静地看着这个矮矮胖胖、表情丰富的老军人。

“送你去部队。今年十月下旬就开始征兵。你去部队捣蛋吧，你们新兵班长能管你。”都副司令说得好好的，突然一变脸，“啪”地拍了一下桌子，“听见没有?!”

欧阳雪一下子成了秀才碰到兵了，灵魂出窍似的瞪着他。

小菲把女儿带回家，对谁也不提她被拘留两天的事。欧阳雪从早到晚失神，一面和爷爷谈话一面失神，一面跟外婆顶嘴也一面失神。小菲一步不离她左右，上班就把她带到锅炉房。秋天的蓝天极高远，女孩坐在锅炉房门口，斜靠门框，神色快要去葬花了。十八年前她父亲也这样，抽丝一样一点一点把恋情从心里拔走。

爷爷听说孙女要当兵，说："蛮好嘛。"但小菲发现老爷子每天看孙女的眼神不同了，是告别或永诀式的。老人八十岁了。他和孙女的告别从此就在他心里开始了。也许他跟他的晚辈一样，浓烈其内，淡泊其外。他知道上海的家难回，嘴上却什么也不说。每次他收到女婿的信，便自语："蔚如身体不好，信也少写了。"大家把蔚如自杀的事瞒住他，他不戳穿大家。

他拄上拐杖还能出门散步。他上午晃晃悠悠步行到附近的公园，中午步行回家。一次摔得两手两膝是血，仍然泰然自若，步伐如常地走了回来。又一次被人劫了道，抢走了他的手表和金笔，他照样原途返回，神态一丝变化也没有。还有一次，他在路上碰到一位多年不见的上海老亲戚，把自己的皮帽子送给了他。连那回他的慢性腹泻突发，他没有憋住，在裤子里如厕，还依旧优哉游哉地走了回来。只是在他听说孙女要当兵去西北，关山重重几千里地，他的怡然神情才有了些改变。

他心里最爱这个逆子小儿子，也最爱他第三代里最年少的孙女。也许老爷子的本性和欧阳萸、欧阳雪一样，他的不问世事是他的独特叛逆形式。谁也不会比出家人叛逆得更彻底，老爷子身处红尘而出世，差不多就是出家。

他对外部环境无所谓，上海的繁华和省城的偏僻对于他毫无区别，他从来没有流露过对上海的留恋。还是在欧阳萸刚刚被遣送农场时，他提出想回上海的家看看。小菲劝他，房也被人占了，东西被抄走的抄走，充公的充公，回去连个住处都没有。他不坚持，事情就被搁下来。过了一阵，他说可以和他女儿女婿住一块儿。小菲马上说那更不行，谁来照顾他？他说蔚如家务不大会做，不过他大部分时间可以自理。小菲急了，说绝对不行，不能住他们家。老爷子从未见过小菲如此抢白他，马上静下来。他明白了当时大家何故把他送到这里，送得那么突然。他也明白了，大家何故一再阻拦他回上海。小菲意识到失态，弥补地笑笑说这个家怎么离得开爷爷？欧阳雪全指望爷爷的私塾呢！

原先的电话早已拆除，老爷子有一天说他要去邮局打个长途电话给女儿女婿，也跟外孙说两句话。小菲明白，这是老人在确证欧阳蔚如在世还是不在世。她说不必去打电话，上海那边的电话也给拆除了。从此老爷子不再提回上海的事。他和大女儿蔚如的永诀原来早早就进行过。那样永诀不也蛮好？他不戳穿晚辈们的骗局，因为他体谅他们的煞费苦心。

他也是从那个时候起，每天盼着欧阳雪来上课，来和他东拉西扯。他的几个孩子里，欧阳萸天资最高，什么事都不刻意去学，但点到就通。欧阳雪更是如此，教她两着围棋，她不久就是爷爷的对手了。她做什么都是玩着做，做着玩，缺乏功利心和目的，她连裁缝都是无师自通，什么旧布拼一拼，就是一件别出心裁的衣服。她的衣服不久形成了时尚，少女们都穿起起源于欧阳雪的中不中、西不西的上衣，有点像越南女子那样露颈裹腰宽宽的裤腿。爷爷看着简朴中出众的孙女，天成的芝兰气质，那便是他风烛残年的养心丸。

老爷子从此也要抽丝一般缓缓地渐渐地告别他的孙女。他不愿干涉第三辈人的去向志向。他知道必定有个重要原因使孙女远走从军。小菲心想，和欧阳家的三代人生活在一起，对欧阳萸的了解才完整一些。

十四

欧阳雪领了军装之后，有两天假期，小菲决定带女儿去和欧阳萸告别。一家几口，三代人，两年来都是小菲做媒介，遥遥远远地通过她来团圆。她们乘的夜班车居然在一个中型站台上停下来，灯也熄了，全体乘客呆在黑暗中，直到第二天早晨。没人道歉和解释，火车像什么事也没发生似的继续行进。旅客里传说是火车头被借走了，夜里有班工人阶级进京的车，火车头坏了，借了这部慢车的火车头。工人阶级代表是要去北京接毛主席送的芒果。

欧阳雪一直闭着眼，头靠在窗框上。但小菲知道她没睡着，她闭着眼在失神。她要远走他乡，恋人还关在囚房，她的失恋到底会有多长？小菲她自己何尝不是如此，二十年前头一次见到女孩的父亲到眼下，她在热恋和失恋中辗转反侧。她看着石膏像一般的女孩：好不可思议啊。

下了火车天已经暗了。小菲知道劳教农场的大门在六点钟准时关闭，便肩扛手拎地跑起来。女儿拎着一包冬天的衣服，跑不动，她把那只包也夺过来，接着往前跑。幸亏她在烧锅炉时不断压腿、踢腿、翻“鹞子翻身”，体力见长，增加的二十斤体重也带得起来。女儿呼哧呼哧地跟在后面，她嘲笑她还是个见习士兵呢！女儿说路上的农民都朝她瞪眼。她说让他们瞪吧。

女儿说她像个没安轮子的小货车，吃的穿的，大包小包，人都不见了，只见一堆包在往前飞速移动，小菲随便女儿寻她开心。

跑近农场大门，小菲步子高高低低的，脚跟生疼。女儿早被她落下了。她放下包袱，请求看大门的战士稍等几分钟再关门。她笑嘻嘻地指着跑下坡来的欧阳雪说：“喏，我们这个解放军军事素养不怎么样吧？还不如她老母亲！”

进了农场，小菲发现自己步子不稳的原因了。她皮鞋的跟跑掉了一只。多年前欧阳蔚如送她一块皮子，她订做了几双靴子，皮鞋，凉鞋，全是高跟，这两年把高跟锯了，只留一小截，否则鞋尖便成了鱼雷快艇。现在连那秃秃的小半截鞋跟也没了。

她领着女儿往几大排一模一样的简陋平房走去。第一排房的灯已经点上了，那是大食堂。正是开饭时间，头发花白的人群排着小学生的队伍，每人手里一个饭盒，正往食堂走。小菲没找着欧阳萸。她跟女儿说，可能他今天头一批吃饭。走到食堂的灯光里，小菲仔细打量一下女儿，把她尚未佩戴帽徽的军帽正了正。多幸运的女孩，千里挑一才当得上兵。其他九百九十九都去农村插队落户。

“见了爸爸别这么苦一张脸。”她小声说。她的心怦怦急跳，又是热恋热昏的感觉，带给情人一件意外礼物似的。

她叫女儿原地等着，她进食堂去找她父亲。欧阳萸还不知道女儿要参军。知道他会怎样？喜中有悲？毕竟一去几千里，一走三四年。去时还是孩子，回来将完全成年，他们都将错过女儿最后一段成长、成熟期。

他也会觉得都汉的人情给得太大了。有欧阳萸这样的反动派父亲，按说女儿是不可能被军队接受的。都汉不必为欧阳雪开后门，都汉只需为老战友的孩子开后门，老战友为欧阳雪开后门。小菲在部队呆过，这可以叫“换防”。问欧阳雪有什么专长没有，欧阳雪专长都不专，篮球、乒乓球、排球都打得不次，钢琴也会弹几下，水彩也能涂几笔。都汉跟老战友说：“让她到体工队去。要不文工团。要不就医院宣传科。看谁缺个画画的！”

小菲却没找到欧阳萸。问了几个人，大家说不知道。总算碰到一个知情的，说欧阳萸和一个看管队长争吵起来，说了反动话，下午给带走了。

“他说什么反动话了?!”小菲见了看管队长便问。

“你叫我重复反动话吗?”队长说。

“不是不是!”小菲急成个孩子了，跺着没了鞋跟的旧皮鞋，“你们不了解他，他说话就那样，没轻没重的。你不要重复他原话，就把那意思告诉我，我给你解释!”

“就是那意思反动，原话倒挺弯弯绕绕的。”

队长铁面无私，回绝了小菲和女儿探亲的请求。小菲好话说尽，眼泪流干，队长毫不动心。眼下吃小菲这一套的只剩个都副司令了。小菲边哭边在心里咬牙切齿：你算个什么东西，当年我一步之差就成副司令的夫人，看你敢把我当叫花子撵!最后她半要无赖地说：“喏，我们女儿现在是解放军了，我们也算军属了，国家事事都优待军属，这里就不是国家的地盘?”

队长一听，这个半老徐娘吓谁呢?他说：“这里是我的地盘，我不让谁当军属，谁就别想当。”

“你算老几?!”

“你算什么东西?你们这样的家庭背景，她能当兵?我倒想问问，是谁胆敢让她当兵!”他拿出对犯人的面孔来。

“我们当的是特种兵，靠专长的!”

欧阳雪使劲拽了母亲一把。

“告诉你，我一个电话打给人武部征兵处，她就别想走。”

“打呀！打给人武部干什么?直接打给都汉!”

“哪个都汉?”

“有几个都汉？都副司令。电话号码要不要？要我告诉你吗？”

队长表面是不畏惧的。但他毕竟停止威胁了，态度没有进一步强硬。虽然还是一口回绝母女俩的探亲请求，但他竟叫人把她们安排到招待所住下来。小菲气昂昂地带着欧阳雪走出办公室。队长胆敢给都汉打电话刨根问底，就打去。得到的回答可能是从秘书那里来：“这事我不清楚。不过都副司令的事情我们一般不过问。”

小菲想，假如欧阳萸祸从口出，真惹了官司，她能求助的也只有都汉。老头子侠义心肠，英雄气儿女情都不缺，做这么个老头子的梦中情人，不无骄傲。

第二天小菲和欧阳雪仍是没能见到欧阳萸。她们不得不走，接兵处的新兵要在第三天早上集中，晚上就乘征兵列车西去。

孙女走后，老爷子的慢性腹泻加重，人迅速消瘦。这天上午，小菲照样把油条、豆浆买回来，老爷子静静地吃完早餐，她一看，油条一口没动。又过两天，小菲的母亲把仅存的一点腊肠拿出来，蒸了蒸，切成薄片，红红的，半透明的，珍宝一样摆了一盘，老爷子的筷子总是越过它。他吃得越来越少，但又没有什么病痛。这天早上，起了风，他破例地留在家里，没出去散步。母亲和小菲悄悄说：“老人是不能停下的，一停下就不会再出门了！”原来老爷子下雨刮风都出门走动，本能上是明白这道理的。

果然他从此腿脚软了，再也不出门。冬天天短，上午屋里还昏暗，他便靠在床上，偎着被窝听听半导体。那是个很好的半导体，能收短波，多数时间他眯着眼，脸上似笑非笑，非梦非醒。

小菲请了长期病假，在家照顾老爷子。反正话剧团也没什么戏演，大家都请病假。食物药品紧缺，医生们开病假都很大方。一个小省城，谁都有个把亲朋好友是医院的。医院里刷药瓶子的都能替你弄到几个月病假，只要你给他几两元宵馅，或者一条肥皂，或者几卷挂面。

小菲知道老爷子的寂静十分纯粹，十分密实，针插不进水渗不透，别想问出他心里在想什么，想见谁，身上哪里不对劲。她只是在隔壁房间听着，时间差不多了，就去给他换杯水，或搀他去一趟厕所。厕所在这三户人同住的小型杂院忙得车水马龙，老爷子站在门外沉默如常，如同老教授要走进阶梯教室，胸有成竹地出现在崇拜他的学生们面前。有时小菲搀着他，知道已经迟了，他等得了，他的腹泻等不了。小菲替他洗脏内裤，他也没有特别的感激之辞。一切尽在不言中是他的风尚。

快到过新年的时候，老爷子说："妹妹能回来过年吧？"

他心里最牵念的原来是欧阳雪，小菲说大概不行，她的新兵训练才开始不久。他不说什么了。

又过两天，他说："弟弟呢？他能回来过年吧？"他无望见几千里之外的孙女儿，把希望降低一步。他有两年多没见他的小儿子了。

小菲给欧阳萸的农场拍了一封电报，告诉他老爷子病重。第二天又拍一封，说老爷子病危。新年当天，欧阳萸给一个看管押了回来。看管一看，就觉得上了当——老爷子虽在床上，但神清气爽，见儿子进门，淡淡一笑，说："回来啦？"

儿子的眼神却是惊诧的。他在这个简陋的家里看到的卧床老人已不是他记忆中的模样。他一丝微笑也装不出来，木头一样挪到床边，坐在了床沿上。他拉起父亲萎缩了的手。这样的举动在他们父子之间从未发生过，至少没当小菲的面发生过。

小菲热闹忙碌，为那个看守让座让茶，满嘴甜言蜜语。小菲的一生到了这一段，总算学会油滑了，尽管撒谎还欠功力。看管很年轻，十来分钟就让一团火热的小菲暖化了，开口闭口地“阿姨”。小菲的母亲也深知为人之道，煎了几个白糖猪油元宵端上来，说过年还执行任务，真是好孩子！背过身她和小菲咬耳朵，说汤圆粉子生了虫，原来是要倒掉的，幸亏没倒，用细箩筛了一遍，大虫子筛出去了，小虫子在汤圆粉子里凑个分量。

这时欧阳萸四处看一眼，同时叫：“欧阳雪！”

小菲说：“你们队长没告诉你？”

“告诉什么？”他一下子紧张起来。他的神经质是这两年失眠的恶果。

“她当兵去了。”

“当兵?!”

“去青海当兵了。”

他的神经眼看着松弛下来，突然又问：“为什么去青海？”

“当兵的，去哪里身不由己。”小菲母亲这时插话，“比到乡下种田好。她种田能从地里收到锅里？别作孽了。巷子里家家都有孩子下乡插队。插队的都吃不饱。叫什么不好，叫‘插队’，买豆腐插队的让人骂死！”

小菲知道母亲不是不识实务，她只是怕气氛太闷，和大家逗逗。

到了中午，看管已像是来走亲戚的。小菲的母亲招待他吃了午饭，给他几角钱，作为出门的车费和公园、动物园门票钱。来省城一趟不容易，逛去吧，欧阳萸能跑了？跑到哪里都要户口，光有户口没用，还要居民粮油本，就算有它到别处也领不到粮票、油票，只能在这个居民区领。他跑得了和尚跑不了户口，跑得了户口跑不了粮票，所以小伙子尽管放心地去逛，逛完回来吃晚饭。

看管放心地逛去了。小菲想把欧阳萸的两天假延长。她把家里的洗衣粉、白糖、过年特别供应的黄花菜和香油包了一个礼包，装进一只网兜，提着便要出门。

母亲把她叫住说："大头蚕一条，脑子一包水。礼物提在网兜里怎么行？"

她边说边找出一个旧布包，把东西一样样放进去，交代小菲假如那人肯帮忙给欧阳萸开病假，才把礼物拿出来。放在网兜里，帮不帮忙他都看见东西了，好意思再从他眼前拎走吗？

可是没人肯帮一个被看管在劳教农场的人开病假条。小菲傍晚往家走，想到多年前话剧团闹的一场笑话，一个年轻学员特别爱吃猪肝，在一次宴会上吃了好几桌的卤猪肝，第二天大便漆黑，把他吓坏了。有经验的老演员们说那是胃出血，把他送进了急诊室。化验结果的确是胃出血四个"+"，立刻住了院。第三天他就出院了，说他拉出来的不过是在肚子里变色的卤猪肝。

小菲跑到一个熟食店去买卤猪肝。营业员说好久没货了，要买就是卤拱嘴卤耳朵。天已经晚了，她突然发现一个推小车的小伙在叫卖卤菜。他的小车上有个玻璃货柜，里面摆着切好的卤猪肝、卤千张、卤豆腐干。小菲买了一斤猪肝，回到家里，发现只有上面几片是猪肝，下面全是红薯面蒸熟后切成的薄片。慢说在昏暗天色里难分辨，就是在点灯的室内看，它们也酷似猪肝。母亲说人没心肝，猪也没心肝了。

晚上小菲的母亲把看管带到她的住处，让他住里屋，她得把小伙子伺候好，全仗他跟看管队长撒谎，欧阳萸才能续几天假。

新年第三天，老爷子早晨不想吃早饭，只是闭着眼静静地躺着。必须送医院了。而老爷子一听，便说："不用去，蛮好的嘛。"

他声音游走了不少，只剩下了气息。

母亲对小菲悄悄说："不吃饭，就不会再吃了。"果然，他一天只喝了几杯加了糖和盐的水。

当天夜里，小菲和欧阳萸都守在老爷子身边。过了一点钟，老爷子忽然用游丝般的声音说：“去睡吧，明早见。”

他们在隔壁躺下。不知为什么，俩人抱得紧紧的。闹钟上起来，一小时响一次。他们总是轻轻走到老爷子身边，听听他的呼吸。呼吸弱是弱，但平稳均匀。第二天早晨，冲了一杯蛋花糖水，一勺勺喂，喂下去半杯，老人便精疲力尽了。自来水突然停了，楼上楼下的人都拿着锅碗瓢盆去不远的消防站接水。队伍转了八道弯，小菲往家拎水，让欧阳萸和母亲各占两个位置。

水拎到楼上，小菲马上去看看老爷子，设法喂他一些水。她发现水也喂不进去了。但老人依然安详地一呼一息，气流从他鼻子呼出，越来越细，越来越柔。她凑到他耳边说：“爸爸，我们去医院吧?”

他不摇头也不睁眼，眉宇舒展出一个笑意。小菲想，他的意思是：我很舒服，别麻烦我了。

她跑下楼，把欧阳萸从接水的队伍里找出来，回到老父亲身边，他的气息已若有若无。

欧阳萸看看小菲。他从来没经历过这样重大的时刻。小菲坐下来，把老人的手放在自己手心上。老人的手修长洁白，没一颗老年斑。那手轻轻蜷缩，成一个空心拳头。小菲不去动它，松松地把那空心拳头托住。体温从温热到温凉，拳头放开了。与世无争，撒手归去。

他们在老人面前抱紧，一声不响地流泪。过了一会儿，两人开始为他擦洗，更衣。有过金钱、地位、汽车、洋房的老人穿了一件四成新的布衬衫和七成新的棉袄走了。棉袄还是前年小菲给他买布做的。一个读了七十多年书的人临终床前一本书也没有。是因为全读进心里了，还是因为他把读书这桩圣事都看破了？

殡葬定在新年第五天。欧阳萸给贵州的哥哥打电话，哥哥在外地出差，嫂子接了电话，哭了几声，忽然问："听说你们那里黑市菜油好买，多少钱一斤？"

欧阳萸反应不过来，嫂子便请求和小菲直接通话。她说她想趁参加殡葬的时机买几十斤菜油回去，贵州买不到黑市菜油。这时欧阳萸已反应过来，叫小菲告诉她别来了，火葬场太繁忙，父亲的追悼会排不上号，所以决定不开了。

"怎么不开了呢？"小菲放下电话在隔音间里就问。

"我父亲不愿意开。"

"他告诉你的？"

"不用他告诉我。他什么都想得开，会为一个追悼会想不开？如果他知道来参加他追悼会的人主要是想采购紧缺食品，他倒会想不开的。跟我父亲，这些都用不着，他生前用不着，死后更用不着。"

丧事办完，欧阳萸回农场的前一天晚上，母亲做了个砂锅鱼头。小菲去一家小食铺打掺水啤酒。这个小食铺不知哪儿来的门路，常常有啤酒卖，尽管它无泡沫无滋味。买啤酒必须买五香煮花生或炸藕盒之类，花生大半走油，藕盒是空盒子。你一看店员的样子，就是在明告诉你：我就坑你了，怎么样？小食店还经营阳春面、肉丁面、猪肝面。小菲正盘算，五香花生和藕盒哪个让她吃亏小些，一个女顾客从昏暗的店里走出来。

是孙百合。

但小菲马上就明白跟她相认已不可能。孙百合的头发长了，但她把它梳成一支冲天羊角，上面系了个肮脏的粉红蝴蝶结，身上还是那件狐皮外套，却血迹斑斑，到处破绽。从狐皮下露出一截长裙子，不知什么颜色了，边缘全被踩烂。她慢慢地走到门口大灶前，把一个付了款的竹筹码交给下面条的师傅。

"两碗阳春面?"师傅问。她点点头。小菲现在看的是她的背影,像一片随时迎风起舞的枯叶。她把面孔转向马路。绝顶优美的侧影。就在那一瞬,她的眼睛还那么智慧。这一侧的太阳穴有一块伤,血痂已紫黑。总有人想找个看不顺眼的人揍揍,孙百合一定总让他们看着来气,所以碎砖碎石就照着她砍来。

小菲不用问也知道她为什么疯了。只是觉得如此大乱的世界,一个如此美丽的女疯子太不好做了,危险处处都是,包括那些邪恶的危险。假如有一点可能性,她都会帮她避开那些危险。

阳春面煮好了,那个师傅面慈心软,在面汤里加了颇大一块猪油。"端进去吃吧?"师傅问她。

她摇摇头,从背影看也知道她在微笑。她将背在肩上的皮包打开,把一碗热气腾腾的阳春面倒进包里。师傅"哎呀"一声。她又端起第二碗面,不急不缓地再次倒进包里。面汤从包底淋出来。她的狐皮大衣不久也热气腾腾了。她从小菲身边走过,虽然顾盼如旧,但小菲断定她什么也没看进眼里。她像睁眼瞎一样空张着无怨无悔的眼睛。

她走后店里最凶恶的女店员说:"好可惜,这么漂亮个人!"

小菲回到家,饭桌已摆开。她和欧阳萸都没抱怨以水充数的啤酒。母亲把煤炉提到屋里,砂锅里的鱼头还在小声咕嘟。不一会儿,啤酒居然把从来不醉的小菲弄得昏昏然起来。

"你记不记得那次你挨皮带,我在台下喊'不要触及皮肉'!"

他看着她。他当然记得。

"有一个女人,穿件狐皮大衣,站在你右边,你记得她吗?"他想也不必想,点点头。这样一个女人,慢说男人过眼不忘,像小菲这样的标致女人,想忘都忘不了。

"我刚才看见她了。"小菲说,把剩在茶缸里的啤酒喝完。

他等在那里。故事肯定不会结束在这儿。

“她还那么好看。我从来没见过比她更好看的女人。瘦了不少，晚上看肯定像个女鬼。她过去差点就考到我们团来了。”

他喝一大口啤酒。他的面孔比较可怕，又红又紫，油光闪亮，两只混沌的眼睛极不灵活。他杯子没放下，举着个悬念似的。故事还是不可能结束在此。

“她疯了。”她没有讲她如何浑身冒着阳春面的诱人香气，一团白蒸气似的走在黄昏中。

夜里小菲蒙眬中听见他说：“她疯了？”

她转过身，他忽然抱紧她。他的喃喃自语该这么听：她疯了，我居然没疯。我真幸运。也许没有小菲，疯的就是我。他这样紧地搂抱她，在他们新婚时都不曾有。是歇斯底里的温存。他一下子失去了老父亲，女儿，还有那个远远相陪的陌生女子。问都不要问，那女子会多么可心可人。他在一个新年里失去的可真多，不过最重要的没失去：小菲。这是他紧密拥抱她的潜台词，肯定是。

可他哭了起来。哭得之痛之透彻，小菲都给他摇撼得从内到外发抖。他似乎刚刚意识到父亲没了，女儿要到几年后才会回家，而那个美丽的女子形存神亡。他曾经为小菲和女儿抛弃的恋人果真就是孙百合？话到嘴边，小菲觉得问出来会很蠢。

小菲一句话不说。她的安慰他全感受到了。

第二天晚上送他去火车站，年轻的看管已经是自家人了，笑着说：“阿姨放心，我会照顾叔叔的。”

春天满街飞杨树花絮。小菲正在锅炉房加煤，嘴里朗诵着“长夜难明赤县天”时，一个人在她背后叫：“小菲。”

她一铲子煤翻倒在地下。欧阳萸站在门口，脸背光，但她看出那脸上的好情绪。

“你怎么回来了？”

“回学院监督改造。”他两手空空，小菲都没想起问他怎么没有行李。

她叫他先回家，她找到人替班就走。各种“病”她都刚生完一遍，马上开假条比较难，所以她得费点劲才能找到替班的。

“我陪你。你烧吧。”

“都是灰！”

“忘了我刚从哪里来，粪堆里来！”

他坐下来。她加完煤，也坐下来。谈话马上就转到欧阳雪，小菲几乎能背诵女儿的每封家信。女儿收到了爷爷留下的那个半导体日子好过多了，不太寂寞了。

下班时间到了。小菲和欧阳萸并肩走出大门。她要他坐在自行车后座上，她骑车驮他。那怎么驮得动？她坚持要他坐，还要他捏捏她胳膊上的肌肉。满天白色杨花起舞，小菲想：就这样，都别变，就挺好。让他和她每天一块儿穿过市区马路，两旁的店家没什么东西卖，他们也没什么钱去买，他们不计较，只要俩人能同路回同一个家。

小菲的母亲一见女婿便问：“你的被子呢？光杆一人回来的？”

他笑笑说：“有几个人，家属不跟他们来往了，东西不够用，我就留给他们了。连我的牙刷都有人要。”

回到艺术学院，欧阳萸首先受工宣队的再教育和监督改造，其次是学生。所以他基本上是学生的学生。一些学生拿不准他名字的发音，就图省事叫他老欧。老欧的劳动改造内容主要是扫地、冲厕所、办墙报。老欧的毛笔字绝了，墙报总给人撕去当字帖临。墙报成了艺术学院最艺术的地方。诗、文经过老欧编辑之后，比出版社出版的诗集散文集水平还好些。工宣队的几个师傅便问老欧有没有外国的爱情小说借给他们看。老欧说原先是有的，抄家抄没了。艺术学院几个造反司令部都抄过老欧的家，工宣队不久找到了堆放老欧藏书的仓库。他们看一本就来和老欧聊一回，小菲和母亲就备酒备菜，留客人吃饭。

过了半年，老欧便免除了扫地冲厕所之役，只需写写墙报。外面一共只有八个戏看，老欧神聊起小说戏剧，便给工宣队师傅们添一项娱乐。来上门听老欧神聊的越来越多，小菲的茶叶都供不应求。母亲把一些客人喝剩的茶叶滤出来，晒干，下回在锅里狠煮，有没有滋味不论，一眼看去还是茶的颜色。

老欧靠人格魅力，靠学识才华，征服了工宣队的师傅们，他们对老欧不光彩的社会身份睁一只眼闭一只眼。小菲只担心母亲三头六臂也对付不下去，一桌一桌的晚宴在她看简直是变戏法。但只要两天没有客人上门，她就心神不定。这些工宣队师傅是大权掌握者，不上门是不是意味他们的反目？

欧阳萸却嘻嘻哈哈地说："不会的！他们反而比文人好相处！"

小菲的担忧直到工宣队师傅们再次上门才解除。有时来了三四个人，刚刚按照三四个人的分量把晚餐摆上桌，又有五六个人到了。小菲和母亲都在这种时候做阿庆嫂，"来的都是客，全凭嘴一张"，母女俩笑脸相迎："快快快，赶得早不如赶得巧！先坐下，菜这就添上去！"

小菲总会跟母亲进厨房，看老太太使出浑身解数。老太太七十二了，好在劳累一生身板子经得住累。她是个过穷日子的天才，让她无中生有地接待这样突袭式的客人，她尤其来精神。

厨房窗外挂了一串串的猫鱼，是一分钱一堆买来的。她没有猫喂，就拿它们喂人。都是二寸长的鱼秧子，撒了盐晾干，加辣子、香葱，放在小火上炒，炒脆了是很好的下酒菜。她让小菲把辣猫鱼端上去，又拿出平时烘烤的饭锅巴。她总有本事把锅巴用最少的油炸脆，再烧一大锅卤子浇上去，卤子红红绿绿，却没有什么值钱东西，不过是费点盐和味精。再就是她那几个腌渍坛子。没有白糖，她用糖精做的甜酸大蒜和白菜也可以充数。老太太从来是有备而来，不让任何客人空腹而去。

小菲左算右算，凭她给母亲的几十块钱怎么也不够这样大的开销。

一问，母亲便烦，恶心她说：“我在外头投机倒把，欺行霸市啊！”

不然就说：“钱是不够，那你再多给点吧！”她还真向小菲摊出巴掌。

老太太话稍微好听些就是：“还能老这样吗？总会发他薪水的。”小菲不知母亲的信念是从哪里来的，但她想老太太挑着大梁，她愁什么呢？

老太太偶尔会说：“到夏天就好喽。”

夏天她可以把西瓜皮拾回来，用刀剖去红的那层和绿的那层，中间青白的留下晾干，用盐暴腌，炒毛豆十分可口。夏天可以替代正式菜蔬的东西很多，冬瓜皮，红薯秧子。

老太太说：“烧好东西哪个不会？把边角料做好才叫本事。”

夏天东西存不住，老太太到了下午真的去欺行霸市，把一个鱼摊子包圆儿还叫人给她做脚夫挑回家。

虽然只有两间房，大家把老欧家当成了俱乐部。

学生们一年前还在吼：“老欧，老实点！”

现在常常是：“老欧，请教你一个问题。”

老欧清癯一辈子，这时却发起福来，一笑就笑成一个心宽体胖的汉子，气粗声壮。艺术学院开始招生了，招工农兵大学生，工宣队长说：“让老欧参谋参谋招生组的成员结构吧。”结果招生简章也是老欧暗里起草。

老欧不仅在暗中受人崇拜，小菲也是地下师爷。来找老欧的人马上发现小菲可以做表演辅导员，两间房的功能越来越多样，小菲在转不开身的小屋比画“山膀”、“云手”，辅导朗诵，老欧在大屋开文学戏剧讲座。渐渐地，这些求师的人会在进门后腼腆地搁下一只包，里面有时是几个皮蛋，有时是一斤榨菜，有时还会是一截火腿。老太太会把小菲叫到厨房，小声告诉她，某某送了一块叉烧里脊，给她（他）辅导时多卖些力气。

不少让小菲辅导的男女青年成功地躲避了上山下乡，成了军队、省、市、地区的艺术新人。老欧的讲座不像小菲那么立竿见影，但入座者都有一定权势或一定的有效社会关系。其中一个工人业余编剧认识省革委会宣传处长，便去替老欧请求恢复薪水。

夜深人静，小菲和欧阳萸躺在床上，慢慢地谈着有了薪水之后哪样东西是首先要添置的。他说首先给她买一套像样的衣服，银灰的或者海军蓝的薄毛料。她反对说老也老了，穿什么不一样？他说她才四十岁出头，老什么？她建议有了钱买个新床，现在的床垫太老，弹簧松得她老睡在坑里，翻身都吃力。他说他想起一个好主意，有了钱他们马上买票，三个人一同去青海，看看欧阳雪。两年没见女儿了，老太太从来没离开过外孙女那么长时间。她说这计划好是好，恐怕他的身份不允许他自由旅行。他闷下来。那必须多大的面子，开多大的后门才能让一个未摘帽的、正在监督改造中的人逍遥几千里？也许能找方大姐想想办法？她现在“结合”了。他不会找她的。他越来越明白他和这个少年时的大姐不可能和解。

“有了钱，我还请你去玫瑰露法国菜馆吧。”他说。

“现在叫‘地拉那’西餐馆，卖的大部分是罐头里的东西。”

“管它呢。环境总是清静的。”

“不知道，好久没去了。”

“好多年了。”

“肯定会恢复你的工资吗？”

“谁知道。”他才不会提着气等待。他有他父亲的态度了：无可无不可。

“真发了你工资，我们请妈妈一次。再给她买一件丝棉袄。她几十年前就想有一件好丝棉袄，绸缎面子，黑颜色。”

小菲奇怪俩人怎么会谈钱谈得如此温馨。谈钱会成为俩人的缠绵细语。人会变得如此不浪漫，抑或变得太浪漫了，散发铜臭的话题也可以谈出诗意。原来如此：他们挺爱钱，晓得厉害之后两人才正视这一点。她和他相依相偎，一夜一夜地谈他们将拿那笔缥缈的工资做这样买那样。原来这是个滋味鲜美的话题呢！

又到了初夏。恢复工资的事仍然遥遥无期。他替工人编剧修改的话剧倒是在全省上演。据说那位作者拿了一笔编剧费，但老欧是没份的，从此工人编剧红了，到处有剧团请他写戏，他便总是请老欧“修改”。每修改一次稿子，他便满口诺言，一定要为老欧的工资去拼打。最炎热的一个傍晚，工人编剧来了，居然现在随身带着吉普车司机。他说：“有眉目了，最迟下个月。弄不好这个月就恢复！”

这天家里刚吃过绿豆粥。一来便是两个赶饭的。小菲和母亲商量，赶紧弄几个菜出来。老太太打着芭蕉扇，说她弄不动了。这个人叫了一年“狼来了”，现在只要他来，老太太坚决弄不动。小菲好说歹说：这个人可不能得罪，说不定这回是真的“狼来了”。老太太说他是狼喊狼哩——他自己就是狼！

小菲没办法，自己翻箱倒柜。老太太一看她找出了她藏的一根香肠，三根黄瓜，又找出她塞在碗柜最角落的一小瓶小磨香油，上手便抢。

“你敢把我的东西拿去喂狼，我剁你手！”

“妈！发了工资全赔给你！”

“狗屁！”

欧阳萸这时也挤进厨房，看看母女俩，知道她们正在为什么拼杀，和稀泥地说就弄一个菜好了，反正他们看得出是没赶巧，错过了晚饭时间。

老太太经不住女婿的体谅，白了小菲一眼，把一根香肠切成碎丁，打了两只蛋，蛋里调了些稀面粉，又撒一把碧绿的香葱，眨眼工夫一个香肠烘蛋在锅里绽放出艳艳的花来。老太太手握锅把，慢慢旋转。穷日子使她练得一身绝技，油放得少，但必须是少得恰到好处，所以蛋抛向空中时不会溅油珠子。她抛起蛋饼，但没有接住，好漂亮的一个菜落在地上。小菲刚叫"哎呀"，一看母亲，更是大叫起来。老太太已倒在了地下。她一面叫，一面上去搀扶，老太太沉重无比，身子怎样也搬不起来。等欧阳萸和客人们跑过来，老太太已经走了。和她在世一样，她去得爽气利索。一生不愿闲着的女人，死也死在忙碌当中。

老太太的追悼会倒是十分热闹，所有来家做客的人都参加了。他们很念叨老太太的一手厨艺。小菲送走母亲，跟欧阳萸在马路上走了很久。马路两边都是乘凉的人，老老少少，打牌的聊天的，城市在小菲眼里又成了那个肮脏阴暗的小城，不同的是这里面不再有母亲了。孤儿小菲这样想着，手便给他握住。她看他一眼，老了很多。她明白他的意思是："还有我呢。"

老太太一去世，她这两年持家的机密便暴露了。小伍的母亲来参加了老太太的追悼会，事后对小菲说："隔几天来家坐坐，我有话跟你讲。"

老太太的"三七"过去，小菲想到小伍母亲的神秘微笑，来到伍家。伍家的破败是表面的。伍老板娘拿出几张借条，笑眯眯地说："你妈不容易哟，给你们当伙夫、老妈子，自己还贴钱。"

小菲的母亲从两年前开始向伍老板娘借贷，抵押的是她的宝贝红木梳妆台和红木床。小菲核算了一下借贷数目，两年里母亲为他们和他们的老父亲以及熟的和生的客人，一共借贷了五百九十元。但梳妆台和红木床只抵三百元。小菲窘坏了。伍老板娘建议，实在不行，她勉强接受那两间房子。小菲心想人倒霉就给人当软柿子捏，这不是明摆着乘人之危吗？两间房再旧，也不止二百九十元。人生来干什么就是干什么的，伍老板娘经过几回脱胎换骨的革命，终了还是会开钱庄。

她冷冷地说："我妈一辈子就剩这两间房了。我下不了手卖它。"

"当时你妈买的时候，便宜得很！"

"那也不止二百九十块人民币。"

"小菲好孩子，现在懂得柴米贵了！不像我家那个二百五善贞！"

告辞出来她一路掉泪。母亲是那么要强的女人，要她去向伍老板娘开口借钱，承认自己山穷水尽，是多痛苦的一件事。几十年前她父亲去世后，母亲是可以向娘家的兄弟们求援的。那时娘家家境还好，兄弟们一人给一点儿，母女俩也不至于一斤黄豆芽吃三顿。不管怎么难，母亲扎的架子总是不塌的，大刀架在她脖子上她也不会把两件红木家具抵出去。那两件红木家具是体面的象征，不要它们，对母亲来说，就是不要体面了。再破旧的房子，再穷困的日子，有那两件家具，母亲胆子就壮。它们遮掩、抹去多少穷陋。

她好胜的母亲。

老太太肯定是步履沉重地一步步从巷子深处往巷口走，或许她是从小菲家回来，那就是从相反方向往伍家走拢。小菲家离母亲家不远，六七分钟的步行。老太太边走边想，这一天真来临了？向人张口伸手的日子？她真走到这步田地了？去向一直暗里跟她较劲的伍老板娘借钱？她知道小菲两口子的山穷水尽，连两件红木家具，两间破房子都拿不出，和他们说实话只能添忧添愁。

老太太走啊走，伍家的店门口摆的南货摊子都能看见了。伍老板娘做点南货生意，说起来都推到南货上：没藏浮财呀，不就靠卖南货糊口吗？老太太明白另一个老太太，她怎么可能不藏浮财？当年伍老板丧德，坑了志愿军多少性命发的财，能一下子成烟从伍老板娘烟嘴子里冒出去？老太太来到了伍家，肯定是一副健谈爽朗的样子，至少精神头要打起来，输钱不输一口气。老太太是如何开的口？那么一个自尊、好面子到极点的母亲。大概从东拉西扯开始。虚套话母亲会讲得很，她是市井生活中的精英，可以恭维得对方心花怒放，又不让人肉麻。她可以贬低自己、骂自己晚辈，其实夸耀全藏在里面。她也可以把自己的一贫如洗讲成一时周转不灵，她还可以把抵押做得像好友间的游戏。

怎么会到这一步？小雪她爸爸说话就恢复职务恢复工资了。说到小雪，老太太如数家珍一样讲着她的每一封信。反正她也不懂部队的一套，夸海口也是一派天真。小雪要是升了军官——这年头军官待遇好得很！

究竟是人在矮檐下，老太太最后还是低声下气："借个两百三百给我吧！"

伍老板娘会说："噢哟，你吓死我？哪里有两百三百借给你？"

最后落实在一百五十。借条一张是一百五十，一共三张，最后一张是一百四十。

伍老板娘心算一把，两间破房子给她当废铜烂铁收购："就只有一百四十了，下回再借，一个子也没了，啊！"

"没下回了！下回小雪他爸发了工资，借你一个还你两个！"

"哎哟，我怕是活不到那一天喽！"

“你耐活得很，跟我一样，都是老不死的！”

小菲知道母亲可以把场面处理得嘻天哈地，可以把自己的窘迫掩藏得严严实实，但她是非常痛苦的。她宁死也不低头，为了女儿和女儿一家，七十多岁时学会了低头。小菲泪眼蒙眬地四下看去，小城真是藏污纳垢曲里拐弯人心叵测，她却头一次去除了恶感。正是这样尔虞我诈的市侩生活磨炼出了母亲。母亲以她的智慧和它斗了一生，也许这是真正的人间乐趣。

无论如何也不能让母亲食言。不能让母亲为之骄傲的两件家具两间破房落到伍家。也不能用这样的事烦着欧阳萸。一穷二白的田苏菲比几十年前闹革命那夜还无产阶级。她惟一可以投奔的人是都汉。

十五

话剧团的鲍团长去世后，新上任的副团长陈益群这天把小菲叫到办公室。他还是称她小菲姐，她纳闷怎么会有这种不知难堪的人。他说团里马上要排话剧《沙家浜》，缺个场记，他可以借机把她从锅炉房调出来。她想，这家伙很会见风使舵，工宣队、军宣队、造反派都给他玩弄于股掌之间，没想到他还是个念旧的人。恢复舞台工作，加班费、演出补助、夜餐费都可以恢复。加在一块儿也有十几块钱呢。小菲对陈副团长莞尔一笑。四十多岁的女人，为每月多十几块钱还卖出这样的笑，她也顾不着了。人没了里子，要面子有什么用？母亲撑了一生的老面子都不要了。

排了几天戏，小菲野心膨胀，减下去十斤体重，说不定她可以演阿庆嫂B角。让大家看看，姜还是老的辣，年轻演员哪里有她这样的台词功夫，她是军队栽培的，从开始就打造成了英雄人物的坯子。没等小菲减一斤体重，演沙奶奶的女演员声带出了问题，B角还没排熟，小菲跟陈副团长说："我上吧。"

"你词都没对过。"

"放心吧，陈团长！"

当上主角，每月伙食补助是六块钱，还多四两白糖票。

演了一生花旦、青衣的小菲一丝不苟，把自己的面孔化成一张老脸。演沙奶奶好，比阿庆嫂省事，体重都不必减，上台分量正合适。小菲演老旦也是上台就忘我，“戏来疯”，硬硬朗朗一个老英雄，怒斥胡传奎、刁德一：“你们这些汉奸走狗，不会有好下场的！”气壮山河。

演胡传奎的男演员在沙奶奶的怒吼中也发怒了，大喊：“拖下去给我毙了！”

他绑在军装上的皮带从来没经受过这么猛烈的气息，给挣开了，里面的海绵假肚皮滚落下来，他只好顺势抄起手枪，冲下场，亲自去毙沙奶奶。

小菲见陈副团长两眼放光地上来，知道自己成功了：那六块钱伙食补助和四两白糖吃定了。不久A角沙奶奶声带恢复，小菲又靠边做她的场记去了。才吃了半个月的主角伙食补助。

一个月后，话剧团的《沙家浜》把京剧团打败，不少观众投诚到话剧团的剧场。京剧团是这几年惟一有钱维修剧场的单位，话剧团的剧场“安全门”没灯，厕所没门，窗玻璃碎了百分之八十，观众在上面嗑瓜子耗子在下面嗑……这是头一次，话剧团开始赢利。陈副团长决定增加日场，不少工厂和机关把看革命戏作为他们的政治任务，政治任务可以在上班时间完成，因此下午场也常常客满。

演员吃不消了，小菲便又去找陈益群。她说哪里需要就把她安插在哪里，慢说顶替沙奶奶，就是胡传奎这样的花脸，她也行。这天陈副团长突然找到小菲，叫她马上准备，顶替下午场的阿庆嫂。

这小子真是个怀旧之人，没看出来呢。她轻声叫他：“益群！”

陈副团长眉心一抖。在她厚厚的肩头拍了拍，表示有数了。她想拍就拍吧。这回她可要把陈副团长拿稳，长久驻守阿庆嫂的春来茶馆，让大家看惯她的阿庆嫂，别人的都看不上。演革命戏就得看小菲的。一场接一场地演下去，炉火纯青的演技，俏皮风趣的一个阿庆嫂，观众们一会儿一场哄堂大笑。这个胖阿庆嫂比那些瘦阿庆嫂都经看，这年头到哪里能花几块钱买一场乐呢？胖就胖吧，观众都包涵了。要是小菲真减了体重，反倒没那么逗人。

小菲一连领了三个月的伙食补助，四两白糖，可是一笔不小的财富。有钱也弄不到白糖票。她以四两白糖票在黑市换一斤豆油票或一斤半鸡蛋票，每天给欧阳萸煎一个鸡蛋，就是他半个月的营养早餐。那六块钱伙食补助可以在食堂买二十份清蒸丸子，虽然面多肉少，拿回家晚餐就解决一小半。

没有母亲，小菲独当一面，把客人们照样哄得高高兴兴。只要欧阳萸不被押到远方去劳动改造，在家做牛鬼蛇神她也觉得万事如意。客人们中间有不少像那位工人编剧，时不时让老欧吃些亏，但他们至少离不开老欧，可以保障老欧的高级牛鬼蛇神的待遇，其中包括不扫大街，不洗厕所，不去农场，少被批斗，等等。小菲进进出出总是哼着歌，见人便笑脸相迎，大声招呼。这下她还缺什么？主角演上了，丈夫保住了。每回谢了幕，她想，现在她实现了当时红卫兵宣传队在舞台上喊的一句话："我们上来了，就不下去了！"

话剧《沙家浜》演了一百二十场，都汉看了至少五十场。他不是让这个连来，就是让那个营来，话剧团赚的门票钱百分之二十是都汉部队的。每回谢幕，他都上台跟小菲握手，握住就不放："你说我是不是伯乐？我几十年前就知道你小飞是演一号英雄人物的！"

他对谁都倚老卖老，把陈副团长找来："这个演员，你要好好重视！看看人家，演什么是什么，多大的劲头！一号英雄人物，就要有这个劲头！跟上足发条似的！"

紧接着是排话剧《海港》、《杜鹃山》，都需要小菲这种劲头冲天的一号英雄人物。她带着体重，带着新萌发的白发征服成千上万颗心。有回她居然劝欧阳萸去看看她演的女党代表。他眼睛一大，意思是：“你又要在我心目中毁你形象啊?!”

他已经很久没有以这种眼神看她了。她再次走红他却不想沾光。来找他的客人们不再叫他老欧，改叫欧老师。工农兵学员们都很珍惜他们的学习机会，课堂上学不到的，他们从欧老师这里补。终于有一天，学校请他去讲一场大课。

“那工资什么时候发呢?”小菲见了神采奕奕从学校讲课回来的欧阳萸问道。

“不会久了!”他嘻嘻哈哈地说。他从掉色的蓝卡其中山装里掏出一块女式手表，给小菲戴上，并拒绝回答她钱从哪里来。

当然他是有恃无恐，觉得恢复工资是眼前的事，才借了钱提前过好日子。小菲心里不落实，又问：“你跟有关的人去正式谈过没有啊?”

“谈过!”他往书桌前走，像以往那样只给她个脊背。他敷衍她是明摆的。

“跟谁谈的?”

“有关的人。”他坐下来，一手罩住额头，一手掀动稿纸。稿纸响得越来越烦。从半年前开始，他把一直藏着的未完成的书稿从母亲的房子里拿了回来，就是和蒙蒙相好时动笔写的书稿。

“哪个有关的人?”她追问不休。

“好几个呢!”他的后脑勺、肩胛骨、胳膊肘都是一副叫她少啰嗦的表情。

“你不要嫌我啰嗦!”

“你就是啰嗦!”

“我不该啰嗦? 为了你和你父亲，你这些混吃混喝的朋友，我和我母亲是怎么度过这几年的，你知道吗?”

这种场面可是既熟悉又陌生。

“我知道！你让我安安静静写点东西，我还有几年可写呀?!”

“为了你，我母亲老命都搭上了，你知不知道她借了小伍妈妈近六百块钱?！你以为天天吃流水席东西是树上掉下来的?!”

“六百块钱还不好还？我一本书的稿费至少有两千块!”

“好还?！你去还呀。”

“好，只要你不烦我，我再有两年就一定能还上。”

“哎哟，两年还不知道这个国家又闹什么事了呢！告诉你，我跟都汉借了钱，还了小伍她妈，又一点一点从我工资里凑，等凑齐了再还都汉。指望你？算完了!”

他突然跳起来。胖了的脸有点发横。他已经有许多年没这样暴跳了。

“那你怎么不嫁给他去呀？指望不上我，没错，这些年我全指望你呢！你全指望他呢！不如你直接就指望他去!”

这种没气量没风度的语言从来没从他嘴里吐出来过。但小菲快活死了：看来不是不会嫉妒，是没刺激到致命处。

“这可是你说的。”小菲做出威胁的阴笑，慢慢点头。

“去吧，只要人家老婆答应。”他又暴跳着坐回书桌前。

他不仅会嫉妒，还学会以刺激还击。

“老婆怎么了？不妨碍她啊！难道还图明媒正娶？四十几岁的人了，图的就是实惠。”

“无耻!”

小菲可要乐疯了。看看把他刺激成什么样！他现在知道小菲的好处了，会嫉妒得不要风度了。长期不吵闹，偶尔吵一架，辣咝咝，味道新颖。从此小菲恢复了她的啰唆，他们俩也恢复了拌嘴。不过更经常地是，小菲只得到他一个脊梁，不是在书桌前竖着，就是在床上横着。

工资终于恢复了。这两年两人以它做的种种憧憬都可以实现了，却也不过如此。还是相依相偎躺在床上，瞪着深夜的天花板去谈它味道好得多。那时谈到有了工资去买几斤香蕉来吃个够，那滋味太甜美了。工资到了手，还有补发的，俩人却都没了胃口。

十六

欧阳雪突然回来了。电报也没一封，前一封信上也一字不提，门一推，她黑红黑红地站在了门口。内地已是小阳春，她还大皮帽子大皮靴，晃进来如一只狗熊。小菲又惊又喜又怕，话不成句，泪先落下来。她见了小菲有点陌生的样子，小菲摘下她的帽子，握她的手，她都被动消极，似乎当兵的不习惯这些婆婆妈妈的亲昵举动。过了好一会儿，她说："妈妈，你好老呀。"

小菲擤了一泡百感交集的鼻涕。快四年了。女儿成了另一个人，秀雅的影子都没了。

她东翻西找，想找出些零嘴招待女儿。太心切，反而忘了她把东西全藏在哪里。欧阳萸恢复工资之后，她常托人去上海、南京买些高档糕饼，又怕邻居的小孩看见不安全，所以总是藏起来。

"妈妈，你们什么时候搬家?"

没头没脑一个问题，小菲愣了。

"你们住这种贫民窟，真可怕。"

"过去是局长楼呢！"

"还不赶快搬出去，一进来就闻到尿味。"

"能有这样的房子住，我们就阿弥陀佛了。"

女儿四处打量，似乎从没料到自己的父母会住在这样杂乱昏暗、年久失修的地方，也似乎在想象，她自己怎样在这里面住了若干年。她的营房虽然简单，但清洁明亮，朝气蓬勃。

她走到爷爷和外婆的遗像前面，一声不吭，站了许久。内向还是那么内向。不，她比从前更内向了，还装着一肚子心事似的。她在部队当了一年电话兵，又到电影放映队去写广播稿，一写近三年。电影放映队离不开她，几次复员报告都被驳回，因为她不仅写广播稿，也写大标语小标语．布置会堂、灵堂、喜堂都是她一个人忙。她从不提自己的工作，既没兴趣，也不反感。她上一封信说她的探亲假马上要到了，五月份就会回来，现在才三月，她也不解释早探亲的原因。

欧阳雪只带了一个旅行包，里面装了一把牙刷、一个梳子和五斤毛线。她洗了澡便睡下了。小菲从毛线里找到两张发票，一张是大前年的，一张是去年的。她攒足一笔钱买下一半毛线，再攒一笔钱，又买了另一半。她从大前年就在积攒回家探亲送给老辈们的礼物，而她口头上一字不表。地道的欧阳家女儿。

欧阳萸和学院一块儿下乡去“开门办学”，在离省城三小时火车车程的一个茶场。小菲请求学院通知他：参军保卫祖国人民的女儿回来探亲了。

女儿一直睡到第二天上午，还没有醒。路上她大概累坏了，乘了几天几夜的火车。小菲下午有一场演出，给女儿留了张字条，又把糕点盒子压在上面，就上班去了。路上她忽然一个激灵，欧阳雪怎么也不该回来得如此突然。那天下午她的方海珍演得毫无一号英雄人物的气魄，节奏乱套，呼吸不匀，台词说到一半就没气了。有一处独白她几乎又犯过去的瘾症，把台词忘掉。卸了妆她赶回家，女儿竟然还在睡觉。一股她婴儿时深睡的甜香奶味充满八平方米的小屋。小菲看着她睡，心里安全了一些。

她发现女儿虽是深睡，却不时抽搐，脸上也不恬静，心事重重的样子。一定有个原因，使她突然出现在这个家里，不速之客似的。其中必有原因。但小菲知道即便女儿醒来，她也不一定能问出所以然。

女儿起来，晃晃悠悠去厕所。

“你到底为什么突然回来探亲？”她想钻女儿似醒非醒的空子。

女儿空白地看看她，“扑通”一声栽到床上又睡着了。

欧阳萸闯进门就喊：“解放军回来啦？在哪儿呢？”他两裤腿泥，肩上背个席篓子。

小菲把他拦在屋外，打手势叫他安静，尽女儿睡够。

他说：“不行！我就两天假！赶快把她叫醒！她有睡够的时候？年轻人都睡不够！欧阳雪同志——！”

小菲使劲把他拉开，拉到客厅。他抱起小菲，抱得她双脚离地。欧阳家居然出现了这么个变种，他的外向越来越让她吃惊。“我太高兴了！他妈的！我还以为活不到见女儿这天了呢！”

小菲小声把她的疑虑告诉他。

“这就叫军队。”他说，“招之即来，挥之即去。你凭什么瞎怀疑？”

他说着把席篓子口端的绳子解开，叫小菲看。小菲还没探头，一只胖乎乎的蛤蟆蹦了出来。两人赶紧把席篓摁住，系紧。刚蹦出来的胖蛤蟆已经不见了，屋子太杂乱，所有空间都利用上了，储藏旧衣服、旧棉絮。两个老人走了，只有情感价值而没有实际价值的各种旧物巧妙地堵塞在各种形状的空隙里。蛤蟆可以在任何一个积满灰尘的旮旯里和他们捉迷藏。欧阳萸说让它去吧。小菲不肯，一是少二两肉吃——那么肥大一个家伙，二是它要是死在里面，腐烂发臭，把其他东西也连带得腐烂发臭。

“你这个人，喜欢女儿，但是你不懂女儿。我觉得她出了什么事。”小菲用棍子在一只木箱架子下探地雷，蛤蟆可真沉得住气。

“她能出什么事？”

欧阳萸突然想起什么，拔出上衣兜里插的袖珍手电筒。只要有点钱，他见了什么新鲜玩意儿是不能不买的。

小菲把女儿为什么突然去参军的原委简述一遍。“你怎么会对她这么放心？想想你自己当初怎么给你爸爸惹祸的。你干得出什么，她就干得出。”

电筒光圈里，蛤蟆正朝他们瞅回来。小菲用棍子拨它一下，它一动不动，使劲一杵，它逃开了。棍子扑了空，捣在墙上一声巨响。

欧阳雪一身白衬衫白衬裤走进来，皱着面孔，嫌灯光刺眼。“你们在干什么呢？”

二十二岁的人，看上去竟是个大型婴孩。她能惹什么了不得的事？小菲心里的疑团消去一半。

“爸爸成个胖老头了。”她笑起来比任何年轻女孩都无邪。

父女俩马上就陷入难解难分的长谈。从小菲摆餐桌、端盘子，到仨人一块儿喝下一瓶很糟的葡萄酒，父女俩的谈话始终不断线。女儿从来没这么健谈过，讲到她下连队去放电影，骑马骑牦牛骑骆驼，也讲到她脸蛋和脚趾的冻伤，还讲到风土人情民歌。二十二岁，成了个行万里路的女孩。好像她早已把她读过的韵诗、书忘了，她似乎还有点看不起过去蛀书虫般的自己。曾经那么自命不凡，自以为出污泥而不染的读书友人也让她略感好笑。她又有了另一种傲慢：没见过那样的大山大川的人，休谈什么情怀吧。

欧阳萸宠惯地跟她答对。他虽然没去过青海，但许多地名都知道，谈起某某寺庙，某某藏经楼，某某海子泉眼，都很清楚。小菲把爆炒蛤蟆腿端上桌，看俩人出神入化，忘年莫逆，就算她千差万错地爱这个丈夫，有一件事她绝对是对得住他的：她为他生养了一个如此合脾性投趣味的谈话对手。她可以放心了。他过去不总是在一个个情人身上找欧阳雪这样的知己吗？只要欧阳雪一回到身边，家就是最完美的家。

晚上十点钟，楼下传达室呼叫小菲。一个军人在门口等待会见，是都汉的秘书。他告诉她，欧阳雪因为长期偷听敌台而被部队拘留，拘留了一个月，刚刚恢复自由就逃了。都汉今晚接到他在青海的老战友的电话，因为给都汉面子，老战友把这事向下面保密，大家以为她临时有任务去了基层连队。老战友和都汉极其光火，这样的兵是要军法处置的。

小菲脱口便问："什么样的军法处置?!"

"逃兵可能会判监禁。"

"有没有挽回的余地?"

"只要她一个礼拜之内，回到部队，处分会轻一些。"

"我知道她四年没休探亲假，其他战士都回过家，家里都发假病危电报，一封一封地催。我们家的情况不同，所以她在那一批兵里面是惟一一个没探过亲的……"小菲口气强硬，明知这是两码事，却顾不上了，不讲理走遍天下。

秘书的脸平铺直叙："我对具体情况不掌握。都司令员叫我告诉你，假如欧阳雪回家来，立刻通知他。"

小菲回到家，父女俩在灯下写毛笔字。父亲想看女儿写了四年大标语小标语，"庆贺"、"欢迎"、"悼念"之后，字有没有进步。他们俩玩笔墨也玩得来，女儿挥毫便是：塞下秋来风景异，衡阳雁去无留意。四面边声连角起，千嶂里，长烟落日孤城闭。父亲接了词的最后两句：人不寐，将军白发征夫泪。

他们丝毫没注意小菲木呆呆站在他们身边，站了半小时，等他们写完这首词。他们各自都缺一个相称的玩伴，缺了这么久，今晚终于遇到了对方。父亲笑道，原来写几百遍“热烈祝贺”之类，也练字呢，现在女儿的字已脱出了所有字胎，自成一体。他看小菲一眼。

再让他们高兴一会儿吧。写完这一篇再说。等一等，让他们再写一篇。她看一眼欧阳萸给她新买的“上海牌”坤表。她完全不知道自己将怎样开口。无论以什么委婉的开场白来起头，她都将是最煞风景的人。在这一对父女面前，她何止煞风景，她称得上残酷。

她深呼吸一下：执行吧。

“欧阳雪，你先别去洗脸洗手。”她说。这算什么开场白？

“我手上净是墨！”女儿一回头，脸上还在蒙昧地笑，马上就给母亲的冷峻吓住了。

欧阳萸看看妻子。他想她又要开始讨厌了：“十一点半了，你有什么话明天问她。”

“明天就晚了。”她心里直跟自己说，别卖关子，一口气说出来，死活就是它。

欧阳雪说：“那也得让我把手洗干净啊。”

她想说不行。

为什么？因为怕女儿夺门而逃？或许怕自己又得再起一次头，再来个开场白？她叫女儿快去快来。等女儿一走，欧阳萸瞪她一眼。她轻声地狠狠地说：“她祸闯大了！”

欧阳雪回来，心理准备已做好，原先那种清高傲世，当了几年兵之后，变成了死猪不怕开水烫。四年里小祸不断闯，对部队指挥员们千篇一律的严肃教育之词，她渐渐变成了这副模样：爱说什么说什么。

“你到底是怎么回来的？”小菲正式开场。

“坐火车。”她说。双手插在军裤兜里，一条腿架在另一条腿上。

欧阳萸提心吊胆起来。人的成熟标志之一，就是明白有值得他怕的东西。所以欧阳雪离成熟还早，还有一连串的跟斗要栽。

“你根本没有得到上级批准，擅自跑回来了。”

她不说话。

“你知道后果有多严重吗？要受军法处置的。”

“那我上了军事法庭会给自己辩护的。”

“你辩护什么？当兵的临阵脱逃，枪毙你！”

“妈妈好像你特称心如愿似的。”

“那我怎么办？我怎么向都汉老头儿交代？”

“我自己去交代。”

“用你交代？早有人跟他交代过了：你长期以来偷听敌台，被拘留一个月，都汉老头儿比我先知道。”

“那他们说了为什么释放我吗？拘留了一个月，逼我写了一个月材料，为什么又把我放了呢？”

小菲看着女儿。女儿直视她。

“为什么？”小菲问道，自知问得有点愚。

“因为偷听敌台是他们给我的莫须有罪名。收听英语教学广播，就被指控为偷听敌台。你知道我们国家也有英语教学广播吗？我半导体的短波是很灵敏，这就成了他们指控的根据。最后还得释放我。我偷听敌台干吗？好像我会感兴趣似的！”

“就是说，给你平反了？”小菲问。

“没有。就说：‘好了，从今天起你先回去上班，该工作还得工作，不要带情绪。’我请求他们给我一个说辞，让所有人明白拘留一个月是一场误会。迟迟没有说辞。”

“那你也不能擅自离队呀！你怎么这么糊涂？你工作再努力，这一跑，全完了。”

她用鼻子笑了一声。欧阳萸垂下头，他从不知怕，这几年才会怕，但现在他为女儿害怕得要死。在军队呆过的人，明白开小差是什么下场。

“我知道你不在乎什么‘五好’啦，‘标兵’啦……”

“我怎么不在乎?!”欧阳雪几乎怒吼起来，“我在乎！越是不公允，我越是在乎！我拼命都要荣誉，做梦都争‘标兵’！因为他们不公允！我父亲有政治问题他们可以处理我复员，但不可以一面利用我的专长，我的辛苦劳动，一面把我搁在各种我应得的荣誉之外!”

四年里变的不只是父亲，女儿变得更吓人。十二点半了。两个多小时之前，小菲是世界上最满足的妻子、母亲。她的眼泪一滴一滴慢慢落下来。她不仅为自己心碎，更为刚刚找到知己的欧阳萸心碎。

“傻孩子，还有一个月，你就可以名正言顺地探亲回家了……”

女儿沉默地看着正前方。她什么都想过了，任何后果都挡不住她即刻要回家见父母的冲动。她太想念她的父母和外祖母、祖父了。小菲后来才知道，接到外祖母去世的电报，她申请回家参加追悼会，但电影队正好要去连队巡回放映，申请没被批准。也许她上火车之前什么也没想，只凭一股冲动。

欧阳萸一直不说话。小菲的眼睛余光可以看到他放在膝盖上的手。那手像是死亡了。那手是从来停不下的，不是按着想象中的琴键，就是走着无形的棋子，或写着臆想中的句子。

“怎么办呢?”这是他一个多小时以来说的头一句话，比不说还无用。

“没什么办法。我明天要和都汉联系，然后就要把她押回部队。”

女儿看了母亲一眼，几分仇视，几分嫌恶：原来你下楼去和人谋划，把女儿叛卖出去了。母亲有些理亏，但她能藏得住一米七的一个大姑娘？藏住了又如何？怎么找工作？怎么挣钱挣粮，挣一个月四两鸡蛋二两豆油？怎么找婆家？谁会要一个开小差的兵？黑户口，读一肚子书，写一手漂亮字等于零。她不低头，当母亲的必须逼她低头。

“明天一早，我去都副司令办公室。你在门外等着，说不定老头儿不愿见你。你把他脸算是丢尽了！”

“我不去。”

“我没有跟你商量！我是宣告我的决定！”小菲大声咆哮。

女儿突然出现一个顽皮的笑容，说：“咱们邻居刚刚下小夜班回来，正睡得香呢！”

“她不去就不去吧。”父亲说，“她去干吗？有什么用？”

“是个态度嘛。再说，万一她又捣鬼，逃跑了呢？”

“妈妈请不要把这么下作的词汇用在我身上。我要真想跑，你们俩都追不上。”她微仰起脸，笑嘻嘻的。

决定了措施之后，三个人心情似乎好了一些。欧阳雪把饼干盒子抱在怀里，一块接一块地狼吞虎咽。父亲说没人和她抢，她妈妈为了她五月的探亲假专门给她买的，所以她尽管慢慢吃。

“谁知道，说不定这是我们最后一次见面呢。”女儿笑嘻嘻地看着父亲。

父亲却笑不出来。

“不会的！看把爸爸吓的！顶多费你们点儿钱，买火车票，去探监。”

“小雪，胡说八道！”小菲吼道。她吼是因为她相信这种预言可能实现：她和欧阳萸乘上西去的火车，一颠三四天，再换乘长途汽车，灰头土脸，风尘仆仆，手里拎着女儿爱吃的上海出产的“万年青葱油饼干”。

“别忘了给我多带点饼干，妈妈！”

“闭嘴呀你！”

“就这个牌子——‘万年青’。”

哪里痛她偏戳哪里。二十二年前，她在她腹内头一次踹她一脚，她头一次明白原来“牵肠挂肚”不是夸张，是真切的生理感受。

三个人入寝之后，小菲知道欧阳萸不会睡着。他的背冲着她。她也不想安慰他什么。不如说她想从他那里寻找安慰。他的背抽搐一下，又抽搐一下。别是在哭吧？她想到女儿参军后他从农场回来的新年，失去了老父亲又错过了女儿，他哭得如山洪暴发。她眼泪也滚到枕头上。

“再让她多住一天，行不行？”他尽力用平静的声音说，“先瞒一天，后天再去向都汉报告，不行吗？”

小菲说：“不行。连头带尾，她已经离开部队将近一个礼拜了，回去还要乘三天火车，一天汽车。”

他不说话了。十多分钟过去，他说：“多一天也不会有太大区别。你去好好求求都老头儿。”

她静下来，脑子里飞快地跑着各种念头。

“我们就忍忍吧，嗅？”她侧过身，手轻轻拍着他的背，“早走一天，她的过失就小一点。年轻人没有前途，是不会愉快的。女儿不愉快，我们能愉快吗？”

他说：“那就半天，行不行？明天下午再去报告。”

她的手停在他背上。他这么伤心伤肺，要把她折磨死了。

“明天中午。这样你和女儿还有一上午可以谈话。”

“万一她睡懒觉呢？一觉睡到中午怎么办？”

他完全是个缠磨人的孩子。

“我去把她叫醒。”

“那还是别叫了。她坐了这么长时间的汽车火车，该补点儿觉。我宁可不跟她谈什么。”

“那你留她一上午不是白留了？”

“……只要她在身边就行。”

她的手从他脖子下抄过去，想把他转过来，和她面对面。但他不肯，他就想面对黑暗。

第二天一早，他们听见隔壁有了响动。欧阳雪早早就起了床，戴好皮毛军帽，军容风纪整齐肃然，脸上的笑容也变得深明大义。

听见母亲和父亲缓期“押送”她回军营，她说何必呢，多呆半天就是多半天的心惊肉跳。反正也算探了亲，二老都心宽体胖，她如愿以偿。伸头一刀，缩头还是一刀，她笑起来，万顷晴空没一丝阴云。年轻是好，愁不住她。

吃了早点小菲就给都汉打了电话。都汉从来没对小菲发过这么大的脾气，说她和欧阳萸教育出来的什么东西，简直就是内奸，专门祸害解放军！小菲端着话筒，一听他停下来喘气，就小心翼翼地请他息怒，孩子是不成熟，该骂。就是别伤了首长身体。都汉叫她少打马虎眼，“不成熟”这样轻描淡写的词汇用在一个逃兵身上，太客气了吧？小菲觉得话筒都被她攥出水来了，还是一迭声请他息怒，她没注意到传达室的人在打量她：又是哈腰又是点头，手还比画，脸还堆笑，把电话机当个活首长尊敬。

把欧阳雪带到军区的路上，母女俩一句话也没说。女儿这么聪明又这么有主张，教她什么都教不进去的，不如就听天由命，顺其自然。

都老头儿在他办公室的里间见了小菲。他气消了不少，不过还是不想见欧阳雪。他见小菲坐不是站不是地看着他，希望她还是讨他欢喜的，希望他还把她知错讨饶的眼神领受过去，他不忍了，扬扬下巴，叫她坐在办公桌对面的沙发上。他们都沉默不语，五分钟之后，小菲哭了。小菲哭起来总是楚楚动人，老了胖了也不妨碍她动人。

都汉说了一句让她意外的话。他说："你要是跟了我，不会有这种孩子的。"

她一下子就哭到了头。六十多岁的人，怎么还在追讨她这笔情债？他说他以为世上的人都会老，小飞是不会老的。可是现在呢？看她老成了什么？全是欧阳萸的罪过。这几年她受多少苦，只有他都汉明白，只有他都汉不忍。当年多漂亮个小丫头啊，就是甩了他都汉也不该去嫁那个混账东西，年轻有为的军事干部、政治干部有多少，小飞喝迷魂汤似的偏跟欧阳干事犯错误去。一个错误犯下来，一生全是错误。不然欧阳雪好好一个女孩子，怎么就一个师的官兵都治不了她，看不住她？个人主义、资产阶级，全是中了她老子的毒。小菲能不苦吗？能不苍老吗？夹在这样一个老子和一个女儿中间。

小菲渐渐承认都汉是有几分道理的。

老头儿说："我还记得你老母亲怎么说你：人搀着不走，鬼搀着直转。"她破涕一笑，老头儿爱怜地看着她。

"这件事只有一个办法，处理她复员，在档案上记一大过。"

小菲几乎高兴得要喊"万岁"！

"部队多需要这样的人才，她不争气。我为部队可惜，也为她可惜。能使的劲我都使了，恐怕她的军籍是保不住的。我还在等兰州军区最后的决定，不过我劝你呀，做好思想准备，准备她'不名誉复员'。不要抱什么希望。"

"好的！"小菲响亮地回答，两道眉毛飞扬起来。

都汉以为她听错了。"什么'好的'？"他瞪着她神采飞扬的脸。

"不抱希望！"小菲回答。

部队太仁义了，竟然以这种方式饶了欧阳雪。都汉更是念旧之人，为争取这份宽大或许欠了一屁股人情债。都汉不愧是英雄好汉：一次生命，一次恋爱，活到老，爱到老。

离别时小菲迎上去，两手握住都汉丝绵一般的手。恐怕她从来没有懂得过这个貌似简单的军人，始终在误测他的深邃和细腻。

老头儿看着她。随他看去吧。随他去一往情深吧。小菲已过了不惑之年，只有他的眼睛还给她打主角的追光，只在这束追光里她还能做个小姑娘。

小菲和欧阳雪回到家，两人都感到精疲力尽。超出意料的从轻惩罚，原来也很消耗人。她们把消息告诉待毙一般呆坐在书桌前的欧阳萸，他一阵虚弱，笑都没有力气。

十七

排练室漏了一大摊雨水，大家都在院子里等待清洁工清理。陈益群手里拿着一摞稿子，向小菲使了个眼色。她跟他走进办公室。又是有新主角给她演？

“我们团马上要调一个非常出色的女演员来。”他说。

“噢。”他什么意思？

“形象好，年龄演柯湘非常合适。”

原来他是在动员她让出主角位置。她飞快盘算：家里钱倒是不太缺，主要是主角的白糖、伙食补助，她舍不得。她的浪漫就是看见欧阳萸很得意地吃她做的豆沙包、芝麻汤圆。越是胖他越馋甜食。

“不过我可以演B角。我马上争取减一些体重。我……”

“你怎么想的？我会让你演B角？我又不是没看见你的号召力。我会安排的，你放心。”他看着她，意味深长。

接下去事情发展得有些始料不及。他指着那一摞稿纸告诉小菲，它是一个新剧本。上面没有作者的署名。现在不是兴“集体创作”吗？这部戏已经创作两年了。他请小菲拿回家，叫欧阳萸润色一遍。小菲有一点为难，说老欧最近在帮另一个人润色电影剧本，可能忙不过来。陈益群说没关系，等他先润色完手上的电影剧本，再投入这个剧本。

她其实是婉言拒绝，他其实也明白她的拒绝。她恨不得把找上门来请老欧“润色”这个“润色”那个的人骂走打走。因为她看出老欧成了个幽灵作者，替每个人写作，却不得显露面目形骸。每个来求老欧的人都拿一点儿利益作为香饵，比如说恢复老欧的名誉、正式安置老欧的工作、替老欧申请住房，等等。所有许诺一桩接一桩落空，不少压榨幽灵作者老欧的人渐渐名利双收。

“我听说只要老欧帮谁润色，谁的剧本就有希望成功。”他还是意味深长地看着她。她怎么死不开窍？

小菲把剧本放进挎包，答应回去跟老欧商量一下。她趁欧阳萸心情好，给他煮了一壶红茶，加上糖和奶粉，叫他坐在破藤椅上好好享用，她来给他读几页剧本听听。

“谁的剧本？”老欧警觉地瞪着她。

“你先听嘛。”她搅了搅红茶。除了她的手势精巧高雅，茶杯和茶都很粗劣。奶粉总是溶不开，最后成为十分可疑的沉淀物。

老欧享受的就是小菲的手势。为了这手势营造的一点儿情调，他把眼一闭：听就听吧。她刚读了五页，他便睁开眼说：“什么狗屁不通的东西！”

“我没读好，你再往下听……”

“这种东西也配就着红茶听？”

“说不定戏不错呢。”

“不可能！人物一上来就是死的！是死的公式！现在我读一百个剧本，一百个剧本里都是这种‘英雄人物’，配方配出来的人物。至少有的文字还漂亮。这个作者肯定是给领导写讲话稿的，人物一开口就是讲话稿。谁写的？”

“可能是集体创作。”

“大家一块儿，也就不害臊了。”

“别这么尖酸刻薄……”

“你回去告诉这个‘集体创作’，剧本完美，不需要任何加工。你说老欧十分钦佩，希望有幸能拜见作者。”

小菲把欧阳英的原话转告给了陈益群。他沉默一阵摇头微笑：“不会吧？他是个有名的挑剔专家。”

她的撒谎技能虽然趋于成熟，这样的谎言对于她还是太艰巨。她不敢看他，死咬着那就是老欧的原话，她一字未改。

“无论他怎么贬低它，我都不在乎。”他拍拍剧本，“只要他能动手修改一遍。”

“他手里现在有三四个作品，都是省里要抓的。”这个谎她撒得比较圆熟，眼睛也敢溜着他的脸庞边沿擦过。这些年他依然保持着英俊的外表，气质却是小人得意的气质。

当天排练，陈副团长到现场来了。他一见小菲便笑嘻嘻地说：“你反正不排也熟了，还是让高帼英走几遍吧。”

高帼英是刚调来的女演员，在艺术学院戏剧系工农兵学员班进修了一年。

高帼英不到三十岁，高个宽肩，浓眉大眼，长相俊美，不过不是女性的俊美。假如说小菲上足了发条，那么高帼英不必上发条，她的劲头是自动化的，柴油机马达一样，一启动就标志着另一个能源时代。

小菲明白陈副团长当时给她剧本时眼中的意味是什么。她居然把他当做不忘旧情。她这两年受他眷顾原来和那一段儿女插曲没任何关系。他放了那么一条长线，是要钓欧阳英这条大鱼。所有让小菲演的角色都成钓饵，小菲便是钓钩，他现在要收线了。他在年轻时就是有抱负有野心的人。他的野心大大超出舞台上的成功。他想做官。而一个有演戏专长的男子在官运上往往不如什么专长也没有的人。但如果有一两部成功的剧作，就不一样了。文化局几位副局长曾经都是靠作品发展仕途的。

宣传部更是如此。他有耐心，比真正的钓鱼者耐心多了。两年做一条鱼线，够长的，小菲在臆想中对他斜眼冷笑。

“以后小高要多向田老师学习，舞台经验还是田老师丰富，对吧？”陈副团长对小菲转过脸，“多带带小高，做你的接班人还是够格的哟！”

他笑出一个领导的大笑来。你小菲姐该明白了，我能让你红，让你紫，让你黑，也能让你销声匿迹，化为乌有。

一场眷顾，一场恩惠，原来他在这儿等着呢。她当初怎么会那么走眼，居然在他的形象中看到一闪一烁的年轻欧阳萸？不会害羞的小菲，此刻羞恼得不想活。她居然想用他来刺激欧阳萸的嫉妒心，他怎么值得他嫉妒？这样一个小人，平庸无为，诡计多端。

小菲想，陈副团长其实过高估计了她，把她想演主角的动机看成事业心，或者功利心，或者社会责任心。她的动机是那四两白糖和六块钱伙食补助。经过了一筹莫展的贫困，她才不会有那种情操去“不以物喜，不以己悲”呢。无米之炊使她那巧妇老母亲难为得中风了，猝死在贫瘠的锅台边上。她是多没出息多没志向的女人，只有她自己明白，而且为此窃喜。她的那点出息就是看着丈夫有一盘糖醋排骨下酒，清蒸丸子烩粉条就饭。六块钱主角补助，二十份清蒸丸子，烩二十锅粉条，这是多么可心甜蜜的小九九。尽管食堂的清蒸丸子越来越放肆地掺面，可这年头你上哪儿去花三角钱买一份肉菜？为了吃肉，几个大学的工农兵学员们几乎闹学潮。

“益群，你告诉那些‘集体创作’的作者们，他们的确写得很好，不过要是他们真的看重老欧，老欧当然愿意替他们再润润色，他是最爱才的人，这两年扶植了多少青年作者。”小菲说。

两人心照不宣。什么“集体创作”？三个臭皮匠还顶个诸葛亮呢！五步之内还必有芳草呢！只要是个集体，就不会弄出这么个一字不足取的玩意儿。这就是一个挤不出一滴才华的人辛辛苦苦、专心专意、独自制造的垃圾。什么“润色”？明明是敲诈老欧的才华心血，让他老老实实做幽灵作者，让这堆垃圾发生奇迹。

真够直截了当，当晚小菲又把A角柯湘夺了回来。

她想，你钓鱼我也钓鱼，能钓多久就钓多久，能领多久的补助就领多久。若是老母亲在世，该夸她终于长了心眼子。四十多岁长心眼子，晚是晚点儿，九泉之下的老母亲还是会放心一些。

她当然不会再给欧阳萸读这个剧本。她不想再次糟蹋他的耳朵和她的红茶、白糖。她把剧本用报纸包上，塞进蛤蟆曾经避难的角落。塞够一定时间，她把它取出来，拍打拍打灰尘，对欧阳萸说：“喏，你不用读它，给哪个杂志社写封推荐信就行了。”

“推荐这种东西？”他恶狠狠地看着她，“我跟杂志社的人还做不做朋友了？”

“要不这样，我写，你签名。”

“我不签。”

“签个名又不费事。”

“我还剩什么呀？就一个名字还算干净。”

“为了我，你就牺牲一次你的名字吧。”

“为谁我也不牺牲。”

“为谁你不牺牲，为我你就该牺牲！”她嗓门亮开来。

“我凭什么要牺牲我的名字？”

“因为我为你什么都愿意牺牲！只要你好，你开心，我可以做猪八戒！”

“谁让你做猪八戒了？!”

她给堵在那儿了。世上居然有这么不领情的人！

"你有良心吗？这么多年，你看到我怎么为你牺牲的……"她在心里狂喊：闭嘴！爱得再真，一说就一钱不值。她知道自己因为如此的清算讨伐变得面目可憎，一次次在欧阳萸眼里变成最讨厌的女人，还胖，还老，还穿一身不搭调的衣服。但她每次都忍不住。没好日子过的时候，两人把"过好日子"做大方向，步调一致。现在日子渐渐好过起来，大方向渐渐迷失了。

每次在话剧团碰见陈副团长，他都打听老欧是否"润色"完了。她今天推明天，明天推后天，后来一听他那领导人的朗朗嗓音就躲。《杜鹃山》演了一百八十场，她演了一百二十次柯湘。下面要换新剧目，是欧阳萸做幽灵作家替某人写的那个剧本。小菲明白，关键时刻到了，陈副团长不会再陪她钓鱼。她模仿能力惊人，小招数又多，自己写好一封推荐信，请人打字，然后把欧阳萸的签名贴在窗玻璃上，蒙在上面的推荐信便透出了下面欧阳萸三个字的影子。她把三个字描下来，不懂书法的人看不出区别。

她拿着稿子和推荐信进了陈益群的办公室。

"陈副团长，老欧实在下不了手改它，他说剧本很完整，怕改了会破坏它的完整性。这是他给两家杂志社写的推荐信。"

陈益群喜不自禁。欧阳萸若推荐一部作品给省里的文艺杂志，十有八九会被刊登。老欧尚没职位，还是"靠边站"人物，连正式的敌我身份都没澄清，但他的举荐代表着这个省的最高水平。陈益群当然不会只停留在杂志上发表，他会利用资源，把推荐信各处散发。

小菲想，这一场智斗她赢了，还当主角，"上来了，就不下去了"。

回家的路上，喜事逢双，邮局送电报的给了她一封电报，是欧阳雪拍的，说她明天复员回乡。送电报的人跟小菲一场电报情谊十多年，一块儿年轻一块儿老，因为小菲电报多，他多少从中了解她家庭的悲欢离合，因此远远看见她的背影就开摩托车追上来。

她走进食品商店。货架不那么荒凉，时不时会出现一些久违的“凤尾鱼”、“红烧元蹄”，有时还会有卤牛肉，当然有卤牛肉的时候长队总是排到门外人行道上。也总是有吵架的，骂街的，沮丧的。那是很紧张的时刻，不断得竖起耳朵听营业员报告：“还有十斤，后面的人，不要排了啊！”也要瞪大警惕的眼睛，把插队分子揪出去。她一见排队总是很高兴，因为有队排就有希望买到稀有食品。不管是什么，不管有份儿没份儿，她总是先排上队再说。买奶粉需要户口本，上面注册着新生儿的出生日期，小菲心一横，想厚厚脸皮磨磨嘴皮，看能不能通融到一包。

一个女人的声音在她身后说：“是田苏菲老师吧？”

回过头，小菲愣住了。她面对着一个上年纪的仙子，穿着黑色粗呢大衣，裹着白色的毛线围脖，没一件是值钱的东西，但给她穿得很昂贵。就像是没有经历过几年的羞辱、磨难、精神失常，孙百合还是孙百合，谁见了眼睛都为之一亮。

“我老远看见，就觉得像，走过来，还真是田老师。”不知不觉地，小菲握住她的手，往她的神色深处搜寻，难道会愈合得这么好？

“你好了？”一句话问出口，小菲气死自己了，这话不仅问得愚蠢，还问得歹毒。你揭短呢？

她想挽回，说：“我是问你，你们单位恢复你名誉了？”

越描越黑。小菲感觉汗都冒上来了。

“我去年出院的。你怎么知道我得病的？”孙百合倒是坦坦荡荡，似乎说：我又不是故意精神失常。

“好像是听谁说的。我记不清了。”她可不愿意把她在小吃部亲眼目睹的场面告诉她。

“我病了有三年时间，好好坏坏。”

“现在呢?”

“不知道。假如不发生什么事情，应该不会再发作了。”

小菲自觉愧怍，似乎不值当她的这份知己和坦诚。

“那次我在台上被批斗，你在台下鼓舞我，我一直想跟你说，我很感激你。”

原来她的坦诚是她对小菲的感激。她想告诉孙百合，她其实在为台上的丈夫鸣冤，她那时没有心思管别人的事，只要铜头牛皮带别落在丈夫头上，她当街跳大神也无所谓。但她不愿意孙百合知道实情。她也许把她当成少有的几个同情者中的一名，曾以为她安慰过自己。在她绝对孤立的时候，上蹿下跳，又喊又叫，在批斗台下制造混乱的小菲或许是个温暖的形象，她把这形象一次次从记忆深处呼唤出来，和自己做伴。

“现在一点儿也看不出来，根本不像病过的样子。”小菲说。这是实话，但孙百合的表情让她意识到她又说错一句话，至少不必这样满脸是戏地来说这句话，若漫不经意地说，听上去就像真的了。

结果小菲磨破嘴皮也没有说动营业员把奶粉卖给她。当天下午五点，她去剧场化妆，门口又碰上孙百合，她手里拎着两袋奶粉。小菲拼命推让，她却说：“这样推让，我宁可不送你了。”

小菲一听这话，莫名其妙一阵自惭形秽。她真和欧阳萸般配，虚套礼数、热闹的寒暄让她窘迫而痛苦。小菲收了礼，道了谢，然后请孙百合看戏。孙百合不饶人，说这种戏没什么看头，上演好剧目她不请自来。和她接触，小菲觉得既舒服又刺痛。那么磊落大方，得体可人，而她的优越对小菲是一种压力。

接下去她和孙百合便相互走动起来。小菲了解到她的身世：

祖母是从美国传教来到中国的，和她做医生的祖父结了婚，在这个省定居下来。父亲曾在南京的总统府里任过要职，解放前夕和她母亲去了台湾，并打算第二年春节就回大陆。当然是再也没回来。祖父和祖母在结婚二十年后终于发现他们“鸡同鸭讲”的沟通太受罪，便离了婚。孙百合是跟祖父长大的，祖父去世后她独自生活到现在。小菲在心里开始做媒，拉出一个名单：团里的单身男演员，欧阳萸学院的单身男教师，以及和他交了朋友的单身工宣队员，加上都汉手下的秘书、处长、科长、参谋，所有像点样子、不丢她这个媒人脸的光棍汉们都比孙百合年轻，并年轻不少。但小菲断定他们都会对她一见钟情。

而孙百合笑嘻嘻地说：“我是独身主义者。”

“你这么可爱一个人，独身主义太残酷了吧？”

她俏丽地瞥她一眼：“独身主义又不拒绝爱情。”

噢，原来如此，她并不缺情人。这就解释了当年在批斗台上，何故她的罪名之一是“破鞋”。

不管她们俩人怎样热络往来，小菲都不把孙百合带回家。第一家里拥挤寒碜，搁进去一个仙子般的孙百合会很怪异，尤其女儿回来后，更是乱上添乱，似乎部队让她整洁四年，她用乱来给自己猛放一次假。其次是她担心欧阳萸和她会情投意合。他虽不似当年的俊逸，老了、胖了，但火烧芭蕉心不死，浪漫的根子是拔不掉的。

逐渐有一些传统小吃恢复了，所以她和孙百合总是找一家小吃店见面，两人轮流做东。有次小菲带着女儿一块儿出席，孙百合看见人高马大的女孩面孔一僵：无论青海的水土怎样改变人的外貌，她看出女孩纤秀的内质。

欧阳雪一身绿军装，没佩领章帽徽仍然打眼。她和孙百合一拍即合，不一会儿便跟她讲起了英文。孙百合只用中文答话，笑得极其文雅，似乎明白年轻人喜欢锋芒毕露、与众不同，卖弄一下才能也是情理之中的事。但她自己是不愿卖弄英文的。小菲由此便更加喜欢她。她很关心欧阳雪复员之后的打算，认真听了她所有不切实际、狂妄无比的计划：比如在一年内翻译出版美国60年代作家的代表作，在下一年翻译出版60年代西方哲学著作，第三年翻译出版60年代西方主要思潮形成的文化著作。

“你怎么了解到这些作品的呢？”孙百合问女孩。

“我自有渠道。”女孩认真地说，“其实暗地里什么都照常进行：外国电影，西方书籍，中国传统戏剧，全都存在，就是对大众不存在。”她玩世不恭地眯上眼，表示：还有什么她没看透的？显然她和她的一群地下朋友们没闲着。

“你们能想象吗？很多靠边站的著名京剧演员私下常常唱堂会。不过大众嘛，只配看八个戏，噢，现在是九个。”

告别时欧阳雪邀请孙百合去家里喝母亲的红茶：“在这个破城市，我妈妈的红茶基本上是人喝的。”

小菲让女儿弄得狼狈而被动，马上接上去说：“哎呀，我们家像个叫花子寒窑，我一直不敢请孙阿姨去。”

“爸爸一天到晚请客人去呀！”

“那都是什么客人？谁也没请他们，他们自己请自己。”她转向孙百合，“只要你不嫌弃！”

孙百合推托了几次，终于登门了。那是庆贺“四人帮”垮台的第二天，小菲叫欧阳雪写了“请柬”，分别寄给孙百合、小伍、都汉夫妇，请他们周末来吃饭。从几天前，她就开始准备这次家宴，买了几个藤沙发，做了白色的垫子，又把旧东西搬到小屋，把小屋堆成一个废品仓库，人都插不进脚。

欧阳萸抱着稿纸被她轰到这里，撵到那里，烦得大喊大叫：“不挺好吗？折腾什么？”

他曾经是那么一个爱布置环境的人，现在只要有吃不冷就心满意足。革命是残酷的，小菲想起几十年前的这句话来。恐怕小菲对他和孙百合的担忧都多余：他没剩多少浪漫。她还把墙壁刷了刷，她的刷墙技能和操作流程都是乱来，明知是“猫盖屎”地粉饰，不过至少在短时期内屋子是光头整脸。

她叫欧阳萸写两幅字，她拿去紧急装裱，他根本不理她。任务最后落在女儿头上。女儿对忙得像陀螺一般急转的妈妈侧目而视：她怎么了？以为给这破房子搽点粉，抹点胭脂，它就不丑了？不过她还是打着哈欠，伸着懒腰开始研墨。一写就铺张得没命，把她爸爸存的一点儿好宣纸全糟蹋光，在父亲的书房，也作客厅、餐厅的屋门上贴了“墨未浓”三个字，那间小屋门上，是“心自闲”，想想不好，撕了重来，然后就从“欲看妻子愁何在，漫卷诗书喜欲狂”，写到“欲将心事付瑶琴，知音少，弦断有谁听”，又写到“休对故人思故国，且将新火试新茶”，最后是“往来无鸿儒，谈笑皆白丁”，她很得意这一句篡改，笑傻了。

天不亮，小菲就出去买螃蟹，运气不错，她买到的二十多只螃蟹都是雌的。上班她便向陈副团长告假，说星期六晚上让高帼英上场。到了五点，客人们快到了，见女儿和父亲还蓬头垢面，穿着居家的又旧又舒适的衣服，便催两人赶紧更衣洗脸，为她装一晚上蒜。她自己穿上一件海蓝色锦纶毛衣，质量低劣，却是市面上流行的质料，弹力好得惊人。女儿一看就说：“妈妈好像一个蓝色的胖玉米。”

她没了主见，拿出一件米色春秋衫，就是半个城的女人都有一件的那种，心里无底地套上。女儿的挑剔已等在那里：“妈妈也太芸芸众生了吧。”

惟一的旧衣服是件黑色高领羊毛衫，质地精良，连虫子都识货，在上面又住又吃，对光线看看，快成网线袋了。她把几个明显的洞眼用黑线缭上，里面衬上深色内衣，不细看还是穿得出来的。欧阳雪稍微满意一点，叫她千万别扬胳膊，因为腋下已经磨成一层薄纱，半透明的。

都汉带了妻子，也带了秘书。秘书是新调来的，三十六七岁，斯斯文文，进了门就让小伍缠上了。离婚好几年的小伍是匹好马，绝不吃回头草，顶住老刘和孩子们的恳求，坚决不复婚，暗地让不少人替她扯皮条。都汉和护士长都很自然，跟欧阳萸谈起“四人帮”的各种恶行，谈得颇投机。至少表面上看是谈得拢的。

最后到的是孙百合。

欧阳萸一见她便把半句话忘在了嘴里。都汉一回头，马上明白他何故只说半句话。孙百合抱了一大把睡莲进来。可以想象她搜遍整个世界去买这把睡莲。睡莲有浅紫，有浅粉，也有雪白，勾引起人的满心惆怅：对于青春时期的追求，对爱美爱花的日子的缅怀。现在看这样柔嫩的花，有点时过境迁，迟了，爱不动了。

她的脸只是对着小菲，为自己的迟到道歉。小菲把大家介绍给孙百合，又把孙百合介绍给大家。不知紧张些什么，她气都短了，手忙脚乱地上来扒孙百合身上的风衣，孙百合说她先不脱，好像屋里不够暖和。小菲马上去厨房，灌了一个热水袋，急急忙忙跑回来，往孙百合手里塞。她怎么把孙百合当成个惯宝宝？她心里恼自己。

孙百合穿的是多年前的一件长风衣，领边和袖口都毛边了，但洗得很干净，熨得很挺刮。那么过时的东西，不是她祖母的，也是她母亲的。她的发式是20年代女学生的，似乎种种过时的打扮都是她美丽的原因。算一算也有四十多岁，但她对年老的无视和不经意使她有另一种老法，一种不输给青春的老法。她老得别有风情，比她年轻时更迷人。

她跟屋里的人一一握手。小菲的眼睛都瞪成猫眼了，看欧阳萸对孙百合怎样反应。他有点掩饰不住的兴奋，笑容生硬，抓耳挠腮，她却基本上没反应，似乎不记得和他曾上过同一个批斗台。小菲放心了。他毕竟老了，胖了，才华被滥用，在一帮子争名夺利的伪文人背后做幽灵作家毕竟不值得孙百合这样的女人倾慕。她和都副司令握手时，司令夫人眼里露出微妙的敌意，不是男女方面的，却与阶级阵营有关。护士长嗅觉灵敏，对孙百合暧昧的阶级身份，不端的政治面貌，她闻都闻得出。

开饭之后气氛更好了，三杯白酒下肚，大家从一个话题跳到另一个完全不相干的话题，全然不影响谈兴。小菲心里真是侥幸，欧阳雪临时给朋友叫出去，不然会说出些不识时务，没有深浅的话来。把这一桌人扯到一块，小菲的社交本领应该说是大大进步。她不断展开新话题，把每个人都容纳于其中，一见某句话没被接好，落在了地上拾不起来，她便说“哎，你们听说没有”，然后随机应变扯出一段风闻，有时是关于省里某个官员被罢免或重任，有时是关于某个牌子的味精有毒。小伍是个好帮手，只要有个开头，她立刻把话题炒成热门。

欧阳萸频频想和孙百合谈话，而后者只是消极招架，显得对他和她的谈话兴趣不大。小菲心里一阵阵松快，看来欧阳萸的一老二胖的确影响魅力。转念她又为他屈得慌：要不是这几年过得不济，游街批斗，劳教农场，他肯定不是现在的德行。他曾是多俊美的一个白马王子，虽然骑的是一匹赖马，但他的风度压倒全军。孙百合你可真该看看他刚刚进城的模样，十个女子有十个会跟他私奔。现在他虽然没有原先的仪态形象，但总还算好看的中年男人吧？你孙百合也不年轻了，连一点儿特别注意力都不给他，也太过分了吧？他不张口则已，一张口还是倾城的，至少让这个小城市没见过大世界的青年男女倾倒。他可以多么机智，多么有学问，又多么诗意，你就给他个机会施展施展吧，他想施展他谈话魅力的时候并不多，值得他施展的人更不多。

“百合，其实你和老欧是老相识了。”

孙百合吃惊地笑了。欧阳萸蹙起眉。小菲知道他嫌她哪壶不开提哪壶。

“有一次挨批斗，你们同在一个台子上。”

孙百合又笑一下。小菲看不出她是明白还是不明白。都汉说：“不快乐的事不说！小菲你这个女主人不像话，‘四人帮’都打倒了，还提那些干什么？”

他举起酒杯，夫人把眼睛逼向他。他说：“来来来！”

“装没看见我！”夫人咯咯笑着说，“要在家他喝这么多，他可完了。”

“我会怕女人吗？”他看看所有人。

“你不怕女人，你怕啰唆。”小伍说。

都汉大声笑道：“错了，我是怕女人的！”

“怕就好喽！”夫人说。

都汉这时眼睛定在小菲脸上。老眼昏花了，却还是直冒火星的一双眼。他说他怕女人，小菲明白他在和她调情。意思是他只怕一个叫小菲的女人，假如小菲做了他的女人的话。奇怪，世上就有永远把你看成一枝花的男人。

欧阳萸又看一眼孙百合，她却浑然。也许是装浑然。小菲越来越为自己丈夫冤得慌：他怎么就不配你？胖嘛是可以减肥的，老嘛有老的风采，再说你这样有修养的人在乎一个男人的模样吗？我还以为你比我深沉多少呢。

等客人离开后，小菲累得“吭哧”一声躺在床上。看着结蜘蛛网的天花板，她说：“是不是跟仙女似的？”

“谁？”

“百合呀。”

“也是一把岁数的人喽。”

“那就是一把岁数的仙女。”她对他做个用心不良的笑脸。

“哎，你碗还没洗吧?”他指指厨房方向。

“你什么时候管过洗碗的事?”

他不理她了。现在他多数时间不答理她，少数时间和她斗嘴，好好说话就是说女儿的事。女儿从复员到现在换了无数工作，从工厂换到居委会，又换到公园种植处，干一样烦一样，两人便商量下面去找哪个熟人帮她再跳一个槽。她上班从来都糊弄，下班严肃而忙碌，也不知道她整天在读和写些什么。

“我说，假如你的情人是孙百合，我保证不难受。”

他还是不理她，眼睛像看个拙劣小丑似的向她一瞟，哭笑不得。

“真的。我跟这样的女人为伍，还难受什么?”她并不嬉皮笑脸，奇怪地由衷。

“你又要无聊了?”

“我知道你喜欢她。”

他开始往外走，但小屋里被旧物填得几乎成了实心，他扬长而去也扬不开，东插一脚西插一脚。小菲在他身后说:“你别走了，我走。”

“你往哪儿走?”他停下来。

“我洗碗去啊。”

小菲从床上爬起来，一伸手打个大哈欠。欧阳萸指着她的腋窝:“怎么穿了这么一件破衣服?”

她不答话。这件黑毛衣是许多年前他给她买的。毛衣穿破了，他们的夫妻也做成了这样:再是拌嘴，也充满惯性和舒服。

十八

一般说来，做这种手脚是不会被戳穿的：小菲从陈益群神气活现的模样断定，他的作品经幽灵权威老欧的推荐，被某刊物采用了。她在《于无声处》中又摊上主角，也证明了他"以物易物"的公平买卖人的良知。或许他还会有求于小菲以及老欧，所以他的钓鱼线还在往长放，往远放。

一切都会毫无痕迹地过去，只要老欧不看见那一期杂志。他对劣质作品记忆力好得惊人，远好过对好作品的记忆力。小菲将近一年前给他口诵的剧本，以它的拙劣给老欧留下了铭心刻骨的印象。杂志主编把杂志寄给他时，里面夹了个纸条，说谢谢他的支持。他莫名其妙，记不得自己给了什么样的支持，于是他翻开了杂志。那个剧本的名字当时就给他留下了丑陋印象。读了前五行，他明白原来是同一劣作。

他马上给杂志社打电话。

"不是老欧你推荐的吗？"

"他妈的我瞎眼了？"

"这里有你的推荐信，要不要我送过来给你看？"

他一眼看出签名是拙劣模仿。主编断定是这个作者捣的鬼。老欧火的不是作者，他火在整个杂志社仅仅拿一封推荐信作标准，难道看不出这篇作品有多糟吗？主编马上说他没细读，不过编辑都说还过得去。

老欧觉得如果是那样，他就无话可说了。巨大的悲哀使他无心追究到底谁仿冒他写了推荐信。主编的愤怒全集中在作者以如此大胆如此无耻的手段自我推荐作品这桩事上，因此他回到杂志社便找来陈益群。

陈益群说这是冤案，他堂堂话剧团的领导人怎会搞出这种勾当？肯定是老欧年迈事杂，记不清了。这封推荐信是老欧的夫人田苏菲亲手交给他的。

主编在这个省城的文艺界混了几十年，对小菲和陈益群那段风流插曲也有耳闻，立刻判断出事情的真相：田苏菲为帮旧日情人一把，在老欧和陈益群之间两头瞒，才造成如此尴尬局面。他觉得再跟老欧追究下去，便不够正人君子了。既然杂志社同事一致看不出作品的糟糕，发这一篇和发其他的，都是一样填充版面。

但他指出的假冒签名却让陈益群十分羞恼。小菲听完他愤怒谴责之后说："好歹不是发表了吗？"她心想，我多少份清蒸丸子吃下肚、消化了，你还能把它们抠出去？

"没想到你这么诡计多端，为了演几个主角……"

她想，你太把我看高了。我是冲着主角的补助来的。不过她嘴上说："那你要不要登报澄清，都是我搞的把戏，老欧根本没推荐过？要不要我把他当时读剧本真正的评价在报上公开？"她现在怕什么？食品供应已日趋丰富，老欧又检查出了糖尿病，不需要白糖了。

陈副团长很做得出来，当晚就不让小菲上台了。

过了几天，省报登出一篇文章，批评了省里的几个文艺作品，陈益群的剧目首当其冲。看来欧阳萸在写这篇文章时忍住剧烈的恶心，仔细读完了它。因此他所有从剧中的引用都是他批评的最好例证。他口气平静，但每一个字都是一颗子弹，把他的批评对象打得体无完肤。小菲读着都痛快，联想到刚刚认识欧阳萸那一阵，他在水边瞄准兔子。她只听别人说他是怎样出色的射击手，现在她发现他用文字射击，也是个神枪手。

排练话剧《洪湖赤卫队》时，连做赤卫队员的份儿也没有小菲的了。她挺胸昂首地从陈副团长面前走过，心想，他以为她在乎呢！她的老欧马上要恢复名誉、恢复职位，再也不必当幽灵作者，他可以名正言顺地写他的长篇巨著。那六块钱伙食补助——虽然涨到了十块——她再也看不上眼了。

团里新招了不少学员，都变成“田老师”的弟子，小菲其实也很充实。

这天她回家晚一些，见孙百合正坐在客厅和欧阳萸谈话。令她惊奇不已的是，这位声大气粗的老欧突然又变成一个话不多、声音低沉的欧阳萸。他基本上是听孙百合说。她说的是她多年前对宗教历史的一些见解。常有冷场出现，但冷场下潜流着另一种沟通，因而冷场丝毫没有变为僵局的危险。欧阳萸每结束一次冷场，都似乎有了进一步的觉悟，然后两人的谈话又登高一层楼，抑或又沉潜到另一个深度。他们谈得从容，见小菲进来只是点头一笑。小菲站了半天。听了半天，他们也没有想把她纳入谈话的意思。没有任何令他们不安的理由，因此小菲也就坦然了。

孙百合是路过这里，顺便来看看他们的，她已经正式被恢复了名誉，也快要恢复工作。小菲想她是一直很清苦的，却清苦得不露痕迹。

以后只要和孙百合谈过话，欧阳萸就脾性温和一阵，不扬起嗓门跟小菲嚷嚷。连欧阳雪也看出这一点，只要父亲在家出粗口，大嗓门，她就说：“孙阿姨有好一阵子没来了。”她考上了省里最好的工学院，谁也没料到她会去学理科。每星期回来总是对孙阿姨是否来过有准确判断。

小伍结婚时，请了一大屋子人，包括孙百合。她那个断绝母女关系的母亲也出席了，母女俩像是这么多年一直在做亲密母女，伍老板娘开口便说女儿的好处。就在这个婚礼上，小菲断定欧阳萸和孙百合恋爱了，欧阳萸真爱上谁是顾不上掩饰的。孙百合也好不到哪里去。他们对伍老板娘的显财露富，庸俗热情毫不在意，因为他们只注意对方，一屋子人都不存在。放在平时，碰到伍老板娘这样的表现他会跟小菲传递几个烦躁信号，然后悄悄溜掉。今天他特别宽厚，只是因为他根本不知道屋子里的人在说什么，笑什么。

小伍的丈夫是大军区一位文化部长，小老头儿，慈祥可爱，小伍和他站一块儿，像他女儿。小伍无情，因而不易老，小菲这样总结。媒人是都汉，不过都汉并没出席婚礼。

方大姐也出席了。她虽然口气还如过去一样权威，但谈的多是老年性疾病和吃的各种药，因此跟新郎倌一谈就谈深了。不然她也许会警觉到欧阳萸和孙百合：他们在这间一百平方米的会议室里神交。

孙百合能让欧阳萸过得好吗？只会买睡莲可不行，他的营养、口味都是小菲眼下的生活纲领，否则他怎么去完成巨著？孙百合说过她是独身主义者，也许是假话，也许是俏皮话，碰到一个中意郎君，又才华横溢，名利无量，她才不独身呢。哪个女人心底下不想为人妻？不为人妻是白做一世女人。

现在小伍也时髦了，结婚订了个大蛋糕，上面的假奶油如同铺了厚厚一层棉花絮。每个人都上去哄抢，只有欧阳萸和孙百合不动，好像他们吃惯真奶油，不可以堕落得吃这种鸡蛋白混着白糖催化出的泡沫。热恋和失恋都降低人的胃口和消化能力。

它终于发生了。从小菲第一次见到孙百合到现在，二十多年过去。得要二十多年、十多次运动、人生的大颠覆才能让他们相遇。小菲不禁为此震动。

这个美丽的女人在热恋时更加美丽，你看她看欧阳萸的眼神，真美。小菲想，不知哪一天，哪一时刻这张漂亮脸容会挨一个大耳光。她小菲做事干脆，也大众化，在表达嫉妒、惩罚姘妇的方式上，就只会用大众化的手法。她当然不会在那大耳光尚不成熟的时候去扇，扇不成熟的大耳掴子有可能把欧阳萸扇到对方怀里。一定要拿住证据，一定不能给他们抵赖的余地。

同时怎么办呢？她还装得下去吗？还像过去一样待孙百合吗？不装是不行的，她怎么拿得着证据？假如马上发难，反而给他们同盟抵抗的决心，现在他们还有余地抵赖。马上发难绝对不智。那就装一阵。小菲在后来想到这时候，非常怜悯此刻的自己：要她按下不发作，假装被蒙在鼓里是多难的一件事。她在这方面很笨，正如女儿在十几岁时就英明指出的那样："妈妈你爱得太笨了。"

从小伍的婚礼之后，孙百合不上门了。小菲跑到宗教历史学会悄悄打听，证实了学会尚没有给孙百合分房，她仍旧和另一个女同事同住一间宿舍。

话剧团的领导又有了新调整，从部队转业的一位政治教导员任党委书记。此人对话剧一窍不通，上来却让团里排《北京人》。大家有些糊涂了：书记究竟是水平太高，还是水平太低？《北京人》是多难演的一个戏。这位政治干部每天到排演场看，坐在那里一杯浓茶一支香烟，看了两天，他把马丹换成A角。有人建议小菲，他摇摇头，然后很有政治水平地解释了他的用人意图："田苏菲比较适合演一号英雄人物，江水英啊，方海珍啊，柯湘啊。她演刘胡兰肯定是头号人选。"

大家顿时感觉上当，这个政治干部原来假装门外汉。

接下去是第二剧组排《咸亨酒店》，里面更没有一号英雄人物，小菲和高帼英都成了"英雄无用武之地"。再排，就是《日出》，书记看了小菲演的陈白露，说：“太遗憾了，一身的英雄气概，看来只有等到哪部戏里有一号英雄人物，你再上吧。”

小菲这时心情不同于去年。她觉得必须再大红大紫一回，和孙百合才有一拼。没她的戏演，她不就成了专业煮饭婆了？她什么都比不上孙百合，至少要用知名度压住她。她开始早起跑步，一天一顿饭。三个月后，她的腰围又回到了三十多岁，胸围却回到了发育初期，人减体重要能指哪儿减哪儿该多美。

她听说团里要以一部新创作的剧目参加全国话剧会演。戏是有关一个女医生在“文革”中悲欢离合的故事，年龄适合小菲。她再次暴红的时刻到了。她不红可不行，让孙百合觉得缺乏挑战性，没个比头。欧阳萸也该明白，全省都拿她小菲当回事，去北京会演若得奖，那全国人民都会拿她小菲当回事，在别人眼里，她可不输给孙百合。孙百合算什么？谁知道世上有个孙百合？

她买了贡酒、中华烟、毛峰茶，装在一只尼龙包里，敲开党委书记家的门。书记正在吃晚饭，饭桌矮得像个炕桌，上面摆着烙饼和啤酒。妻子一看就是进城不超过五年的乡下贤妻，见小菲提溜出烟、酒，脸都红了，跑进厨房，又在矮桌上摆了一副碗筷。

小菲记得童年时跟母亲去某家送礼，母亲把求人的事做得一点儿不寒碜，一字不提她送礼的目的。

因此她也不提。

她跟书记谈过去演的一部部戏，戏中出的各种纰漏，把书记逗得直乐，妻子也直乐。小菲是很舍得出自己丑的人，把自己从艺历史中出的所有事故演给书记两口子取乐。连她早先演刘胡兰，躺在铡刀上下巴险些被铡下去，也连说带比画地讲给他们听。

她知道自己青出于蓝胜于蓝，比起母亲，她做得更体面，更不露痕迹。她端起书记妻子递过来的大碗啤酒便喝起来。一号女英雄嘛！

“我还正想找你呢，你有没有看那个剧本？”

“我看了。”小菲按捺不住了，本来她该装蒜：哪个剧本啊？

“你对演员人选有没有想法？”

“我又不是导演！”小菲今天豁出去了，假如书记心目中的主角是别人，她就要在这个矮腿桌上跟他硬争。

“导演觉得高帼英合适。”

“她不合适。”她才顾不上含蓄呢，“虽然是一号英雄人物，但女主人公是个知识分子。”

“我也是这个意见。你是导演的话，你让谁演？”

“我让我演。”

“我一看就知道你是个痛快人！好，干了这碗！”

小菲仰脖子灌酒，今晚就是做女座山雕也认了。随便书记认为她是皮厚还是自负，是鲁莽还是直性子，她反正说出了蓄谋已久的话。

一连几天小菲惴惴的。所有人都在猜女主人公是谁演。导演讳莫如深，陈副团长满脸奸笑，党委书记还是一杯浓茶一支香烟坐在排练场，此刻马丹在排虎妞，书记看得入神，天花板砸下一块都没惊动他。排练场漏雨漏水，地板成了跷跷板，今天漏雨终于把天花板漏塌了。

书记从塌了天花板的排练场走出来，急行军一样目的地坚定。他直奔小菲，然后说：“准备演女一号。”

小菲得到了角色。她不知道是送的礼起了作用，还是出自己洋相让书记看到她辉煌的演出史——一连串的一号英雄人物。反正书记说服了自己，说服了导演，说服了陈副团长。其实陈副团长已是名存实亡，对“四人帮”时期红过的人，省里已经在罢免职务。

小菲又浑身劲头地出现在排练场里。为了赶排会演剧目，惟一的排练场让给这部新戏，《骆驼祥子》挪到院子里排练。奇怪的是书记不再是一杯浓茶一支香烟坐在排练场里，而坐到室外去看《骆驼祥子》。后来人们明白，书记心里自有他的主次安排，去北京参加全国话剧会演的新戏被他看成临时政治任务，而他认为话剧团的生死存亡要靠经典剧作。

这两年一些老电影复活，新电影诞生，京剧团的剧场常常作为电影院租出去，看了十年样板戏的人都给电影俘虏过去。话剧团虽然比京剧团稍好，但演出常常是一半虚席。剧场维修，演员宿舍建设，排练场换天花板和地板，都指望演出赢利。而赢利指望好剧目，久经考验的名戏。农村生长，部队教育出来的书记心眼实在，话剧团两百多号人的吃喝拉撒睡是他最沉重的心事。他可不愿看见这个剧团破落下去，成个朝不保夕的江湖班子。当然，这都是小菲和其他演员们后来慢慢领悟到的。小菲此刻还是精神空前地饱满，一招一式一词一语都发挥良好。她一招一式可不是给导演看的，也不完全是为了观众和会演评选委员会，她是冲着孙百合的。她别无选择，只有创造辉煌，用辉煌击败她。

就在小菲赴京之前的一个星期，方大姐的丈夫去世，省里大报小报都是一片颂扬，代表全省人民为一个“青天大老爷”大恸。第二天，晚报的第三版发出了欧阳萸的文章，基本否定了省长在建国后的所有政绩，把他在饥荒三年中调查的农村状况作了生动描写。文章中还批评了省长夫人，借组织部长官职大重用提拔在县里搞浮夸，对农民群众犯了罪行的干部。他这次抛弃了“文贵于曲”的信仰，直截了当，不致命不罢休。

文章一出来便是一匹黑马，全省给它冲撞得鸡飞狗跳。

第三天，一些类似的文章刊登出来，但作者全部化名。

第三天晚上，省文化局和艺术学院合办国庆晚会，会前有个小型聚餐，请了省市领导。欧阳萸是东道主之一，但他在聚餐进行到一半时才跟小菲一块儿露面。本来他不愿出面，经不住小菲吵闹，最后答应了她。他不知她的隐衷。她不欠一顿聚餐，但她必须要在此类场合下确立和巩固自己的名分：欧阳夫人。她的知名度和身份该是惟一般配他的夫人。看看谁敢夺她的地位。

刚刚入座，小菲端起红酒和一桌客人碰杯。欧阳萸斜瞥她一眼。瞥就瞥，她要大家看看，她虽然往五十岁上走，但还是很上台面的。这时，她看到对面贵宾席上坐的方大姐，已经是个老太太，头发稀落了，没掉的也白了，穿着铁灰的春秋装，臂上套着黑袖套。她比欧阳萸大不了几岁，看上去竟像个守寡多年的寂寞老妪。小菲不由得眼眶一热。不管怎样，是二十多年的朋友，大姐大姐，叫了几十年，冷的也叫成热的，假的也叫成真的，人情有时就这样不可理喻。

方大姐把眼睛定在欧阳萸身上。欧阳萸和邻座聊对了路子，酒精也开始作用于他，他显得年轻得意，并有几分张狂。方大姐站起身，端起自己的酒杯。她一口没动那酒，因此她刚一迈步，酒便溢出来。小菲意识到，不仅是因为酒倒得满，也因为她的手颤抖。丈夫刚去世几天，她何至于颤颤巍巍？她经过的座位上，人人都跟她打招呼，她根本听不见看不见。人们的神色变了，担忧的，看好戏的都有。

方大姐走到欧阳萸这一桌，眼睛看着他。

欧阳萸被她杀个冷不防，显出一些狼狈。

小菲赶紧端着酒站起来，点头哈腰赔笑："哎哟，方大姐，您敬我们酒，不是要折杀人了！"

老妪方大姐看她一眼，根本不屑于理会她。她说："欧阳萸，来，你敢不敢站起来，跟我喝一杯酒？"

欧阳萸还是处在被她将军的地位，笨拙地站起来，但没有端酒杯。

“看来是不敢，哼哼！”方大姐一下子不老态龙钟了，佘太君似的英气勃发，“这样的人，只敢背后下毒手！”她对大家说。

餐厅静极了。人们都知道这俩人情同手足许多年，也都知道欧阳萸在报纸上发表的文章。

欧阳萸一语不发，淡然地看着老妪冲动得银发颤抖，满脸红光。

“我早知道，‘四人帮’一倒，一定会有跳梁小丑跳出来，放冷枪暗箭……”欧阳萸看着她的眼神不但淡泊，并充满怜意：你看看这位老妇人，她还会用正常语言表达情绪吗？十几年里这样的话经过无数次废品回收，流通周转，都烂成这样了，她还在用？

小菲解围说：“方大姐，有什么话，我们下去慢慢说……”

方大姐头一甩：“我还跟你有话？你们这一对是什么东西，我早看出来了！不过一直心软，对你们姑息，没翻脸。”

她又转过去面对欧阳萸：“你乘人之危，省长尸骨未寒哪！大家看着，我今天要和这个叛徒干一杯！”

小菲突然发现全省最好的一号英雄人物在这儿呢：方大姐把酒杯高高举起，向四面八方慢慢转身，大家都被她震慑住了，只有欧阳萸淡然如故。他似乎是料到她会做出什么样的戏剧性举动，把剧情推向高潮。人们在这些年的审美教育中，戏里戏外常常闹不清楚，常按样板戏英雄人物的动作板眼在此类局面中行事。

方大姐将一杯红酒泼向欧阳萸的脸时，他动也没动，毫不诧然。心里的板鼓点子早为她敲着呢，当然会知道关键动作何时发生。

泼完酒，方大姐自己悲愤得流起泪来。

欧阳萸从裤兜里掏出一张公文纸，擦了擦脸。小菲醒过神，从包里掏出自己的碎花手帕递给他时，他已经坐回桌边了。

“什么玩意儿！”小菲说，“水平太差了吧！”

方大姐给两个人搀扶着，正往门口走，此时她停下来，脸并不转向小菲：“不需放屁！”

“撒什么野呀？有本事也到报纸上讲话嘛！”小菲用她的女主角声音说。

欧阳萸小声说：“小菲！”

“话我是要讲的！急什么？！”方大姐转过脸，“不过我和你这种货色没得好讲。”

小菲觉得脸上一冷，肯定面孔是青的。方大姐若以为小菲给她这样暗戳一下便会老实，她可错了。小菲是不在乎别人揭她短的，因为她不怕羞。

“对了，我就是这货色！”她脆亮地说，“欢迎去报上写。你权大势大，报纸跟你家办的似的！”

欧阳萸气疯了，把一个碟子敲在桌上：“田苏菲！”

这种公开争吵、语言角逐就要看谁说最后一句话。谁说最后一句话谁赢。小菲铁了心要说最后一句。她公然承认自己是方大姐影射的“货色”，她便是把自己的底牌亮出来了，方大姐便无可复加。方大姐摇着头，表示对这种“货色”她无法恋战，退了出去。

那是非常滑稽的聚餐气氛，人们都找不着自己的角色，也都忘了台词。菜还没上完，酒却全饮尽。有的人便借故上洗手间，离了席。

报纸果然出现了反击欧阳萸的文章。作者也是个好汉，用自己的真名齐沂蒙。蒙蒙和欧阳萸的一段忧伤情愫存下来，蒙蒙再出现，竟是个敌人。蒙蒙从钢厂被调进了市委宣传部，有省长的伯父和组织部长的伯母，这都很好理解。她文笔杀气腾腾，但不乏文采。欧阳萸读得又皱眉又捶桌子，看上去既痛又快。

“反亲成仇了吧?”小菲把一杯红茶放在他桌上。现在她已经可以煮真正立普顿红茶了，是回到上海顶父亲职位的欧阳荀（欧阳萸的二哥）寄来的。

“所以呀，浪漫的时候就提醒一下自己，说不定爱上的又是这种白眼狼。”小菲笑嘻嘻的，话语风凉，心却暖洋洋的。

他根本不理她，只理会她的红茶。他手一伸，它摆在他最习惯的位置上。找到这个位置，必得一个心细体贴长久相守的妻子。

好久没回家的欧阳雪突然在晚上九点回来了。人瘦了一圈。二十八岁的姑娘，还在做姑娘，渐渐有了些怪癖出来。她进了家闷头闷脑，谁也不招呼，在小屋里翻旧东西。

“小雪你在干什么?”

“在翻破烂。”她总是以不需回答的话作回答。

“破烂翻它干吗?”

“瞎翻呗!”

小菲瞪着她看了一会儿，没看出什么名堂，让她自己去翻。她回到客厅，女儿却跟进来了，手里拿着个破旧的牛皮档案夹。

“你翻爷爷的东西干吗?”小菲问。

“不干吗。”她一副要走的样子，把档案夹匆匆往她的大帆布书包里塞。

“不干吗你为什么要拿?”

“看看。”

“给爷爷弄丢了!”

“丢不了。搁这儿你又没用。”

小菲瞪着她。她才不怕瞪，走过去拖了一下父亲的头，又从饼干筒里抓出几块饼干，大咀大嚼，上半身很快给饼干渣儿覆盖了。

“我问你，你怎么这么瘦？”

“我在绝食。”

“什么?!”父亲终于参加到谈话中来。

“我绝食三天，抗议学校把公派留学的名额给了别人。那人的英文和专业课比我差十条马路。”

“你不是在吃饼干吗？”父亲又好笑又好气。

“我的绝食结束了。”

“达到什么目的没有？”父亲问。

“没有。”

“莫名其妙！”父亲说。

“你们什么时候搬家？”

“往哪儿搬？又没房子。”小菲说。

“这个家实在太丑陋了。我一回来就对你们满腔怜悯。”

欧阳雪咕噜了几句英文，等父亲的理解力跟上来，把她的话在脑子里译出，她已经走了。

“她好像说，她自己申请美国的学校，靠自己的力量出国。”

小菲穿着拖鞋追到楼下。女儿正摸黑开自行车锁，见母亲从漆黑的楼道里一路喊着她出来，手上动作也不停。

“你等等！”小菲说。

“你说。”她一条大长腿跨上了车座。

“我去北京会演的一个月，你必须回来住。”

“谁说的？”

“你母亲我说的。”

“为什么？”

“陪陪爸爸。”

“为什么？”

小菲想说：你爸爸身体不好，糖尿病，但理由不太成立，糖尿病在这个阶段不可能出险情。她找到个好理由。

“万一你要出国念书呢?”小菲说,“趁现在陪陪他。”

“算了吧,妈妈。”欧阳雪笑起来,“你还想跟我玩心眼?我从小看你们俩怎么过日子的。你还记不记得我说过你?我说你别用那么笨的方式爱爸爸。”

“你说,妈妈你爱得太笨了。”

“这是我的原话?”

“一字不差。”

“那时我才十五岁。”

“不到,十四岁半。”

“妈妈你怎么办呀?老也不成熟!对爸爸这样的男人你不能看守。”

“谁看守他了?!”

“你叫我回来住,就是替你看守他。你要有我这个高参,保证能和爸爸白头偕老。”

“哎!像话吗?你再大也是小辈!没大没小!你高参高参自己吧。”

“我跟你不一样。”

“怎么不一样?你不需要恋爱成家?你不是为了那个画家的儿子还蹲了拘留室吗?”

欧阳雪脚一撑地,自行车溜出去:“走喽!”

“哎!你回来住吗?”

“我保证帮你做个好狱卒!”她在远处说。

十九

会演一个月结束后，回到省城，文化娱乐似乎进入了另一个时代。地下舞会出现了，二十多岁的人没跳过宫廷化的圆舞曲，上来就是“披头士”，时髦人都疯狂在迪斯科中。原来只能坐满一半的话剧剧场，现在只满三四成。《骆驼祥子》也好，参加话剧会演的新戏也好，都远不是舞会的对手。这么多年男女间在做革命同志，距离都是同志式的，现在可以摩肩擦背，终于使荷尔蒙得到合理释放。话剧是打不过荷尔蒙的。

书记想出一个对策：把话剧团组成小分队，送戏下乡，县城里对省一级的剧团演员，就像省城里的人对电影明星，演个五场十场，戏迷圈子就建立起来了。

一听要下到县城、乡镇去巡回演出，小菲心焦起来。这下子她的大后方要失守，孙百合可以乘虚而入，跟欧阳萸建立稳固的根据地。

欧阳萸的长篇小说问世之后，上海、广州跑了一圈，回来大包小包地给小菲带回礼物。旧的家具和书籍以及钢琴都被退还，他却不再看得上那些岁月剥蚀的家具，也不愿它们提醒他那段生命低潮。虽然搬新房子暂时无望，他把家又布置得清雅宜人，家具极少，透着清教徒的超然和傲世。

他却是让小菲去堆砌自己，许多从南方买的衣料和化妆品来路不详，都是他在各地的书迷帮他买的走私品。小菲这回却不以物喜了。她似乎找到一个隐约的逻辑，只要他心里为她痛，为她不平，就会以大量的物质来给她补偿。只要他热恋别人，他便会心痛小菲，为小菲不平。小菲眼看下乡巡回演出的日子越来越近，可她尚未抓住任何蛛丝马迹向欧阳萸和孙百合发难。

这天欧阳萸从学院要了一部车回家，车里载了一个大纸板箱，拆开来，小菲雀跃起来。那是一部彩色电视。学院只有两张票，公家买下一部，老欧是惟一买得起另一部的人。

"哪来这么多钱啊?"小菲雀跃完了，不知怎么闹起情绪来，"多少钱也经不住你这么花!"

"你能不能有一天不说钱?"他不看她，但整个形体都在对她白眼拧眉，充满厌烦。

"有一点钱就烧吧。我老母亲那么刚烈一个女人，居然老来为了你张口问人借债！看来你全忘干净了。"小菲见他忙着调试，图像出来了，她还是惊喜的，但嘴上就是不领情，"那点稿费你还想怎么烧？别弄得越挣钱越欠债！跟了你，我们母女为你欠债……"

他对她的啰唆早就习惯。讨厌归讨厌，他常常顾不上反击。他退后两步，两手叉在后腰上，看日本卡通人物"卡西欧"正在飞舞尖叫。

"我听说不少老干部都看这部卡通片?"他偏着头，似乎也想看出它到底如何精彩，"怪不得你们话剧团卖不出票。"

小菲认为眼下她和他吵不起架，主要怪他走题走得巧妙，就像现在。

"就是要买电视机，你也该和我商量一下。"

"你不是整天念叨要买吗？不然就说小伍家的电视机，某某家的电视机。"

"哎哟，听上去你是为我买的!"

“为我自己买的，好了吧？为我自己耳根子清静买的。”

“你可对我真好啊，从变色唇膏送到电视机。”她把自己的脸扮得奸诈妖媚。

他不说话了，让“卡西欧”说话。电视马上就显现出它的益处，屋里总有个第三者在说话，有另一个戏剧性局面牵制或分散室内对峙双方的冲突火力。小菲毕竟第一次拥有如此现代的工业产品，电视里的话语不断分她的神，再回到争吵中，便也有跑题的感觉。她给女儿学校的宿舍楼打了个电话，接电话的是欧阳雪的同学。小菲请她捎口信给欧阳雪：家里买了个十六英寸的彩色电视！她忘了刚才还在为此和老欧争吵，电话上她眉飞色舞，充满炫耀。

电话经好几位同学的口传，到欧阳雪听到时就是：“你母亲叫你马上回家！”

她一推门就问：“什么事?!”

“喏，我们刚买的！”

女儿两肩一垮：“哎哟，我以为出了什么事呢，从食堂直接跑回来！”

晚上她回学校，小菲和她一块儿走了一截。她想问去北京的那段时间，她爸爸和孙阿姨有什么风吹草动。女儿也知道她想问什么，偏偏不理会。

“我走的那段时间，你天天回来住吗？”她终于怯生生地开口了。

“差不多吧。”

“你爸爸怎么样？”

“你是问他有没有把孙阿姨带回来。没看见。”

她给女儿一抢白，傻笑一下。

“再说爸爸那时去了广州、上海，要带就带孙阿姨去那些地方了。我们这个破城市，臭烘烘的，就看我们这两家邻居，把孙阿姨往这里带多糟心。”

小菲顿时刹住脚步。对呀，他去南方二十多天，陌生的地方谁也没见过她。他让孙百合登堂入室也无碍。

“他们一块儿去的？”

“怎么可能？妈妈你正常点好不好？”

她想，太可能了。她沿着瞎了路灯的小路往回走：太可能了。她把守那么紧，却守错了地方。她得设法找到他们学院的会计，要回他的出差报销单据，从而发现他住了哪些宾馆，再与宾馆联络，侦查出他是否有位女士相伴左右。这是个巨大的秘密工程，必须胆大心细、撒谎精彩，让会计帮她忙又不损伤欧院长的名誉，同时也让他们相互不通气。怎样部署，小菲觉得纵然有一万个心眼子都不会够用。

两天过去，小菲推翻了无数战术。她现在越来越体会出电视的妙处：你尽可以对着它发呆，满脑子胡思乱想，想累了对着它打盹，休息过来接着胡思乱想。你还可以沉默地对着它发泄坏情绪，不想理人就不理，张口答非所问也不遭怪罪。

欧阳萸这天晚上叫了她几次，但她正在脑子里编排和学院会计的谎言对话，编排到关键处，出不了戏，嘴上便“嗯，嗯”地应付他。

“能不能和你谈谈？”他问。

“嗯。”她眼睛仍呆瞪着电视。

“我想了好几天，只有你我可以谈谈。”他说。

小菲看过来：他的样子有些吓人。坏了，他要先发制人。万一他提出离婚或分居，她可怎么招架？她会不会干出比较丑陋的事来：比如冲进厨房去拔菜刀？她不知道自己身心里潜藏着多少过激行为，丑陋的、可笑的、矫情的，因为她不会真自杀，她只是吓吓人。她若自杀世上就没了一个对欧阳萸巴心巴肝，纤毫都疼爱的女人了。她可不相信世上有任何一个女人会真对他好，真拿他做致命的心爱，就是有也不可能从一而终。从一而终地爱他这么个危险人物，总在闷声不响地惹祸，太不容易了。

小菲见他关了电视。再一看，更可怕了：居然他去煮了红茶。她浑身冰凉，脸上僵笑，她也可怕极了，但他顾不上看她。刚刚坐下，他就开了口。

“小菲。我可能得癌症了。”

她觉得“癌症”两个字陌生极了，几乎是外语单词。

“这次去上海，我哥哥一个同学给我诊断出来的。”

她有点懂了。“癌症”这个词得放在一定的上下文里，有一定的背景交代才能懂它。才能把它放到最亲近的人身上去懂得。连什么癌，怎么诊断的都不问，她便呜呜地哭起来。

“这么多天，我不想跟你说，就知道你会这样！”他素来的厌烦口气又出现了。这口气倒很帮忙，给了小菲一种一切都正常的错觉。

“那你是怎么想起去医院检查的呢？”

“我不想吃东西，恶心，欧阳荀就请他的同学给我做了检查。他的诊断是肝癌。”

“你怎么这么混账？这么大的事都不告诉我呢？”

他看着她，意思是现在不是告诉你了吗？小菲看到他眼底里的惧怕，他一直是独自在抵御这惧怕。她一向是他们俩中间胆大的那个，无知无畏的小菲过去一向给他安慰。她拉住他的手。她得继续做傻大胆。

“那我们就去开刀吧。”

“大夫说开刀不见得比保守治疗希望大。”

“那我们保守治疗！”

“要看医生们会诊之后如何定夺。”

“你知道吗？肝癌的幸存者很少。”他说。

“有多少?”她问。

“百分之四、之五，也许之十。说法不一样。”

“你怎么知道的?”

“我去省图书馆看了医学文献。”

她眼泪又落出来。都什么时候了，还书呆子！他自己去读自己如何无救，将如何去死，独自一人，读着读着，万箭穿心。

“百分之十里面就有你！”小菲说，“明天就陪你去医院，找全省最好的专科老大夫给你会诊。”

“会诊是下礼拜一，上午九点。”

“把欧阳雪马上叫回来。”

“干什么?！我连你都不想惊动，想有了会诊的结果再告诉你！你这么早告诉她干吗?”

小菲心里无限愧怍：直到一小时前，她还在心里紧急谋划如何去找艺术学院的会计，挖掘他的风流秘密。他从来没痴狂地爱过小菲，这点她比谁都清楚，他窝里窝囊地接受她痴狂的爱。他让她称了心，让她从头追求到底，爱痛快了。她抹一把泪水，去厨房倒了大半盆水，走到他面前，放下盆，自己拖了个小凳过来，坐上去。她替他脱了鞋袜，把他冰凉的脚放进热水里。他的脚怎么永远冰凉呢?谁会知道他最需要温暖的是一双脚呢?小菲头抵在他的膝盖。不能哭，千万别哭。

他摸了摸她的头发。为了掩饰落发，她烫了头，满头卷花。

“小菲，我告诉你一个秘密好不好?”他像对孩子说话似的。

“什么秘密?”她想，什么秘密都无所谓了。你告诉我你杀人放火我都只会这样笑笑。

她就那样笑笑，一面擦干他的脚。然后端起脚盆对他说：“赶紧盖上被子，脚又要凉了。”

他很乖，立刻照办。等她从浴室洗了脚进来，他靠着三个枕头，似乎是个平实家庭的男人，有双烫热的脚，有个热被窝就舒适得成了一条虫。他看看小菲，可着劲地舒服，还有几日舒服呢？他这样的舒服夜晚已经编上了数目，已经是有数的了。只是数目是三位数，是四位数，还是两位数这一点还有待天定，也有待人为。一个错误的治疗方案，将会把一切草草终结。

她躺在他身边。他刚烫热的脚又凉下去。

“你不要听我的秘密？”

“快睡吧。”

“万一他们动坏了手术——现在牛大夫马大夫多得很——你可错过这个秘密了。”

“我们去上海动手术。”

“上海的大夫就好了？”

“找你哥哥的同学主刀。”

“他不开刀。他是血液病专家。他是用一种血液验癌的方式查出来的。”

“我陪你去上海。一定会找到个好外科大夫。”

“不一定……”

“你烦死了！”她抱住他。

“又不是什么了不起的秘密。你其实早就知道。二十九年前，你在下面土改，我回来遇到了一个女孩子。”

小菲心想，现在来坦白交代这种秘密多可笑？多可怜？他的确只有这一件事没跟她一五一十交代过，不过这时她觉得他的诚实太无足轻重了。难道她还会在意？多么文不对题！她一面听他说，一面恨不得他还有足够长的生命，再去恋爱一次。不，两次、三次。

“……当时政治部需要招几个高中生做文秘工作，来应考的大部分是女学生。她就是其中一个。她的打字速度和正确率考了第一。我无意中问她一声，她是否兼职做过秘书。她说打字是临时练的，因为她英文打字很熟练，多少帮些忙。一听说她会英文，我马上想起方大姐的丈夫正在找一个会英文的秘书。不过我推荐过去之后，方大姐很快告诉我，她的家庭背景算‘敌属’。”

欧阳萸说到他如何地不能自拔。在小菲告诉他已经怀上了欧阳雪的时候，他当天就告诉了她。两人在一条舢板上悠悠地道了别。他还记得那天她是什么样子：一条黑色长裙，灰色长围巾，天是晴的，她的衣着是阴的。她没有特别悲伤，年轻嘛，对于那么旺的青春，爱情每天都可能再发生，头一次伤未愈，下一次又开始。她好像想开了，只是在舢板靠码头，他拉她上岸时眼泪盈眶。不久她去另一个城市上大学了。

后来他们有过几次相遇，都是不期然的。有两次她身边有男人伴随，但并不是同一个人。他知道她先教了几年外语，又被调到宗教历史研究会。

小菲已经明白了。她在他刚刚展开故事不久就明白了。她的直觉简直是神化。女人爱到小菲这样痴迷，大概就通了巫。她长期以来一直把二十多年前见到的孙百合替欧阳萸收藏，不时拿出来去填一填他理想爱人的空缺，她不是成了精？嫉妒也使她敏感得可怕：她现在看清自己是怎么回事了，她最嫉妒的就是孙百合。孙百合只有落难，她才会做个天使，去爱护她。曾经她不止一次地想过：假如欧阳萸和她记忆中的孙百合恋爱，她会让位的。她过高估计了自己，她永远也不会那么高尚。事实是她会嫉妒地变成女奥赛罗，她会冲进厨房拔菜刀，她会揪住她的头发像巷子里的女人那样骂“骚”，她会……她不知她会疯野成什么样。

事情原来巧得成了一部戏，巧得成了一首最通俗的民间情歌。后来呢？小菲后来引狼入室。他和她克制了又克制，终于决定，去它的吧，一生委屈至今，蹲牛棚，干马活儿，做牛鬼蛇神，现在有爱就享受，享受几日是几日，享受到哪儿算哪儿。

一对超龄老恋人开始轧马路、看电影、划小船。

然后呢？然后他五雷轰顶地得到一个消息。不是诊断报告。在他去南方之前，就是小菲请她到家里来做客后不久，她爱上了另一个人。

“这个女人怎么乱爱呀！”小菲突然说。对于她是不可思议的：爱一个欧阳萸她都力不从心。欧阳萸多丰富啊，从哪个方面都找到足够的可爱之处，简直浑身是宝，够五个女人去爱。不，十个。小菲在选择爱人这点上，自认为眼光极高，她看上的，绝不允许别人看不上。一个孙百合就把欧阳萸拾起，爱一会儿，又扔下了？那不是对她小菲眼光和情趣的否定吗？何止那些，简直就是否定了田苏菲的终极追求和生命价值！她为欧阳萸愤愤不平，也为自己愤愤不平。

“她和你是朋友，不愿意伤害你。”他为她辩解。他居然还为她辩解?!

“用得着她为我想！就是借口。水性杨花，见异思迁罢了！”

他说孙百合爱上的男人是个研究生，比她小十岁。他追求她追得很恳切。

“我以为她多深沉！一个轻骨头！让小青年追追，多满足虚荣心啊！十个女人有十个吹牛，说男方怎么死追她们，我才不吹呢，我就是追求你！我跟谁都承认！”小菲说一句话在新棕绷床上弹一下。

他翻了个身，背朝她。反正他都讲清楚了，现在的他把这些是作为后事来交代的。他无论对小菲怎样，必须有始有终地把诚实进行到底。

他怎么会知道小菲为他痛心了一夜，痛心地流了一夜眼泪。她恨透那个天使模样的女人，居然对他釜底抽薪，不然他生命最后的日子里，至少可以如愿以偿。

第二天她出去买了活虾、活鱼。市场已丰富起来，舍得花钱什么都能买到。回来她又请乐器行的人把钢琴修好，音调准，傍晚她打了电话，把女儿叫回家来。

晚饭的好气氛让欧阳雪如坐针毡。她猎狗似的嗅着危机，左一个刺探右一个刺探，却没获取到准确线索：父母到底怎么就过成了新婚新人。尤其是母亲，太可疑了，居然一点也不啰唆父亲，话带三分笑，音量也压低不少。

“我还不会马上走呢。”女儿以为父母如此和美，是想在她出国前给她留个好印象。也许他们舍不得女儿一别万里，一般心有悲情的人，行为会内敛而凄美。

“你要走?!”母亲大吃一惊。

“对呀，不是今天打电话告诉你们了吗?”

小菲太心不在焉，太神思恍惚，居然没听清欧阳雪在电话里说了什么。

“我告诉你了：我从爷爷的旧档案夹里翻到他在美国留学时的笔记，还有他的通讯录。我给通讯录里的每个人写了信，请他们帮我去美国留学。我想肯定会有一两个人还活着，还住在原处。反正我收到了几封回信，只有一个人还记得爷爷，他已经九十岁了。他的儿子替我做了经济担保。我电话里全告诉你们了。”

“年纪大了，听了就忘。”小菲说。

欧阳萸从来不给人夹菜，此刻夹起一只最大的虾放到女儿碗里。

欧阳雪满脸疑云。她要去美国留学的大事引起的反应太异常了。肯定还有别的事发生了。到底会是什么样的事能抵消她出国这件大事的重要性?

“你不要住学校了。搬回来住。”小菲说。

“不行，好多手续要在学校办。”

“每天去办就是了。”

“不方便，学校那么远。”

“方便，有什么不方便。”

女儿看看母亲，又看看父亲。父亲在这种场合一般会帮她的腔，顺从她的意思，此时也和母亲一伙，太不对劲了。一定发生了什么了不起的事。此后女儿每晚回家，都在察言观色，一直到星期天晚上，母亲说：“今天都早点睡，明天一早我陪爸爸去医院。”

女儿这才找准思路。她的样子变得愚钝，然后问道：“爸爸病了？”

“还在检查当中。”父亲轻描淡写。他可舍不得提前惊吓女儿。

“是不是……有什么不好的症状？”

“你看我不是好好的吗？”

“好什么？饭吃得那么少。”女儿一直在寻找线索，留心着每个细节，“明天早上几点？”

“九点。干吗？”母亲说。

“我也去医院。”

“不要去！”

她又吃一惊：母亲对她从没有如此蛮横过。她不必问为什么。还用问吗？

“你忙你的，啊！”爸爸成了个逗孩子玩的老爷爷，笑眯眯、安泰慈祥，“一检查完，就给你打电话。”

女儿的样子是准备咬紧牙熬过这未卜的、不祥的一夜和一上午。大家各自在熬，静静地睡下了。

会诊结论是动手术。小菲回到家就给欧阳荀打电话，请他的医生同学找最好的外科大夫。上海地方大、人多，好医生比率也高。这件事上，她说了算，主张大得很。欧阳荀说一旦联系了医院，等到床位，找到了大夫，马上和他们联络。她打了电话给女儿。女儿半小时后便回到家，表情如旧，内心却已崩溃了。

小菲下午去了宗教史学会，找到了孙百合。她憋着扇她耳光的激情，请她去家里做客。那个耳光不是为她和老欧恋爱而扇，而是为她薄情地无义地抛弃了老欧，投入一个小白脸的怀抱。做人做痛快真难，连耳光都不能瞎扇。不然她会边扇边告诉她：老欧是多难得的男人，你还捡捡扔扔；老欧二十九年对你一往情深，就你也配?!

孙百合推辞，小菲告诉她，老欧和她要去上海了，可能一去不返。

孙百合脸一白。

“好突然哪。”半天了，她说，“什么时候动身?”

“快了，最晚下周。”

晚上小菲找了个借口出去了，也叫女儿到学校住一晚，把空间留给昔日恋人。她做了几样可口小菜，两样是孙百合爱吃的。她想，先忍忍，为了欧阳萸。

以后有的是时间杀回马枪，扇耳光的日子长着呢。等她回到家，俩人在看电视。电视又起了伟大的作用，补救他们之间多少冷场。孙百合站起身，说他们一直在等她回来吃饭。小菲说话剧团有事临时拖住了她，赶紧端了冷菜去厨房热。欧阳萸跟进来，在她身后说：“你这是何苦?”

“什么何苦?”她不回身。

他按了按她的肩头，现在是厚厚实实的中年妇女肩头。而孙百合依然飘飘欲仙。

“你们谈去吧，菜马上就好。”

他站站，走了。她把菜摆好，给孙百合夹菜斟酒，心里恶狠狠的：敬酒罚酒你都吃吧，以后和你结总账。

孙百合走后，她看着暗自神伤的老欧，真想追出去现在就把大耳掴子扇了。

“你们谈得好吧?”

“你何苦呢?”他眼神又像二十多岁那样，有首忧郁小夜曲在里面。

小菲明白他的“何苦”是什么意思。意思是人家心已经跑了，你把她人拽到这里有什么用?

“可能她知道你和我难分开，她暂时找个感情寄托，走开了。她心里可能也痛苦。”小菲一边说，一边认为自己简直疯了，居然为孙百合开脱。

但她注意到这句开脱在欧阳萸身上引出的效果。失恋者总是急于找到对方伤害他的合理之处，找到了，他心里会好过些。她帮着找到的这个合理之处绝对合理，他看上去好受多了。

去上海是一个暖和的五月夜晚。欧阳雪带了一个男子来火车站送行。这个男子看上去四十岁左右，仔细看却只有三十岁，一大把络腮胡子和憔悴的面色使他苍老。小菲心神不宁，没顾上听女儿对络腮胡的介绍。火车站又吵又混乱，上了软卧之后，她突然想起络腮胡的名字似乎在哪里听到过。把东西安置下，开车铃打响，络腮胡和女儿一块儿下了车，在站台上手牵手站着。

火车开出去，拐弯处小菲看见女儿伏在络腮胡肩膀上。

“跟你一样。”欧阳萸说。

小菲不明白他说什么。

“爱上谁就是谁。这么多年，一定就是在等他。”

她想起这名字了。画家的儿子。刚刚出狱。这是个惹祸精女儿，嫌她妈妈心不够累似的，跟上这么个人去了。难道她不明白监狱里出来的人永远有帽子，叫做“劳改释放犯”?不过她现在不愿为女儿累心，有多少意外、震惊、晴天霹雳等在此次列车的终点站上海。

震惊竟是个极好的震惊：进了手术室，一刀开下去，拿出的肿瘤竟是良性的。小菲坐在全麻未醒的欧阳萸身边，急不可待想告诉他喜讯。等他醒来，她会马上说："你还可以活三十年到四十年，还可以恋爱、失恋无数回。"

等他睁开眼，她却说："上你当了，你什么事也没有。"然后她便拿起冷了的包子大吃大嚼，边嚼边笑，边笑边哭。老天如此厚待她，她有点受用不起。

出院之后，他们在上海住了一阵。欧阳家的房子还没退还，欧阳荀一家住的还是欧阳蔚如的客厅。姐夫还是姐夫，娶的女人大家还称姐姐。所以小菲决定去住宾馆，这时想不开，何时想得开？命都能赚回来，何况钱？

从上海回来的欧阳萸块头更大，气色极好，笑起来明眸皓齿，年轻多了。小菲给他染了染头发，心想，可不能再年轻了，再年轻她日子又不好过了。

二十

女儿在出国前和画家的儿子结了婚。她只跟父母宣布了一声，什么仪式都不要，第二天便登上飞机。画家的儿子送她去上海，然后从上海回北京。从机场回到家，小菲觉得这就是她跟老欧做老两口的开始。

找老欧的人又多了。有的是书迷，女书迷也不少。他的书在全国有一定的影响，在这个省可是了得，光凭那书的页数、重量，都是省里的文学丰碑。老欧总算活成他自己了，尽兴写，尽兴玩，桥牌恢复了，钢琴也常常弹。小菲有一天从话剧团回来，见到一屋子客人里有个三十多岁的女子，老欧弹钢琴她翻谱，半个屁股挤在老欧屁股上。客人们一走，她立刻把那个琴凳用肥皂狠狠搓擦。老欧一看，知道一场吵闹免不了了。

"行了，啊！"他说。

"骚狐狸撅尾巴扭屁股，骚气擦都擦不掉！"

"别说那么难听的话！"

"噢，你护着她？我偏说：骚货！骚货！"

老欧拧开电视，开足音量。邻居早就习惯酣睡在他们的喧哗声吵闹声电视噪声里。邻居们也喜欢听电视，既然他们不好意思老是登门来看电视，听听也好。

话剧团从一个乡巡回到另一个乡，大戏小戏都演，小菲又成了金牌顶替演员，因为她基本上在这些戏里都演过角色。少数没演过的，她背台词如神，立刻能顶替上去。她没想到在近五十岁的时候终于如愿，演上了《玩偶之家》的女主人公。乡镇没有电视、电影，但也知道城里人眼下流行洋货，所以演西方戏剧场场爆满。

她的生活又回到三十多年前，打背包、出发、扎营盘、睡通铺。年轻演员们都自找门路，拍电影、电视，没门路的也不下乡，反正工资都一样，谁会稀罕那几个补助？老演员们演了一辈子戏，有戏演就很快活。一个中年人的剧团，从县城跑到乡镇，从乡镇跑到村子，连开的玩笑都和几十年前差不多，似乎非得凑在一块儿，才有这么多玩笑。几个跟小菲从部队文工团转业的老朋友，见了牛粪还会说："哎，小菲，帽子掉了！"小菲还是会笑得很响。

小菲最不快乐的时候就是想到欧阳萸。现在欧老师欧大师照样吸引女人。想到这小菲就咬牙切齿：老欧在盐碱地推小车，你们都缩在哪儿呢？想陪如今风光的老欧，你有种从批斗台陪起，陪到盐碱地，陪过一个月给他挣二十份清蒸丸子四两白糖的日子，陪过来了，你就成我这样了，又老又胖。说不定你还不如我呢，我还能演娜拉呢！

每次巡回演出转几个县回到省城，小菲就在家里展开彻底大搜查。从欧阳萸的信件到他新添置的衣服、鞋子，到收到的礼品，包括书、字、画、工艺品。他看得上眼的字、画很少，收了也不会挂到墙上，若挂上了墙，她就要侦查作者是男是女，若是女，她会在客人里把这个女人找到，若这位女客人有姿有色，两口子必有一番唇枪舌剑。

话剧团一日日破败下去，剧场的舞台上放了一张乒乓球桌，年轻演员天天打比赛。老演员们有的抱了孙子，便把孙子带到这里来逗。上北京参加全国话剧会演的戏拿了个小奖项，是一位配角得了什么“新人奖”，编剧回来便进了省宣传部。这一天话剧团接到宣传部的指示，让他们演三场。很久没演戏，小菲和欧阳萸说：“你再不看我的戏，这一辈子可都错过去了。”

“打电话给都汉没有？”老欧跟她逗耍。

她一想，英明，都汉少说能带一个营来。虽然他已离休，但影响是不散的。都汉一听小菲要上台，说他必到无疑。第二天排练时，都汉打电话来，叫她给他留一百三十张票，他说机关俱乐部请全机关愿意看戏的参谋、干事都来。如果人到不齐，没关系，票钱还是俱乐部主任花文化活动经费来付，只管给他留票就是了。虽然不足一个营，一个连是有的。这年头能有一个连的人在台下看戏，演戏胆就壮了。

“到底是都汉啊！”小菲一边给老欧剥蜜橘一边得意地感叹。

“看一辈子戏，也没看出名堂。”老欧说。

她斜他一眼：“哼哼。”

他不理她，眼睛盯在书上。

“嫉妒了一辈子，也不愿承认。”她说。

他一点反应也没有。

“有什么意思呢？我看你不缺乏七情六欲，就是要装得脱俗。什么叫俗？俗是人之常情。”

“你别说，这是句妙语。”他人在书后面说。

“讽刺谁呀？我没水平，我嫉妒，嫉妒多痛快！想把那些小蹄子小贱人打出去就打！像你，为一个脱俗，憋了一肚子嫉妒，憋了几十年！”

“烦死了！”

“我知道你烦我。怎么不烦呢？周围一群嘴巴抹蜜的，弹个琴就有人说：哎哟，跟肖邦似的！什么狗屁娘们儿，听过肖邦没有？”

“你再说一句，我就走！”

“她们凭什么上我家来？欺负我呀？”

他站起来，在屋里转了两圈，也没想出来自己要找什么。想起了：是找钥匙。他拿了钥匙就往门外走。小菲喊道：“别走！”

他走到了变成邻居家腌菜作坊的门厅。她又叫：“你不吃蜜橘了？好不容易排队给你买的！”

从他背影看，也看得出他要疯了。她把盘子递上去：“喏，吃了再发疯去。”

他走回来。她开始换鞋，穿外衣：“你不走了，我走。我化妆去。”

到了五点票还没卖出去一张。假如观众不到二成，演出就得取消。党委书记越来越算柴米油盐账，他说：“省委宣传部要我们演，他们就得拿钱，不然我们贴不起老本。”他叫演员们化了妆待命，自己到剧场门口拉观众去。

到了五点半，票房通知演员们，卖出去六张票，还是书记在门口跟人说这个戏如何在北京获奖，其中一个演员就从这部戏登上了银幕。快到七点，票子售出去二十二张。书记叫大家卸妆，演出取消。小菲心里好酸，连都汉也不要来看她的戏了。

她抠出一团卸妆油，浑身无力地瘫坐在那里。似乎把这一脸妆卸掉，就是彻底地下台。她仔细看看镜子里的脸庞，化了妆只有四十岁。男人在欧阳萸的年龄是不愁没人爱的，何况他又在走上坡路。这是个没见过大世面的省份，出一点名有一点钱全省都是新闻。多少女人想把她小菲挤出去？她们会同情老欧：妻子是个破落剧团的老演员。老欧你找我们中间的谁不行啊？

刚要把卸妆油涂到脸上，书记在舞台上欢叫：“军区来了几卡车观众！别卸妆啊！还是我们部队靠得住！”

还是都汉靠得住。小菲见一排排军人整齐地入了席，却没看见都汉。军人来了有三百多人，真是一个营的兵力。小菲穿着服装走到台下，问一个军人，都汉什么时候到。军人说："首长病了。躺在病床上还嘱咐：一定要把队伍拉到这个剧场。"

"他什么病？"

"好像是肺炎。高烧。昏迷不醒。"

演出结束后，小菲给都汉家里打电话。接电话的是勤务兵，说全家都去了医院。第二天一早，小菲醒来就拨都汉家的电话。这回是儿媳妇。她说："爸爸今天早上去世了。"浑身受十几处伤的老军人，最后输给了肺炎。

"怎么会呢……"小菲抽泣起来。

儿媳妇马上受这边抽泣的传染，抽泣得语不成句："……太突然了……他的肺上有弹片……不过没想到……太大意了……"

从追悼会回来，一连几天，只要小菲一想到都汉在临终的床上还命令部队去看她演戏，给小菲助威、捧场，她眼泪就止不住。欧阳萸这天晚上给她递了一块毛巾，说："这一来，我也没人嫉妒了。"

她抬起泪眼，看他是想逗她乐，立刻吼叫起来："你有没有良心啊？我前世欠你的，都汉前世欠我的，我们都还了，你有良心吗？"她也不要逻辑了，她只管把满心委屈发出来，有一半为都汉发。

他怔了。因为他发现她是真舍不得那老头儿。假如他一生中曾嫉妒地作痛，那么就是此刻。

虽然和蒙蒙的笔战打了一阵歇下，蒙蒙并没有停战。欧阳萸的长篇小说问世一年之后，蒙蒙写了一篇批判这部小说的文章。她的伯父对她恩重如山，她要和他伯父的无耻叛徒打到底，打出死活来。文章出来后，第二天、第三天，省报市报版面如雨后发蘑菇，一片一片黑压压全是攻击欧阳萸的文章。方大姐人缘好，不像欧阳萸，死党没有一个。文章不仅批判他的作品，也批判他的为人。眼看着客人们就稀落下去。

欧阳萸手快，每天写了小说还能写一两篇辩论文章，但渐渐地，报纸不再登发他的东西。

他这天吃了晚饭，拿起帽子出门去了。大街上很繁华，小菲却觉得繁华景象中他更是形单影只。人们可以在一夜间把一个人孤立成这样。谁让他好好地去革省长、方大姐的命？但他若不是这么个人小菲会这样爱他吗？她默默跟在他后面。

他停下来，跟一个卖炒板栗的农民聊了几句。小菲赶上去，胳膊套入他的胳膊。

“一看就知道是我们旅部当年驻地的老乡。”他说，“生活好多了。”

小菲从侧面看着他。第一次在旅部见到他，他就是个侧面，正在写一手绝顶漂亮的小楷。

“你别担心。”他说。

“冷不冷？”她试试他手心的凉热。

“不会又来一场‘文化大革命’的。”他说。

“来了更好。”

“这是气话。”

她想，才不是气话。看看他身边喊“欧老师”的女人剩下几个？一个也不剩。只不过是报上批判批判。再停了他的工资，小压一堆罪名试试，那些喊“欧老师”的女人就会举起她们的小白拳头喊“打倒”了。再来一场“文化大革命”，小菲可学聪明了，索性搬到一个僻静村落，看你们还能把他往多低去贬。也省得她忧心、嫉妒。你们别理我们吧，让我守着他安安静静享几年清福。

“其实蒙蒙给我最深的印象，就是心眼宽，不像女孩子。”他说。

她“哼”了一声。爱错人了吧？

他们走到护城河边。这么老的一对也在树林里晃，在平时他会难为情。他忘了。全部心思都在蒙蒙身上。他想搞懂这个叫蒙蒙的女人怎么会这么恨他。小菲心想，他现在搞不懂，就懂不了了。女人爱不成，是会恨的。恐怕开始就不是真爱。真爱得识货。

暮色变成铁灰。树变成黑色。人影是最黑的。他把她的胳膊拉紧一些。

图书在版编目（CIP）数据

一个女人的史诗 / 严歌苓著. -- 北京：作家出版社，2016.7（2020.5 重印）

ISBN 978-7-5063-9053-8

Ⅰ. ①一… Ⅱ. ①严… Ⅲ. ①长篇小说－中国－当代 Ⅳ. ①I247.5

中国版本图书馆CIP数据核字（2016）第169479号

一个女人的史诗

作　　者：严歌苓
出　　品：语可书坊
策　　划：张亚丽
责任编辑：翟婧婧
特约编辑：姬小琴　裴　岚
装帧设计：棱角视觉
出版发行：作家出版社有限公司
社　　址：北京农展馆南里10号　　**邮　　编：**100125
电话传真：86-10-65067186（发行中心及邮购部）
86-10-65004079（总编室）
E-mail:zuojia@zuojia.net.cn
http://www.zuojiachubanshe.com
印　　刷：三河市紫恒印装有限公司
成品尺寸：133×214
字　　数：247千
印　　张：10.25
版　　次：2016年8月第1版
印　　次：2020年5月第10次印刷
ISBN　978-7-5063-9053-8
定　　价：29.00元

一个女人的史诗

Epic Of A Woman

严歌苓长篇精品